젊은 그들 1

오늘의 한국문학 12

젊은 그들 *1*

초판 인쇄 2022년 1월 20일
초판 발행 2022년 1월 25일

지은이_김동인
펴낸이_한봉숙
펴낸곳_푸른사상사

등록_1999년 7월 8일 제2-2876호
주소_경기도 파주시 회동길 337-16(서패동) 푸른사상사
대표전화_031) 955-9111~2 / 팩시밀리_031) 955-9114
메일_prun21c@hanmail.net
홈페이지_www.prun21c.com

ⓒ 푸른사상사, 2022

ISBN 979-11-308-1887-0 04810
ISBN 979-11-308-1886-3 (세트)

정가 19,000원

정본

젊은 그들 1

김동인 장편소설

푸른사상
PRUNSASANG

〈오늘의 한국문학〉을 펴내며

한국의 근대문학이 한 세기를 넘어섰다. 개화의 이상과 환상, 식민 지배하의 삶의 질곡, 전쟁과 분단, 민주화의 출범과 군부독재의 출현, 그리고 산업화와 세계화를 지향하는 오늘에 이르기까지의 한국의 근현대사는 인류의 한 세기가 감당할 수 있는 역사적 사건의 많은 유형들을 그대로 담고 있다.

지난 한 세기 동안의 우리의 문학은 이러한 격변의 세월들과 밀접한 관련을 맺고 있다. 문학은 한 개인의 삶의 실존의 기록이면서 동시에 그 사회의 모습을 여러 형태로 반영하고 있으며, 우리는 따라서 한국 근현대사의 좌절과 희망을 정면으로 끌어안은 이들 작품들에게서 개인의 삶과 사회의 관계에 대한 새로운 인식, 문학과 사회의 독자성과 상호성에 대한 의미 있는 현상들과 만나게 된다. 그리하여 이제는 근대문학 한 세기의 축적 앞에서 그동안의 문학적 유산을 다시 검토하고 앞으로 우리가 참여하지 않으면 안 될 문학적 전통을 창조적으로 계승하기 위한 독서와 비평의 담론들을 마련해야 할 때이다.

모든 역사가 새롭게 해석되는 현재의 관점이듯 문학 텍스트 역시 새롭게 해석되는 오늘의 의미이다. 따라서 〈오늘의 한국문학〉은 과거에 무수히 간행되었던 한국문학에 대한 정리와 평가의 방식을 새롭게, 그리고 비판적으로 받아들여야 할 것이다.

따라서 우리는 이 전집에서 무엇보다도 새로운 작가와 텍스트들의 발굴에 주력하였다. 아울러 본 전집이 채택한 작가 작품들의 선정과 배열 방식은 과거의 우리 문학에 대한 관습적 이해와 독서 방식에 대한 반성과 함께 신선한 해석적 관점들을 제공해줄 것이다. 특히 서사문학의 본령인 중·장편소설들에 주목하여 이 작품들에 대한 오늘의 의미와 당대적 가치를 되묻고자 하였다. 따라서 이 전집은 교양으로서의 한국문학, 혹은 연구대상으로서의 한국문학 모두에게 유용하게 활용될 수 있을 것이다.

〈오늘의 한국문학〉 편집위원

서종택 안남일 윤애경 박형서

1권

2권

일러두기

1. 1930년 9월 2일부터 1931년 11월 10일까지 『동아일보』에 연재한 『젊은 그들』을 원텍스트로 삼았다.
2. 원문의 오자(誤字)와 오식(誤植)은 수정하고 띄어쓰기와 맞춤법, 외래어 표기는 현대의 어문 규정을 기준으로 하였다.
3. 더 이상 사용하지 않는 옛글은 현대어로 바꾸었다.
4. 생각이나 강조 등은 ' '로, 대화문은 " "로 표시하고, 원본에 빠져 있는 마침표와 쉼표를 채워 넣고, 그 외에 물음표, 느낌표, 줄표, 말줄임표 등은 원본 그대로 살렸다. 편지글, 시, 노래 등은 인용문으로 처리하였다.

이 '젊은 그들'에 대하여 머리말로 두어 마디 쓰고자 한다.

첫째로 대화(對話)에 대하여서다. 이 이야기 가운데 나오는 사람들로 전부 현대말을 쓰게 하였다. 이것은 그때 말을 일일이 참고해가면서 쓰는 것이 성가셨던 것도 한 가지의 이유겠지만 읽는 이에게는 읽기 편하고 쓰는 이에게는 쓰기 편하겠다는 이러한 뜻에서 현대말을 쓰게 하였다.

둘째로 이야기 가운데 나오는 태공이며 왕이며 왕비에게 대하여 일체 경어(敬語)를 쓰지 않았다는 것이다. 소설 가운데 사람에게 '하셨다' '하시고' '하시와'를 사용하면 좀 부자연한 까닭이다. 태공이며 왕이며 왕비도 한 개의 작품 안의 사람이 된 이상은 그 작품 안에서는 다른 광대들 이상의 권리를 가지지 못할 것이다.

셋째로 이것은 역사가 아니다. 할 수 있는 대로 역사의 꼬리를 따라는 갔지만 설혹 역사와 어그러지는 곳이 있다 할지라도 이것이 역사가 아닌 이상에는 나는 그 책임은 질 수 없다.

넷째로 이것은 전기(傳記)가 아니다. 이야기 가운데 나오는 태공이며 그 밖에 사람은 모두 나의 머리에서 생겨난 사람이다. 그러므로 그 성격이며 용모에 역사가가 전하는 바와 다른 점이 있을지라도 거기에 대한 책임도 나는 거절한다.

활민숙(活民塾)

1

"너 저고리 벗어라."

아닌 밤중에 갑자기 불러서 이러한 명령을 하는 사람의 얼굴을, 복돌이는 놀라서 쳐다보았다. 그것도 주인 대감이면이거니와 그렇지도 않은 사람이었었다. 명령하는 이는 이 어영대장(御營大將) 민겸호(閔謙鎬)의 집에 수삼 일 전부터 손으로 있는 시골 선비 최진사이었었다.

때에 최진사의 두 번째의 명령이 내렸다.

"어디 벗어봐."

복돌이는 힐끗 최 진사의 얼굴을 쳐다보았다. 그리고 최 진사의 표정으로써 그 명령의 속뜻을 알아보려 하였다. 그러나 펄럭이는 촛불 그림자 때문에 얼굴에 나타난 표정은 도저히 알아볼 수가 없었다. 그래서 좌우간 하회'를 기다리자고 오른손은 꽁무니로 돌리고 왼손으로 저고리 고름을 풀려고 할 때에 최 진사의 세 번째 말이 나왔다.

"너 계집애 아니냐?"

이 말이 나오는 순간 복돌이는 몸을 날려서 두어 걸음 물러앉았다. 꽁

---

1 하회 : 윗사람이 회답을 내림, 또는 그런 일.

무늬로 돌아갔던 손은 바지 허리춤 안에 감추어두었던 육혈포²의 자루를 힘 있게 쥐었다.

최 진사는 두어 번 코를 킁킁 울리었다. 그리고 머리를 끄덕였다.

"겸호의 눈은 매눈이로군."

그 뒤에는 다시는 아무 말도 없이 복돌이의 얼굴을 뚫어지게 바라보았다. 복돌이도 마주 보았다. 눈과 눈은 서로 그 마음을 꿰뚫어 보려는 듯이 깜박도 안 하고 마주 보았다. 육혈포를 잡은 복돌이의 손에는 땀이 배었다. 마침내 최 진사는 벙긋 웃었다.

"너 활민(活民) 선생한테서 오지 않았느냐."

복돌이는 역시 대답 없이 최 진사의 얼굴만 바라보았다. 그러나 마음속에는 마지막 결심이 벌써 되었다. 자기의 정체는커녕 그 온 곳까지 벌써 알아본 최 진사의 생명에 대한 판결은 벌써 복돌이의 마음속에 작정되었다. 다만 행동이 남아 있을 뿐이었었다. 꽁무니로 돌아갔던 손이 앞으로 나오고 방아쇠를 당기는 것―이러한 행동이 남아 있을 뿐 복돌이의 눈에는 맞은편에 앉아서 수염을 꼬며 있는 최 진사는 벌써 한낱 송장으로 보였다. 창백하게 된 복돌이의 입가에는 웃음이 떠올랐다. 그것은 선고받은 죄수에게 대한 마지막 동정이었다. 꽁무니로 갔던 복돌이의 손은 차차 앞으로 돌아왔다. 입가에 흐르던 웃음도 없어졌다.

2

수염을 꼬며 복돌이의 얼굴을 바라보고 있던 최 진사는 다시 입을 열었다.

"활민은 좋은 제자를 가졌어. 한데 너 몇 살이냐?"

차차 앞으로 돌아오던 복돌이의 손은 중도에서 멎었다. 그리고 다시

---

2 육혈포 : 탄알을 재는 구멍이 여섯 개 있는 권총.

금 유심히 최 진사의 얼굴을 바라보았다. 당연히 자기의 적이라고 생각하였던 최 진사에게서 뜻밖에도 자기에게 대한 따뜻한 동정과 도움을 발견하였으므로……. 그리고 인제 자기가 취할 태도를 결정하려 할 때에 최 진사는 말을 나직이 하여 다시 복돌이를 찾았다.

"복돌아. 허허, 복돌이가 아니던가. 좌우간 복돌이라 불러두자. 너 오늘 밤으로 이 집을 피해라. 모두들 눈치를 챈 모양이더라. 주인 민 판서도 네가 활민 선생한테서 온 줄은 모르는 모양이나 계집애가 변복하고 온 줄은 눈치를 챈 모양이야. 그러니깐 바삐 이 집을 나가지 않았다가는 욕을 보리라."

이 말은 복돌이에게는 과연 뜻밖이었다. 그리고 그 말을 하는 최 진사의 얼굴에서 아무 의심할 만한 점을 발견치 못한 복돌이는 역시 대답 없이 두어 걸음 더 물러앉아서 공손히 절을 한 뒤에 일어섰다.

"너 정말 활민 선생의 제자냐?"

복돌이는 그렇다는 뜻으로 허리를 굽혔다.

"이 길로 가려느냐?"

"네."

"선생께로?"

"네."

"그럼 돌아가거든 양주 최 진사가 문안드리더라고 선생께 여쭤라. 그리고 수삼 일 내로 한번 조용히 찾아뵙겠다고."

"네."

복돌이는 뒷걸음질하여 그 방을 나왔다.

때는 광무제[3] 18년 신사였었다. 얌전하고 정숙하다는 평판이 높던 민

---

3 광무제 : 고종 황제. 1897년(고종 34) 대한제국을 선포하며 제정한 연호가 광무(光武)이므로 이 소설의 배경이 된 시기에는 광무제라고 불리지는 않았다.

비(閔妃)가 갑자기 세력을 펴며, 조선 역사 이래의 가장 큰 권세를 잡았던 대원군(大院君) 이하응(李昰應)을 궁중에서 내쫓고 스스로 외교와 내정의 온갖 권세를 잡은 지도 이미 8년, 일찍이 태공이 세웠던 온갖 제도와 시설은 민비의 정책으로 모두 없어져 나가고 궁중과 정부는 한낱 당파싸움으로 온 힘을 다하였으며, 무당, 판수, 점쟁이, 술객들이 궁중에 출입하고 가무와 유연(遊宴)[4]이 궁중의 유일의 행사였으며 그 때문에 태공이 저축하였던 모든 창고는 모두 비고 그 많은 사치와 연회의 비용을 구하기 위하여 관리는 학정[5]을 하여 백성의 피를 빨아들이는 그때였었다.

그때에 이활민(李活民)이라 하는 노인을 당수(黨首)로 조직된 활민당이라 하는 비밀결사가 있었다. 벌써 50여 년을 지난 옛날이며, 그 당수 이활민은 그 당시에 자손이 없이 죽어버렸으매, 활민의 내력은 지금 상고할[6] 바가 없다. 더구나 활민당의 활동은, 사회의 표면에는 나타나본 일이 없이, 당수의 죽음과 함께 해산되고 말았으매, 그러한 비밀결사가 있었는지는 그 당시의 궁중이며 관리 가운데도 아는 사람이 극히 적었다. 다만 작자가 이리저리 모은 것으로, 아래와 같은 개념뿐은 독자에게 말할 수가 있다.

활민의 고향이며 경력은 모두 비밀이었었다. 대원군 이하응이 아직 한낱 이름 없는 종친(宗親)으로서 거리에 배회하며 온갖 뜻과 불평을 한 잔의 술로써 모호히 할 때부터 활민과 하응은 서로 마음을 풀어헤친 벗이었다. 그 뒤, 이하응이 대원군이 되며, 국태공으로 섭정을 할 때부터, 활민의 자취는 없어졌다.

10년이 지났다. 민비가 차차 세력을 펴기 비롯하였다. 그와 동시에 태공은 섭정이라는 명색을 그냥 진 채로 궁중에서 멀리함을 받았다.

---

4 유연 : 놀이로 베푼 잔치.

5 학정(虐政) : 포학하고 가혹한 정치.

6 상고(詳考)하다 : 꼼꼼하게 따져서 검토하거나 참고하다.

또 5년이 지났다. 운현궁에 숨어 있는 늙은 영웅 이하응의 마음에는, 분만[7]과 외로움이 차차 더하여지고, 궁중은 사치와 연락[8]으로 일을 삼으며, 관리는 토색[9]을 하고, 정국은 차차 어지러워갈 때에, 소안동(小安洞)에 활민숙(活民塾)이라 하는 서재가 생겼다. 제자로서는 민비에게 학대받아서 뜻을 잃은 명문 집 자손 열너덧 살씩 난 아이 스물을 모아들였다.

거기서 가르치는 학문은 기괴한 학문이었었다. 아직껏의 천원지방설(天圓地方說)[10]을 무시하고, 땅이 둥그렇다 함을 가르쳤다. 땅이 움직임을 가르쳤다. 우리가 아직껏 양코자[11]라고 업수이 여기던 서양에는 우리가 짐작도 못 하는 문명이 있음을 가르쳤다. 그리고 그 서양인의 학설을 소개하였다.

3

그리고 그들에게 무술을 가르쳤다. 넓은 뒤뜰에서 육혈포와 비수의 쓰는 법을 가르쳤다. 이것이 광무제 18년까지의 활민의 경력의 대략이었었다.

복돌이도 활민의 제자의 한 사람이었었다. 어버이를 한꺼번에 잃어버린 외로운 아이로서, 활민의 품 아래서, 아직껏 사나이로 변복을 하고 자라났다. 이름을 이인화(李仁和)라 하였다. 본시 부모에게 받은 이름은 이인숙(李仁淑)이었었다. 활민숙의 다른 열아홉 명의 제자의 새에 끼어서도 복돌이—아니 인화는 조금도 다른 사람들에게 손색이 없이 지냈다. 그를 계집애라 여긴 사람은 하나도 없었다. 모두 같은 사나이로만 알았다.

---

7 분만(憤懣) : 억울하고 원통한 마음이 가득함.
8 연락(宴樂) : 잔치를 벌여 즐김.
9 토색(討索) : 돈이나 물건 따위를 억지로 달라고 함.
10 천원지방설 : 하늘은 둥글고 땅은 네모나다는 설.
11 양코자 : 서양 사람을 놀림조로 이르는 말.

활민당(活民黨)은 마침내 활약하기 시작하였다. 속으로는 태공과 연락을 하여가지고, 스무 사람의 청년은 제각기 일을 분담하여가지고, 사회의 속을 캐어 다녔다. 토색하는 관리, 백성의 원성, 궁중의 과도한 사치와 연락 이런 것은 모두 그들의 책에 적히어서 그들의 장래의 재료가 되었다.

그들은 온갖 방식과 기회를 다 이용하였다. 그들은 대개가 아직 총각이었었지만 상투를 틀었다. 나이로 보아서는 열여섯으로 스물두 살까지 넉넉히 상투를 틀 만한 나이였었다. 그러나 경우에 의하여서는 도로 머리를 늘이기를 결코 주저하지 않았다.

어영대장 민겸호는 민승호가 폭발탄에 죽은 뒤에 가장 민비의 신임을 받던 재상이었었다. 온갖 정치가 겸호와 민비의 새[12]에서 결정되었으며 온갖 학정과 토색이 겸호의 집안사람으로 실행되었다. 활민숙에서 이 겸호의 집에 한 사람을 들여보내려고 제비 뽑을 때에 거기 뽑힌 것이 이인화─였었다.

그러나 경계가 심한 겸호의 집에 들어가기가 쉽지 않았다. 여러 가지로 궁리한 끝에 그들은 무당 신령군(神靈君)과 사귀기를 시작하였다. 신령군은 이상한 인연으로 궁중에 드나들기 시작하여 민비의 신임을 두텁게 받고 있는 무당이었었다.

인화의 얼굴의 아름다움은 곧 과부인 신령군의 마음에 들었다. 이리하여 인화는 신령군의 소개로서 복돌이라는 이름으로 겸호의 집에 들어가게 된 것이었었다.

그러나 들어간 지 나흘이 못 되어 눈이 매눈과 같은 겸호는 복돌이가 계집애임을 알았다. 같이 자라난 활민숙의 스무 젊은이가 아직 인화를

---

12 새 : 사이.

사나이로만 알고 있을 때에 겸호의 날카로운 눈은 사나이가 아님을 발견하였다.

잔혹한 일을 기탄없이 하기로 유명한 겸호인지라, 최 진사 곧 아니었더라면, 인화는 그 집에서 어떠한 운명을 만났을지 그것은 짐작도 할 수 없는 일이었었다.

최 진사의 주의를 듣고 자기 방으로 물러 나온 인화는 이 집을 나갈 준비를 하였다. 그는 아까 자려고 펴놓았던 자리를 다시 개켰다. 그런 뒤에 뜻하지 않고 얼굴을 붉히고 그 이부자리를 다시 방에 폈다. 그의 나이가 열일곱 살 계집애에서 여인으로 변하여가는 시기에 있는 그는 여인으로서의 본능으로 뜻하지 않고 이부자리를 개켰던 것이었다. 그런 뒤에 벽에 걸려 있는 노끈을 풀어서 허리에 매었다. 그 노끈은 그새 나흘 동안에 이 집에서 보고 들은 바를 종이에 적어서 그 종이로 꼰 노끈이었다.

이것으로 나갈 준비는 끝이 났다.

"안녕히 계세요."

방 담벽에 향하여 이러한 인사를 드리고 문을 막 열려던 그는 발을 돌이켜서 책상에서 벼루를 내어서 먹을 갈았다. 조용한 밤중에 벼루 위를 미끄러지는 먹 갈리는 소리에 귀를 기울이면서 팔을 가볍게 움직이는 그의 머리에는 지금 한창 고요히 잠들었을 활민숙의 열아홉 젊은이의 얼굴이 차례로 떠올랐다. 혹은 활발하고 혹은 인자하며 혹은 침착한 열아홉 젊은이, 산에 가면 호랑이도 넉넉히 때려잡을 용기를 깊이 감추고 오로지 학업에 힘쓰는 동지, 그 가운데 혹은…….

그가 펄떡 정신을 차린 때는 먹 갈던 손은 어느덧 멎었으며 그는 눈을 황홀스레 뜨고 정신없이 펄떡이는 촛불을 바라보고 있었다. 그는 스스로 빙그레 웃으며 얼굴을 붉혔다. 그리고 또다시 먹을 갈기 시작하였다.

4

그러나 먹을 갈려고 팔을 움직일 때부터 그의 머리는 아까의 생각의 뒤꼬리를 다시 따라갔다. 사나이! 사나이! 굳센 그들의 팔, 힘 있는 웃음소리, 활발한 행동, 젊음과 용기로 빛나는 그들의 얼굴!

인화는 먹을 집어 던졌다. 그리고 인제 생각하던 그런 사념을 없이하려는 듯이 두어 번 머리를 힘 있게 저어서 앞으로 늘어진 머리칼들을 도로 올리고 붓에 먹을 잔뜩 찍어가지고 일어섰다.

순식간에 담벽에 간(奸) 자가 하나 커다랗게 써졌다. 그리고 다시 먹을 찍어서 적(賊) 자를 쓰려고 자개 패(貝)만 한 그는 아까 쓴 간 자의 획이 마음에 들지 않음을 발견하였다. 글자가 이쁘게는 되었으나 획에 힘이 없는 것이 아무리 뜯어보아야 여필[13]로밖에는 볼 수가 없었다. 이것이 그의 마음에 들지 않았다. 그는 다시 붓에 먹을 찍어가지고 그 간 자의 획을 덧입혔다. 가느다란 획을 굵게 하고 획마다 힘을 주고 이리하여 마음에 들기까지 다 입혀놓은 그는 두어 걸음 물러서서 다시 그 글자를 바라보았다.

그러나 그 글자는 역시 마음에 들지 않았다. 획마다 힘이 너무 들어 있었다. 그는 다시 붓에다 먹을 듬뿍이 찍어가지고 이제 쓴 그 글자를 뻑뻑 지워버리고 말았다.

그리고 그가 그 집을 나올 때는 아까 다시 펴놓았던 이부자리는 어느덧 또다시 개켜졌다.

겸호의 집에서 몸을 피하여 나온 인화는 활민숙으로 돌아왔다. 방마다 덧문이 꼭꼭 닫히고 문밖에는 신이 한 켤레씩 놓여 있었다. 쥐 소리하나 없이 고요한 뜰에서 희미한 달빛으로 이것을 바라보며 뜰에 잠깐 섰던 인화는 발소리를 감추어가지고 제 방으로 왔다. 방에는 불을 뜨뜻

---

13 여필(女筆) : 여자의 글씨.

이 때어두었었다. 언제 나가며 언제 돌아올지 모르는 그들의 살림은 설혹 주인이 없는 방이라도 늘 불을 때어두는 것이 상례이었었다.

그는 부싯돌로 성냥을 켜가지고 촛불을 켠 뒤에 이부자리를 펴고 커다랗게 몸을 내어던졌다. 바늘방석과 같은 겸호의 집에서의 나흘 동안은 과연 그의 몸과 마음을 피곤하게 하였다. 겸호의 집에서 지낸 날짜가 겨우 나흘에 지나지 못하였지만 조심과 긴장과 조조함[14]으로 지낸 그 나흘은 어떻게 보면 넉 달에도 맞잡혔고 4년에도 맞잡혔다.

오래간만에 제집에 돌아온 것과 같은 기쁨과 안심을 느끼면서 인화는 드러누운 채로 커다랗게 기지개를 하였다. 일찍이 부모의 따뜻한 사랑을 맛보지 못하고 자라고 어리광부리는 유쾌며 비꼬아보는 즐거움을 경험하여보지 못한 그에게는 이 엄격하고 어떻게 보면 쌀쌀한 활민숙의 온갖 규율에도 조금의 불만이 없었다.

그는 한껏 팔과 다리를 뻗쳐보고 잘 무르익어가는 제 몸을 어루만지면서 커다란 기쁨과 즐거움과 젊은이뿐이 가질 수 있는 만족을 느꼈다. 그리고 그는 눈을 스르르 감으며 제 지난 일을 회상하여보았다.

그가 어버이를 한꺼번에 여읜 것은 세 살 적의 일이었었다. 이 넓은 세상에 의지할 곳 없이 혼자 남은 어린 인숙이는 그래도 구원하여주는 이가 있어서 그리로 갔다. 그것은 인숙의 없어진 아버지와 몹시 가깝던 명 참판(明參判)의 집이었다. 비록 남의 집이나마 인숙에게는 남의 집 내 집에 대한 관념은 없었다. 그리하여 거기서도 그다지 부자유가 없이 자라나던 인숙이는 일곱 살 나는 해에 또다시 몹쓸 운명에 부딪히었다.[15]

어린 인숙에게는 까닭은 몰랐지만 어떤 날 나졸 몇 사람이 명 참판의 집에 뛰어 들어왔다. 집안은 와자하였다. 나졸들은 집안 온갖 집물을 부

---

14 조조(燥燥)함 : 성질 따위가 몹시 조급함.
15 몹쓸 운명에 부딪히었다 : 연재 원본에는 '명몹쓴에운부닥기웠다'로 표기됐으나 '몹쓸 운명에 부딪기웠다'의 오류로 보이며 현대 맞춤법에 맞게 수정하였다.

쉈다. 그리고 집안사람들이 울며불며 하는 가운데서 명 참판을 잡아갔다.

그다음에 인숙을 맡아서 보호하여준 사람이 활민 선생이었었다. 활민은 인숙을 인화라고 이름을 고치고 남복을 시켰다. 인숙—변하여 인화는 활민을 아버지라 불렀다. 철없고 어린 몸이 활민을 아버지라 불렀다. 철없고 어린 몸이 활민의 품에 안겨서 혹은 낯설고 말 모르는 외국을 방황하며 혹은 괴롭고 쓰라린 인정을 맛볼 때마다 철없으면 철없으니만치 어리면 어리니만치 활민에게 대한 존경과 믿음은 나날이 굳어갔다.

5

고생과 믿음, 이러한 5년이 지난 뒤에 인화는 활민에게 끌려서 다시 서울로 돌아왔다. 소안동(小安洞)에는 활민숙(活民塾)이라 하는 서재가 생겼다.

그때에 그는 활민한테서 자기의 일신상의 여러 가지의 비밀을 처음으로 들었다. 인화에게는 어렸을 때에 아버지가 정하여준 남편이 있다는 것도 그때에 알았다. 그 남편은 명 참판의 아들이라는 것도 알았다. 그러나 인화는 그것을 그다지 대수롭게 알지 않았다. 다만 어렸을 때의 기억을 다시 일으켜서 명 참판의 아들이라는 여남은 살 난 키 크고 쾌활하던 애를 생각하여보고는 다시 한번 같이 놀아보았으면 하는 뿐이었다.

또 몇 해가 지났다. 그의 몸은 계집애에서 처녀로, 처녀에서 여인으로 차차 발육되었다. 동시에 이상히도 명 참판의 아들이란 이름이 그의 머리에 괴롭고도 즐거운 대상으로 걸리기 비롯하였다. 짐작컨대 명 참판의 아들로서 지금 살아 있다 하면 스물한 살쯤 됐을 것이었다. 인화는 거리에서 때때로 스물한두 살쯤 나 보이는 젊은이를 만나면 얼굴을 유심히 보았다. 그리고 어렸을 때의 기억을 다시 일으켜서 대조하여 보았다. 혹은 영락[16]되지나 않았나 하여 상사람들 가운데도 주의하여 보았다. (비록 명 씨 성을 쓰는 사람은 없었으나) 활민당의 동지들 사이에도 주의하여 보았다. 그리고는 혼자서 머리를 움켜쥐고 생각하였다.

활민 선생에 대한 잊을 수 없는 은혜와 신세보다도 인화에게 더 잊을 수 없는 것은, 명 참판의 아들이라 하는 정체가 분명치 못한 젊은이에게 대한 괴상스런 애착이었었다.

인화가 아직껏 활민 선생에게 대하여 가지고 있던 존경과 애착 그 두 가지 가운데 애착은 어느덧 인화 자기도 모르는 틈에 없어지고 지금은 존경만 남았었다. 그리고 그 애착은 기괴하게도 정체 똑똑하지 않은 '명 참판의 아들'이라 하는 괴상한 이름 아래로 기울어졌다.

그와 동시에 그에게는 또 한 가지의 감정의 기괴한 교착이 생겼다.

이 활민숙 안에서 활민 선생에게 가장 신임과 사랑을 받고 활민이 바쁜 때는 선생의 일을 대리로 보는 사찰이라 하는 직함을 가지고 있는 안재영(安在泳)이라는 젊은이가 있었다. 육십 보 밖에서 칼을 던져서 한 치의 어그러짐이 없이 목적물을 맞추느니만치 무술에 능하고 쾌활하고도 침착하며 또한 가무(歌舞)에도 능하며 태공에게 극진한 사랑을 받아서 그의 직전(直傳)인 난초는 또한 볼만한—말하자면 온갖 방면에 당시의 공자로서 가져야 할 자격을 필요 이상으로 가지고 있는 젊은이였었다. 그러나 그의 근본은 아는 사람이 없었다. 그의 근본은 그 자신과 선생과 태공이 알 뿐이었었다.

이 안재영에게 인화의 마음은 때때로 이상히도 쏠렸다. 재영이도 인화를 친동기 이상으로 사랑하였다. 그러나 인화의 재영에게 대한 감정은 그보다도 더 기괴한 것이었다. 스무 명의 동지들이 웃고 지껄이는 가운데서도 인화는 재영의 목소리뿐은 따로 넉넉히 들을 수 있었다. 같

---

16 영락(零落) : 세력이나 살림이 줄어들어 보잘것없이 됨.

이들 모여 앉아 있는 가운데서도 인화의 눈에 제일 먼저 띄는 것은 재영의 모양이었었다. 재영의 꺼내는 말에는 무조건으로 찬성하였다. 너무 찬성하다가 얼굴을 붉힌 적도 있었다. 밤에 측간에라도 가는 길에 덧문 닫힌 재영의 방 앞에 가지런히 놓여 있는 재영의 신을 바라볼 때에는 괴상히 마음이 떨렸다. 때때로 신이 보이지 않을 때는 그는 안절부절 몇 번을 신이 다시 거기 놓여지기까지 측간 출입을 하였다.

이러한 이상한 감정, 이러한 이상한 심리를 스스로 살펴보고 얼굴을 붉힌 적이 한두 번이 아니었지만 그의 마음의 한편 구석에 깊이 새겨진 '재영'이라 하는 그림자는 정체 분명치 못한 '명 참판의 아들'이란 이름과 함께 그의 이즈음의 마음을 지배하는 커다란 그림자가 되었다.

아까 활민숙[17]으로 돌아와서도 그의 눈이 첫 번으로 간 곳은 재영의 방 앞이었었다. 그리고 거기 가지런히 놓여 있는 낯익은 재영의 신을 발견할 때에 그의 마음은 안심과 반가움으로 떨렸던 것이었었다.

나흘 만에 자리 위에 사지를 펴고 마음 놓고 누워서 이런 생각을 하고 있던 인화는 다리를 한 번 추켰다가 쾌활하게 벌떡 일어났다. 그러나 그 쾌활한 행동에 반하여 그의 얼굴에는 약하나마 애원과 고민의 빛이 있었다. 입에서는 약한 한숨이 나왔다. 그리고 무릎을 두 팔로 안은 뒤에 머리를 묻었다.

나이 찬 처녀만이 가질 수 있는 괴상한 애끊는 듯한 감정 때문에 그의 등은 격렬히 떨렸다.

6

겨울날 아침 해가 지붕마루를 겨우 넘었을 때쯤 하여 안재영은 이불을 차 던지고 일어났다. 그리고 벌거벗은 채로 일어서서 두어 번 기지개

---

17 활민숙 : 원문에는 '활민당'으로 표기됐으나 문맥상 '활민숙'이 적절함.

를 한 뒤에 옷을 입었다. 건강한 그의 살이 차게 언 옷에 닿는 순간에 생기는 쾌미를 맛보면서 옷을 다 주워 입은 그는 벼룻함 서랍에서 칼을 열 자루 꺼내어 바지 안에 단 가죽 주머니에 넣은 뒤에 후원으로 돌아갔다. 후원 연못에 어제 뚫어놓았던 얼음구멍은 밤새에 또다시 얼어붙었다. 그는 곁에 놓인 작살로써 얼음에 구멍을 뚫은 뒤에 저고리를 벗어 던지고 세수를 하였다. 그의 얼굴과 윗몸은 새빨갛게 되고 김이 무럭무럭 올랐다. 그는 다시 일어나서 몇 번 팔을 힘 있게 두르면서 팔과 가슴에 일고 잦는 근육의 혹들을 만족스레 들여다본 뒤에 저고리를 입고 못 언덕으로 올라왔다. 거기서 육십 보가량 되는 곳에는 기다란 나무판이 가로 걸려 있었다. 그는 가죽 주머니에서 칼을 한 자루 꺼내어 그리로 견주어보았다. 그리고 손이 잘 맞지 않는 듯이 머리를 두어 번 저은 뒤에 다시 팔을 뒤로 젖혔다가 칼을 던졌다. 그 뒤를 따라서 둘째 칼이 또 날아갔다. 저편 못 위쯤 되는 곳에서 반짝! 반짝! 열 번을 괴상한 광채가 났다. 열 번을 휙! 휙! 칼의 날아가는 소리가 났다. 그는 손을 턴 뒤에 연못을 휘돌아서 그 나무판 있는 데로 돌아갔다. 칼 열 자루가 금을 긋고 꽂은 듯이 한 일자로 나무판에 박혀 있었다. 한 칼과 칼의 거리는 모두가 세 치쯤이었었다.

그는 칼을 하나씩 뽑아서 날을 검사하여 가면서 도로 혁낭[18]에 넣었다. 그런 뒤에 앞뜰로 돌아와서 머리를 빗으며 제 방으로 돌아가려던 그는 인화의 방 앞에 신이 놓여 있는 것을 보고 그 앞까지 가서 신을 들어보았다. 그것은 틀림없는 인화의 신이었었다. 그는 눈을 들어서 굳게 닫혀 있는 덧문을 잠깐 바라본 뒤에 좀 더 주저하다가 제 방으로 돌아왔다.

머리를 빗는 동안 그는 문을 방싯이 연 뒤에 때때로 인화의 방을 바라보았다.

---

18 혁낭(革囊) : 가죽 주머니.

그가 머리를 다 빗고 나올 때까지 인화는 일어나지 않았다. 다른 젊은 이들은 모두 하룻밤의 휴식으로써 원기를 회복한 빛나는 얼굴로 제각기 뒤뜰로 돌아가지만 인화의 방의 문은 열리지를 않았다.

재영은 인화의 방 앞까지 가서 문에 귀를 대고 들어보았다. 고요한 숨소리가 안에서 새어 나왔다.

그는 문을 열까 말까 잠깐 주저하다가 생각을 돌이키고 선생께 아침 문안을 드리려 들어갔다. 선생은 비록 육십이 넘었으나 건강으로 빛나는 얼굴로 재영을 맞았다.

"선생님, 인화가 돌아왔던걸요."

인사가 끝난 뒤에 재영은 선생에게 이 보고를 하였다.

"인화가? 언제?

"언제 왔는지, 이제 보니깐 신발이 있어요."

"응, 그럼 아직 일어 안 났더냐?"

"아직 자는 모양입디다. 깨울까요?"

"그냥 뒤라. 곤할 테지."

그런 뒤에 선생은 의미 있는 듯이 재영의 얼굴을 보았다. 재영은 얼굴을 붉혔다.

"자ー 인제 맘이 놓이느냐?"

재영은 대답 대신으로 얼굴을 붉히며 숨을 길게 내어쉬었다.

선생은 그것을 바라보고 만족한다는 듯이 수염을 쓸면서 돌아앉아서 책상을 향하여 『좌씨전(左氏傳)』을 폈다. 그것은 재영에게 물러가도 좋다는 뜻이었다.

재영은 가만히 일어서서 그 방을 나왔다.

'명 참판의 아들.'

이러한 몽롱한 이름 아래서 때때로 인화의 머리에 수수께끼와 같이 걸려서 인화로 하여금 흥분되게 하던 그 수수께끼의 정체는 이 안재영이었었다. 민비의 정책에 죄 없이 세상을 떠난 명 참판이 세상에 남기고 간 외아들이 이 안재영이었었다. 명 씨 성을 꺼려서 그는 어머니의 성인 안 씨를 썼다.

아버지가 형장의 이슬로 사라진 지 얼마 지나지 않아서 어머니도 또한 세상을 떠났다. 친척들이 있기는 있으나 그들은 모두 민 씨의 세력을 꺼려서 아무도 돌보아주는 사람이 없었다. 그러나 아무 곳도 의지할 곳이 없는 이 어린 공자에게는 영리함과 총명함이라 하는 가장 보배로운 무기가 있었다. 그때에 그는 열네 살이었다. 그는 아버지에게서 물려받은 명진섭(明晉燮)이란 이름을 감추고 스스로 안재영이라 불렀다. 다른 아이들 같으면 연이나 띄우며 공이나 차며 놀 나이에 그는 그런 생각은 하지 않고 집안 다스리기와 학업에 온 힘을 썼다.

7

그가 열일곱 살 되는 때에 소안동에 활민숙이라 하는 서재가 생겼다. 그리고 비밀히, 민 씨 때문에 뜻을 잃은 명문집 자손을 구하였다. 그는 그리로 갔다. 그리고 거기서 뜻밖에 없는 제 아버지와 의형제를 맺었던 활민 선생을 만났다.

활민도 반가워하였다.

그리고 재영에게 또 한 가지 뜻밖인 것은, 거기, (아직 죽은 줄만 알고 있던) 제 약혼자인 인숙이가 남복하고 인화라는 이름 아래 있는 것이었었다.

그러나, 인숙─인화는 재영을 몰라보았다. 알 리도 없었다. 이 알지 못하는 것을 선생은 오히려 다행히 여겼다. 그리고 재영에게도 모른 체하라고 명령하였다.

인화는 제가 계집애인 것을 아는 사람은 이 넓은 천하에 활민 선생과 저 밖에는 없는 줄 굳게 믿고 있었지만, 여기 또 한 사람이 있었던 것이었었다.

인화가, '명 참판의 아들'이라는 정체 모를 사람을 때때로 생각하며 어떤 때는 안재영에게 이상한 마음의 동요를 느낄 동안 이 '명 참판의 아들' 명진섭이요 지금 이름은 안재영인 그는 약혼자라는 충분한 의식과 긍지 아래서 어린 인화를 보호하고 사랑하였다.

그러나 그는 선생의 명령은 조금도 어기지 않았다. 남달리 인화를 사랑하기는 하였지만 남이 이상히 보도록 도에 넘치지는 않았다. 인화도 그것을 형이 동생을 사랑하는 사랑과 마찬가지려니 하고 자기가 계집애임을 감쪽같이 천하 사람을 속였다 하였다.

재영은 그 인화의 태도를 보고 혼자 속으로 빙그레 웃고 하였다. 속는 것은 내가 아니고 너로다 하였다. 그리고 장차 올 즐거운 날에, 서로 감추었던 이름을 발표할 기회가 있을 것을 의심치 않고 믿고, 나날이 피어가는 인화의 얼굴을 혼자 바라보고는 기뻐하고 있던 것이었었다.

선생의 방에서 물러 나온 재영은 또다시 인화의 방 앞으로 갔다. 그리고 그 방 마루에 걸터앉아서 나오는 것을 기다릴까 하다가 그 방 문 걸쇠를 잡고 덜걱덜걱하여보았다.

"여보, 이 공."

안에서는 아무 대답 소리가 없었다. 재영은 잠깐 귀를 기울이고 기다리다가 다시 덜걱덜걱하였다.

"여보, 이 공."

안에서는 돌아눕는 소리가 들렸다. 으음 하는 잠 깨는 소리도 들렸다.

"인젠 일어나오."

인화는 벌써부터 깨어 있던 것이었었다.

겸호의 집에서의 나흘 동안의 마음 조임에서 놓여난 그는 나흘 만에 맛보는 이 자유를 충분히 맛보았다. 그는 벌써, 아까 재영이가 선생께 아침 문안을 드리려 들어가는 길에 이 방문 앞에 섰을 때에 깬 것이었었다. 그러나 그는 일어나려 아니하였다. 아침 햇볕이 문창 맨 윗살에서부터 한 살씩 감추어 들어가는 것을 바라보면서 조그만 안심에 이렇듯 늦잠을 잔 자기를 부끄러워하는 한편, 이러한 자유에 대한 희열을 느끼면서, 그냥 일어나지 않고 누워 있었다.

문창에 비친 그림자는 차차 내려왔다. 뜰에서는 후원으로 돌아가는 숙생(塾生)[19]들의 활발스런 발소리와 용기로 찬 웃음소리가 연하여 났다. 그가 이러한 분위기 아래서 무럭무럭 일어나 오르려는 젊은 기운을 누르고서 우두커니 누워 있을 때에 그의 문창에는 사람의 그림자가 나타났다. 그는 본능적으로 저고리 자락을 맞추었다. 그림자는 머리를 창에 가까이 대고, 귀를 기울였다. 그리고 손 그림자가 문 걸쇠를 잡았다. 덜컥덜컥하는 소리와 함께,

"여보, 이 공."

하는 소리가 들렸다. 그것은 확실히 재영의 목소리였다. 인화는 본능적으로 다시 저고리 자락을 얼싸 매고 대답하려 하였으나 대답할 시간은 벌써 지났다. 그는 하는 수 없이 다시 자는 체하였다.

"여보, 이 공."

문밖에서는 다시 찾는 소리가 들렸다. 인화는 돌아누우며 으음 하는 소리를 내고 부시시 일어났다. 그러나 재영을 맞을 만한 마음의 유여는 아직 되지 않았다. 그는 허든허든[20] 마음의 준비가 끝이 나기도 전에 문을 열었다. 동시에 재영의 힘 있는 손이 그의 손을 잡았다.

---

19 숙생 : 사숙(私塾)에 다니며 배우는 학생.
20 허든허든 : 다리에 힘이 없어 중심을 잃고 자꾸 이리저리 헛디디는 모양.

"언제 돌아왔소?"

인화는 빙그레 웃으며 재영의 얼굴을 쳐다보았다. 그리고 침착하던 재영의 얼굴에도 감출 수 없이 넘치고 흐르는 기쁨을 보고 자기도 마치 어린 동생이 형을 의지하듯 두 손을 재영에게 내어맡겼다. 그러나 그의 마음속에는 동생이 형에 대한 사랑과는 종류가 다른 어떤 떨리는 듯한 감정이 섞여 있음을 부인할 수 없었다.

인화는 재영에게 손을 잡혀서 후원으로 돌아갔다. 조반 전의 운동을 하고 있던 모든 숙생들은 인화를 환영하였다. 인화와 재영이가 뒤뜰에서 서로 잡고 있던 손을 놓은 때는 비록 겨울의 냉기가 손등을 얼게 하였으나 손바닥에는 땀이 질벅질벅 배어 있었다. 서로 잡았던 손에는 서로 손자리가 났다. 서로 자기도 모르는 틈에 잡은 손에 힘을 주었던 것이었었다.

거기서 세수를 하고 인화는 선생께 문안을 하려 들어갔다. 그리고 반 경쯤 지나서 선생의 방에서 나오는 인화의 얼굴에는 약간 흥분된 기운이 있었다.

그 뒤를 이어서 재영이 또한 선생에게 불리어 들어갔다. 그리고 거기서 나올 때는 재영의 얼굴에도 흥분된 기색과 긴장은 감출 수가 없었다.

그날 저녁, 저녁들을 끝낸 뒤에 또다시 선생에게 불리어서 한참 무슨 의논을 하고 나온 재영은 제 방에 와서 옷을 간편하게 차린 뒤에 날이 온전히 어두워지는 것을 기다려서 활민숙을 나섰다.

태공

1

어젯밤에 고요히 내려 쌓인 눈은, 그날－신사 섣달 스무날－은 세계를 은세계로 만들었다. 그리고 하늘은 씻은 듯이 맑아졌다.

온갖 불만과 불평을 마음에 품고 운현궁 깊이 숨어서 가야금을 희롱하고 난초를 그리는 것으로 그날그날의 소일을 하고 있는 태공은 그날도 쌓이고 또 쌓인 불평을 한 포기의 난초로써 하소연하고 있었다. 힘 있게 뻗은 잎 위에 혹은 부러져 늘어진 잎 위에, 장차 피려는 꽃에, －그의 붓 끝이 내리는 곳마다 그의 불평과 분만은 종이 위에 뛰놀았다. 손이 한 번 힘 있게 움직일 때에는 거기 그려지는 기다란 잎 위에는, 그의 마음속에 품고 있는 불평이 종이 위에 나타났다. 잎잎의 아름다운 곡선이나 피어오른 꽃의 방분스런[1] 표현이며 심지어는 그 낙관에까지 그의 불평은 넉넉히 나타나 있었다.

붓을 던지고 힘 있게 낙관을 한 태공은 좀 비스듬히 인제 그린 난초를 내려다보면서 물러앉았다. 오른편 뺨과 오른편 새끼손가락에는 약간의 경련이 일어났다. 차차 나이가 늙어오면서 그는 마음이 몹시 언짢을 때나 술에 취한 때는 늘 오른편 뺨과 오른편 새끼손가락에 경련을 깨달았

---

1 방분스럽다 : 보기에 제멋대로 나아가 거침이 없는 듯하다.

다. 히물히물 이상하게도 상쾌함과 불쾌함이 함께 섞인 경련이었었다. 그는 그 경련을 삭이려는 듯이 오른편 새끼손가락으로 오른편 뺨을 문질렀다.

그의 그린 난초는 '완전무결'이라고 할 수 있으리만치 결점이 없었다. 혹은 더욱 원숙하여졌다. 그러나 젊은 시절 몇 잔의 술을 구하기 위하여 때때로 그려 내어던지던 그때의 난초에 비길진대 패기며 힘이 현저히 부족함을 어찌하랴. 그리고 그 대신으로 거기는 불평과 노여움이 불붙는 것을 어찌하랴. 물끄러미 종이를 내려다보고 있던 태공은 그 종이를 둘둘 말아서 집어치우고 안석에 의지하였다.

그때에 하인이 들어와서 호조판서(戶漕判書) 민치상(閔致祥)의 집에서 잉어 두 마리를 보냈다는 것을 아뢰었다. 내일(섣달 스무하룻날)이 태공의 생신이었다. 태공은 귀찮은 듯이 머리를 돌이키고 말았다. 그러나 하회를 기다리던 하인이 다시 나가려 할 때에 태공은 다시 불렀다.

"하인이 아직 있느냐?"

"?"

"민."

말을 하려던 태공은 입이 쓴 듯이 말을 끊었다가 토하는 듯이 계속하였다.

"잉어 가지고 온 하인이 아직 있느냐 말이다."

"네, 아직 있습니다."

"그러면 그 잉어를 다시 내주고 이 이하응의 집에서는 그런 좋은 것을 먹으면 모두 입이 부르트니깐 먹을 수가 없다고―뜻은 감사하나 도로 보낸다는 말을 가서 전하라 해라."

하인은 공손히 허리를 한 번 굽혔다. 그러나 나가지를 못하고 그냥 서 있었다.

"썩 가서 그래!"

갈린 듯한 커다란 호령이 그에게서 나왔다. 오른편 뺨과 오른편 새끼 손가락이 히물히물 떨렸다. 그리고 오른편 넓적다리에도 약간의 경련이 일어났다. 이 넓적다리의 경련은 그의 마음이 극도로 격동된 때가 아니면 일어나지 않는 현상이었었다. 그는 그 경련을 남에게 보이기를 꺼리는 듯이, 부러 입맛을 다시며, 손을 움직였다.

하인은 무슨 말을 하고 싶은 듯이 잠깐 주저하다가 나갔다.

태공은 눈을 감았다. 불쾌하기 때문에 걸게 된 침은 그의 목에 걸려서 넘어가지를 않았다. 그 불쾌와 불평 가운데, 그의 노여움은 차차 커졌다. 민치상의 집에서 잉어를 보낸 것은 그의 노여움을 더욱 돋웠다. 작년 일생에 한 번 이르는 환갑연에도 가까운 친구 몇 사람만 청하여 겨우 한 그릇의 국으로써 대접하고 만 그였었다. 국왕의 아버지요 10년간을 왕의 왕인 지위에 앉아서 억조의 창생을 다스리던 그는 당연히 일생에 한 번 이르는 환갑연에는 위로는 왕으로부터 아래로는 산골의 한 초부에게까지 환갑의 축하를 받을 권리가 있었으며 온 조선의 백성은 그의 환갑을 축하할 의무가 있었다. 그러나 불평과 분만에 싸인 그는 아무도 모르게 몇 사람의 벗을 청하여 한 그릇의 국을 나누는 데 그치었었다.

넓적다리의 경련은 겨우 멎었다. 오른편 뺨과 새끼손가락의 경련도 그 도수가 줄었다. 그러나 마음속의 불평뿐은 줄지를 않았다. 아직껏 막연히 그의 마음속에 떠돌던 분명하지 못한 모든 불평은 그 민치상의 잉어로 말미암아 구체적으로 순서 있게 그의 마음에 다시 불붙어 올랐다.

2

당신의 아드님인 왕의 마음이 아버지를 의뢰[2]하는 마음에서 차차 왕비를 의뢰하여가는 그 기괴한 변화─거기 대한 불평 때문에 그만 왕궁을

---

2 의뢰(依賴): 굳게 믿고 의지함.

내어버리고 양주 고든골로 내려가버렸던 그때의 일—일생을 통하여, 자기의 행한 일에 대하여 후회하여본 일이 없는 태공은 그때에 자기가 양주 고든골로 내려갔던 것뿐은 늘 후회하였다. 정치에 대한 왕비의 간섭과 간관(諫官) 최익현(崔益鉉)의 태공 탄핵(彈劾)에 대한 정부의 관대한 태도에 노하여 분연히 양주 고든골로 내려간 태공에게는 자기가 내려가면 당연히 왕에게서 맞으려 사람을 보내리라는 예산이 있었다. 적어도 보내지 않을 수 없으리란 자신이 있었다.

그러나 그때 벌써 왕의 마음은 아버지를 떠나서 비에게로 간 때였었다. 태공은 그것을 몰랐다. 헛되이 양주 고든골서 얼마를 왕의 부름을 기다리다가 참지 못하여 왕궁으로 돌아왔을 때는 궁중과 부중[3]은 벌써 민씨의 세력 아래 들어가 있었다. 태공이 멀리하였던 사람들은 모두 정부의 긴한 자리를 차지하고 태공이 긴히 쓰던 사람은 모두 정배[4]를 가거나 멀리함을 받았다. 이리하여 궁중과 부중은 조선 백성의 것이 아니고 민씨 일당의 것으로 변하였다.

과연 태공이 양주로 내려갔던 것은 그의 큰 오산(誤算)인 동시에 이후에 그의 가장 사랑하던 창생으로 하여금 그의 길을 잃어버리게 한 커다란 복선이 되었다.

그 뒤의 민씨 일당의 정치는 과연 놀랄 만한 것이었었다. 자기네들 아래에는 수없는 무리가 광명을 향하여 부르짖는 그 부르짖음을 듣지 못하는 그들은, 정치를 다만 자기네 일파의 세력 확장에 썼다. 그리고, 자기네의 세력을 펴기에 급급한 그들은, 필연의 결과로써, 태공의 세력을 꺾기에 온 힘을 썼다.

태공의 너무 엄격한 정치가, 일부의 선비들에게 반감을 샀던 것은 사

---

3 궁중과 부중 : 궁중부중(宮中府中). 왕과 높은 벼슬아치를 이르는 말.
4 정배(定配) : 죄인을 지방이나 섬으로 보내 정해진 기간 동안 그 지역 내에서 감시를 받으며 생활하게 하던 일.

실이었었다.

"공자(孔子)라도 내 명령에 복종하지 않으면 목을 벤다."

고 한 그의 호어[5]가, 유생들의 노여움을 산 것도 사실이었었다. 오로지 자기의 백성을 사랑함으로 베풀었던 정치가, 그 너무 엄격하기 때문에, 일부의 사람들의 반감을 샀던 것은 사실이었었다. 그러나, 그의 눈앞에는 백성이라 하는 것이 떠나본 일이 없었다. 그의 베푼 시설과 제도는 모두가 그의 사랑하는 백성으로 하여금 크고 굳센 백성이 되게 하기 위하여 만들어놓은 것이었었다.

민씨 일당은 그것을 차례로 깨트려 나갔다. 당폐는 차차 심하여지고 관리의 매관매직과 뇌물과 사치가 성하고 토색은 당연한 권리와 같이 여기며 그 모든 무거운 사치의 비용 때문에 태공이 몇 해를 저축하였던 모든 창고는 비고─민씨 일당은 그것뿐으로도 부족하여 태공의 아들이며 왕의 아우(庶弟) 되는 이재선을 음모라는 명목 아래서 잡아 처형하였다. 재선은 태공의 가장 사랑하는 아들이었었다.

이러한 모든 일의 그 한 가지 한 가지가 모두 태공의 분만을 돋우는 것이었었다. 그러나 그에게 더욱 통분한 것은 민씨 일당의 정책으로 태공의 쇄국(鎖國)정책이 깨어져 나간 것이었었다.

태공은 일찍이 외국─더욱 양국의 크고 강함을 알았다. 그러나 나라로서의 위신과 정의를 보존하기 위하여서는 가까운 장래에 그 양국과 교제치 않을 수 없음을 알았다. 이러한 곤란한 처지에 처하여 자기의 사랑하는 나라와 백성을 위하여 정치가가 베풀 정치는 어떤 것일까.

그는 먼저 쇄국을 선언하고 안으로서 국력의 충실을 도모하였다. 먼저 몇백 년 내의 폐해이든 당벌과 서원을 없이 하여버리고 온갖 불편한 풍속을 깨트려버리고 국고를 충실하게 하고 군대를 양성하였다.

---

5 호어(豪語) : 의기양양하여 호기롭게 말함. 또는 그런 말.

그러나 그 대공(大工)의 첫걸음을 겨우 떼어놓았을 때에 그는 정권을 민씨 일당에게 앗긴 것이었다. 그리고 그 태공의 뒤를 이은 민씨 일당은 오로지 태공의 정치를 깨트리기 위하여 아무 자각도 없이 나라의 문을 외국에게 열어놓았다. 어린애의 연한 피부는 아무 보호도 없이 혹독한 바람에 쏘이게 되었다. 외국의 무서운 세력은 차차 흘러들어왔다.

3

태공의 사랑하는 국민, 어린 양과 같이 온화하며 순직하고 남을 믿기 잘하는 이만치 정직하며, 냅뜰성⁶이 없는 이 어린애들을, 아무러한 보호도 없이 이리와 같고 사자와 같은 무서운 외국의 세력 앞에 내어놓는 이 어리석고도 무모스런 행동에 대하여 태공의 노여움은 가장 컸다.

'10년만 내가 더 섭정을 한 뒤에 개국을 했어야 할 것이다.'

때때로 가까운 사람들과 이야기할 때는, 그는 분한 듯이 이렇게 말하였다. 그리고 그럴 때마다 오른편 뺨과 오른편 새끼손가락에 경련을 깨달았다.

그날은 하루 진일⁷을 태공은 불쾌하게 지냈다.

그 불쾌함을 거의 잊게 되면 내일의 태공의 생신을 축하하는 새로운 물건들 때문에 불쾌함은 다시 폭발되고 하였다.

왕과 왕비에게서는 아버지 되고 시아버지 되는 이의 생신을 축하하는 뜻으로 금수저와 금잔을 보냈다. 그러나 늘 왕비를 괘씸히 여기는 태공은 '나이 늙어서 금 기명⁸은 무거워서 쓸 수가 없다'고 돌려보냈다.

김보현(金輔鉉)에게서 보낸 수복주(壽福酒)에 대하여는 이런 술을 먹을

---

6 냅뜰성 : 망설이거나 머뭇거리지 않고 활발하고 견딜성 있는 성질.
7 진일 : 온종일.
8 기명(器皿) : 살림살이에 쓰는 그릇을 통틀어 이르는 말.

귀인이 없다고 돌려보냈다. 조영하(趙寧夏)에게서 온 돈피[9] 저고리에 대하여는 아직 추운 줄을 모르겠으니 이다음 추워질 때까지 맡아두라고 돌려보냈다.

이렇듯 그는 오는 물건을 다 돌려보냈다. 그리고 돌려보낼 때마다 그의 불쾌는 새로워졌다.

밤이 되었다. 일찍이 자리에 누웠으나 여러 가지의 불평과 불쾌한 기억 때문에 태공은 잠을 들지를 못하였다. 자기의 추억을 유쾌하던 일로 돌려보려고 몇 번을 애를 써보았으나 뒤를 이어서 불쾌한 기억만 일어났다. 오른편으로 왼편으로 몇 번을 돌아눕고 몇 번을 담배를 거듭하였으나 졸음은 오지를 않았다. 몇 번을 그 모든 불쾌한 기억을 잊기 위하여 잠들어보려고 하던 태공은 그것이 한낱 헛수고에 지나지 못하겠음을 알고 마침내 다시 일어났다.

공연히 누워서, 누워 있기 때문에 일어나는 그런 망상에 몸을 빠뜨리기가 싫음으로였었다.

그는 옷을 입고 뜰로 내려섰다. 아직 달은 뜨지 않았다. 그러나 어젯밤에 내린 눈 때문에 사면은 허—옇게 밝았다. 그는 뒷짐을 지고 뜰을 이리저리 거닐었다. 손과 얼굴은 좀 시린 듯했지만 아직 건강한 그의 몸은 그다지 추위를 깨닫지 못하였다. 걸음걸이에도 힘이 있었다.

한참 앞뜰을 왔다 갔다 하던 그는 후원으로 돌아갔다. 그리고 집을 한번 휘돌아서 앞뜰로 돌아오려다가 저—편 담장 안에 무슨 물건의 그림자가 움직이는 것을 보고 멈칫 서서 머리를 기울이고 자세히 보았다. 거기는 눈을 쓸지 않아서 똑똑히 알 수 없으나 허—연 눈 가운데 흰 그림자—사람의 모양을 한—가 확실히 있었다. 태공은 한순간 몸에 소름이 쪽 돌았지만 그것이 무엇인지 자세히 보려고 발소리를 감추어가지고 이 나무

---

9 돈피(獤皮) : 담비 종류 동물의 털가죽.

그림자에서 저 나무 그림자로 피하면서 차차 가까이 갔다.

거리가 가까워짐을 따라 그 그림자가 사람인 것은 더욱 확실하여졌다. 그것이 사람인 것이 의심할 여지가 없이 되는 순간 태공은 나무 그림자에서 쑥 나섰다. 그의 심장은 고동으로 말미암아 거의 멎을 듯하였다.

"거 누구냐."

그는 벽력같이 고함쳤다. 그 소리에 아직껏 담장 편으로 돌아섰던 그 그림자는 한순간 돌아보고는 곧 달아나려 하였다.

"섰거라! 거 누구냐."

태공은 다시 고함쳤다. 그리고 그 그림자가 이리로 달려오면 막을 준비로 왼편 다리를 앞으로 내밀고 주먹을 부르쥐었다.

달아나려던 그림자는 태공의 두 번째 호령에 얼른 이리로 돌아섰다. 그리고 허리를 굽혔다.

"대감, 저올시다."

그것은 젊음을 자랑하는 용감스럽고도 우렁찬 대답이었다.

"누구냐."

그 그림자가 적의(敵意)가 없는 것을 보고 태공은 몇 걸음 가까이 갔다.

"진섭이로구나. 너 어떻게 왔냐?"

그것은 사실 안재영이었었다. 그것이 누구인지 알아보고 태공은 걸음을 빨리하여 재영에게로 갔다.

4

"어떻게 왔냐? 추운데 들어가 보자."

"춥지는 않습니다. 대감 들어가셔서 주무시지요. 노체에."

태공은 재영의 얼굴을 쳐다보았다. 그리고 똑똑히는 보이지 않으나 그 심상치 않은 얼굴로써 무슨 일이 있음을 짐작하고 손을 들어서 자기보다 훨씬 키가 더 큰 재영의 등을 두드렸다.

"응, 수고한다."

늙음으로 말미암아 감격하기 쉬운—더구나 세상의 차고 찬 갖가지의 세태를 다 맛본 그는 이런 인정적 당면에는 다른 사람보다 약하였다.

"수고한다."

다시 한번 혼잣말같이 이렇게 말한 뒤에 재영의 잔등에 올라갔던 손을 내릴 때는, 오른편 뺨과 오른편 새끼손가락은 약한 경련이 일어났다.

—이튿날 새벽 일찍이 깬 태공은 시동을 불러서 뜨뜻이 녹여두었던 옷을 입은 뒤에, 일어났다. 그리고 혹은 재영이가 어디 들어와 있지 않은가 하고 물어보았으나 시동은 알지 못하였다.

"어디 나가서 알아봐라."

이렇게 명령은 하였으나 그 명령을 듣고 시동이 막 나가려 할 때에 태공은 다시 불렀다.

"그만둬라. 내 나가보지."

그리고 그는 몸소 나가서 후원으로 돌아가 살펴보았다. 그러나 재영은 보이지 않았다. 태공은 눈 위에 깊이 박힌 어젯밤의 자기의 발 자리를 골라 짚으면서 어젯밤에 재영이가 있던 곳까지 가보았다. 거기는 왼편으로 혹은 바른편으로 재영의 발 자리인 듯한 발자국이 눈 위에 박혀 있을 뿐, 그 발 자리의 주인은 없었다. 태공은 뒷짐을 지고 서서 눈으로 발자국을 따라가면서 왼편을 먼저 쳐다보았다. 그리고 담장 위를 본 뒤에 다시 오른쪽으로 돌아섰다. 그런 뒤에 발 자리를 쫓아서 저편까지 보려던 그는 그곳서 얼마 하지 않은 곳에 눈이 이상히도 흩어져 있는 것을 발견하였다. 태공은 그리로 갔다.

거기는 눈 위에서 두 동물이 맹렬히 격투를 한 듯한 자리가 있었다. 눈 위에는 넘어졌던 자리, 뒹군 자리, 손 자리, 발 자리가 범벅으로 되어 있었다. 그리고 점점이 떨어진 핏방울도 있었다. 태공은 머리를 기울이고 서서 그 격투한 자리를 내려다보았다. 그리고 그 핏방울이 뉘 것인가를 감별하려는 듯이 허리를 굽히고 피 흐른 자리 위에 눈을 가까이하였다.

이윽고 몸을 바로 한 태공은 근심스러운 얼굴을 하고 발로써 그 격투한 자리를 문질렀다. 문지르고 또 문지르고 거기 생겨 있는 모든 넘어지고 자빠졌던 자리를 눈으로써 덮어서 다만 불규칙한 눈덩이같이 만든 뒤에 도도 뒷짐을 지고 아까의 발 자리를 다시 골라가면서 앞으로 돌아왔다. 그리고 대청으로 오르려 하다가 다시 돌아섰다.

"야, 누구 있느냐?"

저편 쪽에서 대답 소리가 나고 이윽고 한 사람의 하인이 돌아왔다.

"불러 계십니까."

"음 어젯밤 — 밤 깊어서 무슨 수상한 소리를 못 들었냐?"

하인은 머리를 기울였다.

"소인은 들은 길[10]이 없습니다. 알아보고 오리까?"

"알아봐라."

이렇게 분부를 한 뒤에 태공은 방으로 들어와서 곤한 듯이 몸을 요 위에 내어던졌다.

그의 마음은 몹시 무거웠다. 아까 본 몇 방울의 피는 그의 마음을 이상히도 괴롭게 하였다. 그는 어젯밤에 본 명진섭(안재영)을 눈앞에 그려보았다. 무슨 일이 있었으며 어떤 일이 생겼는지 알 바가 없으나 좌우간 심상치 않은 일 때문에 이 추운 겨울에 담장 안에 버티고 서서 밤을 새우던 그 진섭의 용감스럽고도 외롭던 그 모양은 그 눈에 어른거렸다. 젊은 공자 — 만약 태공 자기가 정권을 잡고 있다 할 양이면 지금은 당당한 당상

─────────

10 길 : '일'의 오자로 보임.

관(堂上官)[11]으로서 세상을 내려다볼 그가 삐뚤어진 세태 때문에 잘 때에 단잠도 못 자고 추운 겨울날 문밖에서 밤을 새우던 모양은 태공에게는 끝이 없이 마음 아픈 재료였다. 진섭의 아버지 명 참판이 살아 있을 때부터 남달리 진섭이를 사랑하던 태공은 명 참판이 민씨 일당의 손에 죽은 뒤에 더욱 사랑하였다. 자기의 가장 사랑하던 아들 재선이가 역모라는 죄명 아래 민씨 일당에게 죽은 뒤에는 세상에 다시없는 외로움 가운데 빠진 태공은 진섭을 어떤 의미로 보면 아들과 같이 여겼다. 늙음으로 말미암아 온갖 감정을 감출 수 있는 태공은 그 사랑을 남이 알도록 표면에 나타내어본 적은 없었지만 그 혼자로서는 진섭의 장래를 위하여 궁리하여둔 여러 가지의 복안까지 있었다. 그만치 사랑하던 진섭이가 어젯밤에 담장 안에 있던 것을 볼 뿐 맹렬한 격투의 자리와 몇 방울의 피를 남겨두고 없어지고 만 것은 태공에게는 근심의 재료였다. 그것은 뉘 핏방울일까. 격투의 자리는 무엇을 뜻함일까. 진섭은 과연 무사히 있는지.

시동이 들어와서 어젯밤에 아무도 이상한 소리를 들은 사람이 없다는 것을 회보[12]할 때에는 태공은 두어 번 코를 킁킁 울릴 뿐이었다.

5

태공이 세수를 한 뒤에 문안들을 받을 때에 시동이 손님 온 것을 알게 하였다.

"누구시더냐."

"안동 활민 선생이올시다."

"활민?"

"네."

---

11 당상관 : 조선시대 관리 중에서 정3품 이상의 품계를 가진 자.
12 회보(回報) : 어떤 문제에 관한 물음이나 요구에 대하여 대답으로 보고함. 또는 그런 보고.

"안사랑으로 모셔라."

하고 태공은 담배를 붙여 문 뒤에 황황히 일어서 나갔다. 시동이 미처 신을 바로 놓기도 전에 신을 끌면서 나가서 안사랑 문을 여니 안에는 활민이 앉아 있고 그 뒤에는 뜻밖에 재영(진섭)이가 서 있다가 태공을 보고 인사를 드렸다.

태공은 무슨 큰 기적을 본 듯이 눈을 재영의 얼굴 위에 던질 뿐 잠깐은 움직이지를 않았다. 그리고 그의 얼굴에 나타난 표정으로써 무엇을 알아보려 하였다. 오늘 이른 새벽부터 순간 전까지 자기의 머리를 지배하던 그 수수께끼에 대한 해답을 재영의 얼굴에서 읽으려 하였다.

그러나 재영의 얼굴에는 별다른 표정은 나타나 있지 않았다. 자기가 가장 경애하는 태공을 만난 그 기쁨과 존경하는 표정뿐이 있을 따름이었었다.

태공은 재영의 몸을 훑어보았다. 어디 상처 받은 데나 없나, 아까 눈 위에 떨어졌던 핏방울은 혹은 재영의 것이나 아닌가 하여……. 그러나 손을 앞으로 읍하고[13] '건강' 그것과 같이 버티고 서 있는 재영에게는 상한 곳이 있음직도 안 하였다. 잠시 재영의 몸 위에 향하여 있던 태공의 눈이 재영에게서 떠날 때는 오른편 눈에는 눈물이 고였다.

"어젯밤에는 수고했다."

이렇게 말하는 태공의 목소리는 떨리기까지 하였다. 그리고 그는 담배를 힘 있게 들여 빨며 내려가서 요 위에 곤한 듯이 몸을 던졌다.

"선생, 참 오래간만이외다. 이즈음 어떠시오?"

"무고히 지내나 보이다."

"아이(숙생)들도 다 잘 자랍니까?"

"네."

---

13 읍(揖)하다 : 두 손을 맞잡아 얼굴 앞으로 들어 올리고 허리를 앞으로 공손히 구부렸다가 몸을 펴면서 손을 내리다. 인사하는 예의 하나이다.

"진섭이."

"대감 진섭이가 아니고 재영이라오."

"재영이라고 불러주세요. 늘 말씀드려도……."

"음, 재영이. 재영이 너는 잘 지내느냐. 좀 가까이 온."

재영은 무릎으로 걸어서 태공의 가까이까지 갔다.

"좀 더. 음, 그렇지. 세월이 빠르다. 네가 벌써 이렇게 됐구나."

하면서 태공은 새삼스러이 손으로 재영의 등을 두드렸다.

"대감, 잘못하다가는 재영이가 대감의 등을 두드리오리다."

"하하하하. 참, 애 코 흘리던 것이 어제 같은데……. 어제라니 생각나
지만 상한 데는 없느냐."

재영은 얼굴을 들어서 태공을 바로 보았다.

젊음과 용기로 빛나는 그의 얼굴은 마땅치 않은 말씀을 하신다는 듯
이 태공을 나무랐다.

태공은 그 젊음을 보았다. 그리고 그 용기를 보았다. 그런 뒤에 눈을
활민에게로 굴렸다. 활민도 태공을 마주 보았다. 서로 마주 보는 두 쌍의
늙은 눈에는 자기네의 젊었을 때에 대한 회상과 추억과 동경이 어울리고
있었다.

태공은 약하게 한숨을 쉬었다. 그리고 까닭 없이 허허허 웃은 뒤에 아
직 다 타지도 않은 담배를 털어버렸다.

"언제쯤 돌아갔느냐?"

"?"

"언제쯤 숙(塾)으로 갔느냐 말이다."

"네, 대감 다녀가신 뒤에 곧 갔습니다."

"그런데 대체 뭐더냐?"

재영은, 선생의 얼굴을 힐끗 보았다. 활민이 재영을 대신하여 대답하였다.

"겸호가, 밤중에 대감께 전인[14]을 했더랍니다. 하하하하."

6

태공은, 담뱃대로 타구[15]를 끌어당겼다. 그리고, 벌써 다 털어버린 대를 두어 번 더 땅땅 떨어본 뒤에 토하는 듯이,

"자객이라."

하고는, 허허 웃어버렸다.

"그 손님을 잡았느냐."

잠깐 머리를 수그리고 생각에 잠겼던 태공은 머리를 숙인 채로 재영에게 이렇게 물었다. 재영의 대신, 선생이 대답하였다.

"그럼요. 다른 애들을 제쳐놓고 재영이가 제가 온 이상에야, 그대로 두겠습니까? 지금 곱게 안동숙에다 모셔다 두었지요."

"성명은 뭐랍디까."

"아직 문초[16]를 안 했으니깐, 알 수 없습니다. 지금 광에서 곱게 주무시는 중이지요. 하하하하."

태공은 오른편 눈썹을 떨었다.

"고약한. ─그래 꼭 내 고기를 먹고 싶단 말인가. 좌우간 재─재─재."

"재영이올시다."

"재영이. 너는 어젯밤에 수고했다. 추운데, 밤잠도 못 자고. 세상이 세상일 것 같으면, 당당한 명문 공자로서, 나졸 무리들같이, 으음."

태공은, 머리를 천천히 들어서 재영의 얼굴을 바라보았다. 재영은, 태공을 보았다. 서로 마주 보는 두 눈─하나는 존경으로써, 하나는 사랑으로써 젖은 두 눈은, 서로 잠시 동안 마주 보고 있었다.

---

14 전인(專人) : 어떤 소식이나 물건을 전하기 위하여 특별히 사람을 보냄. 또는 그 사람.
15 타구(唾具) : 가래나 침을 뱉는 그릇.
16 문초(問招) : 죄나 잘못을 따져 묻거나 심문함.

마침내, 태공이 눈을 아래도 떨어뜨렸다. 그리고,

"재영이—재선이—재선이—재영이."

두어 번 혼잣말같이 말한 뒤에 눈을 한 번 뜨고 담뱃대로, 서랍을 끌어당겼다.

가장 사랑하던 아들 재선이를 역모(逆謀)라는 죄명으로, 민씨당에게 잃어버린 뒤에 밤마다 낮마다 습관이 되다시피 부르는 그 이름과 진섭이의 지금 이름이 서로 비슷한 것에, 일종의 숙명적 애수와 인연을 느낀 것이었었다.

진섭이 성냥을 대었다. 향기로운 성천초[17]에서 피어나는 푸른 연기에 두어 번 뜻하지 않고 기침을 한 태공은 뺨에서 다시금 일어나는 경련을 깨달았다. 동시에, 그의 얼굴에는, 차차 고민하는 표정이 나타났다.

이야기는 끊어졌다. 세 사람은 각기 무거운 기분에 잠겨 있었다.

한참 뒤에, 그 침묵을 깨트린 사람은 태공이었었다. 태공은, 먼저 한숨을 쉬었다. 그런 뒤에, 그 한숨을 삭이려는 듯이 빙그레 웃었다.

"선생, 오늘은 왜 그런지 마음이 좀 이상하구려. 오늘이 내 생일날, 말하자면 기쁜 날인데, 왜 그럴까."

이러한 질문에 응할 만한 대답은, 활민도 가지고 있지 못한 모양이었었다. 활민의 입에서도, 기다란 한숨이 나왔다.

재영이는, 머리를 돌이켰다. 그러나 늘 희망과 용기로 빛나던 재영의 얼굴에도, 밝지 못한 그림자가 분명히 띠어 있었다.

당연히 축하를 하여야겠고 또한 당연히 축하를 받아야 할 기꺼운 날에, 세 사람의 머리를 지배한 기분은, 오히려 그 반대의 어두운 기분이었었다. 그리고, 이러한 기분은 순전히 민씨 일당에 대한 그들의 분노와 분만에서 생겨난 것이었었다.

---

17 성천초(成川草) : 평안남도 성천 지방에서 나는 담배.

"선생, 암탉이 울면?"

"집안이 망한답디다."

"그래, 집안 망해. 확실히 망해. 암탉이 울면 - 울면."

흐물흐물한 새끼손가락과 오른편 뺨에는 또한 경련이 일어났다.

"개가 절구를 쓰고 지붕에 올라가면, 집안 망해요. 여편네란, 아이나 기르고, 가사나 돌보고 할 게지, 다른 생각은 먹어서는 못씁니다."

태공은 입맛이 쓰다는 듯이 침을 타구에다 탁 하고 뱉었다.

7

그것은 지극히 간단한 생신연이었었다.

그날 태공의 마음은 몹시 언짢았다. 그날은 청한 손님도 얼마 없었거니와 온 사람은 청한 사람의 삼분의 이에 지나지 못하였다. 왕의 아버지요 일대의 호걸인 태공의 생신으로서는 너무 쓸쓸한 광경이었었다. 그러나 그 적은 손님조차 태공에게는 귀찮았다. 그래서 의리로써 청한 몇 사람의 친척은 어름어름 조반을 대접하여 보내버리고 그 뒤에는 점심때쯤부터는 자기의 심복자인 여남은 사람과 따로 잔치를 열었다.

그러나 활민과 재영은 그 축에도 섞이지를 않았다. 활민과 태공의 사이의 관계는, 태공의 심복지인의 새에도 비밀히 하여두었던 것이었었다.

태공이 손님을 다 보내고, 활민과 재영이 있는 안사랑으로 들어온 때는, 벌써 촛불을 켜지 않고는 작은 물건은 알아보지 못하리만치 날이 어두운 때였었다. 그때, 태공은 벌써 좀 취해 있었다. 아직껏 손님들의 눈을 꺼리어 돌아가지 못하고 있던 활민과 재영은, 태공이 들어오는 것을 보고, 인사하고 인제 돌아가려 하였다. 그러나, 몇 잔의 술 때문에 유난히 마음이 쓸쓸하게 된 태공은 그들을 말렸다.

"일찍 가서 뭘 하려오. 우리 오래간만에 한 번, 활민(活民), 하응(昰應)이가 돼서, 마음껏 먹어봅시다."

하면서 그는 하인에게 술과 안주를 가져오기를 명하였다.

술이 들어온 다음에 그는 다른 사람은 멀리하였다.

"재성이? 재영이? 너 오늘 술 좀 따라라."

"네."

"자, 선생. 한 잔 잡수."

태공은 쓸쓸한 듯이 한숨을 내쉬면서 활민에게 권하였다.

사실 그의 마음은 쓸쓸하였다. 그것은 결코 잃어버린 정권에 대한 알 끈함[18]이 아니었다. 재선이의 죽음도 그의 마음의 쓸쓸함을 돕기는 하였으나 온전히 그것뿐도 아니었다. 자기가 만들어놓았던 온갖 제도가 차례로 깨어져 나가는 거기 대한 것도 아니었다. 민씨 일당의 승세도 아니었다. 자기와 및 자기 심복지인들의 영락도 아니었다.

그 몇 가지 가운데 어느 것 한 가지가 그의 마음을 쓸쓸케 하지 않는 것이 있으랴만 가장 그의 마음을 쓸쓸하게 하고 괴롭게 하고 쓰리게 하는 것은 '외국 세력의 침입'이었다. 일찍이 영락된 공자로서 부랑배들과 같이 시정[19]에 배회하며 투전과 술과 가야금으로써 가슴에 사무친 불평을 모호히 하던 그때부터의 그의 동지—요 벗인 이 시민 이 국민—어린 양과 같이 순하고 아무 불평을 모르는 동포—이 무리의 가운데 이리를 끌어들인 그 어리석은 정치에 대하여, 그의 외로움과 괴로움은 가장 컸던 것이었었다.

자기를 보호할 만한 병력(兵力)과 아무러한 정치적 훈련도 받기 전에, 이 어린애의 피부와 같은 조선을, 몹쓸 바람과 같은 열국(列國)의 앞에 내어놓은 것이었었다.

그들은 아직 정부와 국민의 밀접한 관계를 모르는 순진한 백성이었었

18 알끈하다 : 무엇을 잃거나 기회를 놓치고서 오랫동안 잊지 못하여 아쉬운 감이 있다.
19 시정(市井) : 인가가 모인 곳

다. 아직껏 대대로 궁중과 부중은 당쟁(黨爭)뿐으로 지내왔으며, 자기네의 아래는, 자기네가 마땅히 보호하고 지도해야 할 '국민'이라 하는 것이 있는 줄을 알지 못하였다. 관리는 관리, 국민은 국민으로, 관리는 토색하는 것이 자기네의 유일의 직책이며 권리이며 의무로 알았고, 국민은, 자기네의 나라에 대한 유일의 충성은, '관리에게 뇌물 먹이는 것'으로 알고 지내오는 몇 대(代)에 관리와 국민 사이에 마땅히 있어야 할 밀접한 연락과 교제와 정의는 어느덧 없어지고 만 것이었다.

8

이런지라 이 국민에게는 누구가 임금이 되며 누구가 정부의 수반이 되는지는 온전히 관계없는 문제였었다. 인제 갑자기 어떠한 병란이 생겨서 전라도 참빗 장사 총각이 홀연히 임금의 지위에 올라앉는다 할지라도 이 국민은 다만 내일 아침의 조반을 위하여 부처끼리 걱정할 뿐 정치적 문제에 대하여는 눈떠보지도 않으리만치 궁중과 부중에 무관심한 국민이었었다.

그러한 국민에게 국민과 정부의 밀접한 관계를 알게 하려고 노력한 이는 태공 자기였었다. 정부의 목적은 토색이 아니요 국민을 다스리고 지도하며 해로운 시설은 폐지하고 이로운 기관은 만들어내는 데 있다는 것을 실지로 보여준 것은 태공이었었다. 외국의 야심을 통찰하고 밖으로는 국력으로 외국을 막으며 안으로는 가까운 장래에 외국과 교제를 하여도 속 보이지 않을 만한 실력을 길러보려고 노력한 이도 태공이었었다.

이렇기는 오늘날 민씨 일당은 다시 예로 돌아가서 '국민'이라 하는 것은 잊어버리고 오로지 자기네의 세력 펴기에만 온 힘을 쓰지 않는가. 동북에서 들어오는 러시아의 세력을 그들은 어떻게 하려는가. 남에서 들어오는 일본의 세력을 어떻게 하려는가. 서해안으로 들어오는 아메리카와 프랑스의 세력을 어떻게 하려는가. 그 세력의 일부분은 벌써 깊이 새들어오지 않았는가. 정치며 국사에 대하여는 극도로 무관심한 이 국민의 사이에 무서운 외국의 세력이 벌써 널리는 못 되나마 깊이 새들어오지 않았나.

여기에 대한 조처를 민씨 일당은 어떻게 하려는가.

"대감, 무슨 생각을 하시오? 술 안 잡수시오?"

정신없이 우두커니 앉았던 태공은 활민의 이 소리에 정신을 차렸다. 그리고 웃으면서 술잔을 잡았다. 그러나 그의 마음은 그 웃음에 반하여, 더욱더 음울하여졌다. 흔히 사람을 놀라게 하던 곁말도 오늘은 그리 나오지 않았다. 그는, 잠자코 술을 받았다.

"대감, 왜 오늘은 아무 말씀도 없으시오?"

"나?"

태공은 술을 한 잔 거듭하였다. 그리고는 이상한 소리로, 하하하하 웃었다.

"오늘은, 마음이 좀 이상하구려."

잠자코 술을 따르고 있던 재영은, 힐끗 태공의 얼굴을 쳐다보았다. 그리고, 그가 머리를 도로 수그릴 때는, 그의 입에서는, 남에게 안 들릴 만한 한숨이 나왔다.

"그런데 선생, 선생은 민영환(閔泳煥)이라고 모르시오?"

"영환이?"

활민은 머리를 기울였다.

"아마, 모르리다. 아직 어린애니깐. 겸호의 아들 말이외다.

"재영이, 너 혹 모르느냐?"

"면분[20]이나 있습니다."

"이야기해본 적이 있느냐?"

---

20 면분(面分) : 얼굴이나 알 정도로 사귄 교분.

"어렸을 적에는 같이 자라났지만, 장성해서는 이야기해본 적이 없습니다."

"흐음."

할 뿐, 태공은 입을 다물었다. 그러나, 잠깐 뒤에, 그는 술잔을 들면서 다시 입을 열었다.

"어디 한번 만나봐라."

"네."

하고, 재영은, 그 하회를 기다리는 듯이 머리를 들었다.

그러나, 태공은, 그 뒤를 말하려 하지 않았다. 아까 누구한테, 겸호의 아들 영환이는 제 아버지와 뜻이 다른 듯하다는 말을 듣고, 말말결에 재영에게 물어볼 뿐 특별히 그 뒤가 있는 바도 아니었다.[21]

좀하면 끊어지려던 그들의 이야기는 또 끊어졌다. 그 뒤에는 또한 잠 잠히 술잔만 왔다 갔다 하였다.

9

이윽고 태공이 술잔을 땅하고 상 위에 놓으면서 좀 물러앉았다.

"어 − 취해. 취하자고 먹는 술이건만 취하면은 역시 마음이 언짢구려. 어느 때라 어느 때에 마음이 좋은 때가 있겠소만 취하면은 유난히 언짢거든."

"허허허."

활민도 적적히 웃었다.

"인젠 선생 독배[22] 좀 하시오. 난 더 못 먹겠소."

"왜 좀 더 하시지요. 울울한 심사도 술이 들어가면 좀 삭는 일도 있으니깐……."

---

21 아니었다 : 연재 원본에는 '있었다'로 표기됐으나 '아니었다'의 오류로 보인다.
22 독배(獨杯) : 따라주거나 권하는 상대가 없이 혼자서 술을 마심.

"에ㅡ, 인젠 기껏 취했는걸요. 게다가 오늘은 왜 그런지 술이 들어가면 들어가느니만치 마음이 더 좋지를 못하구려."

"그러면 술상을 물리지요. 아시다시피 내가 언제 술을 그다지 먹습디까?"

"그럼."

하며 태공이 하인을 부르려 할 때에 재영이가 막았다.

"제가 치우지요."

재영이는 술상을 들어다가 문밖에 내다 놓은 뒤에 방 안을 훔치고 쓸기까지 하였다.

그 허리를 구부리고 방 안을 치우느라고 돌아가는 재영이의 모양을 적적한 눈으로 바라보고 있던 태공은 재영이가 그 쓴 것을 모두 모아다가 문밖에 버리고 제자리에 돌아와 앉는 것을 본 뒤에 뜻하지 않고 한숨을 쉬었다.

"천인이 다 됐구나."

"네?"

"인젠 천인(賤人)이 다 됐단 말이다. 술상을 치우는 게 제법 격에 맞는구나. 네가 장성한 뒤에 나라의 정치를 잡을 손으로 술상을 잡고 걸레를 잡을 줄이야, 너의 아버지인들 어찌 알았겠느냐. 참아라. 참아라. 언제든 세상이 바로 펼 날이 있겠지. 끝끝내 이렇겠느냐."

태공은 사랑에 넘치는 눈으로 재영이를 바라보았다. 재영이는 눈을 내려뜬 뒤에 묵묵히 앉아 있었다.

"그럼요. 백성을 위해서 베풀어야 할 정치를 저희들의 사복 채우기에 쓰는 정부가 오래가겠습니까. 며칠이 남지 않았겠지요."

술 때문에 얼마간 격동된 활민은 평소에 그다지 입 밖에 내기를 좋아하지 않던 말을 하고 두어 걸음 물러앉았다.

태공은 활민의 그 말에 응하지 않았다. 그리고 비스듬히 안석에 의지하고 눈을 감고 연하여 코만 울리며 있었다.

늙음으로 말미암아 더 인생의 적적함을 통절히 느끼는 그는 술로써 한층 더 외로워진 제 마음을 누를 수가 없었다. 민씨의 일당 때문에 참혹히도 명 아닌 목숨을 끊어버린 몇 사람의 사랑하던 친구이며 사랑하던 아들 재선이의 모양이 차례로 그의 마음에 왔다 갔다 하였다. 그 가운데서도 더욱 그의 마음으로 하여금 애연하게 하고 통분하게 한 것은 재영이의 아버지 명 참판의 처형 받던 광경이었었다.

민씨 일당이 명 참판을 꺼린 지는 이미 오랜 일이었었다. 그러나 그를 처치할 만한 핑계가 없었다. 태공의 오른팔로서 태공의 고문으로서 태공의 지혜주머니로서 밤낮을 태공과 같이하며 온갖 시설에 온갖 처리에 온갖 정책에 태공의 뒤에 숨어서 일을 하던 명 참판은 당연한 결과로써 민씨 일당에게는 가장 무섭고도 싫은 사람이었었다. 그러나 표면에는 절대로 나타나지 않고 한낱 선비로서 이면에 숨어서 일하는 그를 어찌할 수가 없었다. 태공과 명 참판의 사이는 표면으로는 다만 도타운 우정관계(友情關係)였었다. 거기는 아무러한 정치관계도 없었다. 고문관계도 없었다. 서로 바둑을 희롱하며 혹은 사군자를 희롱하며—이것뿐이었었다.

10

태공이 실족을 한 뒤에는, 명 참판과 태공의 관계는 역시 전과 같았다. 아무리 천하에 대한 온갖 권력과 세력을 잡은 민씨일지라도, 태공과 다만 우정관계밖에는 아무것도 없는 명 참판을 처치할 수가 없었다. 그들은, 온 힘을 다하여, 명 참판의 실수를 기다렸다. 그러나, 온갖 방면으로 주의가 극진한 명 참판은 좀체 그들에게 핑계의 실마리라도 잡히지를 않았다.

민씨의 천하가 된 지 얼마 하지 아니하여, 종로 네거리에, 어떤 날 무슨 통문이 한 장 붙었다. 그것은 민씨의 무지하고도 비열한 정치를 극도로 탄핵한 글이었었다. 그리고, 그 글에는 불경(不敬)하다고 일컬을 만한 말도 무론[23] 섞여 있었다.

이것이 뉘 소위인지는 알 수 없었다. 그러나, 주의가 극진한 명 참판의 소위가 아닐 것은 태공은 잘 알았다. 정부는 명 참판을 잡았다. 그들은 아무 조사도 없이, 이 죄명을 명 참판의 위에다 씌우고 금부에 내렸다.

듣기만 하여도 몸이 떨리는 문초가 몇 번을 거듭되었다. 시뻘겋게 데운 쇠꼬치는 명 참판의 배꼽으로 들어가서 등으로 나왔다. 안에 바늘을 박은 갑옷이 명 참판의 몸에 입히어졌다. 아래다가 참대를 짜개어 깔아놓고 그 위에 벗은 명 참판을 올려놓은 뒤에 하나씩 하나씩 참대를 뽑아낼 때에 참대는 명 참판의 고기를 떼어내었다. 이러한 가운데서 그들은 명 참판에게 토사[24]를 하라고 하였다. 토사할 말도 암시하였다. 그것은 태공의 명령이 아니냐고까지 물었다. 그러나 알지 못하는 일을 명 참판은 토사할 수가 없었다. 아픔에 이기지 못하여 모르는 일을 말하거나 하기 싫은 말을 토사하기에는 명 참판의 성격과 의지는 너무 굳었다.

이러한 며칠이 지난 뒤에 인제는 사람이 아니고 다만 여기저기로 찢어지고 갈라진 한 커다란 고깃덩이가 된 명 참판은 마침내 군기감(軍器監)[25]의 이슬로 사라졌다.

"하늘이 굽어보신다."

목숨이 떨어지기 전에 명 참판의 한 다만 한 마디의 말이 이것이었었다.

"하늘이 굽어보신다."

그때의 명 참판의 그 말을 다시 한번 속으로 뇌어보고 태공은 가느다랗게 눈을 뜨고 재영을 바라보았다. 곧은 콧날이며 넓은 이마며 두 눈썹 틈에 툭 두드러진 '의지의 굳음'을 나타내는 고깃덩이며 굳게 닫고 있는 입이며 용기로 빛나는 눈이며 심지어는 무엇을 생각할 때는 왼편 눈은 절

---

23 무론 : 물론. 말할 것도 없이.
24 토사(吐辭) : 숨겼던 사실을 비로소 밝히어 말함.
25 군기감 : 기치, 융장, 집물(什物) 등의 제조와 보관에 관한 일을 맡아 보던 관청.

반만치 감고 있는 조그만 버릇까지 죽은 명 참판을 복사한 듯이 같이 생긴 재영이는 태공으로 하여금 더욱 이미 저세상으로 가버린 친구를 생각나게 하였다.

"재영아."

"네?"

"너, 너의 아버지 생각 안 나더냐."

재영이는 힐끗 한순간 태공을 바라볼 뿐 눈을 떨어뜨렸다. 그리고 입을 악물었지만 그 틈에서 생겨난 한숨의 약한 소리를 태공은 들었다.

태공은 두어 번 머리를 끄덕였다.

"화무 십일홍이요, 달도 차면 기우나니—"

조용히 손을 들어서 무릎을 두드리며 속으로 시조의 한 구절을 읊기 시작하던 태공은 그 시조를 끝을 맺지 않고 몸을 바로 일으켰다.

"너도 아버지에게 부끄럽지 않은 자식이 돼야 한다. 애비만 한 자식이 없고 스승만 한 제자가 없다고 하지만 너는 없는 이의 혼을 부끄럽게 해서는 안 된다. 어떤 일이 있든."

흐물흐물 새끼손가락에 일어나려는 경련을 막으려는 듯이 태공은 손으로 수염을 어루만졌다.

"어떤 일이 있든."

11

"인젠 주무시지요."

"선생, 조금만 더 앉았다 가오."

태공과 활민의 사이에는 몇 번을 이런 말이 거듭되었다. 태공은 활민을 놓아주기가 싫었다. 마주 앉아 있다고 해야 아무 말도 없이 서로 눈을 감고 제 생각에 잠겨 있을 뿐이었지만 태공은 활민을 돌려보내기가 싫었다.

활민도 또한 같은 모양이었었다. 돌아가려고 간간 몸을 움직여보았지만 태공이 말리는 한마디로써 그는 늘 도로 주저앉고 하였다.

마음에 커다란 불평과 불만을 품은 두 노인은 마치 가만히 서로 마주앉아 있으면 그 불평이 없어지는 듯이, 말없이 대좌하여 있었다. 때때로 한숨이라고밖에는 형용할 수 없는 이상한 숨소리가 새어 나올 뿐이었었다.

이러한 가운데서, 재영이도 또한 아무 말 없이, 가만히 꿇어앉아 있었다. 때때로 태공이 눈을 가느다랗게 뜨고 보면, 재영은 깎아서 앉혀놓은 허수아비와 같이, 움쩍을 안 하고 그대로 앉아 있었다. 다만 허수아비가 아닌 증거로는 눈이 단단히 빛나는 것뿐이었었다.

태공이, 마침내 벌떡 일어났다.

"상갓집 같구려. 왜 이리도 음울해. 선생, 무슨 이야기라도 합시다."

활민은 눈을 떴다. 그리고, 웃음 가운데 한숨을 쉬었다.

"말씀을 하세요."

"재―?"

늙음으로 말미암아 건망증에 걸린 태공은 또한 재영의 이름을 잊은 모양이었었다.

"재영이올시다."

재영이가 이름을 말하였다.

"음, 재영이. 어젯밤에 손님을 잡던 그 이야기나 해보렴."

재영이는 벙긋 웃었다. 두 늙은이의 음울함을 지워버리려는 듯이 그의 웃음은 젊음과 용기로 찼다.

"어디 말해봐라."

"그저 들어오기에 잡았지요."

재영이는 겸손히 이렇게 말하였다. 그러나 두어 번 더 태공에게 채근을 받은 뒤에 재영이는 간단히 그 전말을 이야기하였다.

거기는 무슨 신기한 활극도 없었다. 자랑할 만한 용기의 비약도 없었다. 어젯밤 태공이 다녀들어간 지 얼마 하지 아니하여 재영이는 드높은 담장 밖에서 사람이 넘어오려는 기척을 들었다. 그리고 그 안쪽으로 가서 숨을 죽이고 기다리고 있었다. 담장 위에서 눈이 땅으로 푸석푸석 떨어졌다. 그것은 담장 위에 사람이 올라선 증거였었다. 좀 뒤에 재영의 머리를 넘어서 무슨 회색의 그림자가 담장 위에서 쿵 하고 땅으로 내려뛰었다. 그러나 내려뛰는 그 모를 물건이 다시 몸을 일으킬 준비도 끝나기 전에 재영의 굳센 팔은 그의 몸에 얽히어졌다.

거기서 두 동물은 맹렬히 격투를 하였다. 한 동물은 제 경애하는 이의 몸을 보호하기 위하여. 그리고 또 한 동물은 제 몸을 이 뜻 안 한 완력 센 동물에게서 빼쳐내기 위하여.

조금 뒤에 승부는 끝이 났다. 무론 경계가 엄중한 운현궁에 자객으로 뽑혀서 들어온 만치 그 손님도 제 완력에는 상당한 자신이 있었던 것이었다. 그러나 무술로써 닦달한 무쇠 같은 재영이의 힘에는 당하지를 못하였다. 콧등을 몇 차례 재영이의 굳센 주먹에 얻어맞은 그 손님은 마침내 기절을 하였다.

재영이는 허리에서 준비하였던 바를 꺼내어 그 손님을 비끄러매어서 담장을 넘겨놓은 뒤에 업고 안동 활민숙에까지 돌아간 것이었다.

이것이 재영의 입에서 나온 바 어젯밤의 전말이었다.

12

활민이 운현궁에서 안동으로 돌아간 것은 해시말(亥時末)[26]이 거의 된 때였었다. 재영이의 공명담이 끝나고 또한 침묵에 잠겨 있는 동안에 태공은 앉아서 잠이 들었다. 약하게 코고는 소리까지 나왔다. 이것을 보고

---

26 해시말 : 해시는 밤 아홉 시부터 열한 시까지이므로, 해시 말은 열한 시 가까운 시각.

활민은 재영이에게 눈짓으로 하룻밤을 이곳서 더 새우란 분부를 하고 자기는 가만히 일어서서 돌아간 것이었었다.

스승이 돌아간 뒤에 재영이는 잠시 윗목에 앉았다가 조심히 일어서서 문밖으로 나가서 시동을 불러서 털이불을 내오기를 명하고 도로 들어왔다.

시동이 돈피 이불을 내오고 자리끼[27]를 따라 온 뒤에 도로 나가는 문소리에 태공이 깨었다.

"응? 응?"

재영이는 황급히 털이불을 안고 무릎걸음으로 아랫목으로 내려가서 퇴침 준비를 하여놓고, 요 아래 손을 넣어보았다.

잠시 커다랗게 떠졌던 태공의 눈은 다시 고요히 감겼다. 그리고 곤한 듯이 몸을 눕히고 머리를 퇴침 위로 가져갔다. 재영이가 조심스레 이불을 태공의 몸에 걸칠 때는 태공은 또다시 약하게 코를 골기 시작하였다.

재영이는 촛대를 돌려놓아서 태공의 얼굴에 그림자가 뜨이게 하고 자기는 발치로 들어앉았다. 그런 뒤에 곤하게 잠든 태공의 얼굴 위에 눈을 던졌다.

태공의 잠든 얼굴은 온화하다기보다 오히려 엄숙하였다. 깨어 있을 때는 오히려 얼굴 전면을 덮고 있던 피로와 분만이 지금은 없어지고 지금 그의 얼굴에 감싸고 나타나고 덮이어 있는 것은 무서운 패기와 그 패기를 도울 만한 의지였었다. 귀인답게 깊고 굵게 새겨져 있는 주름살이며 그 주름살 아래서 때때로 뜨는 눈과 입은, 과거에 그가 가졌던 권력과 그 권력을 능히 행사한 의지를 증명하는 듯하였다. 거기는 왕자(王者)로서의 위엄이 있었다. 동시에 왕자만이 능히 가질 수 있는 커다란 애휼[28]이 있었다. 거기서 생겨나는 긍지(矜持)까지 있었다.

눈을 깜박도 안 하고 그것을 들여다보고 있던 재영이는 차차 마음속

---

27 자리끼 : 밤에 자다가 마시기 위하여 잠자리 머리맡에 준비해두는 물.
28 애휼 : 불쌍히 여기어 은혜를 베풂.

에 일어나오는 흥분과 젊음의 패기를 누를 수가 없었다. 이 어른 아래서 가까운 장래에 지금의 이 모든 타락된 정치를 깨트려버리고 자기네의 손으로 세울 새로운 시설을 생각할 때에 그는 차차 흥분되어오는 자기의 마음을 어찌할 수가 없었다. 패기 있고 정당하고 굳센 지도자와 그 지도자의 앞에서 가까운 장래에 실현될 빛나는 세상은 그의 마음을 흥분하게 하였다.

그것은 커다란 나라였다. 강대한 국민이었다. 비옥한 강토였다. 빛나는 정치였다. 굳센 군민[29]이었다. 풍부한 재정이었다. 아름다운 평화였다. 정당한 시설이었다. 분명한 제도였다. 그리고, 거기서 삶을 살아나가는 창생[30]들의 얼굴은 모두 활기와 기쁨과 만족과 강대와 평화로써 빛날 것이었었다……

재영이는 마치, 그 모든 장래에 대한 희망을 한꺼번에 들이마시려는 듯이 기다랗게 숨을 들이쉬었다. 그러나 그 들어 삼켰던 숨을 내쉴 때는, 그의 얼굴은 고민으로 밉게까지 되었다.

─지금, 온 국민은 마지막 기운을 다하여 웁니다. 시달리고 또 시달리어서, 인제는 올 기운조차 없는 국민이지만, 지금 마지막 기운을 다하여 통곡합니다. 그들은 구세주를 원합니다. 이 고난에서 자기네를 구하여 줄 이를 참마음으로 바라고 기다립니다. 대감. 그이는 당신밖에는 또 어디 있사오리까. 이 넓은 천하에, 이 많은 사람 가운데, 그런 일을 할 만한 자격과 사랑과 패기를 가진 이는 당신밖에는 또 어디 있사오리까.

재영이는, 뜻하지 않고 흥분으로 몸을 떨었다. 그 재영이의 마음을 알겠다는 듯이, 굳게 닫혀 있던 태공의 입은 수염과 함께 약하게 떨렸다.

---

29 군민(群民) : 많은 백성.
30 창생(蒼生) : 세상의 모든 사람.

명(明)

1

재영이가 운현궁에서 안동 서재로 돌아간 것은, 새벽 인경[1]이 운 조금 뒤로써, 뜰에서는 벌써 하인들의 기척이 들릴 때였었다.

서재로 돌아와서, 뜰을 한 번 다 살핀 뒤에 재영이는 자기 방으로 들어가서, 덧문까지 닫은 뒤에 자리를 펴고 누웠다. 그다음 순간, 그는 벌써 잠의 나라로 빠져 들어갔다.

그가 잠에서 깨어난 것은 낮도 거의 기운 때였었다. 충분한 수면으로 그새 이틀 동안의 피로를 전부 회복한 그는 세수를 하고, 조반은 아니요 점심도 아니요 저녁도 아닌 간단한 음식을 끝내고, 선생에게로 갔다. 선생은, 오후의 강술도 끝나고 자기 방에 들어가 있을 때였었다.

선생에게 인사를 드리고 잠시 의논을 한 뒤에, 선생과 재영이는 같이 그 방에서 나와서, 중대문 밖 강당으로 나갔다. 그리고, 거기서 선생만 먼저 강당으로 들어가고, 재영이는 누구를 찾으려고 돌아섰다. 재영이 눈에 뜨인 것은, 같은 숙생으로서 송만년(宋萬年)이라는, 스무 살 된 희대의 미남자였었다. 재영이는 손을 들었다.

"여보, 송 공."

---

1 인경(人定) : 조선 시대에, 통행금지를 알리거나 해제하기 위하여 치던 종.

"호이."

뜰에 쪼그리고 앉아서, 노끈으로 무슨 장난을 하고 있던 만년이는, 후다닥 일어서서 왔다.

"왜 그러오?"

"광에 가서, 어저께 손님을 좀 이리로 모셔다 주오."

만년이는 눈을 삼박삼박하였다.

"이제부터 문초합니까?"

재영이는, 커다랗게 머리를 끄덕이고, 돌아서서 강당 안으로 들어갔다.

좀 뒤에, 요란한 소리에, 재영이가 문을 열고 내다보니깐, 그것은 만년이가 어저께 손님을 데리고 오는 소리였었다. 먼저, 샛문이 떨꺽 열리며, 그와 동시에 회색 뭉치가 하나 뜰 안으로 굴러 쓰러졌다. 그 뒤로 만년의 모양이 샛문에서 나왔다.

"일어서!"

벙글벙글 웃으면서 만년이는 왼발을 들어서 넘어진 손님의 엉덩이를 찼다. 결박을 당한 손님은 일어섰다. 한 번은 왼발로, 한 번은 오른발로, 장단을 맞추어가며, 만년이는 그 손님의 엉덩이를 연하여 찼다. 만년이가 한 번씩 찰 때마다 손님은 한 걸음씩 앞으로 나왔다.

"호이! 호이!"

이러한 소리와 함께 마치 공을 차듯 차는 모양을 처음에는 고소(苦笑)로써 바라보던 재영이는 마침내 고함을 쳤다.

"여보, 송 공!"

만년이는 재영이를 쳐다보았다. 그런 뒤에 눈을 삼박삼박하였다. 처음에는 그 너무 심한 장난을 꾸짖을 양으로 만년이를 불렀던 재영이도 만년이의 웃음을 띤 삼박삼박하는 눈을 바라보고는 그만 빙그레 웃었다.

"좀 점잖게 ─ 얼른 이리로 모셔오오."

"그것 봐! 사찰도 얼른 오라시는데, 왜 꿈질꿈질 빨리 걷지를 않아!"

만년이는 역시 웃음을 띤 낯으로 손님을 꾸짖었다. 샛문과 중대문으로 다른 숙생들도 문초하는 광경을 보려, 차차 모여들기 시작하였다.

어저께 재영의 손으로 결박을 당하였던 그 손님은, 다른 숙생들의 손으로 풀리었다. 그런 뒤에 다른 숙생들은 뜰아래 구경하러 벌려 서고, 손님만 강당으로 들어왔다. 재영이는 손님의 앉을 자리를 가리키며 그의 얼굴을 쳐다보았다. 나이는 겨우 스무 살을 조금 넘었음직 하되 일대의 호걸 대원군을 암살하려 민씨 일당에게 선택받았던 자객이니만치 그의 얼굴에는 피로에 섞인 침착이 있었다.

2[2]

"시장하우?"

재영이는 무거운 눈을 손님 위에 붓고 이렇게 물었다. 이틀에 가까운 날짜를 결박 받은 대로 광에서 지낸 손님은 피곤함밖에는 아무것도 감각하지를 못하는 모양이었었다. 그는 고즈넉이 입을 열었다…….

"손발을 좀 주물러주."

재영이는 벙글 웃었다. 그리고 선생과 서로 얼굴을 바라보았다. 재영의 지시에 의지하여 몇 사람의 숙생이 들어와서 손님의 손발을 주물렀다. 그럴 동안, 손님은 아무 말 없이 눈을 내려 뜨고 앉아 있을 따름이었었다.

좀 뒤에 준비시켰던 죽도 들어왔다. 한참을 주물러 줌으로 몸의 자유를 얻은 손님은 거의 한 합[3]이 되는 죽을 다 먹었다. 그런 뒤에 처음으로 눈을 들어서 잠시 활민을 바라보고, 그 뒤에는 재영에게로 눈을 향

---

2 연재 원본에는 명(明) 4회분으로 연재된 내용이나, 『젊은 그들』 중 '명 2'에 들어갈 것이 빠졌습니다.'라는 정오(正誤) 공지가 되어 있음. 이후 회차 번호를 이에 맞춰 변경함.

3 합(盒) : 음식을 담는 놋그릇의 하나. 그리 높지 않고 둥글넓적하며 뚜껑이 있다.

하였다.

"여기가 어딘지 아오?"

손님은 머리를 저었다. 그리고, 눈을 다시 감았다.

그의 그 침착한 태도를 탄성의 눈으로써 바라보고 있던 재영이는 또 입을 열었다.

"나는 안재영이오."

"난 명인호."

?—재영이는 뜻하지 않고 그다음 말을 곧 뒤를 이어서 물었다.

"선향[4]은?"

손님은 자기의 본을 말하였다. 그것은 안재영인 명진섭의 본관과는 달랐다.

"고향은?"

"경상도 밀양."

"양친은?"

"……."

손님의 얼굴에는 한순간 어두운 그림자가 걸핏 지나갔다. 그 밖에 대답은 없었다.

잠시 동안 또한 말없이 무거운 눈만 손님의 위에 붓고 있던 재영은 다시 입을 열었다.

"뉘 명령으로?"

손님은 힐끗 눈을 떠서 재영의 얼굴을 바라보고 다시 눈을 감았다. 그의 입가에는 미소의 그림자가 스치고 지나갔다.

재영은 선생을 바라보았다. 눈을 손님에게로만 향하고 있던 선생은

---

4 선향(先鄕) : 시조가 난 곳. 관향, 본관.

재영이가 자기를 보는 기수[5]에 눈을 재영에게로 향하였다. 재영이는 그 선생의 눈에서도 손님의 인물을 아깝게 생각하는 기색을 넉넉히 보았다. 재영이는 눈을 감았다. 그리고 한참 묵묵히 앉아 있다가 무릎걸음으로 손님의 가까이까지 손을 잡았다.

"마음을."

눈을 아래로 떨어뜨리고 이렇게 말을 시작한 재영이는 눈을 차차 손님의 얼굴로 향하였다.

"돌이킬 수는 없소?"

손님도 눈을 떠서 재영의 얼굴을 마주 보았다. 그런 뒤에 머리를 천천히 가로저었다.

"왜?"

"대원왕은 나하고 사사로이 혐의가 있소."

"무슨?"

손님은 대답하지 않았다. 재영이는 또다시 그의 손을 힘 있게 잡았다.

"그 혐의를 버리지 못하겠소?"

"내 아버님이 무덤에서 살아 돌아오시면……."

그는 이렇게 대답하였다. 그러나 그의 대답 소리 가운데는 온갖 것을 서늘하게 하는 원함이 있었다.

재영이는 뜻하지 않고 그의 손을 놓았다.

재영이는 손님을 귀순시키려는 마음을 단념하지 않을 수가 없었다. 그 내막은 똑똑히 알 수 없지만은 손님을 향하여 대원왕께 귀순하라 함은 마치 안재영을 향하며 민씨에게 귀순하라 함과 그다지 다를 것이 없을 것이었다. 그리고 그것은 다시 말하자면 불가능한 일에 다름없었

---

5 기수(幾數) : 어떤 일을 알아차릴 수 있는 눈치. 또는 일이 되어가는 야릇한 분위기.

다.[6]

3

선생과 재영은 그 손님을 귀순시키기 위하여 달래보지도 않았다. 위협도 안 하였다. 요컨대, 귀순을 목적으로 한 온갖 수단을 하나도 쓰지 않은 것이었었다. 이러한 손님을 향하여는 아무런 수단을 쓴다 할지라도 모두 헛것임을 잘 알기 때문이었었다.

사제가 서로 바라보는 눈으로써 서로 '아깝기는 하지만 처치하여버려야겠다.'는 밀약이 성립되었다. 그런 뒤에, 다시 결박을 지어서 광으로 보냈다.

그날 밤 자리에 들어간 재영은 좀체 잠이 들지를 못하였다.

'왜?'

서로 갈라진 두 가지의 길―하나는 태공으로, 하나는 민씨로 이렇게 서로 갈라진 기괴한 '길' 때문에, 서로 마음에는 친밀을 품고도 그 마음과는 반대로 등지지 않을 수가 없는 괴상한 운명의 장난에, 재영의 마음은 무거워졌다.

짐작건대, 그는 지금 추운 광에서 결박을 당한 채로 사지를 오그리고 몸을 떨고 있겠지. 자기는 뜨뜻이 불을 땐 방에서 이불을 쓰고 사지를 펴고 있는 동안 그는 왜 광에서 결박을 당하고 떨고 있지 않으면 안 되는가. 왜? 무슨 까닭으로? 그는 어떤 죄를 지었길래?

문득 대답이 천장에서 떨어졌다.

"태공을 시하려던 죄!"

태공을? 그것은 과연 그렇듯 큰 죄일까. 그 일을 행하려던 사람에게는 또한 그만한 까닭이 있지 않을까. 또한 비록, 만 보를 물러서서, 아무런

---

6 연재 당시, 명(明) 二에 누락된 내용이 명(明) 四에 적혀 있어 추가함.

까닭이 없다 할지라도 그 죄를 자기가 벌할 만한 권리는 어디 있으며 벌하지 않을 수 없는 의무는 어디 있나.

자기는 그 사람에게는 아무 악의도 없다. 뿐이랴, 아까 잠시 이야기할 동안에 그 침착함과 용기에 오히려 감탄하지 않는가. 할 수만 있거든, 그 사람과 가슴을 풀어헤치고 마주 앉아서 쾌활히 담화하여보고 싶은 생각이 지금도 불 일듯 하지 않나. 그렇거늘 지금의 이 일은 웬일인가. 뉘 마음이며 뉘 뜻에서 나온 일인가.

뿐만 아니라 아까 그 사람의 말을 듣건대, 그 사람의 아버지의 죽음과 태공과의 사이에는 무슨 연락이 있는 듯하였다. 만약 그것이 사실이라 할 것 같으면 그 사람과 태공의 사이는 마치 자기와 민씨와의 사이와 마찬가지일 것이다.

자기가 태공을 따르는 것은 무론 사사함의 위에 대의(大義)라 하는 것이 더 있기는 하되 그 '대의'라는 것도 민씨 측에서 보면 역모로 보일 것이 마치 자기네의 눈에는 민씨의 행동이 간역(奸逆)으로 보이는 것과 마찬가지가 아닐까.

밤은 차차 깊어갔다. 사면은 조용하여졌다. 그러나 재영이는 잠잘 생각을 못 하였다. 그의 머리는 마치 폭포수와 같이 끊임없이 아래로 아래로 떨어졌다. 잠시도 걷잡을 새가 없었다. 이 겨울에 웬 얼어 죽지 않은 귀뚜라미가 찔찔찔찔 우는 것이 그에게 시끄럽기가 한이 없었다.

"바싹!"

문득 뜰에서 이상한 소리가 들렸다. 재영이는 본능적으로 머리를 베개에서 들었다. 잠시 귀를 기울이고 있다가 다시 재영이가 머리를 베개 위에 놓으려 할 때에 또 뜰에서 바싹! 하는 소리가 들렸다. 재영이는 이불을 손으로 젖혀버리고 일어나서 문안에 가서 귀를 문에 대고 들었다.

좀 뒤에 또 한 번 바싹 하는 소리가 들렸다. 뜰에는 확실히 발자취를 감추려는 사람의 기척이 있었다.

순간 재영의 온몸의 근육은 긴장되었다. 꿩을 본 매와 같이 극도로 긴장된 그는 옷을 끌어다가 입고 벼루함에서 칼을 두 자루 꺼내어 준비를 한 뒤에 문을 방싯이 열었다. 저편 모퉁이로 무슨 허-연 그림자가 하나 사라졌다.

4

처음에 재영이는 머리만 밖으로 내어 밀고 뜰에 다른 사람이 없는 것을 다 검사한 뒤에 문을 온전히 열고 버선발로 뜰에 나섰다.

그 그림자가 사라진 모퉁이까지 재영이가 이르렀을 때는 그 그림자는 다음 모퉁이로 사라졌다.

재영이는 소리 안 나게 그의 뒤를 밟았다.

뒤뜰 광 앞에까지 가서 그 그림자는 경계하듯이 뒤를 한 번 돌아보았다. 재영이는 담벽에 꼭 붙어 섰다. 동시에 재영이의 손은 혁낭 속에 넣은 칼을 힘 있게 쥐었다.

돌아보는 그림자는 의아하다는 듯이 이번은 몸짓까지 돌아섰다. 그리고 밤눈에도 넉넉히 알아보도록 몸을 틀어가지고 사면을 살폈다. 그런 뒤에 아무것도 발견하지를 못한 데 안심한 듯이 도로 돌아서서 광문의 걸쇠를 잡았다.

"제꺽!"

문 걸쇠에서는 뜻밖에 큰 소리가 났다. 그 소리에 몸을 흠칫한 그림자는 손을 걸쇠에 댄 대로 움쩍을 안 하고 그냥 서 있었다.

"재가가가 가가각."

추위로 말미암아서인지 공포로 말미암아서인지 혹은 긴장으로 말미암아서인지 그 그림자의 손은 떨리는 모양이었었다. 그 떨리는 것은 걸쇠에서 나는 소리로써 재영이도 넉넉히 들을 수가 있었다. 그만치 재영이는 그 그림자에 가까이 가 있었던 것이었었다. 칼을 잡고 있는 재영이의 손에는 더욱 힘이 들어갔다. 재영이의 눈은 그 그림자가 누구인지 알아보려고 거의 쏟아질 듯이 크게 떠져 있었다. 눈에는 아픔까지 깨달았다.

누구냐. 정체를 나타내라. 나타내지 않았다가는 칼을 던진다. 육십 보 밖에 서도 한 치도 어그러지지 않는 이 재영이의 칼이 네 목덜미에 박힌다.

누구냐? 돌아서라! 하나! 둘! 셋! 넷! 다섯! 여섯! 일곱!……

그림자는 마침내 걸쇠를 벗겼다. 그 제꺽 하는 소리를 삭이려는 듯이 걸쇠를 벗긴 뒤에도 잠시 그냥 서 있던 그림자는 한 번 다시 뒤를 돌아본 뒤에 가만히 문을 당겼다. 그러나 아무리 가만히 당겼다 하나 삐거덕 하는 문소리는 감출 수가 없었다.

그 문을 한 사람이 드나들 수 있도록 열기에는 꽤 시간이 걸렸다. 한참을 걸려서 겨우 한 사람이 드나들도록 연 그 그림자는 또 한 번 뒤를 돌아본 뒤에 광 속으로 모양이 사라졌다. 그동안 재영이는 역시 칼을 힘 있게 쥔 채로 움직이지 않고 서 있었다. 누구인지 모를 그 그림자에게 함부로 칼을 던질 수는 없었던 것이었었다. 긴장 때문에 재영이의 숨은 거의 막혔다.

그 그림자가 광 속으로 사라진 뒤에 겨우 좀 그 긴장을 삭인 재영이는 눈은 광으로 향한 채로 뒷걸음질쳐서 광에서 멀리 떨어졌다. 그리고 그 그림자가 광에서 나와서 갈 길을 피해줄 겸 나온 뒤의 동정을 살피고자 하였다.

얼마나 걸렸는지 적어도 재영이에게는 반 각[7]은 넉넉히 걸린 듯하였다. 처음에는 뜨뜻한 방 안에서 나온 때문에 되겠지만 더구나 흥분 때문에 그다지 깨닫지 못하였던 추위가 차차 재영의 신경을 자극하기 시작할 쯤 하여 광 안에서 한 그림자가 나왔다. 그런 뒤에 잠시 또 동정을 살핀

---

7 각(刻) : 시간의 단위. 1각은 약 15분.

뒤에 돌아섰다가 바로 설 때에는 둘째 그림자가 또 하나 광에서 나왔다. 뒤에 나온 그림자는 그 체격으로써 어젯밤에 운현궁에 들어갔던 자객이었었다. 첫 그림자는 말없이 둘째 그림자에게 향하여 어떤 방향을 가리키었다. 그것은 눈치로 보아서 달아나기에 가장 손쉬운 방향을 가리키는 것이 분명하였다. 첫 그림자의 계획은 자객을 도망시키는 것이 분명하였다. 말하자면 한 숙생(塾生)이 그 자객에게(까닭은 알 수 없지만) 호의를 가지고 있는 것이 분명하였다.

자객은 한 번 허리를 굽혀서 예를 한 뒤에 그 가리키는 방향으로 발을 옮겼다.

5

여기서 갑자기 재영이는 자기의 방침을 세우지 않을 수가 없었다.

'숙생의 정체를 드러내랴? 자객을 붙들랴.'

이러한 두 갈라진 길에서 갑자기 방침을 자객 붙듦으로 정한 그는 몸을 날려서 담장 안으로 갔다. 그가 몸을 두 번째 날릴 때는 그의 몸은 벌써 담장 위에 있었다. 세 번째 날릴 때는 그의 그림자는 담장 밖으로 사라졌다.

가볍게 담장 밖에 내려선 재영이는 아까 광 앞에서 첫째 그림자가 손으로 가리키던 그 방향을 향하여 발소리 안 나게 갔다.

이만하면 되었으려니 하고 그가 그 담장 밖에 붙어 서서 기다릴 동안에 고요한 밤공기를 발자국소리가 조금씩 흔들었다. 지척지척 피곤으로 말미암아 쇠약한 듯한 발소리가 차차 담장 가까이 왔다. 그런 뒤에는 담장을 기어오르느라고 버석거리는 그 노력도 들을 수가 있었다. 담장 위까지 기어 올라온 그 자객은 숨을 태우는지 혹은 내려뛸 준비를 하는지 잠시 동안 아무 소리도 없었다. 그러나 아래서 먼저 기다리고 있던 재영이가 웬일인가 하고 동정을 보려 할 때에 담장 위에서는 사람이 걸터앉는 소리가 들렸다. 그런 다음에는 한편 쪽 다리가 재영의 코앞으로 늘어졌다. 그 뒤를 연하여 또 한편 쪽 다리가 내려왔다.

재영이는 몸을 조금 비켜주었다.

담장 위의 사람은 두 다리를 담장 아래로 늘인 뒤에 아래까지의 거리를 내려다보고 양손으로써 담장을 짚은 뒤에 조금씩 조금씩 미끄러지기 시작하였다. 이리하여 한참을 걸려서 엉덩이까지를 미끄러져 내려온 그는 그때에야 다리를 한 번 가들어뜨렸다가 쿵 하고 아래로 내려뛰었다. 아니 내려뛰었다기보다 오히려 떨어졌다.

내려뛴 그가 일어설 때에는 재영이는 벌써 그 맞은편에 가서 버티고 서 있었다.

두 사람은 딱 마주 버티고 섰다. 도망하던 사람은 뜻밖에 제 앞에 나타난 괴물에 놀랐는지 몸을 한 번 흠칫하였으나 그다음 순간은 아무 일이 없는 듯이 마주 바라보았다. 건강과 자랑과 우월감으로써 빛나는 한 사람과 피로와 쇠약과 놀람으로써 맥이 빠진 한 사람은 먹먹히 서로 바라보면서 서 있을 따름이었다.

그러나 이렇게 서 있는 동안 재영이의 마음에는 일종의 이상한 변화가 생기기 시작하였다.

돌아서라! 돌아서서 도망가라! 왜 달아나지 않느냐. 달아나지 않으면 나는 너한테 아무 수단도 쓸 수 없지 않느냐. 어서! 어서 돌아서서 달아나라. 그렇지 않거든 반항을 하여라. 네가 먹먹히 서 있으면 나도 또한 먹먹히 서 있을 수밖에는 도리가 없지 않으냐.

'괴롭다!'

그는 자기 마음에 향하여 이렇게 부르짖지 않을 수가 없었다. 당연히 달아나는 사람을 도로 붙들어야 할 권리와 의무를 가지고 또한 그만한 각오로써 여기까지 뛰어나온 그―였지만 몸의 쇠약밖에는 이 세상에 아무것도 마음 걸리는 것이 없다는 듯이 아무 악의도 없는 얼굴로 아무 반항심도 없는 눈초리로 먹먹히 마주 서 있는 이 괴인을 볼 때에 재영이는 차마 자진하여 손을 댈 용기가 없었다. 무슨 조그만 반항 혹은 달아나려는 눈치 또는 증오의 눈초리가 있기 전에는 차마 자기가 먼저 그에게 손을 댈 용기가 생기지 않았다.

그들은 역시 묵묵히 서 있었다. 마치 나무로 깎아서 세운 듯이……

이러한 가운데서 말없이 마주 바라보면 바라볼수록 재영의 마음에는 이 괴인을 처치하여버리기가 아까운 생각이 더욱 불 일듯 일어났다. 그 용기 그 침착 그 인내, 게다가 그 역량—어디로 보아도 당대에 쉽지 않은 아까운 인물이란 생각이 재영에게 더욱 강렬히 일어났다.

6

재영이가 마침내 입을 먼저 열었다!

"왜 안 가오?"

이 말에 괴인도 깜짝 놀란 모양이었었다. 그는 잠에서 깨듯 몸을 흠칫하며 재영이를 바라보았다.

또다시 침묵이 계속되었다.

서로 얼굴과 몸집의 윤곽밖에는 알아볼 수가 없는 어두운 가운데에 두 젊은이는 서로 저편 사람의 얼굴의 방향을 바라보고 있었다. 비록 서로 얼굴의 표정은 볼 수가 없을망정 두 사람은 서로 그 마음을 알아보았다. 그리고 서로 존경하였다. 좀 뒤에 재영이가 또다시 입을 열었다.

"누구입디까?"

"—?"

반문(反問)의 소리도 안 들렸다. 얼굴의 표정도 못 보았다. 그러나 재영이는 그 괴인의 어디인지 모를 곳에서 '뜻을 모르겠으므로 대답을 못 하겠다'는 의미를 들었다.

재영은 질문의 방식을 바꾸었다.

"형공을 풀어준 사람이 누구입디까."

괴인은 대답치 않았다.

"내가 묻기가 실수외다. 한 가지 - 전부터 알던 사람인지 아까 처음 알았는지 그것만 알게 해주오."

괴인은 역시 입을 봉하고 대답하지 않았다.

또다시 침묵이 계속되었다. 그 침묵 뒤에 입을 연 사람은 역시 재영이였다.

"두 가지 맹서를 해주."

"뭐요?"

"한 가지는 - 이 뒤에는 다시 대원왕께 손댈 마음을 내지를 않기."

재영이는 어두움 가운데서 괴인의 손이 앞으로 쑥 나오는 것을 감각하고 자기도 손을 앞으로 내어밀었다. 비록 잔등은 얼었으나마 바닥은 뜨거운 힘 있는 재영이의 손은 역시 힘은 있으나 차디찬 괴인의 손을 꽉 붙들었다. 두 사람의 손은 서로 힘 있게 잡힌 대로 서로 놓기가 싫은 듯이 잠시를 그냥 있었다.

그 뒤에 이번은 괴인이 먼저 입을 열었다.

"또 한 가지는?"

"또 한 가지는 - 오늘 일 더구나 우리들의 서재의 일을 평생 두고 입밖에 내지 않을 것."

아직 서로 잡고 있던 두 사람의 손은 더욱 힘 있게 잡혀졌다.

이리하여 두 사람 사이에 두 가지의 맹서는 성립된 것이었다.

또다시 침묵은 계속되었다. 이 침묵 가운데서 두 사람의 원수가 서로 잡았던 손을 놓을 때는 두 사람은 뜻하지 않고 한숨을 쉬었다. 오늘 비록 우연한 인연으로 두 사람이 서로 따뜻이 손을 마주 잡았다 하나 이번의 놓는 것을 기회로 또다시 서로 원수의 지위에 서지 않을 수가 없는 것이 그들의 운명이었다. 서로 여기서 따뜻이 손을 잡고는 싶으나 장래에 도저히 가까이할 수 없는 커다란 구렁텅이가 막혀 있는 것을 두 사람은 느꼈다.

'왜?'

이러한 의문이 생기기 전에 그들은 먼저 그 기괴한 운명의 장난에 한숨을 쉬었다.

"그럼 인연 있으면……."

손을 놓은 뒤에 괴인은 혼잣말같이 이렇게 중얼거리고 초연히 돌아섰다.

"몸조심 잘하시오. 인연 있으면."

재영이도 적적한 말로 그를 보냈다.

몹시 피곤한 듯한 그 괴인은 무거운 다리를 지척지척 저편으로 옮겨 갔다. 그 차차 어두움 가운데로 사라져가는 그림자를 외로운 한숨으로 보내고 있던 재영이는 그의 그림자가 어두운 모퉁이로 사라지는 것까지 본 뒤에 자기도 마침내 돌아섰다. 저편 쪽에서는 개 짖는 소리가 들렸다.

7

그를 놓아 보낸 뒤에, 쓸쓸한 마음으로, 담장을 넘어서 숙으로 돌아온 재영이는, 제 방으로 들어가려다가, 문득 뜰에 서서 방들을 둘러보았다. 그의 마음에는, 누가 그 괴인을 놓아 보냈나 하는 의문이 문득 떠올랐다. 누가? 무슨 까닭으로? 어떤 인연으로?

그 괴인과 대면을 하고, 담화를 한 것은, 선생과 자기 두 사람밖에는 없었다. 만년이가 잠시 광에서 그를 끌고 나오고, 도로 광으로 보낸 인연은 있으되, 정면으로 얼굴을 대하고, 담화를 한 것은 선생과 자기밖에는 없었다. 따라서, 그 사람과 서로 마음이 공명될 기회를 가진 사람은, 선생과 자기밖에는 없을 것이다. 거기서 나온 바의 결론으로는, 그 사람을 놓아 보낼 동정이나 인연을 가질 기회가 있는 사람은, 선생과 자기밖에는 없을 것이다. 그러면, 그 사람을 놓아 보낸 사람은, 자기가 아니면 선생밖에는 없을 것이다.

재영이는 이 의문에 머리를 힘 있게 저었다. 아까의 그 그림자는, 몸이 자그마하며, 몸과 근육에 탄력이 있고, 어디로 보아도 열칠팔 세의 젊은 이의 몸이지, 장대하고 원숙한 선생의 체격은 아니었었다. 숙생 가운데 도, 그러한 작고도 맵시 나고 날씬한 체격을 가진 사람은, 인화와 만년이와, 그 밖에 또 한 사람―합하여 세 사람밖에는 없었다. 아까의 그 그림 자로써 만약 숙생 가운데 한 사람이라 하면, 정녕코 그 세 사람 가운데 한 사람일 것이다. 그러면 누구? 왜? 어떤 인연으로? 이렇게 뒤를 따라서 일어나는 무수한 '?'에, 재영이는 성가신 듯이 눈을 찌푸리고, 한참 팔을 걷고, 모퉁이에 서서 뜻 없이 각방들의 꼭꼭 닫힌 덧문을 차례로 바라보다가, 무거운 기침과 함께 발을 옮겼다.

그는, 제일 첫 방인 자기의 방 앞을 발소리 안 나게 지나가서, 그다음 방 앞에서 허리를 굽히고, 땅을 내려다보았다. 거기는, 그 방 주인의 신이, 가지런히 놓여 있었다. 그것을 본 뒤에, 재영이는 다시 일어서서, 숨을 죽이고, 귀를 문에 가까이 갖다 대었다. 안에서는, 자그마한 코 고는 소리가 들렸다. 재영이는, 발소리를 감추고, 다음 방으로 갔다. 그것은, 만년이의 방이었었다. 처음에 아래를 보고, 거기서 가지런히 놓여 있는 신을 본 뒤에, 도로 일어서서 귀를 문에 가까이 가져가려 할 때에 문득,

"누구냐."

벽력같이 고함치는 만년이의 소리가 들렸다. 재영이가 뜻하지 않고 몸을 흠칫하고 그 자리에 엎디려 할 때에, 안에서는 뒤를 연하여,

"음냐 음냐."

하는, 잠꼬대 소리가 들렸다. 재영이는 그만 고소(苦笑)하고, 다음 방으로 갔다.

이렇게 한 방씩 차례로 검사를 하고, 아무 방에서도 이상한 점을 발견

하지 못한 재영이는, 마지막으로, 아직껏(아까 그저 지나가면서도 남겨놓았던) 인화의 방까지 마침내 가보지 않을 수가 없었다. 인화의 방 앞에서 허리를 굽혔던 재영이는, 거기 한 짝은 엎어지고, 또 한 짝은 두 뼘이나 저편 쪽에 가로 놓여 있는 신을 발견하고 깊이 의아하는 마음으로 머리를 들며 허리를 도로 펼 때에, 안에서는 바싹 하는 소리가 들렸다. 재영이는, 뜻하지 않고 좀 덤비는 태도로 귀를 덧문에 가까이 가져갔다. 동시에 아직껏 문안에 서 있다가 얼른 소리를 감추어가지고 저편 자리 위로 옮겨 가는 사람의 기척을 들었다.

"?"

재영이는 온 마음과 몸이 오싹하였다. 그의 눈에서는, 불꽃이 피어나는 듯하였다. 그는, 바싹 귀를 문에 갖다 대었다. 안에서는, 소리를 감추어서 가만가만히 이불을 쓰는 사람의 기척이, 확실히 들렸다.

8

한참 귀를 기울이고 있다가 곧 그곳에서 발을 뗄 때는 재영이의 마음은 천근과 같이 무거웠다. 그 마음의 무게는 머리까지 전염된 듯이 머리는 깊이 가슴속에 묻혀졌다. 그리고 그 무게는 발에까지 내려온 듯이 발걸음조차 몹시 무거웠다. 그곳에서 발을 뗄 때는 그는 벌써 발소리를 감추려고 안 하였다. 머리를 푹 수그리고 뚜거덕 뚜거덕 걸어가는 그를 만약 누가 뒤에서 보았으면 그는 그 사람을 결코 안재영이라 믿지 않을 만치 음울하였다.

그는 자기 방 앞에까지 왔다. 그리고 한 두어 번 성가신 듯이 발뒤축으로 쿵쿵 땅을 울린 뒤에 덜컥 하고 방문을 열어젖히고 들어와서 몸을 커다랗게 자리 위에 내어던졌다가 다시 일어나서 문을 닫은 뒤에 문갑 앞으로 가서 팔굽을 문갑에 짚은 뒤에 턱을 손바닥에 고였다. 그의 마음은 괴롭고 뒤숭숭하였다.

"누구?"

이러한 의문으로 방방이 문밖에 신을 뒤지고 방문마다 귀를 기울일 때에 그는 그 놓아 보낸 사람에게는 아무런 악의도 없었다. 나무랄 생각도 없었다. 다만 누가 그를 놓아주었나 하는 호기심 위에 조금 일종의 분만 비슷한 느낌이 도금(鍍金)되었을 따름이었었다. 설혹 누가 놓아 보냈다 하는 것이 명백히 드러날지라도 그는 공식으로 그를 놓아 보낸 사람을 꾸짖을 생각도 안 하였다. 사건은 암암리에 묻어버리려 하였다. 뿐만 아니라 그 놓아 보낸 의기 있는 친구에게 대한 일종의 친애함과 공명[8]되는 마음조차 그의 가슴의 한편 구석에 꽤 많이 감추어 있던 것이었었다. 다만 자기나 스승에게 의론이 없이 놓아 보낸 참람스런[9] 행동에 대한 약한 분만이 있을 뿐이었었다.

그러나 이제 급기야 그를 놓아 보낸 것이 혹은 자기의 약혼자, 자기가 가장 사랑하고 자기 딴 그도 자기에 그 이외에는 사랑할 사람이 없으리라고 굳게 믿던 인화의 일인지도 모르겠음을 알 때에 그의 마음에는 무겁고 쓰린 기분이 가속도로 늘어나갔다.

아무것도 보이지 않는 캄캄한 방 안에서 손에 턱을 고이고 눈을 커다랗게 뜨고 있는 재영의 눈에는 문득 아까, 자주자주 뒤를 돌아보면서 광으로 빠져나가던 그 그림자가 떠올랐다. 몸맵시, 걸음맵시, 그 키꼴, 걸음걸이의 버릇—그러고 보니깐 아무리 생각하여보아도 그것은 정녕코 인화—였었다. 혹은 만년이가 아닌가, 혹은 또 다른 숙생은 아니던가, 아까 그렇게 생각할 때에는 그다지 마음에 걸리는 일이 없었지만 일단 그의 의심의 끝이 인화에게 돌아가면서부터는 아까의 그 그림자는 틀림없는 인화였었다. 아까 방방을 밖에서 엿들을 때에 만년의 방 앞에서 만년

---

8 공명(共鳴) : 남의 사상이나 감정, 행동 따위에 공감하여 자기도 그와 같이 따르려 함.

9 참람스럽다 : 분수에 넘치게 몹쓸 행동을 하는 듯하다.

이가 확실히 깊은 잠에 든 것이 드러날 때부터 예고 없이 그의 마음의 고통은 시작되었다. 그 뒤에 나머지의 한 사람(아까 그 그림자와 외양이 비슷한)의 방 앞에서도 그 방주인이 확실히 잠들어 있는 것을 안 뒤에 끝없는 마음의 고통 가운데서도 그는 마지막의 희망으로 다른 방들은 샅샅이 다 살폈다. 뒷모습으로 보아서 그 그림자와 비슷도 안 한 사람의 방까지 한참 엿들었다. 그리고 마지막으로 인화의 방 하나뿐이 남게 되었을 때에 그의 얼굴은 고통으로 밉게까지 되었던 것이었다. 시기! 샘! 그것은 이런 말로밖에 설명할 수가 없는 괴로운 감정이었었다. 그는 그 괴로운 감정을 마음으로만 느낀 것이 아니고 그 괴로움은 마음을 넘어서서 육체상의 고통까지 그에게 주었다. 그는 생리상으로 가슴이 찢어지는 듯한 아픔까지 느꼈다.

'무슨 인연으로?'

만약 인화가 그 괴인을 놓아 보낸 것이라 하면 인화는 무슨 인연으로 그런 일을 하였나? 인화와 그 괴인의 사이에는 어떤 깊고 남모를 인연이 있나?

9

툭!

밖에서 눈 내려지는 소리가 들렸다.

재영이는 그 소리를 군호 삼아서 다리를 조금 움직였다. 그러나 몸의 자태에는 추호의 변동도 없었다.

'왜! 무슨 인연으로!'

이 한 가지의 쓰고도 아픈 생각은 그의 머리에 단단히 붙어서 떨어지지를 않았다.

─인화는 그새 나흘 동안을(비록 남복은 하였을망정) 민겸호의 집에 있었다.

─괴인은 민겸호의 집에서 운현궁으로 보낸 자객이었었다.

─아무리 사나이의 행세는 한다 하나 인화는 열일곱 살 된 한창 좋은 나이의 처녀이다.

─괴인은 굳센 사나이로서 어떤 의미로는 남자라도 반하고 싶을 만한 '큼[大]'을 가지고 있는 사람이다.

그 괴인과 인화에 대하여 위에와 같은 인연을 상상으로 그려볼 때에 거기는 마땅히 생겼음직한 어떤 연락이 논리적(論理的)으로 재영이의 머리에 떠올라서 더욱 그를 괴롭고 아프게 하였다. 차차 가속도로 늘어가는 그 쓰라린 생각에 잠겨서 재영이는 자기로도 거기는 얼굴을 붉힐 만한 비열한 망상이 섞여 있는 것 같은 느낌을 받으면서도 그 쓰리고 아픈 망상의 지배 아래 자기의 온 마음과 온몸을 내맡기지 않을 수가 없었다.

힜! 그는 침을 게워서 탁 하고 창을 향하여 뱉었다. 그의 침은 몹시도 걸어져서 창을 향하고 뱉었다 하나 한 꼬리는 입술에서 그냥 붙어서 떨어지지를 않았다. 그는 턱을 고였던 손을 꺼내어 역정 내듯 제 입술을 탁 두드렸다.

'밤이기 때문이다. 대수롭지 않은 생각이라도 지금이 밤이기 때문에 이렇듯 괴롭다. 날만 밝으면! 어서 날만 밝으면!'

이렇게 생각의 꼬리를 돌려서 그 가슴 아픈 망상에서 벗어나보려고도 애썼지만 이런 생각을 하면 할수록 그의 마음은 더욱 아팠다.

'샘? 이것이 과연 샘일까? 샘이란 더러운 생각이다. 가령 이것으로서 샘이라 할 양이면 나는 그런 더러운 생각을 하는 더러운 사람일까. 변변찮은 사람일까.'

스스로 이렇게 꾸짖어도 보았지만 그의 마음을 커다랗게 지배하는 그 감정에서, 그는 도저히 벗어날 수가 없었다. 뿐더러, 오히려 한층 그의 마음은 더욱 깊이, 더욱 괴로운 데로 빠져들어갔다.

동시에, 그는, 아까 그만치 너그러운 동정심으로 용서하여 보낸 괴인을 그때 탁 죽여버리지 않은 데 대한 후회까지 하였다. 그때에, 그의 손이, 한 번 허리에 단 혁낭을 거쳐서 움직이기만 하였다면, 그 괴인은 벌써 차디찬 송장으로 변하여 있을 것이었다. 혹은, 그곳서 그러한 최후의 수단을 쓰지 않았다 할지라도, 담장 밖으로 나간 그를, 다시 결박하여다가 광 속에 잡아다 넣기만 하였더라도, 내일 아침쯤은, 숙생들의 손으로 감쪽같이 장사를 지내게 될 것이었다. 그것을, 그때에 일시적으로 일어난 동정과 의협심(?)으로 돌려보낸 자기는, 그 자기의 행동 때문에 지금 이렇듯 번민치 않으면 안 될 경우에 빠졌다.

'바보! 바보!'

즉, 아까 작별할 때에,

"인연 있으면……."

하면서 쓸쓸히 돌아서던 그 괴인의 외롭던 모양이 다시금 눈에 떠올랐다.

재영이는 팔을 높이 들어서, 그 모든 그림자며 망상을 지워버리려는 듯이, 커다랗게 기지개를 하였다.

몇 회째 우는지, 멀리서 닭의 우는 소리가 들렸다. 짐작으로 보아서, 날도 밝을 때가 거의 되었다. 곁방에서는 잠꼬대 소리가 들렸다.

10

날이 밝은 뒤에 숙에서는 수인(囚人)[10]이 없어졌다고 욱적들 하고 있었다. 수인이 있던 곳에는 날카로운 칼로 끊은 듯한 결박하였던 바가 널려 있었다. 이렇다 저렇다 의논이 서로 분분하였다.

이상한 점이 여러 군데가 있었다. 어떻게 부비적여서 결박하였던 바를 풀었다면 모르겠거니와 바를 칼로 끊은 것을 보면 정녕코 구원하여준

---

10 수인 : 옥에 갇힌 사람.

사람이 있었다. 괴인이 이곳으로 잡혀온 것을 알 사람은 태공과 이곳 사람들뿐인지라 만약 구원하여준 사람이 있다 하면 무론 이곳 사람밖에는 없을 것이다. 이것이 그들의 수군거리는 첫째 조건이었었다.

또 한 가지 그들의 머리를 끄덕이지 못할 일은 담장 위에 박힌 발자국이었었다. 뜰에는 눈을 모두 쓸어서 알 수 없지만 담장 위에는 세 군데 발자국이 남아 있었다. 하나는 담장 위까지 겨우 기어 올라간 듯한 그 자취로서 괴인의 것이 분명하였다. 그러나 다른 발자국은 그 괴인이 나간 자리와는 상거[11]가 먼 자리에 하나가 있고 괴인이 나간 듯한 자리의 근처에는 밖에서 안으로 들어온 듯한 자리가 있었다. 이것은 이상한 일이었었다. 오히려, 들어온 자리가 멀리 떨어져 있고 나간 자리가 인접하여 있어야, '한 사람이 구원하려 들어와서, 목적을 달하여 가지고 같이 나갔다'는 결론에 이를 것인데 발자리가 이렇게 나 있는 것은 좀 머리를 끄덕이지 못할 점이 있었다.

서로 이렇다 저렇다, 의논이 분분하였다. 항상 일찍 깨던 재영이가, 좀 늦게 되어서 나왔을 때는, 숙생의 거의가 모두 담장 위에 박힌 괴인의 나간 자리의 근처에서 수군들 거릴 때였다.

재영이는, 뜬눈으로 밤을 지냈다. 눈시울에는, 수면 부족으로 거먼 윤곽이 생겼다. 그러나, 어젯밤에 그가 생각한 바와 마찬가지로, 날이 밝으니깐, 얼마간 마음이 내려앉기는 내려앉았다.

재영이는, 그 숙생들의 틈에 있는 인화를 발견하였다. 인화의 얼굴도 얼마간 창백하였다. 그리고, 전과 같으면, 재영이를 보기만 하면, 손을 벌리고 올 것인데, 오늘 아침은 재영의 그림자가 나타나매, 조금 자리를 움직여서, 다른 숙생의 그림자에 숨어버렸다.

재영이는, 인화의 얼굴을 정면으로 보기가 어려웠다. 잠시 곁눈으로

---

11 상거(相距) : 떨어져 있는 두 곳의 거리.

흘깃 볼 뿐 못 본 체하여버렸다. 그런 뒤에 숙생들의 이야기에 참견하였다.

숙생들은 재영이를 보고, 다시 한번, 모두들 자기의 추측을 설명하여가면서, 수인의 달아난 일을 보고하였다. 묵묵히 그것들을 듣고 있던 재영이는, 그들의 이야기가 끝나기를 기다려서,

"나는, 도망시키는 것을 내 눈으로 봤소."

한 마디 한 뒤에, 인화의 편을 힐끗 보았다. 인화는 가리어서 보이지 않았다. 숙생들 가운데는, 동요가 일어났다. "누구입디까" "어디로" "어디서" "어떻게" "그래—" 수많은 질문이 한꺼번에 나왔다.

"도망시킨 사람은 숙생—더구나, 지금 이 자리에 서 있는 사람이오."

이 말을 하는 재영이의 목소리를 떨리었다. 그는 이번은 눈을 푹 내리뜬 채, 인화의 편은 보려고도 안 하였다.

"누구" "누구" "누구" "누구" 수없는 입이 같은 말을 발하였다. 그리고, 그들의 음조로써, 자기는 아니라는 것을, 어떻게든 나타내려는 듯하였다.

부러, 그 말에 대답하지 않고 한참을 묵묵히 서 있던 재영이는, 그 자리를 떠날 임시[12]하여, 다른 말로 대답을 대신하였다.

"자객은, 내가 뒤를 밟아서, 구리개까지 따라가서 죽여버리고 말았소. 이, 도로 들어온 발자국은 내 것이오. 맘들 놓으오."

그리고, 얼른 돌아서는 것을 기회로, 그의 눈이 인화에게 향하였을 때는, 인화는 얼굴빛이 사색(死色)이 되어 푹 머리를 수그리고 있었다.

이에 재영이는, 어젯밤의 소위[13]가, 인화의 한 일인 것을 의심할 여지가 없게 여겼다.

---

12 임시(臨時) : 정해진 시간에 이름. 또는 그 무렵.
13 소위(所爲) : 소행. 이미 해놓은 일이나 짓.

11

인화가, 민겸호의 집에 나흘을 복돌이라는 이름으로 들어가 있을 동안, 알아온 일들 가운데, 가장 중대한 것은, 태공의 생신 전날 자객을 태공에게 보내어, 태공의 목숨을 끊어버리려는 그들의 계획이었었다. 자기네의 정책의 원수—요[14], 잠자는 호랑이와 같은 태공을, 그들은 없이하여버리려 한 것이었었다.

그 계획을 인화에게서 들은 뒤에, 활민이 재영이를 불러서 방비책을 의논할 때에, 재영이는 다만 한 번 미소로써 대답하고, 그날 밤 자기가 스스로 운현궁으로 간 것이었었다.

재영이가 그리로 향하여 간 날 밤, 인화는 안절부절 잠이 못 들었다. 바싹 소리만 나도 귀를 기울이고, 문밖을 내다보고 하였다. 치밀한 민겸호가 운현궁에 보낼 자객을 선택함에는 넉넉히 그만한 힘을 가진 사람을 보낼 것은, 정한 일이었었다. 무서운 자신력을 가지고 있는 재영이는 한 번 벙글 웃은 뒤에 그리로 향하여 갔지만 인화에게는 그것이 여간 걱정이 아니었었다. 밖에서 바람이 바싹만 하여도 '오나?' 하였다. 이렇게 마음이 뒤숭숭한 것은 혹은 그이의 몸 위에 무슨 불길한 일이 있기 때문이 아닌가 하였다.

이렇게 기다리던 재영이가 밤이 몹시 깊어서 돌아왔다. 인화가 문틈으로 내다보고 있는 줄은 아는지 모르는지, 재영이는, 포로를 끌고 돌아와서 잠시 인화의 방을 바라본 뒤에 돌아갔다. 광문을 여는 소리가 들렸다. 광문을 다시 채우는 소리가 들렸다. 그 뒤에 앞으로 나와서, 자기 방으로 들어가버렸다.

이, 아무 일도 없이 돌아온 재영이를 보고야 인화는 겨우 마음을 놓았다. 그는 기쁨으로 말미암아 얼굴이 붉어지는 것을 스스로 깨달았다.

---

14 요 : 연재 원문에는 '으'라고 되어 있지만 오자로 보임.

이튿날은 재영이는 선생과 함께 태공의 생신을 축하하러, 종일 나가 있었다. 밤에 선생만 혼자 돌아오고 재영이는 운현궁에 또한 밤을 새운 다는 것을 그는 알았다. 그리고 오죽 곤하랴, 혼자서 그의 피곤을 위하여 근심하였다.

이튿날 아침에 돌아온 재영은 곧 제 방으로 들어가서 잤다. 종일을 근심스레 재영의 방만 바라보고 있을 때에, 낮이 기울어서야, 재영이가 일어 났다.

좀 뒤에, 자객의 문초가 시작되었다. 인화는, 재영이가 잡아온 포로를 그때야 처음으로 보았다. 체격이며 무엇에든, 나무랄 데가 없는 사람이 었다. 거기서 인화는, 그 포로의 훌륭한 몸집을 보기 때문에, 재영이의 비범한 힘을 더욱 속으로 사랑하고 싶었다. 그 포로가 훌륭하다는 것은 '재영이는 더욱 훌륭하다'는 것을 공명하는 바였었다.

문답은 시작되었다.

"난 안재영이오."

재영이가 먼저 제 이름을 말하였다.

즉 포로는,

"명."

인화는 그 뒤를 똑똑히 듣지를 못하였다. 명진호? 명인호? 명진수? 무에라고 대답하였는지 똑똑히 듣지를 못하였다. 다만, '명' 자 한마디뿐이 마치 대포 소리와 같이 크게 그의 귀에 들어왔다.

자기의 태도가 수상한지 어떤지 그런 일은 생각할 여유도 없었다. 그 는 그 뒷말을 기다리느라고, 온몸의 신경을 귀로 모을 따름이었었다. 그 의 가슴은 방망이질하듯 뛰놀았다. 안에서는, 한참 만에 한 마디씩 무슨 소리가 들렸다. 그러나 인화의 귀에는 한마디도 명료히는 들리지 않았 다. 그만치 그는 그때 흥분되었던 것이었다. 뒤에까지 그에게 이상히 생각되는 것은, 그때 자기가 넘어지든가 쓰러지지 않고, 그냥 버티고 서

배〔叛〕

79

있던 그 힘이었다. 자기의 얼굴이 새빨갛게 되었는지, 창백하게 되었는지는 모르지만 심상치 않은 것뿐은 알 수가 있었다.

12

그 밤, 재영이가 저편 방에서 그 괴인의 인물을 아깝게 여기면서, 잠을 못 들 동안, 인화는 또한 그 괴인의 성(姓) 때문에 잠이 못 들고, 이리 뒤채고 저리 뒤채고 하며 있었다.

인화는, 자기의 약혼자인 명 참판의 아들에 대한 기억은, 하나도 남아 있는 것이 없었다. 다만 몽롱한 기억 안에, 남아 있는 바는 키가 후리후리 크던 듯한 것뿐이었었다. 활민 선생에게 묻자 하나 처녀로서의 그의 부끄러움은 차마 그런 말을 물을 수가 없었다. 선생도 웬 까닭인지, 똑똑히 설명하여주지 않았다.

이름조차 알지를 못하였다. 어렸을 때의 기억을 다시 뒤집어서 아무리 생각하여야, 잊어버린 기억이 살아날 리가 없었다.

모습도 모르며, 그 이름조차 모르는 약혼자―더구나 생사(生死)도 알 수 없는 약혼자―그 사람을 그리며 생각할 동안, 그는 늘 깊은 한숨 가운데, 다만 자기의 그리움은 마침내 한낱 그리움으로 그치지 않나 늘 의심하였던 것이다.

'명? 명―무명? 명―인? 명―진? 명―신?

그 후리후리 키가 크던 아이의 이름이 무엇인지 머리를 움켜쥐고 생각할 때마다 무슨 곽 속에 잡아넣은 번개와 같이 보일 듯 안 보일 듯, 생각날 듯 안 날 듯 한가운데서 그 이름의 둘째 자의 끝에는 'ㄴ'이 붙어 있던 듯한 생각이 늘 났다. 인, 신, 진, 민, 긴, 빈, 친, 등등 항용 사람의 이름에 씌우는 'ㄴ'을 골라놓고 거기서 그럴듯한 'ㄴ'을 골라보아서 역시 인, 신, 진의 세 가지를 얻어낸 그는 다시 추려서 한 가지만을 얻어보려 노력하였으나 그 노력은 헛데로 갔다. 이리하여 겨우 자기의 약혼자의 이름이 '명ㄴㅇ'이라는 것을 얻어낸 뒤부터 그는 늘 그 '명ㄴㅇ'이라는 허수아비를 마음으로 생각하고 있었다.

오늘, 안재영에게 잡혀온 자객은 '명ㄴㅇ'이었었다. 성은 분명히 명이었었다. 그 성에 놀란 인화는 똑똑히 듣지는 못하였지만, 둘째 자는 분명히 ㄴ이었었다. 인인지 신인지 진인지는 모르지만, 무슨 ㄴ인 것은 확실하였다. 마지막 자는 못 들었다. 키도 후리후리 컸다. 나이도 그럴듯하였다.

무론 태공에게 충실하기 때문에 민씨 일당의 미움을 사서, 죄 없이 고혼이 된 명 참판의 유자[15]가 오늘날 민씨의 편이 되어서 태공을 암살하러 온다 하는 데 대한 의혹도 인화의 영리하고 치밀한 머리에 안 떠오른 바는 아니었었다. 그러나 사람의 일이란, 아침에 어찌되며, 저녁에 어찌될지 예측할 수 없는 경우를 많이 본 인화는, 따라서 이번의 이 일에도 그만한 관대를 가지지 않을 수 없는 사람이었었다. '그'가 '그렇게' 변하기까지에는, 거기는 무슨 예측하지 못할 일이 있었을 것이며, 예측하지 못할 일이 생긴 이상에는, 그것으로 그를 그르다 할 수는 없을 것이다. 이러한 관대한 마음조차 일어났다. 그리고, 아직껏 민씨에게 충성된 사람들을, 사람으로 생각하지도 않던 자기의 마음에, 지금 이만한 변동이 생긴 데 대하여, 괴이하게 여기지도 않았다.

'한 사람은 민씨―한 사람은 태공.'

이렇게 서로 갈라지게 된 데 대하여, 장차 일어날 비극이라든가 충돌이라든가에 대하여조차 미처 생각이 돌아갈 여유까지 잃은 그는, 오로지, 그 잡혀온 '명ㄴㅇ'의 신상 때문에 걱정하였다.

"그이일까."

---

15 유자(幼子) : 어린 자식.

그는, 몸을 뒤채이면서 이렇게 고민하고 하였다. 기연가 미연가[16] — 의혹에서 의혹으로, 그의 마음은, 걷잡을 새 없이 동요하였다.

온갖 방면으로 보아서, 아직껏 인화의 마음을 지배하던 그 '명し○'로 추측되는 괴인 때문에 인화의 어린 마음은, 마치 열병에 들린 듯이 헤적였다. 더구나 재영이의 눈치로, 내일 아침이면 당연히 처분당할 괴인의 불쌍한 운명은, 더욱 그의 마음을 괴롭게 하였다.

13

인화는 마침내 결심하였다.

누군지는 분명하지 않으나, 몇 가지로 보아서, 혹은 명 참판의 아들인지도 모를 이 젊은이를, 도망시키기로 결심한 것이었었다.

이런 일을 당하여, 앞뒤를 살필 만한 냉정한 이지를 아직 가지지 못한 이 정열의 처녀는, 괴인이 달아나면, 아직껏 세상에 비밀히 하던 활민숙의 정체가 드러나고, 따라서 경애하는 선생과 20명의 동지의 운명에 파란이 생기리라는 점은 머리에도 떠오르지 않았다. 다만 자기의 약혼자인지도 모르는 이 젊은이를, 도로 살려 보내려는 굳은 결심이 남아 있을 뿐이었었다.

그는 옷을 주워 입고 문밖에 가만히 나섰다. 겨울의 찬 기운이 확 하고 그의 얼굴을 덮었다. 그는 습관대로, 재영이의 방을 얼핏 본 뒤에, 발소리를 감추어가지고 광으로 향하여 갔다.

그러나 광에 거진 이르러서 그는 누가 자기를 밟아 오는 듯한 소리를 들었다. 그 때문에, 거의 심장의 고동조차 멎게 되어가지고, 돌아와보았으나 아무도 보이지 않았다.

그러나 그가 발을 옮길 때마다 본능적으로 뒤에 누가 따라오는 듯한

---

16 기연(其然)가 미연(未然)가 : '긴가민가'의 본말. 그런지 그렇지 않은지 분명하지 않은 모양.

느낌을 느꼈다. 이러한 의혹 가운데서 광 안에까지 무사히 들어간 그는 더듬더듬 어두움 가운데서 괴인을 찾았다. 그리하여 겨우 괴인을 만난 그는 먼저 "쉬—" 하여서 말을 말기를 명한 뒤에 그의 결박한 바를 다 잘라놓았다. 괴인은 모든 일을 다 무심한 듯이 가만히 앉아 있었다.

인화는 괴인을 부축하여 일어서려 하였다. 그러나 괴인은 몸을 쓰지를 못하였다. 그 모양을 보고 인화는 다시 앉아서 괴인의 다리를 한참 주물러주었다.

한참 주물리고 난 뒤에야 괴인은 몸을 좀 쓰겠는지 의식적으로 움쩍하였다.

"자, 일어나세요."

인화는 괴인의 귀에 입을 대고 이렇게 속삭였다. 이 목소리는 남복 아래 정체를 감추고 있는 인화의 17년 평생에 처음으로 하는 여자다운 목소리였었다.

괴인의 무거운 소리가 들렸다.

"당신은 누구시오?"

"이인."

화라고 대답을 하려던 인화는 '숙'이라고 대답을 하여버렸다. 이 이름 역시, 아직껏 자기의 정체를 감추고 있던 그의 처음으로 부른 이름이었었다. 겁결에 이 이름을 스스로 부른 그는, 자기의 대담함에 놀라기 전에, 먼저 그 이름이 괴인의 위에 움직이는 영향을 보려 하였다. 그 괴인으로서 만약 명 참판의 아들이라 하면, 혹은, 자기의 이름을 기억할는지도 모를 것이었었다.

그러나, 괴인은, 그 이름에도 아무러한 영향을 받지 않는지,

"고맙소이다. 이 신세를 언제나."

하면서 자기의 몸을 일으키려 노력하기 시작하였다.

일어서려고 힘을 쓰는 괴인의 몸을 부축하여 일으킬 때에 인화의 마

음은 매우 무거웠다. 그의 마음은 희망에서 실망의 구렁텅이에 한숨에 떨어진 것 같은 고통을 느꼈다. 무론 괴인이 사실에 있어서 명 참판의 아들이라 할지라도 그가 자기의 이름까지를 정녕코 알리라고 믿은 바는 아니었었다. 그러나 자기의 정성을 다하여—더구나 17년 평생에 처음 부른 그 이름—커다란 희망과 동경과 반가움 아래서 부른 그 이름이 괴인에게서 아무런 반향도 일으키지 못하였다 하는 것은 그에게는 쓸쓸하였다. 그는 말없이 괴인을 인도하여가지고, 광 밖까지 나와서, 그에게 달아날 곳을 지시하였다. 그리고 괴인이 그쪽으로 발을 떼어놓는 것을 본 뒤에 돌아서려던 그는 뜻 안 한 방향에서 얼핏 사람의 그림자가 움직이는 것을 보고 깜짝 놀랐다.

14

인화가 경악의 눈을 그의 위에 던질 때에 그 그림자는 벌써 나는 듯이 담장을 넘어서 밖으로 사라졌다.

그는 잠시 숨을 못 쉬었다. 비슬비슬 쓰러지려는 몸을 겨우 다리로써 중심은 잡았으나 보지도 못하였다.

그가 정신을 회복한 뒤에 그를 엄습한 첫 기분은 끝없는 공포—였었다. 그때는 그는 다른 염려—고 조심이고를 모두 잊었다. 그는 발소리를 감출 생각도 않고 달음박질하여 자기 방으로 돌아와서 문안으로 들어왔다. 그리고 문을 기대고 쓰러지듯이 그 자리에 주저앉고 말았다. 하—하 차차 높아가는 숨소리를 죽이느라고 그의 얼굴은 무섭게 찡그려졌다. 온몸의 맥이란 맥은 모두 빠졌다. 이러한 가운데서 극도로 피곤한 사람뿐이 가질 수 있는 무아(無我)의 상태에 잠겨 있던 그는 (얼마나 지났는지는 똑똑히 모르나) 뜰에서 들리는 사람의 기척에 또다시 놀라지 않을 수가 없었다.

그는 본능적으로 돌아앉았다. 돌아앉을 때에 다리에서 뚝 하는 소리가 굉장히 크게 났다. 요행히 그의 돌아앉은 눈 꼭 앞에는 창에 조그만 구멍이 하나 있었다. 덧문에도 그 바로 하여 구멍이 하나 있었다. 그러나 서로 상거가 두 치나 떨어져 있는 두 개의 구멍으로 능히 내다볼 만한 범위는 극히 좁았다. 어떤 그림자가 저편으로 얼핏 지나가는 것을 본 뿐이었다.

그 그림자는 분명히 각방들을 검사하고 있었다. 매방 앞에 서서는 한참씩 있다가는 다른 방으로 가고 하였다.

그것은 죽기보다도 더 괴로운 긴장의 찰나였었다. 과도한 긴장과 공포 때문에 생기는 비상히 똑똑한 정신으로 우두커니 앉아 있는 그는 마음의 눈으로 차차 가까워오는 그 그림자를 넉넉히 볼 수가 있었다.

그림자는 마침내 인화의 방 앞에도 왔다. 검사도 하지 않고 그저 지나가버렸다. 그는 이상한 공포 가운데서도 얼마의 안심을 느꼈다.

그러나 그 안심이 오래가지를 못하였다. 각방을 다 검사한 뒤에 그림자는 두 번째 인화의 방 앞으로 왔다. 인화는 그가 허리를 굽히는 소리를 들었다. 허리를 도로 펼 때에는 그의 숨소리가 고요하지 못함을 들었다. 그 뒤에 인화의 얼굴에서 세 치가 되지 못하는 가까운 거리에서 그 그림자의 기척이 움직이는 것을 들었다. 인화는 소리를 감추어가지고 몸을 날려서 자리 펴놓았던 곳으로 돌아왔다. 그러나 몸이 와들와들 떨려서 그는 자기의 팔다리를 마음대로 움직이기까지 힘들었다.

그림자가 몇 시간 동안 자기 방문 밖에 서 있었는지 인화는 몰랐다. 좌우간 무한히 긴 시간을 서 있었다. 그리고 그 그림자가 인화의 방 앞을 떠날 때는 그의 발소리로써 그 마음이 언짢은 것이 나타났다. 뚝, 뚝, 뚝, 뚝— 아직껏 감추려던 발소리도 감추지 않고 몹시도 무거운 소리로써 그 그림자는 인화의 방을 떠났다.

그 그림자는 재영이의 방 앞에쯤 가서 멎었다. 쿵쿵 헛발을 울리는 소리가 들렸다. 문을 철컥 하고 여는 소리가 들렸다. 그가 방 안으로 들어가는 소리도 들렸다. 조금 뒤에 왜가닥 하고 문을 닫았다.

그림자의 주인은 분명히 재영이였었다.

'사찰이로구나'

이불로써 몸을 절반만치 가리고 떨리는 마음으로 귀를 기울이고 있던 인화는 속으로 이렇게 부르짖었다. 그림자의 주인이 재영인 줄 분명히 안 때에 인화는 왠지 뜻하지 않고 벌떡 일어섰다. 동시에 아직껏 그 존재를 잊고 있던 재영이의 그림자가 커다랗게 그의 마음에 비치었다. 인화가 맥없이 다시 주저앉을 때는 그의 눈에서는 고통의 눈물이 나왔다.

15

'명'

'재영이'

두 가지의 허수아비는 밤이 끝나도록 인화를 괴롭게 하였다. 하나는 의리에 섞인 정애였었다. 하나는 정애에 섞인 의리였었다.

그 괴인이 명 참판의 아들인지는 똑똑히 알 수 없으나 모르면 모르느니만치 인화의 마음은 더욱 괴인 때문에 켕겼다. 그 결과는 인화는 차차 재영에게 대한 공포를 깨달았다. 왜? 그 까닭은 알 수 없지만 재영이라는 한 인격이 그에게는 차차 무서워지기 시작하였다. 아직껏 자기와 재영이의 사이에 있던 친애함은 가속도로 없어져 나가고 두 사람 사이의 거리가 차차 멀어지는 듯하였다.

'이인숙'이라는 아직껏 자기의 가슴 속에 깊이 감추어두고 남의 앞에 발표하여본 일이 없는 제 이름을 초대면의 명모(明某)[17]에게 발표할 때에 인화는 똑똑히는 의식하지 못하였지만 거기서 일어날 극적(劇的) 장면(場

17 모 : 아무개.

面)을 어렴풋이 예기하였던 것이었다.

"네? 당신이 이인―"

'그'는 그때에 당연히 이렇게 말하지 않으면 안 될 것이었다. 그 앞에 인화―인숙이는 푹 머리를 수그리고 양손을 들어서 그의 굳센 손 안에 내맡기지 않으면 안 될 것이었다. 그 뒤에는 잠시간 눈물과 한숨의 장면이 계속되지 않으면 안 될 것이었다.

이렇거늘 그는 이인숙이라는 이름을 알지 못하였다. 그것은 인화에게는 낙망되는 사실이었다. 그러나 명 참판의 아들의 이름을 똑똑히 모르는 인화로서는 자기의 이름을 모르는 명 참판의 아들을 나무랄 수가 없었다. 그는 이 서로 약혼자인지도 모르는 두 사람이 마주 앉아서 이름까지 말하고도 좀 더 깊이 그 점을 규명하여보기 전에 작별하지 않을 수 없는 외로운 운명을 스스로 탄식하면서 그를 보낸 것이었다. 그러나 그 순간부터 그의 마음에는 외롭게 보낸 그 정체 모를 사람에 대한 이상한 감정이 '명'이라는 대명사로서 깊이 들어박힌 것이었다.

저편 방에서는 재영이가 제 약혼자인 인화에 대한 샘으로써 잠을 못 자고 뻣뻣이 앉아 있는 동안, 이편 방에서는 인화가 역시 자기의 약혼자인지도 모르는 '명'이라는 괴인에 대한 너무도 가엾고 쓸쓸한 작별의 추억과 재영에 대한 괴상한 공포심 때문에 잠을 못 들고 있었다. 때때로 재영이의 무거운 기침 소리가 고요한 밤을 흔들 때마다 인화는 낯익은 소리에 대한 공포로써 몸은 흠칫흠칫 놀랐다.

이튿날 아침, 담장 안에서 인화는 재영이의 날카로운 눈에 쏘이고 뜻하지 않고 몸을 다른 사람의 틈에 감추어버렸다. 어젯밤에는 몽롱히 느끼던 바의 공포심이 오늘 마침내 구체화하여 그의 마음을 조그맣게 하였다. 그는 더욱더 재영이의 눈을 피하려 하였다.

"도망시킨 사람을 나는 아오."

이 말과

"자객은 내가 죽여버렸소."

이 말은 재영이로서는 다만 한낱 도망시킨 사람을 명백히 알려는 일종의 계획에서 한 말이었지만 그 말은 인화로 하여금 더욱 재영이의 눈을 피하게 하는 동시에 재영이에게 대한 어떤 반항심과 적개심(敵慨心)까지 일으키게 하였다. 명확히는 알 수가 없지만 혹은 자기의 약혼자인지도 모르는 괴인을 죽여버린 원수에게 대한 적개심조차 인화의 마음에 일어났다.

이리하여 약혼자라는 충분한 자각과 긍지 아래서 인화를 사랑하고 보호하던 재영이와 이유는 모르지만 재영이에게 대하여 일종의 떨리는 듯한 감정을 느끼고 있는 인화—가 두 젊은이의 사이에는 감정의 파란이 생겨났다.

16

이튿날 낮쯤 하여 재영이는 또 운현궁으로 가게 되었다. 그것은 그 자객에 대한 일을 태공께 보고하기 위하여서였다.

이즈음 늘 즐겨서 혼자 있기를 좋아하는 태공은 그날도 역시 하인들을 모두 물리고 혼자서 난초를 희롱하고 있었다. 재영이가 인사를 드리고 고즈넉이 앉을 때에 태공은 벼루와 종이를 조금 재영에게로 밀었다. 그리고 재영을 쳐다보았다.

"어디?"

그것은 재영에게도 한 번 휘호하여보라는 뜻이었다. 무거운 마음에 별로 난초를 희롱하고 싶은 생각도 적던 재영이는 처음에는 사양할까 하였으나 그래도 종이를 끌어당겼다. 순식간에 한 폭의 난초는 그려졌다. 휘호를 끝낸 뒤에 재영이는 종이와 벼루를 좀 밀어놓으며 귀찮은 듯이 물러앉았다.

재영이의 그 휘호하는 모양을 물끄러미 들여다보고 앉았던 태공은 재영이가 물러앉는 것을 힐문의 기색이 띤 얼굴로 쳐다보았다.

"웬일이냐?"

"네?"

태공은 재영의 질문에 대답하는 듯이 눈을 난초에 떨어뜨렸다. 재영이도 제가 그린 난초 위에 눈을 부어보았다.

거기는 한 폭의 난초가 있었다. 아니 오히려 난초라기보다도 분노에 뛰노는 몇 줄의 굵고 가는 선(線)과 점(點)과 획이 있었다. 그리고 그것은 불규칙으로 긋고 찍어놓은 몇 줄의 먹점(墨點)에 지나지 못하였다. 마땅히 아름다워야 할 곡선에는 무서운 시기가 불붙었다. 미묘하여야 할 꽃 위에는 분노의 힘 있는 자국이 있었다.

재영이는 뜻하지 않고 태공의 얼굴을 쳐다보았다. 그리고 역시 자기의 얼굴을 근심스레 쳐다보고 있는 태공의 눈을 만날 때에 재영이는 가느다랗게 한숨을 쉬며 눈을 도로 떨어뜨렸다.

"좀."

이 말만 하고 한참 말을 그치고 있던 태공은 담뱃대를 끌어당기며 말을 계속하였다.

"가까이 온."

재영이는 대답도 못하고 가까이 가지도 못하고 그 자리에 그냥 그 자태로 앉아 있었다.

"재-재영아."

"네?"

"좀- 가까이 온."

재영이는 한 걸음쯤 무릎으로 걸어 나갔다.

"웬일이냐?"

재영이는 역시 대답치 못하였다. 그러나, 10년에 가까운 날짜를 자기의 마음에서 온전히 뿌리까지 없이 하여버렸던 '어버이에게 대한 신뢰와 애정'이 태공을 앞하고 무럭무럭 일어나는 것을 금할 수 없었다.

'아버지!'

아버지는 벌써 민씨의 손에 참혹한 죽음을 당한 지 10년이 가깝지만 지금 자기의 맞은편에 앉아서 근심스레 자기를 들여다보는 이 어른을 이렇게 한 번 불러보고 그의 무릎 위에 자기의 머리를 묻은 뒤에 가슴에 사무친 쓰고 아픈 하소연을 죄 펼쳐놓았으면 얼마나 상쾌하며 마음이 가벼우랴. 지금 마음이 아프고 쓰리고 지향할 바를 알 수 없는 이때에 윗사람으로서의 한마디의 친절한 지도를 하여주는 사람이 있으면 얼마나 반가우랴. 시기에서 분노로 분노에서 애상(哀傷)으로 걷잡을 새 없이 빠져들어가는 재영이는 그 마음의 반영과 같이 눈에 눈물까지 어리었다.

태공은 알아보았다.

"재영아 고적[18]하냐?"

재영이는 적적히 웃었다. 그러나 그 웃는 것을 기회로 마침내 아직껏 맺혔던 눈물이 한 방울 옷깃에 떨어졌다.

17

"하나 여쭤보겠습니다."

이윽고 재영이는 머리를 수그리며 거의 들리지 않을 만한 작은 소리로 이렇게 말하였다.

"뭐냐?"

태공은 눈을 그냥 재영이의 위에 부은 채로 반문하였다.

"저."

이렇게 말할 뿐 재영이는 말을 끊었다. 그리고 붓과 종이를 끌어당겼

---

18 고적(孤寂) : 외롭고 쓸쓸함.

다. 그의 붓을 잡은 손은 맥없이 천천히 벼루 위로 갔다. 그리고 벼루 위에서 돌아온 붓은 종이에 계집녀(女) 자 하나를 썼다. 그것을 한참 들여다보고 앉았던 재영이는 그 '녀' 자의 조금 왼편으로 아래 계집녀 자 또 하나를 썼다. 그 오른편에도 또 한 자 써졌다. 계집녀(女) 자는 석 자가 합하여 간(姦) 자가 되었다.

재영이는 조금 머리를 들었다. 그리고 한 마디씩 한 마디씩 끊어 똑똑한 어조로써 물었다.

"가장 믿던 이에게 배반을 받아보신 일이 계십니까?"

태공은 놀라는 듯이 몸을 흠칫하며 눈을 크게 하였다. 그리고 그 커다란 눈을 한참 재영이의 위에 부었다가 얼굴을 저편으로 돌릴 때는 그의 오른편 뺨은 떨렸다.

"그것은 왜 묻느냐?"

이렇게 묻는 태공의 목소리는 떨리기까지 하였다.

아직껏 자기의 생각에만 잠겨 있던 재영이는 태공의 목소리에 떨림이 섞인 데 처음으로 정신을 차렸다. 그리고 제 말을 뉘우쳤다. 아무리 '배반'이라 하여도 당신의 가장 사랑하던 아드님, 당신이 50년을 시정에 배회하며 얻은 그 세상에 대한 모든 지식을 다하여 왕자(王者)로서의 지위를 견고하게 하여드린 아드님, 그렇듯 장래를 축복하고 바라던 아드님이 자기를 배반하고 비(妃)에게 간 그러한 커다란 '배반'을 이미 맛본 태공에게―더구나 얌전하고 정숙하리라는 굳은 믿음과 촉망으로써 사랑하는 아드님에게 짝을 모아주었던 비(妃)가 자기의 은인이요 시아버님 되는 태공에게 배반한 그런 '배반'을 맛본 이에게 그러한 질문을 하여 쓰린 기억을 다시금 회복하게 한 저의 철없는 행동을 뉘우쳤다.

재영이는 적적히 웃으며 머리를 들었다.

태공이 다시 입을 열었다.

"그래, 네게도 그런 일이 있냐?"

"그런 일은."

"없어? 없으면 네 말은 무슨 말이냐?"

"그저 여쭈어본 뿐이올시다."

"그저라."

하며 태공은 아까 잡고 아직껏 뱅뱅 돌리고만 있던 담뱃대로 담배 서랍을 끌어당기며,

"계집의 일이로구나."

하면서 담배를 담아서 화로에 붙이며 늙은 머리를 끄덕끄덕하며 물부리 틈으로,

"계집의 일이야. 계집의 일이야 연연(娟娟)이냐? 농개(弄介)냐."

하고 씩 웃었다.

　재영이는 원망스러운 얼굴로 태공을 쳐다보았다. 그는 마음으로 태공을 나무랐다.

　─무슨 말씀을 하세요? 일개의 기생으로 제 마음이 이렇듯 타겠습니까. 노류장화[19]─한때의 꽃에 지나지 못하는 기생 때문에 제 젊음과 용기로 빛나던 마음이 이렇듯 어두워지겠습니까. 아버님(아버님이라 부르는 것을 용서하여 주세요. 아버지가 없는 저는 당신을 아버지로 알고 있습니다.) 저는 외롭습니다. 그리고 가슴이 아픕니다. 계집이란 그렇듯 지조가 없는 것이오리까. 그리고 그렇듯 알기 힘든 것이오리까.

　재영이의 얼굴에는 차차 고민하는 표정이 나타나기 시작하였다.[20]

19　노류장화(路柳牆花) : 누구든지 쉽게 만지고 꺾을 수 있는 길가의 버들과 담 밑의 꽃이라는 뜻으로, 기생을 의미함.

20　때문에 제 젊음과 용기로 빛나던 마음이 ~ 고민하는 표정이 나타나기 시작하였다 : 연재 원본에는 이 부분이 "담배 서랍을 끌어당기며" 다음 위치에 잘못 인쇄되어 있으므로 바로잡는다.

18

한참 담배만 뻑 – 뻑 – 빨고 앉았던 태공은, 문득 딴 말을 꺼내었다…….

"날이 차더냐?"

"네?"

자기의 생각에 깊이 잠겨 있던 재영이는, 몸을 흠칫하며, 태공을 쳐다보았다.

"일기가 차더냐 말이다."

"그다지 차지는."

그러나 재영이는 날이 찬지 따사로운지를 온전히 감각하지를 못하였던 것이었다. 괴로운 기분에 잠겨서 팔짱을 찌르고 예까지 올 동안, 그는 한서[21]의 관계를 감각하지 못하리만치 제 생각에 온 정신을 잠갔던 것이었다.

"차지 않거든 후원에라도 돌아가 보자."

태공은 선선히 일어섰다.

재영이도 제 앞에 널려놓은 종이들을 한편으로 치워놓으면서 태공의 뒤를 따라서 일어섰다.

그들은 후원으로 돌아갔다. 재영이가 뜻 없이 말한 것과 같이 날은 비교적 따사로웠다. 그 따사로운 일기는 후원에 쌓여 있던 눈을 녹여서 물기를 많이 머금은 눈은 때때로 퍽석퍽석 무너졌다. 소나무에서도 눈뭉치가 때때로 떨어졌다.

북한산 위로는 구름이라고 할는지 하늘이라고 할는지, 분간하기 힘든 허 – 여멀건 기운이 넓게 걸려 있었다. 그 백기(白氣)는 벌써 그해(신사년) 섣달 초승부터 북한산 위에 걸려서 나날이 넓어지고 커져가던 것이

---

21 한서(寒暑) : 추위와 더위.

었었다.

한참을 묵묵히 뒷짐을 지고 앞서서 거닐고 있던 태공은 문득 천천히 손을 들어서 그 백기(白氣)를 가리켰다.

"명년[22]에는 정녕코 병란(兵亂)이 있다."

"네? 왜요?"

"저 백기가 상서롭지를 못해. 병란이나ㅡ흉년이나ㅡ염병이나ㅡ화재 나."

여기서 잠시 말을 끊고, 그냥 손으로 북한산 쪽을 가리키고 있던 태공은 발작적으로 그 손을 내리면서 코를 킹킹 울렸다.

"명년ㅡ임오(壬午)년ㅡ병란. 무슨 변동이 생겨. 정녕코 생겨. 그렇지 생겨야지. 생기지를 않으면은 백성들이 어떻게 살겠느냐. 불쌍한 백성 들."

태공은 오른편 뺨을 히물히물 떨었다.

"재영아. 너의 준비는 넉넉하지. 갑자기 어떤 일이 생겨도 낭패하지 않을 만한 준비는 넉넉히 돼 있겠지?"

아직껏 어두운 기분에 잠겨 있던 재영이는 여기서 갑자기 그 기분에서 뛰쳐나왔다. 그는 눈을 들어서 태공을 보았다. 태공의 패기는 늙음 때문에 조금도 상함을 받지를 않았다. 시꺼먼 두 눈썹 아래 있는 피곤에 젖은 듯한 눈 속에는 그래도 지배자로서의 권위의 번쩍임을 넉넉히 볼 수가 있었다. 아직껏 그럴상하여 그랬는지는 모르지만 앞으로 조금 굽은 듯하던 그의 허리조차 곧게 펴져 있었다. 그리고 얼굴 전면에는 '야심'이라고 형용 하기까지 싶은 패기가 빛나고 있었다. 재영이는 잠시 경애하는 태공의 위에 부었던 눈을 또다시 북한산으로 돌렸다. 그 이듬해인 임오년(壬午年)의 정월을 내내 온 조선의 동서(東西)를 건너서 덮고 있던 백기(白氣)의 시초인 북한산 위의 허-여멀건 기운은 장차 올 괴변을 예언하는 듯이 고요히 흐느적거리고 있었다.

"백기가 있으면 병란이 생깁니까?"

"그래, 고서에 백기경천(白氣經天)이면 필유천화(必有天禍)[23]라고 했더니라. 병란이 아니면 흉년-흉년이 아니면 염병-무슨 일이든 생기지."

"그러면?"

"그러면."

태공은 하려던 말을 다시 끊고 뒷짐을 지고 머리를 수그리고 다시 거닐기 시작하였다.

재영이도 또 말없이 그의 뒤를 따랐다.

19

그들은 고요히 발을 옮겼다.

그들의 산보는 2, 3일 전의 활극의 자리까지 이르렀다. 그러나 거기는 그때의 참담스럽던 활극의 자취는 이미 없어지고 조금 그럴싸하게 보이는 눈 더미가 남아 있을 뿐이었다.

아직껏 무슨 생각에 잠긴 듯이 머리를 수그리고 거닐고 있던 태공이 번쩍 머리를 들었다.

"문초를 했느냐?"

"네?"

"자."

자객이라는 말을 꺼내려던 태공은 입이 쓴 듯이 문득 말을 끊었다. 그러나 조금 뒤에 손가락으로써 활극의 자리를 가리키며 토하는 듯이 계속

---

23 백기경천(白氣經天)이면 필유천화(必有天禍) : 흰 기운이 하늘에 걸치면 반드시 하늘에서 재앙을 내린다.

하였다.

"문초를 했느냐 말이다."

"네, 어제 했습니다."

"누구더냐?"

재영이도 겨우 머리를 들었다. 그리고 자기보다 키가 훨씬 작은 태공의 가슴쯤 되는 곳을 잠시 바라보다가 공손히 입을 열었다.

"밀양 명모(明某)라고 혹 아시는 일이 계십니까?"

"명모?"

"네."

태공은 대답치 않았다. 그리고 멈추었던 발을 다시 천천히 떼었다. 재영이도 또한 따랐다.

한 여남은 걸음쯤 가던 태공은 발끝으로 가볍게 땅을 두어 번 찼다.

"명모의 아들이더냐?"

재영이는 그렇다는 뜻으로 허리를 굽혔다.

태공은 또 발을 떼었다. 그러나 또 여남은 걸음쯤 가서 그는 그냥 걸어가면서 혼잣말 비슷이,

"그럴 게라."

한 뒤에 서너 걸음 더 가서 다시 한번,

"그럴 게야."

하고 뇐 뒤에 약하게 한숨을 쉬었다.

태공과 재영이 사이에 다시 이야기가 계속되게 된 것은 그들이 산보를 끝내고 아까의 방으로 돌아온 뒤였었다. 들어와서도 한참 힘 있게 담배만 뻑―뻑― 빨던 태공이 먼저 입을 열었다.

"명모―네가 잡은 명모 말이다. 그 명모를 어떻게 했느냐."

실상대로 고할까 혹은 죽여버렸다 할까 마음의 갈피를 잡지 못하고 재영이가 망설일 때에 태공의 둘째 번 질문이 이르렀다.

"인물은 어떻더냐."

"아까운 인물입디다."

태공은 머리를 끄덕였다.

"제 아비를 닮았으면 인물이 훌륭할걸. 아비도 아까운 인물이더니."

여기서 처음으로 기회를 얻은 재영이는 아까 올 때부터 준비하여두었던 질문의 살을 던져보았다.

"혹은 그 명모의 아비에게 이전에 벌을 주신 일이라도 계십니까?"

이 질문을 만난 태공의 입가에는 쓴웃음의 자취가 지나갔다. 그리고 한참을 천천히 머리를 가로젓고 있다가,

"언제나 너한테는 죄 이야기를 들려줄 때가 있겠지. 나를 원망하는 것도 부당하달 수는 없어. ―참 아까운 인물이야."

한 뒤에 한숨을 쉬었다.

그 뒤 한 시각쯤을 태공과 시사에 대한 이야기를 한 뒤에 재영이가 운현궁을 나설 때에는 그의 마음은 비교적 가벼워졌다. 아까의 그를 커다랗게 지배하던 무거운 기분은 태공과 이야기할 동안에 어떤 장래에 대한 희망 때문에 거의 사라져 없어졌다.

북한산 위에는 명년의 흉조를 예고하는 듯이 허―여멀건 기운이 길게 뻗치고 있었다.

암운(暗雲)

1

신사년의 겨울은 조선 근세사(近世史)를 통하여 가장 암담하던 때였다.

태공이 섭정을 할 때에 태공의 쓴 정책 가운데 가장 큰 것은 쇄국정책이었다.

"먼저 자기를 든든히."

이러한 줏대 아래 태공은 외국에 대한 '조선의 문'을 단단히 잠그고 온갖 힘을 다하여 내용 충실을 도모하였다.

가난한 종친(宗親)으로서 일찍이 왕자의 도(王者之道)를 배운 일은 없는 태공이었으나, 가난함이 낳은 바의 많은 경험은 가졌었다. 시정의 무뢰배들과 어깨를 겨뤄가지고 술을 먹고는 주정을 하고, 투전으로써 생활의 비용을 구하며 배회하는 동안, 비록 왕자의 도는 배운 일이 없는 그였었으나, 하늘에서 타고난 '지배자로서의 패기'와 윗사람으로서의 활달한 눈에는 '조선의 모양'이 가장 똑똑히 박혀졌다.

- ─어린 양과 같은
- ─정치와 국사에 무관심한
- ─피곤하고 쇠약한
- ─극도로 마음이 나약한
- ─남을 믿기는 잘하느니만치 극도로 천진한

－앞길을 잃어버린

이러한 성품을 그는 자기가 사랑하는 동포에게서 발견한 것이었었다.

하늘은 이 이름 없는 종친의 힘을 시험하심에, 문득 그의 아들로써 이 나라의 임금을 삼았다. 아직껏 시정의 무뢰한들의 술동무이던 그는 일약 국태공이라 하는 지위에 올라가게 되었다. 마침내 그의 힘을 시험할 때가 이르렀다.

조선의 왕가 법으로써 아직껏 금하여 오던 바의 국부(太公) 섭정이라는 것을 어느덧 그는 잡았다.

'어린 상감을 보좌하여.'

명목은 비록 이렇다 하나 그의 행한 일은 '보좌'를 넘어서 전행¹이었었다.

왕가의 위신을 돋우기 위하여 경복궁을 증수하였다. 수백 년래로 폐해이던 당벌과 서원을 깨트려버렸다. 국고를 충실하게 하였다. 긴 옷과 큰 갓을 없이하였다. 필요 이상의 허례를 폐지시켰다. 군대를 정돈시켰다. 포대를 쌓았다. 안으로써 이만한 일을 하여 나아가면서 그는 극력 외국에 대하여 조선의 문을 굳게 잠갔다. 지금 이 나약하고 부끄러운 '조선의 모양'을 외국에게 너무 일찍이 보여서 그들의 음흉한 정복욕을 일으킬 기회를 없이하려 함이었었다.

"두고 보아라."

그는 가까운 사람들과 담소할 때에는 때때로 이렇게 뽐낸 뒤에도 호기 있게 웃고 하였다.

나날이 조선은 새로워갔다. 무럭무럭 조선은 생장하였다. 온갖 곳에 차차 화기가 보였다. 광명이 보였다. 희망이 보였다.

열두 살 된 소년으로 형 재면(載冕)과 함께 연(鳶)을 띄우며 놀다가 갑자

---

1 전행(專行) : 오로지 혼자서 결단하여 행함.

기 정원용(鄭元容)이 모시러 온 연(輦)을 타고 대궐로 들어가서 이 삼천리 강토의 지존이 된 상감은 '왕'이 무엇인지 '국민'이 무엇인지 '정치'가 무엇인지 모르는 소년이었다. 모든 일을 아버지의 하는 대로 버려두었다.

태공의 급진적 개혁의 독기는 아무 기탄 없이 조선의 위에 내렸다. 사실에 있어서 태공은 즉 국왕이었다.

그러나 첫 번에는 다만 눈이 어리둥절하여 태공의 하는 양만 바라보고 있던 일부 선비들의 사이에는 차차 태공에게 대한 반항성이 움돋기 시작하였다. 당벌타파(黨閥打破)와 서원철폐(書院撤廢)에 희생된 이 유식군(遊食群)²들은 자기네의 밥과 세력이 없어져 나간 것에 대한 원한을 모조리 태공에게 향하였다. 수백 년간을 조선의 가장 깊은 곳까지 침입되어 있던 그 세력은 태공의 무한한 위력과 추상같은 명령으로도 한꺼번에 깨트려버리지는 못한 것이었었다.

원성은 차차 표면으로도 나오기 시작하였다.

2

그러나 태공의 호담한 성격은 선비들의 움직임을 코웃음으로 바라볼 만한 여유를 넉넉히 가졌다.

"공구의 발바닥이나 긁어줄 녀석들에게서 무슨 일이 생기리? 내버려 두면ㅡ 저절로 스러질 것을……. 하하하하."

명 참판이며 그 밖 가까운 친구들에게 이런 호어를 흔히 하였다. 배를 쓰다듬으면서 웃는 그의 기상에는 일대의 호걸로서의 기풍이 넉넉히 드러나 있었다.

변집은 뜻밖의 곳에서 생겨났다. 다만 한 얌전한 며느리라고 보고 있던 왕비에게서 변집이 생겨났다. 일찍이 왕비를 구함에 왕비의 세력이

---

2 유식군(遊食群) : 하는 일 없이 놀고먹는 무리.

정치에 미침을 꺼리어서 '아버지가 없는 처녀'라는 조건을 붙였던 태공이 구하여낸 왕비는 태공 자기의 어머니와 부인의 일가 되는 민치록(閔致祿)의 따님이었었다. 여덟 살 때에 양친이 다 없었으며 오빠조차 없어서 민승호로써 그 집 양자를 삼았다 하며 어렸을 때부터 집안 다스리는 재능과 윗사람 공경하는 예절을 많이 가졌다 하는 이 처녀는 태공의 사랑하는 아드님인 상감의 좋은 배필로서 흠잡을 곳이 없었다. 사실에 있어서 비도 처음에는 정성을 다하여 시부모를 섬겼으며 힘을 다하여 아랫사람을 사랑하고 보호하며 헤가렸다.[3]

그러나 어린 시절부터 『좌씨전(左氏傳)』을 읽은 비는 그 좌씨전에서 얻은 바가 풍부한 정치적 지식과 정치욕을 누를 수가 없었다. 겉으로 시부모를 정성껏 섬기며 안으로는 상감과 그 밖 모든 아랫사람의 인심을 모으기에 전력을 쓴 비가 상감의 총애와 아랫사람의 신망이 자기에게로 모인 것을 기회로 무서운 뿔을 차차 나타내기 시작하였다. 태공에게 원한을 품은 선비들과 많은 자기의 일가로써 어느덧 커다란 세력을 형성한 비는 자기의 세력이 태공에게 지지 않겠다는 자신을 얻은 뒤에 맹렬히 태공에게 반항하기 시작하였다. 더구나 그때에는 비의 배후에는 벌써 청국의 세력까지 들어 있었다.

상감께 배알할 때에 다니던 섭정(攝政) 전용(專用)의 문은 비의 명령으로 폐쇄되었다. 아직껏 태공의 세력을 저어하여[4] 침묵을 지키고 있던 유생들에게서 태공 탄핵의 운동이 차차 표면으로 나타나기 시작하였다. 태공이 멀리하였던 무능한 중신(重臣)들은 비의 힘으로 다시 중요한 지위를 점령하게 되었다. 이리하여 태공과 비의 정쟁(政爭)은 마침내 시작되었다.

이에 태공은 갑자기 궁중을 뛰쳐나왔다. 그러나 자기가 뛰쳐나오기만

---

3   헤가리다 : 윗사람이 아랫사람을, 어른이 어린 사람을 사랑하다(평북 방언).
4   저어하다 : 뜻이 맞지 아니하여 조금 서먹하다.

하면 앞길을 잃어버린 상감이 황급히 자기를 도로 부르리라던 신념조차 태공의 커다란 오산이었었다. 사람이 장성하면 부모를 떠나서 배필에게 로 간다는 가장 평범하고 떳떳한 천리를 태공은 잊은 것이었었다. 태공의 군센 과단성 있는 정치와 왕비의 커다란 권모술수적 정치를 오랫동안을 보아서 후년(後年) 그 두 사람을 다 잃은 뒤에 스스로 정권을 잡은 때에는 과단성 있는 권모술적 정치로써 세상의 간담을 서늘하게 하고 일본 정치가 이등박문(伊藤博文)[5]으로 하여금 '왕자에 쉽지 않은 정치가'라고 감탄하게 한 광무제도 그때는 아직 정치에 대한 지식이며 욕망조차 없던 때였었다. 그는 사랑하는 비의 하는 양을 무관심한 태도로써 바라볼 뿐이었었다.

양주로 공덕리로 운현궁으로 태공이 초조한 마음으로써 상감의 부름을 기다리며 안절부절 왕복할 동안에 온갖 세력은 차차 왕비의 손으로 들어갔다. 이리하여 조선의 천지에는 태공의 아직껏의 군세고 믿음성 있던 정치의 대신으로 민씨 일당의 여자다운 능란한 정치—정치라기보다 열락(悅樂)[6]적 수단이 손을 널리 벌렸다.

3

태공의 정치 대신으로 민씨 일당의 정치가 조선의 천하를 지배하기 시작하였다.

태공의 정치와 왕비의 정치의 사이에는 천양의 차가 있었다. 태공의 정치는 그것이 좋건 그르건 모두가 조선과 백성을 위한 것이었다. 그렇거늘 왕비의 정치에는 나라라는 것과 백성이라는 것이 안중에 없었다. 1에는 자기네의 부귀와 영화를 누리는 것, 2에는 태공의 정치와 세력을

---

5 이등박문 : 이토 히로부미.
6 열락 : 기뻐하고 즐거워함.

꺾는 것—이것이 왕비의 정치의 전부였었다. 그들은 자기네의 목적을 위하여서는 그 수단과 방법을 꺼리는 바가 없었다.

왕비가 정권을 잡은 지 일 년이 못 되어 각 창고에 저축되었던 많고 많던 태공의 준비는 왕비 일당의 끝없는 사치와 영화에 없어져 나갔다.

'공평'을 목표로 한 태공의 추상같은 모든 제도도 깨어져 나갔다. 당벌이 다시 세력을 펴기 시작하였다. 아첨하기를 좋아하는 무당 판수와 소인의 무리가 세력을 잡기 시작하였다. 그것이야말로 사실 개가 절구를 쓰고 지붕에 올라간 격이었다.

태공의 저축하였던 준비를 전부 없이하여버린 그들은 그들의 끝없는 사치의 비용을 다른 데서 구할 방책을 내지 않을 수가 없게 되었다. 그 결과로서 생겨난 것이 관리의 토색이었었다. 매관과 매직이었었다. 까닭 없는 부과금이었었다. 폭력을 사용한 강탈이었었다.

이 결과로 조선의 천지는 나날이 피폐하여갔다. 농군은 가족을 거느리고, 벽촌으로 피하였다. 부자들의 재산은 차차 민씨의 손으로 건너갔다. 거상(巨商)들은 포학한 관리를 꺼리어서, 그 영업을 줄였다. 이리하여 암담한 구름은, 나날이 조선의 천지를 덮기 시작하였다.

거기다가 설상가상으로 무인년과 기묘년의 무서운 염병에 연한 전고미문(前古未聞)[7]의 흉년이 들었다. 거의거의 꺼져가던 '조선'이라는 촛불은 이 두 가지의 천재로써 깜박 꺼지고 말았다. 이미 뿌리는 말라버리고 다만 타력으로써 조금의 생기를 보이던 '조선'이라는 나무는 그때의 천재로써 온전히 말라버리고 만 것이었다.

'구관이 명관이다.'

아직껏 누구가 임금이 되며, 누가 정치를 잡았는지를 한 번도 생각하여본 적이 없는 이 무심한 국민도 너무 혹독한 정치의 앞에는 처음으로

---

7 전고미문 : 전에 들어보지 못함.

지배자라 하는 데 대하여 관심하였다.

사면에 굶어 죽은 송장이 널렸다. 거지의 떼가 무섭게 널렸다. 각처에 패가하는 집이 생겼다. 그리고 아직껏 자살이라 하는 것을 모르던 이 국민의 사이에도, 지금 당한 이 쉽지 않은 괴로움을 피하기 위하여, 자살이라는 풍조가 생겨났다. 그것이야말로, 절실한 필요 때문에 생겨난 커다란 발명─혹은 발견이었었다.

'암탉이 울면 집안이 망한다.'

황해도의 어떤 선비가 발명하였다는 이 경구는 삽시간에 온 조선에 퍼졌다. 그리고 사람마다 그 말을 외우고는, 의미 있는 듯이 한숨을 쉬고 하였다.

왕비에게 대한 온갖 유언과 비어가 떠돌았다. 기괴망측한 말까지 많았다. 일인이, 기괴한 요강을 왕비에게 진상하였는데 왕비는 그 요강을 진일 타고 앉았다는 이야기들을 그럴듯이 하며 수군들 거렸다. 왕비에게 가까이하는 궁녀들은 모두가 사실은 여인이 아니고 여복한 이쁜 사내란 말을 서로들 속삭였다. 왕비의 이부자리는 개켜져본 적이 없다고 서로들 입을 비쭉거렸다. 뿐만 아니라, 도저히 입에 담을 수 없는 괴악한 말까지 많이 돌았다. 그렇듯 (아직껏 지배자에게 무관심하던) 이 국민은 왕비를 밉게 본 것이었었다.

이러한 많은 수군거림과 불평과 불만과 원한 아래서 기묘년과 경신년도 지나고 신사년도 또한 거의 끝이 난 것이었었다.

4

극도의 안일(安逸)과 극도의 불안─귀족사회의 극도의 안일에 반한 하급사회의 극도의 불안과 공포─이러한 몇 해를 지난 뒤에 신사년부터는 그 불안과 공포는 평민사회뿐 아니라 아직껏 코를 크게 하고 있던 귀족사회에까지 미쳤다.

흉년이 든 해부터 조선의 각처에는 불한당과 좀도적이 놀랍게도 많았다. 무서운 흉년 때문에 생계를 잃은 백성들은 손쉽게 먹을 도리를 발견한 것이었었다.

하늘의 장난은 예측하지 못할 것으로서 신사년은 또한 전고미문의 풍년이 들었다. 몇 해 동안의 몹쓸 정치로 말미암아 민간의 돈이란 돈은 모두 민씨의 손으로 들어갔으므로 돈의 가치가 여간 비싸지 않은 데다가 또 풍년이었다. 곡물의 시세는 거짓말과 같이 떨어졌다. 보리 한 말에 엽전 열아홉 닢─탁발을 하는 중들의 동냥도 낟알로 주면 거절하느니만치 낟알은 시세는 없었다. 유언과 비어는 각처에 일어났다. 어떤 날 새벽에 웬 한 흑의동자(黑衣童子)가 나타나서 남대문 들보에다가 문심을 가멸(門心可滅)이라고 커다랗게 써놓고 홀연히 사라졌다고 제각기 그것을 보려 남대문으로 모여들었다. 문심(門心)이라 함은 민(閔)씨를 가리킴이라는 해석까지 붙었다. 정 도령이 계룡산에서 군사를 일으키려 한다고 계룡산을 향하여 솔가하여 떠나는 무리가 뒤를 이어서 생겼다. 머리에 흰 뿔 달린 괴조(怪鳥)가 매일 새벽 아직 어두울 때에 광화문 앞 해태 위에 와서 서른 번씩 불길한 소리로 울고는 어디로인지 날아가버린다고, 새벽 일찍이 해태의 주위에는 그것을 구경하러 온 무리가 장꾼같이 모이고 하였다. 서른 번이라 함은 비의 그해의 나이와 같은 숫자(數字)였었다.

동시에 정치에 극도로 무관심하던 이 국민의 사이에도 태공에 대한 존경과 신망의 향염은 차차 일어났다. 몇 해 전에 태공이 민씨의 세력에 밀리어서 대궐에서 멀리함을 받을 때에 그렇게도 무심히 지낸 이 국민이었었지만 지금의 이 학정 아래서 '구관이 명관'이라는 속담 말을 절실히 느끼기 시작하였다. 태공의 섭정을 다시 바라는 소리가 은연중에 팔도 삼백여 주에 사무쳤다. 태공의 섭정을 탄원하다가 죄를 받은 백성도 여기저기서 생겨났다.

그때의 조선은 마치 무정부의 상태였었다. 관리들은 제 마음대로 토색을 하였다. 거기 대하여 찍소리를 할 기운조차 없는 국민들은 이를 갈면서 그들의 요구를 응하였다.

불한당과 좀도적의 수효는 헬 수가 없었다. 나날이 국민들은 어젯밤에 생긴 불한당의 이야기를 수군거리며 몸을 떨었다.

"본다. 본다."

동리마다 자위단을 조직하여 순회를 하며 도적을 막으려 하였지만 거기 대한 효과는 하나도 없었다. 도적은 나날이 더 성하였다.

그러나 이러한 모든 참극도 민간에서만 행하여지고 민씨 및 그 일당은 역시 사치의 꿈에 날이 가는 줄을 모르고 있었는데 신사년의 가을부터는 그 무서운 철봉이 안일의 꿈에 깊이 잠긴 민씨 일당의 위에도 내렸다. 세력이 서슬 같은 민씨 일당의 집에도―더구나 경계가 엄중한 그들의 집에도 신사년의 가을부터는 도적이 들어가기 시작하였다. 얼굴을 모두 싸맨 젊은 도적들로서 그 말솜씨든가 몸의 동작이든가 그 밖 온갖 점으로 보아서 상스러운 집안의 출생이라고는 도저히 볼 수 없는 도적의 한 무리가 당시의 서슬이 푸르른 그들을 대담히도 습격하고 주인을 깨워서 값가는 물건을 빼앗은 뒤에는 영수증까지 해주고 한 사람의 파수만 남겨두고는 유유히 담소를 하면서 돌아가고 그들이 다 돌아갈 임시하여 남아 있던 파수도 어느덧 사라져 없어지는 것이었었다.

5[8]

북한산 위에 걸려 있는 백기를 괴상히 긴장된 마음으로 바라보면서 운현궁을 나선 재영이는 숙으로 돌아가려던 발을 돌이켜서 기생 연연이의 집으로 갔다. 몸의 피곤과 마음의 피곤을 삭일 만한 곳으로써 전과 같

8 연재 원본에는 6회차로 잘못 번호가 매겨져 있어 바로잡는다. 이후 '암운(暗雲)' 편이 끝날 때까지 정정된 번호로 표기한다.

으면 망연히 숙으로 돌아갈 그—였었지만 지금의 그에게는 숙으로 돌아가는 것이 몹시 괴로웠다.

연연이가 반기며 일어나서 인사를 하는 것을 재영이는 귀찮은 듯이 밀어버리고 마치 자기 집과 같이 서슴지 않고 아랫목으로 내려가서 몸을 커다랗게 내어던졌다. 재영이와 연연이의 사이에는 보통 내객과 기생의 사이라는 것보다도—또는 정랑과 애기의 사이라기보다도—다만 매우 가까운 친구의 사이였었다. 적어도 재영이는 그렇게 생각하고 있었다.

일단 몸을 커다랗게 내어던졌던 재영이는 다시 곧 일어섰다.

"저 뒷방 비었지?"

"뒷방요?"

"응."

"왜 그러세요?"

재영이는 가만히 눈을 감았다. 몸의 피곤보다도 마음의 피곤은, 그를 더 괴롭게 하였다.

"곤해서, 낮잠이라도 좀 자려구."

아직껏 서서 재영이의 응대를 하고 있던 연연이는 재영이의 가까이로 내려왔다. 그리고 손을 들어서 재영이의 갓끈을 풀고 주의[9] 고름을 풀었다.

"여기서 쉬세요. 뒷방은 불도 안 땠고……"

재영이는 몸을 돌려서 연연이의 얼굴을 내려다보았다. 커다랗고 윤택 있는 연연이의 두 눈알은 재영이의 어깨 바로를 향한 채로 움직이지를 않았다. 잠시 동안 연연이의 광채 있는 눈을 내려다볼 동안 재영이의 젊은 마음에도 차차 알지 못할 떨리는 듯한 감정이 움돋기 시작하였다. 극도로 피곤한 재영이의 마음에는, 그 피곤함을 누를 만한 새로운 생기조

---

9 주의(周衣) : 두루마기.

차 생겨났다.

재영이는 몸을 떨었다. 그리고, 그런 괴상스러운 생각을 떨쳐버리려는 듯이 눈을 연연이의 얼굴에서 떼었다.

"이따가 손님이라도 오면 어쩌나?"

좀 뒤에 재영이의 입에서 나온 이 말에 연연이는 원망의 눈을 정면으로 재영이의 얼굴에 던졌다. 그 눈초리는, 보통 친구가 친구에게 던지는 눈초리가 아니었었다. 그 원망의 눈을 정면으로 받은 재영이는 그만 한숨을 쉬었다.

"걱정 마시고 쉬세요."

좀 뒤에 연연이는 재영이의 얼굴에 눈을 옮기면서 들리지 않을 만한 작은 소리로 이렇게 말하였다.

재영이가 갓과 주의를 벗어서 연연이에게 맡기고 요 위에 몸을 눕힐 때에 연연이는 천의¹⁰를 내어다가 재영이의 몸에 가볍게 덮었다. 과도한 피로 때문에 누우면서 곧 잠이 들려던 재영이는 꿈결같이 연연이가 종 삼월이¹¹를 불러서 대문을 닫고 손님이 오시거든 누구를 막론하고 도로 돌려보내라고 명하는 것을 들으면서 꿈의 나라로 빠져들어갔다.

재영이가 첫 번 잠을 깬 것은 거의 날이 어두워서였다. 그때 연연이는 재영이의 누워 있는 쪽 곁에 앉아서 무슨 수(繡)를 놓고 있었다. 그것을 꿈결같이 보면서 또다시 잠이 들었다가 두 번째 깬 때는 벌써 밤으로써 연연이는 그의 얼굴에 그림자가 띠게 촛대를 돌려놓은 뒤에 촛불 아래서 그냥 수를 놓고 있었다. 재영이의 깨는 기수에 연연이는 일감을 집어던지고 재영의 곁으로 왔다.

"시장하지 않으세요?

10 천의 : 처네. 이불 밑에 덧덮는 얇고 작은 이불.
11 삼월이 : 연연이의 몸종 이름은 연재 초반에는 '이월이'였다가 '춘광' 12화부터 '삼월이'로 바뀐다. 이 책에서는 처음부터 '삼월이'로 통일한다.

"아니."

"무얼 좀 들여올까요?"

"……."

재영이는 말없이 미소하면서 다시 눈을 감았다. 그리고 불붙은 연연이의 눈이 자기 얼굴에 부어져 있는 것을 똑똑히 의식하면서 또다시 깊은 잠에 빠졌다.

6

바늘이 비단을 꿰어 다니는 소리를 상쾌하게 들으면서 또다시 깊은 잠에 들었던 재영이가 세 번째 그 잠에서 깨어난 것은 이미 밤이 깊은 때였었다. 깨끗은 하나마 아무 변조는 없는 숙(塾)의 자기의 방에 익은 그가 색채와 향기로 찬 연연이의 방에서 온전히 눈을 뜰 때에 처음 그를 지배한 기분은 '상쾌'의 한마디로서 끝이 날 종류의 것이었었다.

재영이가 눈을 뜨며 움죽하는 기수에 아직 경대에 의지하고 앉은 채로 잠이 들었던 연연이가 깨었다.

"아이고, 어느덧 잠이 들었었네."

연연이는 고민하듯이 웃으면서 재영이를 바라보았다. 재영이는 이불을 차고, 벌떡 일어나 앉았다.

"어느 때쯤이나 됐나?"

"글쎄요. 자정은 지났을걸요."

"자정. 인젠 가야겠군."

연연이는 힐끗 재영이를 바라보았다. 그리고 입을 꼭 아물고 한참 있다가 겨우 들릴 만한 작은 소리로,

"시장하지는 않으세요?"

하고는 눈을 푹 내려떴다.

재영이는 연연이의 얼굴을 바라보았다. 그리고 그는 거기서 귀엽고

천진스럽고 활발한 인화와 달리 얌전하고 정숙한 한 전형적 여성을 발견하였다. 비록 몸은 노류장화라 하나 그 속에 감추어 있는 보석과 같이 빛나는 품성을 발견하였다. 연연이의 위에 던졌던 눈을 그에게서 뗄 때에는 재영이도 탄식하였다.

"시장치는 않지만 무얼 — 먹을 게 있겠나?"

연연이는 머리를 조금 움직였다.

"아까 저녁은 차렸지만 벌써 다 식었을걸요. 식었어도 들여오리까?"

재영이는 자리끼를 끌어다가 양치를 하며 커다랗게 머리를 끄덕였다.

혼자서 속을 태우며 남몰래 제 온 정성을 바치는 이의 밤참을 차리기 위하여 연연이는 부엌에 나섰다.

재영이는 벽을 의지하고 눈을 감았다. 그 방 안에서 나는 향기로운 냄새는 이상히도 재영이의 젊은 마음을 혼란케 하였다. 아까 눈을 푹 내려 뜨고 시장하지 않느냐고 재영에게 묻던 연연이의 태도는 그의 머리에 딱 붙어서, 떨어지지를 않았다.

부엌에서는 불을 때는 소리가 들렸다. 때때로 솥뚜껑의 소리며 그릇들의 소리도 들렸다. 가벼운 발자국이 바쁜 듯이 이리저리 다니는 소리도 들렸다.

이윽고 연연이가 상을 들고 들어왔다.

상을 받고 앉아 있는 동안 재영이는 연연이의 고민하는 듯한 눈초리가 자기의 뺨에 꼭 붙어서 떠나지를 않는 것을 똑똑히 의식하였다.

식사를 끝낸 뒤에 그냥 좀 더 말없이 앉아 있던 재영이는 벌떡 일어섰다. 그리고 두리번두리번하였다.

"무얼 찾으세요?"

"의관."

연연이도 가만히 일어섰다.

"가시려우?"

"응."

거기 대하여 무슨 말을 할 듯하던 연연이는 잠시 머리를 수그리고 있다가 몸을 돌이키며 의장을 열고 재영이의 갓과 주의를 꺼내었다. 재영이는 돌아섰다. 그 키가 큰 재영이의 등에 주의를 입히느라고 연연이가 재영이에게 꼭 붙어 설 때에 재영이는 연연이의 몸에서 나는 '젊음'의 내음새를 한없이 맡았다.

연연이를 작별하고 그 집을 나설 때는 재영이도 무엇을 잊은 듯한 섭섭함을 절실히 느꼈다.

하늘에는 별이 반짝였다.

7

장안은 죽은 듯이 고요하였다.

아무리 겨울이라 하더라도 아무리 밤이 깊었다 하더라도 조선의 수부[12] 되는 장안이 이렇듯 고요하기는 드문 일이었다. 탐화랑[13]과 취객의 그림자조차 볼 수가 없었다.

"본다. 본다."

멀리 골목에서 들리는 이 순[14] 도는 소리는 때때로 헛개 짖는 소리와 함께 한층 더 쓸쓸함을 도왔다. 장안은 마치 죽음의 거리였다.

꽃 피는 봄날에 느끼는 것과 같은 애타는 듯한 가슴 아픔을 통절히 느끼면서 연연이와 작별을 한 재영이는 자기로는 무거운지 가벼운지 똑똑히 구별하기 힘든 발걸음으로 숙으로 향하였다.

---

12 수부(首府) : 한 나라의 중앙 정부가 있는 도시. 수도

13 탐화랑(探花郞) : 본래는 조선 시대 과거 시험에서 갑과에 셋째로 급제한 사람을 가리키는 말. 여기에서는 말 그대로 꽃(여색)을 탐하며 유흥을 즐기는 남자를 뜻함.

14 순(巡) : 순찰.

그의 머리에는 아까 작별할 임시에 본 연연이의 애타는 듯한 눈초리가 딱 붙어서 떨어지지를 않았다.

"안녕."

그때 연연이는 잠시 재영이의 가슴 바로를 바라보며 있다가 이렇게 말할 뿐, 말을 맺지도 않고 재영의 떠나는 것을 보지도 않고 획 돌아서서 집 안으로 들어가버렸다. 그 모양은 이상히도 재영이의 머리에 걸려서 떨어지지를 않았다. 그리고 그 모양은 쾌활하고 천진스러운 인화의 모양과 비교되어 그의 마음을 더욱 산란케 하였다. 만약 아까의 연연이의 자리에 인화를 갖다가 놓을 것 같으면 인화는 그의 손을 꼭 잡고 떠날 때까지 놓지를 않을 것이었었다. 그 뒤에는 작별의 인사를 하고도 다시 골목 밖까지 따라 나올 것이었었다. 거기서 다시 힘 있게 손을 잡았다가 놓은 뒤에도 인화는 역시 수십 보를 뒤를 따라올 것이었었다. 그런 뒤에도 재영이의 그림자가 어두움 가운데 사라지도록 결코 발을 돌이키지 않을 것이었었다.

즉 인화에 대한 미련과 미움과 원망이 무럭무럭 재영이의 가슴에 불일었다. 동시에 자기로는 경멸할 만한 망상이 아직껏 경건함을 자랑하던 재영이의 머리에 일어나서는 잦고 일어나서는 잦고 하였다.

연연이는 정숙하고 착한 그 지어미가 될 사람이었었다. 재영이는 그 연연이의 굳세고 힘입을 만하고 자랑할 만한 그 지아비가 되지 않으면 안 될 것이었었다. 그리고 그때에는 인화는 일찍이 처녀 시절에 재영이를 차버리고 간 명모(明某)의 아내가 되어 있지 않으면 안 될 것이었었다. 인화는 또한 명모를 천하에 다시없는 훌륭한 그 지아비로 알고 있지 않으면 안 될 것이었었다.

태공이 그때쯤 하여 정권을 다시 잡지 않으면 안 될 것이었었다. 그리고, 민씨에게 충성되던 명모는, 반역의 죄로써 잡혀오지 않으면 안 될 것이었었다. 그 명모의 문초는 그때 벌써 태공의 오른팔로 귀한 자리를 잡고 있는 재영이 하지 않으면 안 될 것이었다.

부귀와 영화와 세력으로 빛나는 한 개의 쾌남아와, 굴복적 지위에서
감히 머리를 들지도 못하는 가련한 한 인생―인화의 앞에는 명백히 그
지위의 우열이 구별되는 두 사나이가 대조되어 나타나지 않으면 안 될
것이었다.

그때에.

재영이는 그 망상을 문득 내어던지고 땅에 탁 하고 침을 뱉었다. 너무
도 파렴치한 그 망상은 재영이로 하여금 얼굴까지 붉히게 하였다.

그 망상에서 떠난 그의 머리는 그 뒤에는 걷잡을 새 없이 이 생각에서
저 생각으로 또다시 다른 생각으로 헤매었다. 그의 다리는 어느덧 무거
워졌다.

그가 무거운 다리를 끌고 어떤 길모퉁이를 돌아서서 서너 집쯤 간 때
에 길로 향한 어떤 행랑방에서 비명이라고 형용하고 싶은 젊은 여인의
소리가 들렸다.

"몰라 몰라!"

젊은 여인은 작으나마 날카로운 소리로 이렇게 부르짖었다. 재영이는
발을 멈추고 귀를 기울였다.

8

재영이가 귀를 가까이할 때에 사나이의 충동하는 듯한 소리가 들렸
다.

"모르긴 뭘 몰라."

"모르잖구."

"에익, 요 망할 것."

"해해해해."

처음에 재영이가 비명(悲鳴)으로 들었던 것은 비명이 아니었었다. 부

113

부싸움조차 아니었었다. 가장 평범한 밤중의 치화(癡話)¹⁵에 지나지 못하였다. 재영이는 고소(苦笑)를 하고 다시 발을 떼려 하였다. 그러나 좀 더 들어보자는 이상한 충동으로 그는 떼려던 발을 다시 멈추었다.

여인의 높은 웃음소리의 끝나는 것을 기다리듯이 저편에서 닭의 우는 소리가 들렸다. 그 닭의 소리가 끝날 때에 여인의 소리가 다시 났다. 그러나 이번 것은 아까의 웃음소리와 달리 진실미(眞實味)가 있는 것이었었다.

"그런데 여보. 어떻게 하려우. 내일 조반에는 쌀이 떨어졌는데."

"별 걱정을 다 한다. 머리털 세겠네."

"왜 걱정이 안 된단 말이오? 벌이는 안 되고……."

"마님한테 여쭤보게나."

아내는 응하지 않았다. 그러나 재영이의 마음눈에는 아내의 원망과 애교가 겸한 눈초리가 잠시 남편의 위에 향하여 있는 것이 분명히 비치었다.

"왜? 안 될 것 같은가?"

"말 마오. 마님네도 겉으로 보기에는 좋아도 속으로는 살림이 여간 꾀지 않는 모양입디다."

"그럼 민 판서 댁에나 가서 좀 달래볼까?"

사내는 역시 천하가 태평하였다.

"여보, 농담은 좀 작작 하구려."

"하하하하. 그럼 할 수 있나? 굶었지."

"난 싫어. 당신이나 굶구려."

"그럼 내 굶을게 임자는 내 손가락이나 빨고 살게나."

"듣기 싫어. 못난둥이."

15 치화 : 치정을 내용으로 하는 이야기.

"청천 하늘엔 별도 많고 이내 가슴엔 수심도 많다."

역시 천하가 태평하다는 듯이 한 마디의 소리를 시작하던 사내는 벌떡 일어나 앉는 모양이었다.

"임자겐 웬 수심이 그리 많은가. 그러니까 차차 키가 줄어들어가지."

"당신은 왜 줄어들어가우?"

"나? 내야 임자한테 시달리기에."

"에이구, 입만 살았군."

하는 소리에 재영이는 더 들을 것이 없어서 발을 돌이켰다.

여기도 행복이 있었다. 이러한 행랑 구석에서도, 젊은이들은 자기네의 행복의 왕국을 찾아내지 않고는 두지 않았다. 온 조선이 암담한 구름 아래에서 바야흐로 꺼져버리려는 이 순간에도 비록 내일 아침에 먹을 조반은 없을망정 젊음뿐이 가질 수 있는 행복을 그들은 결코 놓치지 않았다.

거기서 발을 뗄 때는 재영에게서는 고통의 눈물이 하염없이 솟았다.

9

그 밤은 재영에게는 지극히 신수 불길한 밤이었었다. 젊은 부처의 치화(癡話)를 아픈 마음으로 듣고 떠난 재영이는 그곳서 얼마 떨어져 있지 않은 곳에서 또한 어떤 집 방에서 새어 나오는 젊은 남녀의 달콤한 속살거림을 들었다.

재영이는 탁 하고 침을 내어 뱉었다.

─ 젊음이란 이렇듯도 기쁘고 즐거운 것인가. 만약 '젊음'으로써 그만치 기쁘고 즐거운 것이라면 자기의 위에 임한 그 쓴 잔(盞)은 무엇에서 나온 것인가. 자기도 젊지 않았는가. 자기도 결코 남에게 지지 않을 만한 젊음의 자랑을 가지고 있는 사람이 아닌가.

─ 젊음과 용기.

－젊음과 쾌활.

－젊음과 즐거움.

－젊음과 사랑.

－젊음과 환희.

아직껏, 이 몇 가지를 서로 구별할 수 없는 동일물(同一物)로만 여기고 있던 재영이는, 오늘날, 여기서 자기의 그 신념에는 커다란 착오가 있었던 것을 깨달았다.

애상적 기분과 마음의 아픔 때문에, 그의 머리는 가슴에 깊이 묻히었다. 팔짱을 깊이 찌르고 머리를 가슴에 붙고 힘없이 걸어가는 그의 뒷모양은, 마치 칠팔십에 난 늙은이와 같았다. 비틀비틀 걸음걸이조차 중심을 못 잡았다.

문득, 그는 아까 작별 임시에 연연이가 하던 말이 생각났다.

'가세요?'

바로 얼굴을 바라보지도 못하고, 힘없이 말하던 연연이의 이 말은 아까 행랑의 젊은 아내가 하던 '응, 그래'라는 말과 아울러서 재영이의 마음을 커다랗게 흔들었다. 그때에 연연이의 취한 행동이며 말에는 극적 분자(劇的分子)가 손톱눈만치도 없었다. 가련함을 띤 그때의 연연이의 일거수일투족, 일발언은 모두가 그의 마음에서 우러나온 것이었었다. 그리고 그 모든 것을 좀 더 구체적으로 번역하여 말하자면 연연이는 재영이를 사모한다는 것이었었다.

즉 두 가지의 가정－하나는 인화를 주부(主婦)로 한 가정, 또 하나는 연연이를 주부로 한 가정－이 두 가지의 가정이 '비교'라 하는 안경을 걸쳐서 재영이의 마음에 떠올랐다.

하나는 밝고 쾌활하고 웃음으로 찬 가정일 것이었다. 나머지의 하나는 온화하고 안락과 미소로써 찬 가정일 것이다. 하나를 봄날의 꽃동산으로 비기자면 나머지의 하나는 가을날 달 밝은 저녁으로 비길 수 있을 것이었다. 하나를 희(喜) 자로 비기자면 하나는 열(悅) 자로 비길 수가 있을 것이었었다. 꽃으로 비기자면 하나는 모란이요 하나는 백합일 것이다.

"어느 편을 취하겠느냐."

그 두 가지의 가정에 대하여 이러한 질문을 받는다 할 양이면 누구든 선뜻 판단을 내리기가 힘들 만치 두 가지에는 일장일단[16]이 있었었다.

재영이는 거기 대한 판단을 구하는 듯이 무거운 기침을 한 번 하였다. 즉 뜻하지 않은 그의 곳 곁에서,

"본다."

고 고함치는 순 도는 소리가 났다.

봐? 보기는 무얼 봐. 사람의 변변치 않은 눈으로 보기는 무얼 봐! 재영이는 성가신 듯이 머리를 힘 있게 저으며 허리를 폈다.

장안은 역시 고요히 잠들어 있었다.

암운(暗雲)―속으로 차차 넓게 퍼져 나아가는 민심의 암운을 품은 채로 장안은 고요히 잠들어 있었다. 그 남 보기에는 고요히 잠든 듯한 속에서 장차 올 소낙비를 준비하는 어두운 구름은 깊고 넓게 차차 퍼지고 있었다.

---

16 일장일단 : 일면의 장점과 다른 일면의 단점.

신사년말(辛巳年末)

1[1]

이전에 민겸호의 집에서 그때에 '복돌이'던 인화에게 삼사 일 뒤에 활민숙을 찾아가마던 양주 선비 최 진사는 연말도 거의 가고 내일모레면 임오(壬午)년이라고 떡과 국 준비에 욱적들 하는 날 활민을 찾아왔다.

최 진사는 그때의 정계(政界)의 한 큰 혹성(惑星)이었었다. 이름 높은 선비로서 그 강직함과 학식 많음으로는 각 방면의 존경을 받고 있었지만, 최 진사의 정견(政見)에 대하여서는 아무도 아는 사람이 없었다. 불편부당(不偏不黨)이라면 그렇게도 형용할 수 있고, 남한테 마음을 보이지 않는다면 또한 그렇게도 해석할 수가 있으며─나쁘게 말하자면 표준이 없다고는 볼 수 있는 최 진사의 정치에 대한 태도는 당시의 정객들과 선비들의 사이의 한 큰 의혹이었었다. 태공과 민씨─조선의 정계에 서로 대치하여 있는 두 큰 세력에 대하여 당시의 선비들은 모두들 서로 다투어 자기가 장차 소속될 세력을 선택할 때에 최 진사뿐은 엄연히 중립을 하여 아무 편에도 기울어지지를 않았다.

"하하하하. 우리도 젊었을 때는 그런 욕심도 있더니만……."

---

1 연재 원본에서는 '암운(暗雲)' 편으로 회차 번호가 매겨졌으나 '신사년말(辛巳年末) 4'에 정정(訂正) 기사가 실려 바로잡는다.

누가 정치에 대하여 그와 이야기하자는 사람이 있을 때는 그는 자기의 커다란 배를 쓰다듬으면서 이렇게 웃었다.

"글쎄. 우리야 책이나 읽고 웅얼거렸지 다른 거야 알아야지."

누가 그에게 향하여 정치계에 나오기를 절실히 권고를 할 때에 그는 이렇게 사양하였다.

그리고 양주 산장에 박혀서 책이나 보고 제자들이나 가르치고 이 바쁜 세월을 한가로이 보내고 있었다.

일 년에 한두 번씩 벌떡 하고 서울로 '심심풀이'로 오는 일이 있으되─ 그리고 오면은 꼭 당시의 정계의 거두의 집에 머무르면서 그들과 담화를 하되 그들은 최 진사의 마음을 알 수가 없었다. 태공의 정책에 대하여 태공 측의 사람에게도 기탄없는 비평을 내렸다. 민씨의 정책에 대하여 서슬이 푸르른 민씨에게 대하여,

"암탉이 울면 집안이 망한다."

고 그때에 유행하는 속담 말로써 웃어준 사람도 최 진사였었다.

그러나 그 아무 편에도 치우치지 않는 최 진사의 태도 때문에 좌우편에서 다 그를 두려워하면서도 꺼리지는 않았다. 두 세력의 거두가 다 최 진사를 만나기를 좋아하였다. 만나면은 아무 기탄 없이 서로 가슴을 헤치고 담화하였다. 최 진사에게서 때때로 나오는 비평에 귀를 기울였다. 그리고 세력 없는 선비로서 상경하여 한편 쪽의 거두만 찾고 다른 편 쪽의 거두를 찾지 않는다 하면 그 방문을 받지 못한 쪽은 오히려 그것으로 두려워도 하고 감정도 낼 것이었었다.

말하자면 최 진사는 아무 편에도 기울어지지 않기 때문에 양편 쪽에 대하여 다 존경을 받고 두려움을 받고 있던 것이었었다.

최 진사가 활민숙을 찾아온 것은 늦은 조반 때쯤이었다. 하인은 없이 조그마한 보퉁이를 손수 들고 누구를 찾지도 않고 말없이 활민숙의 뜰 안까지 쑥 들어와서 두리번두리번하는 양은 마치 과거 보러 온 시골 선

비였었다. 그렇지 않으면 어떤 숙생을 찾아온 숙생의 시골 친척이었었다.

어떤 숙생이 그를 보고 가까이 가서

"누구를 찾으십니까?"

고 물을 때에 그는 대답 없이 조금 웃어 보인 뒤에 몇 걸음 더 발을 옮기어 뜰 복판 가운데쯤 가서 두리두리 살피었다. 다른 숙생 몇 사람은 그를 시골서 온 선비가 활민숙을 구경 온 줄만 알고 대척하지도[2] 않았다.

그는 보통이를 손에 늘인 채 우두커니 그 자리에 서서 사면을 살피고 있었다. 이때에 마침 뜰에 나오던 인화가 그를 보았다.

2

계집애인 자기의 본적이 드러나서 하마터면 겸호의 손에 걸릴 뻔한 인화가 그래도 그 집에서 무사히 나온 것은 최 진사의 덕으로써, 말하자면 최 진사는 인화의 은인이었었다. 그러나 최 진사를 알아본 순간에 인화의 얼굴에 움직인 표정은 감사하다는 것보다도 오히려 걱정스럽다는 얼굴에 가까웠다.

그러나 그 표정은 한순간 그의 얼굴을 스치고 지나갈 뿐 그다음 순간은 반갑게 나가서 인사를 드렸다.

"이게 누구냐."

최 진사도 인화―아니 복돌이를 알아보았다.

그리고 그다음 말이 나오려 할 때에 인화는 황급히 제 정체를 역시 여기서도 감추어달라는 부탁부터 하였다.

최 진사는 잠시 인화의 얼굴을 내려다보다가 손을 들어서 인화의 등을 두드렸다.

2 대척하다 : 마주 응하거나 맞서다.

"착하지 ─ 참 착해. 선생은 계시냐?"

"네."

"내가 왔다고 여쭈어라."

"네."

인화의 안내로써 최 진사는 활민의 방에 들어갔다.

당대의 학식을 서로 다투던 두 노인은 반갑게 손을 잡았다. 인화는 최 진사의 앉을 자리를 준비하여놓고 가만히 밖으로 나갔다.

"이즈음, 벌이는 잘 되오?"

서로 잡았던 손을 놓으며 준비하여놓은 자리에 앉으며 최 진사는 이렇게 물었다.

"?"

기상천외(奇想天外)의 이야기로써 흔히 사람을 놀라게 하는 최 진사의 이 역시 기상천외의 질문에 활민은 의아하다는 얼굴로 최 진사를 바라볼 뿐이었었다.

"벌이는 잘되느냐 말이외다."

"벌이란?"

최 진사는 머리를 끄덕이며 미소하였다.

"기정상생(奇正相生), 여순환지무단(如循還之無端), 숙능궁지(孰能窮之)[3]라. 그럴 게지, 하하하하."

나오면 나오느니만치 더욱 알 수 없는 최 진사의 말에 활민의 눈은 차차 둥그렇게 되었다. 활민은 머리를 기웃 하고 최 진사를 바라볼 뿐이었었다. 여기서 최 진사는 자기의 말의 책임을 지지 않을 수가 없었다.

"백성의 돈을 민씨가 긁어 올리고 그 민씨의 돈을 활민이 뺏어다가 다

---

3   기정상생 여순환지무단 숙능궁지(奇正相生 如循還之無端 孰能窮之): 『손자병법』에 나오는 말. 기습과 정공법의 상생은 마치 순환이 끝이 없는 것과 같으니, 누가 능히 알겠는가?

시 백성들에게 나눠주고 그 돈은 또다시 민씨에게로 가고……. 그럴 게야. 돈벌이는 잘되느냐 말이외다."

여기 이르러서는 활민도 또한 웃지 않을 수가 없었다. 호담한[4] 활민의 웃음소리가 방을 울렸다.

"그 벌이는 잘되는 모양이외다."

"잘될 게야. 그 선생의 지휘 아래서 그 제자들로…… 안 될 리가 있나. 왜 겸호의 집에는 안 가오?"

"왜 안 가요."

"그럼 인제 가오?"

"네."

"금년 안으로?"

활민은 머리를 끄덕였다.

"금년 안이라야, 금년이 오늘 내일 이틀밖에 더 있소?"

"그런 모양이외다."

"그럼 금명간으로 간단 말이외니까?"

활민은 미소로써 그렇단 대답을 대신하였다.

최 진사는 수염을 꼬며 눈을 감았다.

"그럴 줄 알았더라면 한 2, 3일간 더 묵어가면서 구경이라도 하고 올걸. 으음, 분하군."

"그럼 갈 때에 같이 따라가서 구경하시구려."

최 진사는 눈을 번쩍 떴다.

"하하하하. 그랬다가는 여차하는 날에는 젊은 녀석들은 다 달아나고 늙은 나만 붙들려서 헛누명을 쓰려고……."

---

4 호담(豪膽)하다 : 매우 담대하다.

3

활민과 최 진사는 쾌활히 웃었다.

"그런데 당신은 그새 민 판서 댁에 묵으셨다지요?"

"네, 한 열흘 동안."

"그럼 그 집 지리를 잘 아시겠구먼."

"그게야─알기도 좀 하지만─이번 또─그─돈벌이 가는 일에 대해서 알려고 그러시오?"

"네."

"그러면 나보다 복돌이가 나을걸."

"참, 인화가 있었겠다. 그 인화께 대한 감사하다는 인사도 아직 못 드렸군."

"그 인사는커녕 우리가 오래간만에 만난 그 인사는 언제 했소?"

"하하하하."

여기서 또다시 쾌활히 웃는 그들의 이야기는 저절로 '인화'를 두고 돌지 않을 수가 없게 되었다.

"누구? 복돌이?"

"인화."

"인화가 계집애지요?"

"네."

"그걸 우리 며느리로나 주구려. 아주 똑똑하고, 사람 쓰겠던걸. 계집애로는 아까워."

"당신께 며느리를 맞을 만한 후사가 있습니까?"

최 진사는 머리를 조았다.

"그게 야단이외다. 인제 낳지."

"낳기도 전부터 며느리부터 고르시오?"

"좌우간 주시오."

"글쎄 드려도 좋지만 – 주인이 있는걸."

"주인이?"

"네."

"그런데 대체 뉘 딸이오?"

"……."

활민은 대답치 않았다. 이곳 숙생들의 가정에 대하여는 누구를 막론하고 절대로 비밀히 하여두는 것이 통례였었다.

잠시 활민의 대답을 기다리던 최 진사는 눈치를 채었는지 딴 말로 말머리를 돌렸다.

"명인호 잡은 게 뉘요?"

"명인호?"

"그 – 운현궁에 들어갔던."

활민은 눈을 크게 하였다. 운현궁에 들어갔던 자객인 명인호를 잡은 것은 활민의 지휘하에서 재영이가 한 일에 다름없지만 그것을 최 진사가 알 리가 없었다. 그새에 최 진사가 민겸호의 집에 있었는지라, 운현궁으로 자객을 보낸 것을 안다 하는 것은 용혹무괴[5]지만 운현궁에 들어갈 뿐 행위불명이 되어버린 자객(재영이는 선생에게 향하여도 자객을 구리개까지 따라가서 죽여버렸노라는 간단한 보고밖에는 하여두지 않았으므로)이 설혹 그 이튿날도 태공의 목숨이 온전한 것으로 보아서 목적을 달하지 못하였다는 것은 알 수가 있을지라도 그곳서 잡혔는지 혹은 멀리로 달아났는지는 문외한(門外漢)이 알 리가 없었다. 안다 하는 것은 거짓말일 것이었다. 잠시 눈을 크게 하였던 활민은 이것을 다만 최 진사가 자기를 둥뜨는 말로만 여겼다. 그리고 가볍게 대답하였다.

"무슨 말씀인지."

---

5   용혹무괴(容或無怪) : 혹시 그런 일이 있더라도 괴이할 것이 없음.

"선생두 — 나한테까지 감추려고 그러시오?"

"감추고 뭘 하구 모르는 일을 어떡합니까."

"참말 모르세요?"

"그럼."

최 진사는 머리를 기울였다.

"그럼 웬일이야. 나는 꼭 여기서 한 일로만 알았는데. — 잔뜩 두들겨 맞고 사흘 만에야 돌아왔는데 명인호를 잡을 만한 사람이야 여기밖에야 어디 있어야지."

돌아와? 돌아오긴 어디로 '돌아' 와? 활민의 얼굴에도 문득 의혹의 그림자가 떠올랐다.

순간 그 의혹은 격노(激怒)로 변하였다. 그는 벌떡 일어섰다.

4

그러나 일어서는 것과 동시에 마음에 냉정함을 다시 회복한 활민은 아무 일도 없었다는 듯이 다시 앉았다.

"글쎄, 우리는 알 수 없는데요. 대체 무슨 말씀인지도 모르겠는걸."

최 진사는 역시 의아하다는 듯이 활민의 얼굴을 바라볼 뿐이었다.

"좌우간 어떤 일인지 말씀을 한번 다 해보시지요. 우리도 대원왕께 무슨 일이 있었다면 듣고도 싶거니와 그냥 버려둘 수도 없으니깐 한번 아시는 대로 다 말씀해보시지요."

"그새 운현궁에 가본 일도 없으시오?"

"있기는 한두 번 있어도 아무 말씀도 없으시던걸요……."

"흐 — 마."

최 진사는 또 머리를 기울였다. 활민이 한 번 더 채근할 때에 최 진사는 자객 사건의 자초지막을 다 이야기하였다. 그것은 대략 이러하였다.

태공의 예순두 살 되는 생신 전날 민씨의 집에서 명인호를 자객으로 운현궁으로 보내게 되었다. 그 전날 밤에 아직껏 수상하게 보던 복돌이라는 몸 심부름하던 애가 없어진 것이 마음에 거리끼기는 하지만 이런 일이 있으므로 그들은 더욱 예정의 계획을 변경할 수가 없이 보내게 된 것이었었다.

명인호는 밤이 깊어서 커다란 자신으로써 운현궁으로 갔다. 겸호의 집에서는 모두들 모여 앉아서 눈이 빠지도록 인호의 돌아오기를 기다리고 있었다. 그러나 잠깐 다녀오마고 나간 인호는 좀체 돌아오지 않았다.

날이 밝았다. 그러나 인호는 여전히 돌아오지 않았다. 뿐이랴. 태공의 생신을 축하하려 보냈던 차지[6]가 돌아와서 한 보고에 의지하건대 태공은 여전히 건강한 몸으로 문안들을 받고 있었다 한다. 여기서 그들은 극력으로 인호의 행방을 비밀히 수색하였다. 동시에 그와 전후하여 없어진 복돌이라는 아이에 대하여도 온 힘을 다하여 수색하였다.

그날 저녁때야 그들이 겨우 알아낸 다만 하나의(지극히 미약한) 단서는 이것이었다. 즉 생신날 유난히 일찍이 깬 태공은 혼자서 뒤뜰(당연히 인호가 넘어 들어갔을)을 거닐고 돌아와서 몹시 근심스런 얼굴로 하인들에게 무슨 수상한 소리를 못 들었느냐고 물었다는 점이었다.

그러면 달아났나? 모든 일이 다 태공의 안 바가 되고 인호는 태공의 심복 사람에게 잡힌 바나 안 되었나. 그들은 전전긍긍하였다. 아무리 서슬이 푸르른 그들이었으며 그들의 뒤에는 왕비까지 있다 하나 그래도 태공에게 자객을 보냈다는 사실이 공식으로 드러나기만 하면은 그들의 지위에는 당연히 흔들림이 생길 것이었다. 비록 잡힌다 할지라도 자기의 본색은 안 드러낼 만한 사람으로 선택하기는 하였지만 일이 이렇게 된 지금에는 그것조차 그대로 믿을 수가 없었다. 세상이 들어서 태공의 섭정을 다시 기다리며 자기네를 미워하는 이때에 자기네의 손으로 태공에게 자객을 보냈다는 사실이 드러나기만 하면 결코 세상이 가만있지 않을 것이었다.

그들은 자기네가 다할 수 있는 힘을 다하여 인호와 복돌이의 행방을 수색하였다.

그러던 인호가 사흘 만에 무사히 돌아왔다.

무사히? 죽지 않았으니 과연 무사는 무사였다. 그러나 몹시 두들겨 맞은 듯이 이곳저곳이 부어오르고 죽을 듯이 쇠약하여진 그를 '무사히'라고 비평하기는 어려웠다. 얼굴이며 몸집이며 걸음걸이며 심지어는 숨소리까지 전날의 인호의 기풍은 볼 수가 없도록 변한 인호이었다.

그들은 마치 죽었던 아들이 살아온 듯이 기뻐서 인호를 맞았다.

5

명인호는 돌아오기는 돌아왔다. 그러나 그의 입에서는 아무 말도 나오지 않았다. 그새 사흘 동안을 어디서 지냈으며 어떻게 보냈으며 무슨 일을 당하였는지 일절 입을 닫고 말하지 않았다. 다만 이 일이 발각되었으면 자기네의 지위가 위태치 않느냐는 질문에 '그것뿐은 아무 걱정도 말라'는 말을 할 뿐이었다.

최 진사에게서 이 이야기를 듣는 동안 활민의 마음은 잔잔하지 못하였다. 최 진사가 이야기를 다 끝낸 뒤에도 활민은 눈을 감은 채로 뜨지 않았다.

활민의 마음에는 재영이를 의심하는 생각이 무럭무럭 일어났다. 숙생 가운데 누가 그 자객을 놓아 보내는 것을 자기는 확실히 보았으며 그것을 자기는 구리개까지 뒤를 밟아가서 죽여버렸노라고 분명히 재영이가 말하지 않았는가. 그런데 재영이의 말을 믿자면 정녕코 죽었어야 할 그 자객은 목숨을 온전히 하여 겸호의 집까지 돌아가지 않았나.

어느 편을 믿을까.

최 진사의 말을 믿자 하면 재영이의 말은 당연히 거짓말이 아니면 안될 것이었었다. 그러면 재영이는 왜 거짓말을 하였나. 할 필요며 이유가 어디 있나. 스승을 속이기까지 하여 그 자객을 놓아 보낼 필요는 어디 있나.

즉 그새 재영이의 모든 행동의 수상함이 똑똑히 활민의 머리에 떠올랐다. 이전에는 그렇게도 인화를 사랑하고 잠시라도 인화를 보지를 못하면 안절부절 갈피를 못 차리던 그가 이즈음은 할 수 있는 대로 인화를 피하려는 태도. 젊음과 용기로 빛나던 그의 얼굴에 이즈음 늘 떠도는 침울함과 고통의 그림자. 할 수 있는 대로 사람을 피하려는 점. 이야기와 웃음을 피하려는 점. 틈만 생기면 숙에 있지 않고 밖으로 뛰어나가는 그. 자포적(自暴的)[7] 행동으로밖에는 볼 수가 없는 대담한 행동 등등.

활민은 겨우 눈을 떴다.

분노에서 출발한 그의 마음은 차차 냉정함을 회복하였다.

재영이가 스승을 대신하여 오늘의 강술을 한 뒤에 스승에게 인사를 드리러 들어올 때는 활민은 온전한 마음의 냉정함을 회복한 뒤였었다.

최 진사는 재영이를 알아보았다. 자기에게 인사를 드리는 재영이를 뚫어지도록 바라보다가,

"응, 잘 자라느냐. ─보면 볼수록 같이 생겼거든."

하면서 머리를 끄덕였다.

재영의 얼굴에는 역시 침울의 그림자가 떠돌고 있었다.

'한 개 변변치 않은 여인의 일 때문에, 이 내 꼴은 무슨 꼴이냐. 부끄럽지 않으냐.'

스스로 그새 늘 이렇게 책망을 하여보았지만 그것뿐은 어찌할 수가 없었다. 잠시 동안 묵묵히 앉았다가 그는 다시 고즈넉이 일어섰다.

---

7 자포적 : 절망에 빠져 자신을 스스로 포기하고 돌아보지 아니하는.

"왜? 나가려느냐?"

"네."

최 진사의 질문에 간단히 대답하고 재영이가 일어선 때에 활민도 재영이의 뒤를 따라서 일어섰다.

"진사님, 잠깐 혼자 앉아 계시우. 이 애하고 무슨 의논할 게 좀 있어서."

최 진사는 선선히 대답하였다.

"마음대로 하시오. 잠깐이랄 게 없이 하루 종일이라도 아무 걱정 말고……."

이 최 진사의 쾌락을 고소(苦笑)로써 넘기면서 활민은 재영이를 데리고 조용한 방으로 찾아갔다. 그는 그새의 일이며 그 달아난 자객 명인호에 대한 모든 해답을 재영이에게 들으려 함이었었다.

사제는 말없이 대좌[8]하였다.

6

잠시 말없이 앉아 있는 동안 재영이는 선생의 얼굴에서 예사롭지 못한 기색을 보았다.

선생이 먼저 입을 열었다.

"명인호 — 운현궁에 들어갔던 자객을 분명히 죽였다지?"

이 선생의 말은 확실히 힐문의 태도였었다.

재영이는 가슴이 뜨끔하였다. 그는 눈을 푹 내려뜬 채 다시 얼굴을 들지 못하였다.

"응?"

잠시 대답을 기다리던 선생은 두 번째 채근하였다. 재영이는 역시 대

---

8 대좌(對坐) : 마주 대하여 앉음.

신사년말(辛巳年末)

답하지 못하였다. 그러나 재영의 마음은 이렇게 대답하였다.

　－선생님. 그것뿐은 묻지 말아주세요. 저도 명인호를 그냥 살려 보낸 뒤에 아직껏 그것 때문에 고민하는 중이외다. 그때 왜 저는 한칼로 그를 죽여버리지 않았는지.

　잠깐의 시간이 역시 침묵 가운데 흘렀다. 마침내 선생의 세 번째 질문이 이르렀다.

　"대답을 해라."

　고요한 음성이었었다. 그러나 그 아래는 커다란 힘이 숨어 있는 음성이었었다. 재영이는 꿈에서 깨듯 하고 머리를 들었다. 세 번째의 질문이 이 활민숙의 최후의 질문으로서 그 질문에까지 대답하지 않으면 그 뒤에는 변명할 기회조차 없는 바였었다.

　"그냥 살려 보냈습니다."

　재영이는 겨우 들릴 만한 작은 소리로 대답하였다. 그 대답의 뒤를 이어서 선생의 다음 질문이 나왔다.

　"왜? 무슨 까닭으로?"

　"인물이 아깝기에……."

　잠시 말이 끊어졌다.

　좀 뒤에 선생이 다시 입을 열었다.

　"결박한 것을 끌러준 것은 누구냐."

　"인화올시다."

　재영이는 역시 작은 소리로 대답하였다. 그러나 이 대답에는 선생도 놀란 모양이었었다. 몸까지 흠칫한 선생은 날카로운 눈을 재영이의 위에 붓고 마치 재영이의 마음까지 꿰뚫어 보려는 듯이 움쩍 안 하고 있었다. 그 자기를 바라보는 선생의 눈을 재영이는 정면으로 바라보았다. 재영이의 눈에는 차차 더욱 고민하는 빛이 나돌기 시작하였다ー 선생님. 인화는 왜 그 인호를 놓아 보냈을까요. 인화는 여자이외다. 인호는 사내외다. 이 밖에는 서로 다른 인연이라고는 없을 인화가 왜 인호를 놓아 보냈을까요. 저는 그것 때문에 아직껏 고통하는 중이외다. 재영이의 눈에는 어느덧 눈물까지 어리어졌다.

한참 뒤에야, 선생은, 뚫어지도록 재영의 위에 부었던 눈을 딴 데로 옮겼다. 재영의 마음의 고통을 겨우 알아챈 모양이었었다. 그 뒤에 잠시 눈을 감고 앉아 있던 그는,

"그렇기야 하랴."

혼잣말같이 이렇게 중얼거리고 손을 고요히 들어서 발바닥을 두어 번 두드린 뒤에 다시 한번,

"설마, 그렇기야 하랴."

하면서, 약하게 한숨을 쉬었다.

재영이도 눈을 감았다. 잠시 동안 사제는 또다시 아무 말 없이 마주 앉아 있었다.

좀 뒤에 재영이는 등으로써 뉘 손을 감각하고 눈을 번쩍 떴다. 뜨고 보니깐, 선생이 재영이게 가까이 와서 재영의 등에 손을 얹고, 자애에 넘치는 눈을 재영의 얼굴 전면에 붓고 있었다.

"재영아, 아무 염려 마라. 인화가 그 사람을 놓아 보낸 데는 무슨 곡절이 있기는 하겠지만 설마 네가 생각하는 것과 같은 일이야 있겠냐. 인화는 그런 부박한⁹ 애는 아닐 게다. 내, 언제 조용히 물어볼 테니 너는 아무 염려 말고 있거라. 의심이란 – 하자면 끝이 없느니라. 끝이."

선생은 고요히 일어서면서 말을 맺었다.

"–없어. 하니깐 탁 마음을 놓고…….."

선생은 천천히 저편 방으로 발을 옮겼다.

---

9 부박(浮薄)하다 : 천박하고 경솔하다.

7

그날 밤이 활민숙에서 민겸호의 집을 습격하기로 된 날이었었다.

재영이는 지휘, 인화는 인도, 그 밖 세 사람은 보조 — 이렇게 다섯 사람이 밤 깊어서 몸을 가볍게 차린 뒤에 활민숙을 나섰다.

각각 헤어져서 민 판서의 집까지 이른 그들은 예정의 계획대로 세 사람은 담장 밖에 남아 있고 재영이와 인화만 담장을 넘어서 안으로 들어갔다. 그 담장 안에서 재영이는 오래간만에 인화의 손을 잡았다. 인화도 마주 잡았다. 그러나 그들의 손에는 전과 같은 힘과 정열이 없었다. 서로 저편 쪽에서 힘 있게 잡아주기만 기다리면서 어두움 가운데 차차 발을 옮겼다.

망년연(忘年宴)인지 무엇인지 이미 밤이 깊었는데도 저편 쪽에서는 가무의 소리가 요란하였다. 그 소리를 들으면서 그들은 몇 모퉁이를 돌았다. 재영이는 어디가 어디인지 몰랐다. 인화의 인도하는 대로 따라올 뿐이었었다.

어떤 모퉁이를 돌아서서 인화는 문득 발을 멈추었다. 인화를 따라오던 재영이도 섰다. 오른편 손을 재영에게 잡혀 있는 인화는 왼손을 들어서 어떤 방향을 가리켰다. 어두운 데 익은 재영이가 인화의 가리키는 방향을 볼 때에 거기에는 어두움 가운데 웬 한 장정이 무슨 파수를 보는 듯이 서 있었다.

"?"

"광."

"저기가 광이오?"

"네."

"돈 두는?"

"네."

이와 같은 말이 인화와 재영이의 새에 사괴어진 뒤에 재영이는 아직껏(일종의 고통이라고 형용하고 싶은 이상한 마음으로) 잡고 있던 인화의 손을 놓았다. 그러나 그럴상하여 그런지 재영이가 손을 놓은 뒤에도 인화의 손은 한순간 재영이의 손을 따라왔다. 인화가 재영이의 손을 놓을 때는 인화의 입에서는 남이 듣지 못하리만 한 한숨이 나왔다.

아직껏 아무 감각이 없이 잡고 있었지만 손을 놓는 것과 동시에 갑자기 어떤 적막을 느낀 재영이는 그 적막을 꺼버리려는 듯이 두어 걸음 더 나섰다.

마음의 적막을 끄기 위하여 새로운 긴장에서 긴장으로—이즈음의 며칠을 이렇게 걸어 나오던 재영이는 여기서 눈앞에 다시 새로운 모험을 발견하였다. 눈앞에 저편에 보이는 광을 지키는 장정의 그림자는 확실히 재영이의 이즈음의 자포적 잔학 본능을 충동시켰다. 그의 눈은 문득 날카로워졌다. 어깨와 등은 꿩을 본 매와 같이 둥그렇게 되었다.

잠시 그 자리에 서서, 동정을 살피던 재영이는, 문득 몸을 땅에 엎드렸다. 그리고 가만히 기어서, 그 그림자에게로 차차 가까이 갔다.

자기를 습격하려는 무서운 괴인이, 차차 가까이 오는 것을 모르는 그 파수는, 혼자서 무슨 소리를 웅얼거리면서, 이리저리 그 광을 두고 거닐고 있었다. 땅에 꽉 붙어서, 파수가 저편으로 향한 때만 조금씩 움직여서 가던 재영이는 거의 반각을 걸려서야 겨우 파수 있는 곳까지 이르렀다. 그리고 파수가 또다시 저편으로 돌아서는 기회를 엿보아가지고, 맹렬히 그에게 달려들었다.

격투는 간단하였다. 재영이가 몸을 한 번 날리는 순간, 파수는 넘어졌다. 그런 뒤에, 한마디의 소리도 못 지르고 기절을 하여버렸다.

파수가 분명히 기절을 한 것을 본 뒤에, 재영이는 고즈넉이 몸의 먼지를 털고 일어서서, 광 문까지 가보았다. 그러나 거기는 예기하였던 바와 마찬가지로 든든히 쇠가 채워 있었다.

8

재영이는 자물쇠를 만져보았다. 그러나 그런 방면에 대한 아무런 지식도 없는 재영이는 열쇠가 없이는 도저히 열 수가 없었다.

재영이는 귀를 기울였다. 저편 쪽에서는 그냥 가무의 소리가 은은히 들려왔다. 삼현육각의 부드러운 소리며 때때로 술 취한 웃음소리까지 들렸다. 그러면 이 집안의 중요한 사람은 아직 모두 깨어 있는 것이 분명하였다. 그러면 그 열쇠를 어떻게 도적하여 내오나.

한참 머리를 기울이고 있던 재영이는 문득 돌아서서 기절한 파수에게로 돌아갔다. 그리고 그의 주의를 벗겼다.

그 주의를 벗겨가지고 다시 광문으로 온 재영이는 주의로써 자물쇠를 몇 겹을 두껍게 쌌다. 이리하여 충분히 그 자물쇠를 싼 뒤에 두 손으로 위아래 부리를 잡은 뒤에 비틀어서 꺾어보려고 비틀기 시작하였다. 처음에는 뚝 하고 맞서는 듯한 소리가 깊이 싸인 속에서 들렸다. 재영이는 온 힘을 다 썼다. 그의 얼굴은 벌겋게 되었다. 이마와 목에는 힘줄이 일어섰다.

한참 뒤에 깊이 싸인 속에서 뚝 하고 걸쇠의 부러지는 소리가 들렸다. 그것에 연하여 제꺽 하고 부러진 걸쇠가 아래로 늘어지는 소리도 들렸다. 재영이가 주의를 치울 때에는 걸쇠는 땅으로 떨어지고 광 문은 자유로이 되었다.

재영이는 돌아서서 인화의 쪽으로 손을 들어보였다. 그것을 군호로 인화는 어두움 가운데로 사라지고 말았다.

미리 준비하였던 기름을 돌쩌귀에 쳐서 문을 열 때에 소리를 안 나게 하여놓은 뒤에 재영이가 광문을 열고 기다릴 때에 인화의 인도로써 밖에서 기다리던 숙생 세 사람도 들어왔다.

그들은 광 안으로 들어갔다. 그것은 그다지 넓은 광은 아니었지만 들어가는 첫 순간부터 그들은 돈더미를 발부리로 감각하였다. 그 광은 돈으로 가득 차 있는 모양이었었다.

그들은 손으로 더듬었다. 엽전꾸러미, 당백과 당오의 꾸러미, 다른 물건은 하나도 없이 그 광 안에는 순전히 돈뿐이었었다.

"이봐. 죄 돈이야."

누가 이렇게 속삭였다.

"쉬."

재영이는 말을 금한 뒤에 값 가는 당백전으로만 골라서 한편으로 따로이 쌓기 시작하였다.

세 사람은 일변 밖으로 나르고 재영과 인화는 고르고 이리하여 얼마를 한 뒤에 재영이는 일어섰다. 그리고 인화에게도 인젠 그만두라고 군호를 하였다.

이편 쪽에서 이러한 일이 있는 것은 모르고 저편 쪽에서는 그냥 가무의 소리가 은은히 울리어 왔다. 그 가무의 소리를 곁으로 들으면서 재영이는 다른 사람들을 데리고 다시 담장을 넘어서 밖으로 나왔다. 거기는 벌써 꽤 커다란 돈의 더미가 쌓여 있었다. 재영이는 그 돈더미를 내려다보고 빙그레 웃었다. 괴롭고 아픈 마음에 늘 울고만 싶은 재영이는 이러한 엉뚱한 일을 볼 때야 겨우 조금의 만족을 얻는 것이었었다.

"한 번에는 못다 가져가겠고. 내 다시 들어가서 파수를 볼 테니 여러 번에 나눠서 가져들 가오. 한 사람은 이곳에 지켜 있고 세 사람이서……."

재영이는 이렇게 명령을 한 뒤에 그것을 말리는 말이 나오는 것을 피하는 듯이 홱 돌아서서 다시 담장을 넘어서 안으로 들어왔다.

그가 오늘 밤 이 집으로 올 당초부터 그는 다른 숙생들은 먼저 돌려보내고 자기 혼자 뒤떨어져서 남몰래 실행하려던 어떤 계획이 있었던 것이었었다. 그것은 운현궁에 자객으로 들어갔던 명인호가 아직 이 집에 있을 것 같으면 그를 찾아내어 가지고 그새의 자기의 번민에 대한 해답을 듣고 어떻게 되면 마지막 결단까지라도 내리던 것이었다.

저편에서는 역시 가무 소리가 은은히 들려왔다.

9

은은히 울려오는 삼현육각의 소리에 다시금 가슴 속에 애타는 듯한 느낌을 느끼면서 재영은 발소리를 감추어가지고 몸을 담벽에서 담벽으로 숨기면서 그 가무의 소리가 나는 곳을 향하여 더듬어 갔다. 그 집의 지리에 밝지 못한 재영이는 어렴풋이 그 가무의 소리가 동쪽에서 나는 것을 듣고 귀를 유일의 향도자[10] 삼아서 갔다. 이리하여 어두운 몇 모퉁이며 혹은 나지막한 담장도 한두 개를 넘어서야 그는 겨우 목적한 곳까지 이르렀다. 저편 지금껏 재영이가 더듬어 다니던 곳과 달리 거기는 아직 뜰에 하인들의 움직임이 보이고 방 안에 밝게 켠 촛불은 영창 밖까지 비치어서 뜰이 꽤 밝았다.

재영이는 모퉁이에 딱 붙어 서서 뜰과 안의 동정을 엿보았다. 술 취한 사내의 소리, 혹은 계집들의 웃음소리가 안에서는 연하여 새어나오고 뜰에서 분부를 기다리고 있는 하인들은 추위를 막느라고 어깨를 오그려뜨리고 이곳저곳에 서 있었다.

재영이도 한 번 몸을 떨었다. 건강함으로 말미어 그다지 추위를 감각치 못하는 재영에게도 이날의 추위는 넉넉히 감각되었다. 바람은 없지만 콕콕 쏘는 추위였었다.

언제나 끝이 나려나? 십중의 팔구는 명인호도 이 망년연에 참석하였으리라고 믿은 재영은 여기서 연회가 끝이 나도록 기다리지 않으면 안 될 것을 역정에 가까운 마음으로 느꼈다.

---

10 향도자(嚮導者) : 길을 인도하는 사람.

안엣 즐거움과 밖엣 괴로움—이러한 가운데서 시간은 흘렀다. 안에서 즐겁게 노는 사람에게는 그렇지도 않았지만 밖에서 기다리는 재영에게는 무한히 긴 세월이 흘렀다. 이 끝없는 고대(苦待)[11]에 염증이 나서 재영이도 마침내 오늘은 단념하여버릴까 하고 망설일 때에 문득 재영의 뒤에서 더벅더벅 발소리가 들렸다.

재영이는 깜짝 놀라서 돌아보았다. 그러나 그 발소리의 주인은 아직 재영이의 눈에 뜨이는 모퉁이는 돌아서지 않았다. 그러나 그 발소리는 분명히 한순간 뒤에는 그 모퉁이에서 모양을 나타낼 것이었다. 그리고 그 모퉁이만 돌아설 것 같으면 당연한 결과로써 재영이의 모양은 그 발소리의 주인의 눈에 띄지 않을 수가 없을 것이다. 순간 재영이는 앞으로 뛰어나가서 몸을 피하려 하였다. 그러나 눈앞에 보이는 앞뜰에는 하인들이 이곳저곳 서 있었다. 재영이로써 두 걸음만 앞으로 나갈 것 같으면 그 앞뜰에 있는 하인들의 눈에 당연히 띄지 않을 수가 없을 것이었다. 앞뒤에 피할 곳을 잃어버린 재영이는 본능적으로 몸을 휙 돌렸다. 그때에 다행히 재영이의 있는 곳에서 세 걸음이 못 되는 곳에 자그마한 방이 하나 있는 것이 눈에 띄었다. 재영이는 앞뒤를 살필 여유도 잃고 몸을 날려서 그 방을 절컥 열고 안으로 뛰어 들어갔다.

그러나 그 방도 안전한 곳이 아니었었다. 재영이가 문을 덜컥 열며 그 방 안으로 뛰어 들어가는 순간에 방 안에서는,

"거 누구냐!"

고 고함치는 경악의 소리가 들렸다.

재영이의 손은 번개와 같이 허리에 찬 혁낭에 한 번 움직였다. 그다음 찰나에는 누구냐고 고함치던 그 방의 주인은 괴상한 비명을 발하며 일으키려던 몸을 다시 쓰러뜨렸다.

---

11 고대 : 몹시 기다림.

그러나 이 행동조차 재영에게는 현명한 행동이 아니었었다. '거 누구냐' 는 부르짖음에 연한 이 비명은 뜰에 있는 하인들의 의심을 사지 않고는 두지 않았다.

"이게 무슨 소리냐."

"어디서 나느냐."

쿵쿵, 둥둥 하는 소리가 사면에서 나고, 차차 앞뜰로 사람들의 모여드는 소리가 들렸다. 가무의 소리도 멎었다. 그때에 불행히 칼 맞은 사람의 마지막 비명이 재영이 발아래서 났다.

10

재영이는 황겁을 하여 그 자리에 주저앉으면서 칼 맞은 사람의 입을 막으려고 더듬더듬하였다. 그러나 시기는 이미 늦었다.

"저기로구나."

몇 사람의 입에서 이런 소리가 나더니 재영의 숨은 방 앞으로 옭 하니 모여들 들었다.

"이 방이다."

"이놈!"

"나오너라!"

모여는 들었으나 그들도 겁은 나는 모양이었었다. 문밖에서 모두들 위협적 소리만 질렀지 감히 문을 열어보려는 용감한 사람은 없었다.

재영이는 숨을 죽이고 가만있었다. 문밖에서는 위협하는 소리만 연하여 났다. 이러한 잠시간이 지난 뒤에 누구인지 윗사람인 듯한 사람의 소리로서 문득 "총을 가져오너라"는 명령이 들렸다.

여기서 재영이는 마침내 벌떡 일어섰다. 총이라는 무기의 앞에는 재영이도 겁을 내지 않을 수가 없었다. 여기 박혀서 죽기를 기다리는 것보다는 죽든 살든 간에 좌우간 뛰쳐나가보려고 결심을 한 것이었었다.

그는 일어서면서 문을 박차고 뛰쳐나갔다. 에쿠 소리와 함께 그의 앞에는 길이 열렸다. 그는 단숨에 뜰 복판 가운데까지 뛰어갔다. 그러나 거기서 그는 멈칫 서지 않을 수가 없었다.

사면을 집과 방들로 뺑 둘러싸여 있는 그 뜰 복판 가운데 선 재영이는 자기가 장차 어느 방향으로 달아나야 활로를 발견할지 짐작을 할 수가 없었다. 재영이는 몸을 한 번 빙그르 돌며 사면을 살펴보았다. 동서남북이 모두가 방으로 둘러 있고 어느 모퉁이에 샛길이 달렸는지 분간할 수가 없었다. 사람들은 무서워서 감히 접근하지는 못하나 그의 주위를 멀리 뺑 둘러서서 위협적 소리만 지르고 있었다. 재영이는 손으로 허리의 혁낭의 칼의 수효를 헤어보았다. 하나, 둘, 셋, 넷, 다섯, 여섯, 일곱, 여덟, 아홉─ 칼은 아직 아홉 개가 남아 있었다. 그러나 그의 주위에 둘러선 사람의 수효는 적게 잡아도 육칠십은 넉넉하였다.

'아홉 개로 6, 70명.'

어떤 경우를 당하든 낭패하지 않는 것을 늘 자랑하던 재영이도 여기서는 갑자기 좋은 지혜를 발견할 수가 없었다.

'아홉 개로 6, 70명.'

아무 의미도 없이 두어 번 속으로 이런 생각을 하여본 뒤에 그는 이를 갈았다. 즉 그의 눈앞에는 커다랗게 그의 약혼자인 이인화의(다른 곳은 다 감추어진) 두 눈이 똑똑히 나타났다. 그 눈은 애원하는 듯이 재영이를 바라보았다. 동시에 재영에게는 저 뒤 담장 밖에 아직도 돈더미를 지키느라고 서 있을지도 모를 인화의 생각이 번개같이 났다.

'그래라!'

재영이는 마침내 결심하였다. 인화가 지금 서 있을지도 모르는 곳은 이 집의 북쪽 담장 밖이었다. 조선의 건축물의 대개가 사랑이나 대청이나 귀한 곳은 남향으로 놓여 있는지라 재영이는 그곳서도 어렴풋이 동서남북을 분간할 수가 있었다. 그리고 이제 자기는 남쪽으로 달아나서 사랑하는 인화에게뿐은 아무 누가 미치지 않도록 하여주어야 할 의무를 깨달았다. 이러한 위급한 장면에 당하여서 그의 생각이 미치는 곳은 인화 한 사람뿐이었었다.

그는 한 번 발을 굴렀다. 그런 뒤에 맹연히 남쪽이라 짐작되는 방향으로 달아났다.

"뛴다."

"잡아라."

뒤에서는 이런 소리들이 났다. 그러나 그가 향하고 가는 편에는 옭 하니 사람들의 피하는 것이 보였다. 재영이는 그 틈을 향하여 맹렬히 뛰어들었다. 그러나 그때에(돌부리를 찼는지 뉘 다리에 걸렸는지) 자기도 똑똑히 모르지만 재영이의 몸은 한 번 용솟음을 한 뒤에 땅에 커다랗게 내어던져졌다.

11

무엇인지 모를 것을 박차고 거꾸러졌던 재영이가 몸을 일으키려 할 때에는 벌써 재영이의 몸 위에는 민씨 집 하인 하나가 덧엎었다. 그것을 뿌리칠 때는 그의 몸 위에는 다섯 겹 여섯 겹으로 사람의 묏더미가 가려졌다.

재영이는 잠시 숨을 돌리느라고 가만히 엎드리고 선후책을 강구할 때는 그의 오른편 팔은 뉘 무릎에 깔리고 왼손은 뉘 발에 밟히어 있었다. 그 아래 깔려서 재영이는 인제는 어쩔 수가 없이 되는대로 내버려두었다. 주먹이 이곳저곳서 나와서 재영이의 몸 사면을 쥐어박았다. 어두운 가운데서 그들은 자타(自他)를 분간치 못하고 자기네끼리도 쥐어박는 모양이었었다.

에쿠 에쿠 소리가 그들 틈에서도 났다. 다행히 재영이는 엎디어 있었다. 그러므로 급한 타격은 면하였다. 그리고 기회만 엿보던 재영이는 오른편 팔이 조금 풀리는 것을 기회 삼아 어깨를 한 번 맹렬히 움직였다. 그다음 순간 그는 벌떡 일어섰다. 두 사람 세 사람 재영의 무쇠 같은 주먹을 받고 넘어지는 사람이 생겼다.

그러나 한 사람에 대한 6, 70명이었었다. 어느 눈치 빠른 사람이 재영의 고환(睾丸)을 잡은 것을 기회로 재영이도 마침내 항복치 않을 수가 없었다. 고환을 힘껏 잡힌 고통으로 얼굴을 찡그린 재영이가 허리와 배를 웅크리며 신음 소리를 내는 것으로 격투는 끝이 났다. 그런 뒤에 잠시의 여유도 없이 단단히 결박을 당하였다.

여기서 재영이는 하릴없이 벙글 웃었다.

"인젠 마음대로 해라."

그는 몸을 피하려는 온갖 노력을 내어던지고 고즈넉이 이렇게 말하였다.

"잡았느냐? 잡았으면 이리로 끌어온."

이 소요[12]통에 연회가 깨어지고 저편 대청 위에 둘러서서 격투를 구경하던 대감들 틈에서 이런 분부가 내렸다. 재영이는 덜레덜레 그리로 끌려갔다.

재영이가 눈을 들어서 대청 위를 바라보니까 거기는 당시의 세력이 죄 모여 있었다. 육조의 판서며 각 영의 대장이며 당시의 부중의 요긴한 인물의 전부―그 가운데는 재영이가 어렸을 때 익히 보던 얼굴조차―모여 있었다. 그리고 방 안에는 기생과 가객의 그림자가 걸핏걸핏 보였다.

"불! 어디 불!"

대감들 가운데서 이런 분부가 내렸다. 횃불 하나가 저편에서 달려와서 재영이의 얼굴을 대감들 앞에 밝게 비추어놓았다.

재영이는 뜻하지 않고 얼굴을 가슴에 묻었다. 그것은 결코 부끄러움에

---

12 소요(騷擾) : 여럿이 떠들썩하게 들고일어남. 또는 그런 술렁거림과 소란.

서 나온 것이 아니었었다. 아직껏 민씨의 각 부하며 나졸들에게 비밀히 하여오던 얼굴을 이 자리에서 그들의 눈앞에 내어놓아서 이 뒤의 자기의 행동에 어떤 구속이 생김을 피하려 함이었었다. 그러나 하인들이 재영이의 머리 수그린 것을 그냥 둘 리가 없었다. 누가 확 하니 재영이의 상투를 잡아서 젖혔다.

횃불 든 사람은 불을 재영이의 코앞에 갖다 대었다. 이리하여 특징 많은 재영이의 얼굴은 당시의 요로와 및 그들의 부하의 눈에 깊이 영 박히게 되었다.

한참 재영이의 얼굴을 바라보던 호조가 예조를 돌아보며,

"상한(常漢)[13] 같지는 않은걸."

하면서 머리를 기울였다.

"음, 어디서 많이 본 얼굴인데."

예조도 머리를 기울였다.

좌우간 밤이 이미 깊었으니 광에 잡아 넣어두라는 주인 대감의 명령으로 재영이는 다시 끌려서 그 자리를 떠났다.

재영이를 끌고 이편으로 돌아온 하인은 재영이를 광 안으로 차서 넣고 자기도 뒤를 따라 들어와서 재영이의 발까지 단단히 결박을 한 뒤에 도로 나갔다.

12

하인이 나간 뒤에도 재영이는 몸을 움직이지를 못하였다. 그것은 결박하였다기보다, 오히려 묶었다는 것이 정당할 만한 결박이었었다. 발은 발목에서 시작하여 넓적다리까지를 묶어놓고 왼편 어깨와 오른편 어깨가 거의 뒤로 마주 닿도록 힘 있게 양팔을 맞매었으며 그 바의 한 손은

---

13 상한 : 상놈. 신분이 낮은 남자.

목에까지 걸치어졌다. 아래는 도저히 움직일 수가 없었으며 목을 움직이려면 숨이 막혔다. 땅바닥은 지독히도 찼다. 그 찬 땅에 댄 채 움직일 수가 없는 그의 배는 연하여 꾸르럭꾸르럭 울었다.

좀 뒤에 저편 멀리서는 또다시 가무의 소리가 나기 시작하였다. 재영이는 분함으로 말미어 몸을 떨며 이를 갈았다. 과도한 분은 그로 하여금 당면의 추위까지를 감각치 못하게 하였다.

문득, 아까 뜰에서 환각으로 걸핏 본, 인화의 정기 있고 쾌활한 두 눈이, 재영의 맞은편에 커다랗게 나타났다.

말하자면, 지금 재영이가 이 욕을 보는 것은 순전히 인화에게 대한 시기로, 명인호와 최후의 결단을 지으려던 쓸데없는 계획의 결과로서 생겨난 일이었었다. 그러나 이 순간, 재영이는 인화를 밉다 볼 수가 없었다.

사랑은 가장 크다. 이러한 곤욕의 순간에, 재영이의 머리에 떠올라서 얼마라도 재영에게 애타는 만족을 줄 사람은 인화밖에는 없었다. 그 인화는 지금도 혹은 재영이가 넘어져 있는 곳에서 한 백여 보 거리 되는 담장 밖에 서 있을지도 알 수 없다. 아직껏 열흘에 가까운 날짜를 밉다 보고, 괘씸하다 보던 그 인화에게 대하여 갑자기 솟아오르는 애정 때문에 재영이의 마음은 더욱 날뛰었다.

"인화─인숙이! 인숙이!"

몸의 혈액의 순환불량과 과도한 추위와 피곤 때문에 점점 정신이 어지러워가는 재영이는 그 자리에 쓰러진 채로 마치 열병 환자와 같이 헛소리를 하였다.

"인숙이, 내 걱정은 말고 당신 몸이나 보전하우."

자기로도 무슨 소리를 하는지를 모르면서 재영이는 이런 소리까지 하였다.

얼마가 지났는지 알 수 없다. 재영이가 몇 번을 정신이 차차 혼미하여 가면서 인숙이를 부를 동안 저편에서는 역시 은은히 가무의 소리가 날아왔다. 때때로 술 취한 사람의 웃음소리도 들려왔다. 이러한 무한히 긴 시간이 지날 동안 재영이는 몸과 마음이 차차 노곤하여지며 어느덧 꿈인지 생시인지 모를 환각의 나라에 들어섰다. 긴 밤도 거의 갔다.

"찌꺽."

문득 기괴한 소리가 들렸다. 재영이는 혼미한 눈을 그리로 천천히 옮겼다. 문이 방싯이 열렸다. 그 틈으로 웬 사람의 그림자가 하나 새어들어왔다. 그 그림자는 웬일인지 넓적 엎디었다.

'내가 꿈을 꾸는구나.'

재영이는 이렇게 생각하며 그냥 그 그림자를 보았다. 이상한 향기로운 냄새가 차차 가까이 왔다. 웬 부드럽고 따뜻한 손이 재영의 얼굴을 스쳤다. 그 손은 재영이의 얼굴에서 차차 어깨로 내려왔다. 장도를 뽑는 소리가 들렸다. 툭툭툭툭 장도가 굵은 바를 끊으려는 노력도 들렸다. 그 노력의 잠시가 지난 뒤에 잔뜩 뒤로 결박을 당하였던 재영이는 갑자기 가슴의 자유를 느꼈다.

"정신 차리세요."

그것은 틀림없는 여자의 목소리였었다. 형용할 수 없는 향기로운 냄새가 코로 몰려들어왔다.

"오오, 인숙이구려. 인숙이구려."

재영이는 방금 결박을 끌리어서 아직 자유로이 놀릴 수가 없는 팔을 억지로 움직이려 하며 정신없이 부르짖었다. 그림자가 다시 입을 열었다.

"쉬. 내가 누구예요?"

재영이는 그 소리에 펄떡 정신을 차렸다. 그것은 인숙―인화의 목소리가 아니었었다.

13

재영이가 펄떡 정신을 차릴 때에 그 그림자는 재영이의 몸을 더듬으면서 차차 아래로 내려갔다. 그 뒤에는 다리를 묶었던 바를 끊기 시작하였다.

'내가 꿈을 꾸나.'

재영이는 추위와 피곤 때문에 연하여 혼미하게 되려는 정신을 수습하면서 그 똑똑치 못한 정신으로써 지금의 수수께끼를 풀어보려고 애를 무척 썼다. 그러나 무엇이 한 껍질 머리에 씌워져서 생각날 듯 생각날 듯하면서도 정확한 해답을 들을 수가 없었다.

다리의 결박까지 다 끄른 뒤에 그 그림자는 약한 한숨을 쉬면서 재영이의 앞으로 돌아왔다. 그때에 재영이는 아직 완전히 감각신경을 회복치 못한 손으로써도 비단 치마의 부드러운 맛이 손을 스치고 지나가는 것을 알았다.

"자, 어서 이곳을 피하세요."

그것은 틀림없는 기생 연연이의 목소리였었다.

"이게— 연연이로구나."

즉 아직껏 잊어버렸던 보배를 발견한 것 같은 이상한 희열(喜悅)에서 생겨나는 압박감(壓迫感) 때문에 재영이의 마음은 산란하여졌다.

"어서 피하세요."

"—어떻게 여기를……."

"송년연(送年宴)에 왔다가 아까 그 광경을 보고. —좌우간 세세한 사정은 뒷날로 미루고 어서 몸을 피하세요. 날도 거의 밝았는데."

재영이는 몸을 좀 움직여보았다. 그러나 결박당한 때문에 생겼던 근육의 마비가 아직 회복되지를 않아서 다리를 마음대로 쓸 수가 없었다. 그는 다시 한번 다리를 시험하여본 뒤에,

"다리를 쓸 수가 있어야지. 좀 주물러주게."

하면서 반쯤 일으키려는 몸을 다시 눕혔다.

연연이는 다리를 주물렀다. 자기의 위험도 잊고 사랑하는 이의 안전

을 도모하기 위하여 정성을 다하여 다리를 주물렀다.

이러한 가운데서도 재영이의 마음에는 지금 나를 주물러주는 사람이 연연이가 아니고 인화였으면 마음이 얼마나 더 기쁘랴는 생각이 끊임없이 일어났다.

그것은 재영이의 건강의 탓인지 연연이의 정성의 탓인지 잠시를 주물린 뒤에 재영이는 다리의 자유를 회복하였다. 두어 번 다리를 굽혔다 펴보아서 넉넉히 자유로이 움직일 수가 있음을 시험한 뒤에 재영이는 벌떡 일어났다.

"자. 인젠 자네도 들어가야지. 너무 오래 나와 있으면 의심을 사지 않겠나."

재영이가 일어나 앉은 뒤에도 그냥 그의 무릎 위에 얹고 있던 손을 치우면서 연연이는 약하게 한숨을 쉬었다.

"조심히 돌아가세요. 아직 뜰에는 사람들이 있으니깐……."

재영이는 무릎을 짚으면서 일어섰다.

"고마울세. 그럼 들어가게."

이렇게 말하고 그는 그 자리에서 발을 떼었다.

"언제."

말을 시작하려다가 재영이가 발을 떼는 통에 연연이는 말을 끊어버렸다.

재영이가 돌아섰다.

"?"

"언제쯤 집에 오시겠어요?"

"글쎄."

재영이는 머리를 수그렸다. 그리고 발로 땅을 두어 번 뻑뻑 긁었다.

"2, 3일 내로 가지."

재영이는 휙 돌아서서 다시는 돌아보지도 않고 광 밖으로 나섰다.

그가 몸을 이리저리 숨겨서 겨우 그 호혈[14]을 피해서 담장 밖으로 나선 때는 그는 다시금 이상한 애상적(哀傷的) 기분을 통절히 느꼈다. 그것은 연연이와 작별을 한 뒤에 언제든 재영이가 느끼는 이상한 기분이었었다.

14

어젯밤에 민겸호의 집이 습격을 당한 일은 그 이튿날인 신사 섣달 그믐날은 벌써 온 장안에 쭉 퍼졌다. 그리고 시민들은 그들의 대담하기에 놀라기보다도 — 안중무인[15]한 태도를 두려워하기보다도 — 그저 장하다 하였다. 더구나 한편 끝에서는 송년연의 흥성스런 놀이가 열려 있는데도 감쪽같이 목적을 달하였다 하는 것과 잡혔던 한 사람의 기괴한 도망을 더욱 장하다 하였다.

민씨 집 하인들과 포도청이며 순라청[16]의 나졸들은 모두 어젯밤에 잡혔다가 기괴하게 도망하여버린 도적의 화상을 하나씩 가지고 눈이 뒤벌겋게 되어 장안에 헤어졌다. 그리고 키가 후리후리 크고 눈에 광채가 있으며 골격이 장대한 스물한두 살쯤 난 젊은이들을 만나면 얼굴을 유심히 보며 자기의 외형의 탓으로 순라청에 끌려가서 죄 없는 매를 몹시 얻어맞은 사람도 여럿 있었다.

섣달 그믐날의 장안은 마치 지금의 말하는 바의 계엄상태였었다. 빚에 시달리기 때문에 솔가[17]하여가지고 달아난 무리가 놀랍게 많았고 거리의 큰 상점들도 문을 닫아버린 곳이 여러 곳 되며 사면을 둘러보아야 화기 있는 얼굴은 얻어볼 수가 없는 암담한 장안에 지금의 이 상태는 한

---

14 호혈(虎穴) : 범이 사는 굴.

15 안중무인(眼中無人) : 안하무인. 방자하고 교만하여 다른 사람을 업신여김.

16 순라청 : 순청(巡廳)을 이르는 듯. 조선시대 도성의 방범과 화재를 방지하고 시간을 알리며 순라를 관장했던 관청.

17 솔가(率家) : 온 집안 식구를 거느리고 가거나 옴.

층 더 암담함을 돋우었다. 다른 해 같으면 그해의 마지막 날이라고 새해의 준비나 낡은 해의 결산 때문에 욱적할 장안은 죽은 도회와 같이 고요하였다.

밤에는 경계가 한층 더 심하였다. 장안은 나졸, 포리[18]들로 덮어놓은 듯하였다. 더구나 몇몇 대관의 집들은 물 한 방울 샐 틈이 없도록 엄중히 경계를 하였다.

그러나 이러한 엄중한 경계를 뚫고 그날 밤 또한 김보현의 집이 습격을 당하였다. 집을 경계하던 무리는 모두들 기절하여 넘어져 있었다. 기절하여 넘어진 동안에 그만 얼어 죽은 사람까지 있었다. 그리고 불한당의 무리는 그들의 기절한 틈에 들어와서 감쪽같이 목적을 달한 것이었다. 불한당의 무리는 몇 명이나 왔었는지 알 수 없지만 파수 보던 사람들 가운데 스물몇 사람을 아무도 모르게 기절을 시킨 점과 사오천 냥의 돈이며 그 밖 값가는 물건을 많이 집어 갔다는 점으로 보아서 적어도 오륙 명 이상의 패거리가 있었다고 짐작되었다.

더구나 이러한 일을 알지도 못하고 깊이 잠들어 있던 김보현의 머리 곧 위쯤 되는 곳에 비수가 하나 박혀 있었다. 그리고 그 비수에 조그만 종이가 하나 매어져 있었다.

'천주(天誅)[19]. 일월산인(日月山人).'

그 종이에 쓰인 이 글은 더욱 그들의 간담을 서늘케 하였다. 비수에는 일월(日月)이라는 두 글자가 새기어 있었다. 그것은 어젯밤 민겸호의 집에서 참살을 당한 사람의 목에 박혀 있던 것과 모양도 같이 생겼을 뿐 아니라, 어저께의 그 칼에는 일월(日月)의 두 자가 새겨져 있었는지라 같은 사람의 행위로 볼 수가 있었다.

---

18 포리(捕吏) : 포도청이나 지방 관아에 속하여 죄인을 잡는 일을 맡아보던 구실아치.
19 천주 : 하늘을 대신하여 죄지은 사람을 꾸짖으며 벌줌.

어저께 민겸호의 집에서 잡혀서 그만치 욕을 본 그 흉한이 어떤 수단으로 결박을 끊고 달아났는지는 모르지만 달아난 그 이튿날 밤 또다시 대담히도 김보현의 집을 습격하였으며 습격하여서 재물을 빼앗았을 뿐 아니라 광인(狂人)이라고밖에는 볼 수 없을 만한 대담으로써 주인 대감의 머리맡에 편지 단 칼을 던져 박고 달아났다 하는 것은 과연 그들의 간담을 서늘케 하였다. 그들은 소위 그 일월산인(日月山人)이라 스스로 일컫는 대담무쌍한 흉한을 어찌하여서든 잡으려고 이를 갈았다.

이러한 가운데서 복잡다단한 신사년은 갔다. 그리고 바람이 될지 구름이 될지 예측을 허락지 않는 임오년이 이르렀다.

임오초(壬午初)

1

광무주[1] 19년 임오는, 임오병란(壬午兵亂)으로 유명한 해였었다.

어제 저녁까지도 북한산에 자그마하니 걸려서 여러 가지의 유언과 비어의 근원이 되고, 당시의 세력들로 하여금 공포를 느끼게 하던 백기(白氣)는 하룻밤 새에 놀랍게 커져서, 임오년 정월 초하룻날은 동서로 건너서 커다랗게 조선을 덮었다.

날은 흐리지는 않았지만, 해는 몹시도 어둡고 붉었다. 그래도 새해의 첫날이라고, 작년의 암담하던 기분을 잠시 잊고 새 옷을 차린 뒤에 세배를 다니는 무리들도 이 흐리지는 않고도 어둡고 시원치 않은 일기에는 저절로 억지로 먹어보려던 쾌활한 기분을 잃었다.

'백기가 하늘을 건너면, 반드시 하늘의 재앙이 있느니라.'

'백기가 동방에서 이는 것은 천인(賤人)이 세상을 잡을 징조느니라.'

고한서(古漢書)에서 일찍이 본 일이 있는 이런 말들을 그들은 자기네끼리 수군거리며 희망과 근심이 함께 섞인 얼굴로써 하늘을 쳐다보고 하였다.

더구나 그 백기 때문에 더 많은 근심을 한 사람들은 왕비와 및 그 일파

---

1 광무주(光武主) : 고종.

였었다. 필유천화(必有天禍)라 하는 것도 연락에 잠겨 있는 그들에게는 그다지 기쁜 징조가 아니었지만, '천인(賤人)이 세상을 잡을 징조라'는 데는 그들은 당연히 공포와 불안을 느끼지 않을 수가 없었다. 섣달 그믐께부터 여러 가지의 의논을 한 뒤에 그들은 임오년 정월에 전무후무한 큰 산천기도(山川祈禱)를 계획하였다.

당시 죽동궁 민영익의 선생으로 있던 고덕노(高德魯)는 덕행(德行)으로 이름 높은 선비였었다. 왕비는 그 고 진사를 선택하여 영산(靈山) 금강(金剛)으로 보내어 그 일만 이천의 각 봉우리에 매봉에 돈 열 냥과 쌀 한 섬씩을 공헌하여 기도를 드리기로 하였다.

　─국가의 태평.

　─상감의 만수무강.

　─왕비와 태자의 장수.

이러한 조건을 위하여 조선 개벽 이래의 가장 커다란 산천기도는 시작되었다.

그러나 그러한 일면에서는 궁중의 연락은 끊기지 않았다. 정월 초이튿날 왕비를 중심으로 큰 연회가 궁중에 열렸다. 그리고 그 연회에 참석한 귀한 손님 가운데는 그때의 신식 조선 병대의 교관(敎官)으로 있던 일본(日本) 육군(陸軍) 중위(中尉) 호리모토 레이조(掘本禮造)[2]도 있어서 한층 더 이채를 발하였다.

그러나 그 연회가 차차 흥성스러워가고 흥성스러워감을 따라서 예에 의지하여 차차 난잡스러워갈 때에 한 가지의 괴변이 일어났다. 땅 하니 영창이 찢어지는 소리가 나면서, 한 개의 비수가 날아서 담벽에 꽂혔다.

연회는 분탕이 되었다. 이게 웬 변이냐고 욱적을 하는 중에서 어느

2　호리모토 레이조 : 1881년(고종 18) 4월 군제개혁에 따른 신식 군대 100명을 발족시킬 때, 그 교관으로 초빙된 일본 육군 공병 소위. 이듬해 6월에 발발한 임오군란 때 피살되었다.

사람이 그 칼에 무슨 종이가 달려 있는 것을 발견하고 펴 보니까 거기는, '백기경천(白氣經天)'이라는 간단한 글이 적혀 있었다. 그러나 그 한마디야말로 그들에게는 가장 무시무시한 말이었다. 연회장은 수라장이 되고 문을 열며 닫으며 왁작들 할 때에 또 한 개의 비수가 날아와서 어떤 영인(伶人)의 귀를 베었다. 그리고 그 비수에도 종이가 달려 있었고 그 종이에는, '있어도 못 듣는 귀는 없는 것만 같지 못하다.'는 희문 한마디가 적히어 있었다. 물론 그 '듣는다'는 것은 민원성(民怨聲)을 가리킴일 것이었다.

그리고 그 두 개의 비수에는 모두 일월(日月)이라는 글자가 새겨 있었다.

여기서 일월산인이라는 이름은 왕비 일당에게는 밉고도 무서운 이름으로 기억되고 주목받게 되었다.

2

겸호의 집을 습격한 날 밤 활민숙에서는 재영이가 넉넉히 돌아올 시간에 돌아오지를 않으므로 여간 걱정들을 아니하였다. 그리고 여러 가지로 협의를 한 결과 인화의 안내로써 다시 동정을 살피려 숙생의 몇 사람을 보내려고 결정이 거의 되었을 때에 그날 밤 활민숙에서 묵던 최 진사가 자기가 몸소 날이 밝거든 겸호의 집까지 가서 알아보고 오마는 선언을 하였으므로 그냥 내버려두기로 하였다. 그리고 불안 가운데 어서 날만 밝기를 기다릴 때에 날이 거의 밝아서 재영이 돌아왔다.

재영이는 아무 곳도 상한 곳이 없었다. 다만 몹시 피곤한 듯한 위에 아직 채 식지 않은 흥분으로써 약간 긴장된 얼굴로 아무 일도 없음을 알게 한 뒤에 총총히 제 방으로 돌아가버렸다.

그날 밤에 활민숙에서는 김보현의 집을 또 습격하기로 되었다. 선생과 숙생들이 한사히 말리는 것을 듣지 않고 그날도 재영이는 역시 지휘의 중임을 맡았다. 그리고 인젠 벌써 자기의 얼굴과 일월도(日月刀―명(明)

이라는 자기의 성(姓)에서 따낸 것)가 민씨 일당의 눈에 영 찍힌 바가 되었는
지라 마지막에 대담히도 주인 대감의 자는 머리맡에 또다시 칼 하나를
던져서 경고를 한 것이었다.

정월 초이틀날은 재영이는 궁정에 들어가서 왕비의 연회에 또한 경고
의 칼을 던졌다. 그리고 놀라서 어쩔 바를 모르고 덤빌 때에 그는 둘째
칼을 어떤 영인(伶人)의 귀를 향하여 던진 것이었다.

이보다 일찍이, 초하룻날, 선생의 명령으로 세배를 금지당한 숙생들은
숙에서 간단히 연회를 열고 그 뒤를 이어서, 금년 할 일이며 계획에 대한
대략한 의논을 한 뒤에 밤에 선생과 재영의 두 사람은 숙생 전체를 대표하
여 세배를 드리러 운현궁으로 갔다. 표면은 세배라 하나 이면에는 태공의
조용한 틈을 타서 금년 행해야 할 일에 대하여 대략한 의논을 하기 위하여
서였었다. 그리고, 그들은 거기서 대략 아래와 같은 일을 의논하였다.

─민심은 지금 극도의 불안에 빠진 것.

─그 불안 때문에 민심은 지금 조그만 핑계라도 생기면 곧 폭발할 만
치 긴장된 것.

─왕비당에게 대한 원한은 팔도 삼백여 주에 사무친 것. 이것은 즉 태
공의 섭정을 다시 기다리는 창생의 부르짖음에 다름없는 것.

─왕비당은 각 하급 관리에게도 인심을 잃은 것.

─일본식 군대 훈련 때문에 병대 속에도 지금 정부에 대한 반항이 차
차 커져가는 것.

이러한 모든 일 때문에 극도로 흉흉하게 된 민심은 인제 한 번의 폭발
을 보지 않고는 도저히 가라앉지 않을 것이며 그 한 번의 폭발은 민씨의
실족(失足)을 말함이요 민씨의 실족은 다시 말하자면 태공의 득의에 다름
없었다.

게다가 하늘에는 백기(白氣)가 있었다. 이 백기는 옛날 한서(漢書)에도
여러 가지로 해석이 되어 있는 것으로 그 해석은 모두가 한결같이 '혁

명'이라는 것이 일어날 징조라 가르쳤다. 여기서 민심은 더욱 흉흉해질 것이며 백성들도 금년에는 무슨 변동이 생길 것을 의심치 않고 믿을 것이다.

이러한 일들로 미루어서 세태가 차차 태공에게 유리하게 되어오기는 하지만 이러한 일뿐으로는 아직 부족하니 금년 봄부터는 활민숙의 숙생들을 이용할 수 있는것 이용하여 세상에 유언과 비어를 더욱 널리 퍼지는 한편 그 선동의 손을 군대에까지 펴기로 하였다. 거기서 대장 이경하(李景夏)는 태공의 심복이라는 편리도 있었다.

이만한 의논을 한 뒤에 활민과 재영은 태공께 하직하고 돌아왔다.

3

삼한사온(三寒四溫)이 비교적 정확히 바뀌어져 나아가는 조선도 그해의 겨울뿐은 이 공식을 무시하는 일기가 계속되었다. 신사년의 마지막 이틀을 혹혹하는 무서운 추위로써 막음을 한 뒤에 임오 정월 초하룻날은 상상도 못할 추위로 변하여졌다. 어저께와 그저께로 보자면 그보다 더 추우면 사람이 도저히 살 수가 없을 듯하였으나 그러한 무서운 추위도 임오 정월 초하룻날의 추위에 비기면 봄날과 같은 따사로운 일기였었다. 게다가 무서운 바람까지 일었다.

길을 걷는 사람들은 모두 코가 땅에 닿을 듯이 허리를 굽히고 다녔다. 한번 팔짱을 찌르고 밖에 나선 뒤에는 아무리 바람에 옷자락이 뒤로 돌아가서 펄럭인다 할지라도 아무도 그것을 도로 감싸려 팔짱 찔렀던 손을 꺼내지를 않았다. 남바위와 풍뎅이[3]들로 (코와 눈을 제한) 얼굴 전면을 싸맨 뒤에도 그 조금 나와 있는 얼굴의 추위를 막기 위하여 모두들 얼굴을

3 풍뎅이 : 머리에 쓰는 방한구의 하나. 남바위와 비슷한 모양에 가장자리를 좁은 모피로 꾸몄다.

가슴에 묻고 다녔다. 아무리 점잖은 사람이라도 천천히 길을 걷는 사람이 없었다.

벌에는 얼어 죽은 까마귀 떼가 널렸다. 장안에도 여기저기 얼어 죽은 송장이 널렸다. 새 옷을 차리고 세배를 다니다가 차차차차 몸이 녹신하여져서, 그만 쓰러져서 죽고 만 사람도 여럿 있었다.

한푼의 에누리가 없이 침을 뱉으면 땅에 떨어지기 전에 얼음이 되었다. 사실 불조차 이러한 추위에는 얼 듯싶었다.

이 전무한 추위에 위축되어 세배 다니는 사람도 적었다. 몇 날 전부터 이날의 오기를 기다리던 어린애들조차 문밖에를 나서지를 못하였다. 비록 일 년에 한 번 이르는 가장 큰 명절이라 하나 장안은 쓸쓸키가 짝이 없었다.

'삼한−사온'

사람들은 오랫동안 지내온 경험에 의지하여 만약 그 경험이 낳은 바의 지식이 옳다 할진대 오늘이 그 추위의 마지막 날이요 내일부터는 조금 따사로워질 줄로 알았다. 동방 예의의 나라에는 그들로서 정월 초하룻날 윗사람에게 인사를 드리지 못하는 커다란 수치를 속으로 느끼면서도 내일 날의 조금 따사로워질 것을 굳게 믿고 늦으나마 세배를 내일로 미뤄두었다.

밤부터는 바람이 좀 잦았다. 삼한사온은 정확히 교체되려는 듯하였다. 그 밤에(그것은 밤을 이용하여서든지 혹은 바람이 잦은 틈을 이용하여 서든지 또는 두 가지가 함께 이런 좋은 기회를 타서든지) 장안의 네거리란 네거리며, 모퉁이란 모퉁이마다, '백기가 하늘을 걸치면 반드시 재앙이 있느니라'는 방이 쭉 둘러붙었다.

이튿날 새벽 날이 밝을 임시하여서 다시 바람이 일기 시작하였다. 아침에는 어제 날의 맹한(猛寒)에 지지 않는 추위가 다시 엄습하였다.

삼한사온의 공식은 깨어져 나갔다. 이날부터는 좀 따사로워져야 할 공식은 여기서 깨어져 나간 것이었었다.

이 공식이 깨어져 나간 것은 '백기경천'에 대한 해석과 부회[4]되어서 더욱 민심에 어떤 암영을 던졌다. 백기가 하늘을 덮더니 벌써부터 하늘의 재앙이 나타나기 시작한다 하였다.

맹한(猛寒)은 넷째 날을 지나서 다섯째 날로 들어섰다. 정월 초사흗날도 추위는 조금도 줄지 않았다. 하늘도 딱 얼어붙은 듯이 움직임이 없었다. 그리고 그 하늘을 덮고 있는 백기는 하늘에 씌운 얼음장과 같이 보였다. 삼한 사한을 지나서 오한까지 미쳤다.

그 추위를 무릅쓰고 또 어떤 사람의 소위인지, 어젯밤과 같은 방이 각 네거리며 골목에 붙었다. 어제 것은 순라들이 보이는 대로 다 찢어버렸는데 또다시 같은 방이 붙은 것이었다.

'백기경천'

이 무시무시한 말은 이즈음의 그들의 경력을 무시하고 그냥 계속되는 맹한과 아울러서 이 백성의 마음을 더욱 흉흉케 하였다.

4 부회(附會/傅會) : 이치에 맞지 않는 말을 억지로 끌어 붙여 자기에게 유리하게 함.

재영과 인호

1

숙에서 받은 커다란 사명으로 말미어 정월 초승의 며칠을 아직껏 보지 못한 무서운 추위를 무릅쓰고 활약한 재영이는 정월 초나흗날에야 겨우 잠시의 틈을 얻게 되었다.

잠시의 틈을 얻은 그는 그날 연연이의 집으로 가보기로 하였다. 그것은 약속을 이행하리라는 뜻도 물론 섞여 있었지만 그날의 고맙다는 사례도 하기에 겸하여 더욱 긴한 것은 연연이가 혹은 명인호를 알지도 모르겠다는 점에서 출발하여 연연이를 이용하여 명인호와 만날 기회를 지어보려는 이유 아래서였었다.

그날의 추위도 전날에 지지 않았다. 아직껏 인류에게 삼한사온을 약속하였던 하느님도 그해뿐은 그 약속을 무시하였다. 그날은 제 여섯째 추위였었다.

건강과 젊음으로 터질 듯한 재영이의 몸도 그 며칠의 추위는 당하기 힘들었다. 더구나 며칠 동안을 밤까지 새워가면서 일을 한 재영이는 고뿔[1]의 기미까지 보였다.

연연이의 방에서 보는 바의 화려한 빛과 향기로운 내음새는 또다시

---

1 고뿔 : 감기.

재영이의 마음을 이상히도 움직이게 하였다. 그리고 그 빛을 보고 내음새를 맡으며 이런 종류의 여자에게 쉽지 않은 순됨을 연연이에게서 또다시 볼 때에 재영은 자기의 마음의 한편 구석에 차차 든든히 자리 잡아가는 이 아름답고 참한 계집애를 고통과 환희가 함께 섞인 마음으로 내려다보지 않을 수가 없었다.

"자네 아니더면 – 나는 죽을 뻔했네."

그 아름다운 자태에 차차 마음이 무르녹아가며 재영이가 참마음으로써 사례를 드릴 때에는 연연이의 눈에는 눈물까지 맺혔다. 그리고 아직껏 재영이에게 툿거리 없이 말을 하던 연연이가 그날은 재영이에게 '당신'이라는 대명사까지 붙였다.

"무지한 놈이 횃불을 탁 갖다 댈 때에 그 불 그림자로 보니깐 – 당신이겠지요."

그날의 그 무섭던 기억을 다시 일으키며 이렇게 말하고 눈물 머금은 눈을 천천히 재영이에게 향할 때는 연연이의 눈에서는 마침내 한 줄기의 눈물이 뺨으로 흘러내렸다.

내일이면 분명히 형장 아래 참혹한 죽음을 할 사랑하는 이를 위하여, 뒷간에 가노라고 핑계를 대고, 광까지 찾아와서 위험을 무릅쓰고 재영이를 놓아 보낸 것도 끓는 사랑의 힘의 도움이 없으면 잔약한² 여자로서는 도저히 행하지 못할 일이었다. 그 뒤에 연회의 자리에 돌아가서 얼굴의 흥분과 근심과 공포의 온갖 표정을 죽여버리고 다시 천연스러이 연회의 흥을 돋우어서 그들로 하여금 날이 밝기까지 한 푼의 의심도 할 여지가 없이한 것도 거기 커다란 사랑이 있지 않으면 마음 약한 여자로서 도저히 행하지 못할 노릇이었다. 더구나 이튿날 아침, 재영이가 달아난 것이 발각이 된 뒤에 의심받을 만한 하인들을 모두 잡아다가 놓고, 문초

─────────

2 잔약하다 : 가냘프고 약하다.

를 하다 못하여, 마지막에는 연회의 흥을 돋기 위하여 불렀던 광대며 기생의 무리에까지 의심의 눈이 올 때에, 역시 천연스런 낯과 천연스런 목소리로,

"누가 놓아 보냈는지 내 속이 시원하군."

하며 그들을 노려본 뒤에 가장 시원하다는 듯이 손을 툭툭 털어버린 대담함도 마음에 한 개의 굳은 사랑을 갖지 않으면 도저히 하지 못할 노릇이었었다.

그날의 사연을 대략 이야기할 동안에 연연이는 스스로 감동되어 목소리를 떨며 눈물을 흘렸다. 애원하는 듯한 그의 눈초리는 재영이의 가슴을 향한 채 움직이지 않았다. 그리고는 그 눈이 재영에게는 자기의 가슴의 피부를 꿰고 마음까지 간지럼 시키는 것같이 느껴졌다. 재영이는 몸을 떨었다.

2

'인화와 연연이.'

다시 새삼스럽게 일어나는 이 두 사람의 여성의 대조에 재영이는 지금 이렇게 마주 앉아 있는 순간에는 연연이가 결코 인화에게 지지 않을 만치 사랑스럽고도 귀한 사람으로 승격(?)한 점에 대하여 오히려 이상히 여겼다.

재영이는 눈을 굴려서 연연이를 바라보았다.

연연이의 눈에는 역시 윤택이 많았다. 설레발이와 같이 기다란 눈썹 아래 폭 아래로 내려뜨고 있는 기다랗고 윤택 있는 눈과 짧고도 좀 위로 말린 듯한 입술이 갸름한 연연이의 얼굴에 퍽 조화가 되어서 그것은 명공(名工)이 그려놓은 미륵을 연상케 하였다. 한 무릎을 세우고 그 무릎 위에 가볍게 팔을 올려놓은 뒤에 때때로 고민하는 듯한 눈초리를 재영의 가슴 바로로 보내는 연연이는 이 자리의 재영의 눈에는 결코 기생이 아

니었었다. 그것은 한 개의 아름다운 숙녀였었다. 진주와 같이 부드럽게
빛나는 품성을 가진 아름다운 숙녀였었다.

"연연이."

재영이는 작은 소리로 이렇게 불렀다.

"네?"

연연이는 눈을 그냥 내려뜬 채로 작은 소리로 대답하였다.

"고마웁세. 자네 아니더면……."

이 진정으로밖에는 볼 수 없는 재영이의 말에 연연이는 윤택 있는 눈
을 천천히 치떴다. 그리고 정면으로 재영이의 눈을 바라보았다.

두 눈은 서로 마주 바라보았다. 재영이의 눈에도 분명히 이전에 연연
이를 바라보던 눈찌[3]와는 다른 곳이 있었다. 연연이의 눈은 역시 고민하
는 듯하였다.

마침내 연연이의 눈에, 눈물이 핑 돌았다. 그것을 감추려는 듯이 연연
이는 얼른 눈을 도로 내려뜨렸다. 그리고 모깃소리와 같은 소리로,

"천만에……."

한 뒤에 말을 채 맺지 않았다.

두 사람은 잠시 먹먹히 앉아 있었다. 온화하고 고요한 시간이 흘렀다.

재영이가 입을 열었다.

"왜 갔었는지 아나?"

"네?"

"내가 그날 무얼 하러 그 집에 갔었는지 아나?"

연연이는 한순간 눈을 다시 치뜨고, 재영이를 바라본 뒤에 도로 내려
떴다. 그러나 그 잠깐 자기를 바라보는 순간 재영이는 연연이의 눈에서
'저는 모든 것을 다 압니다'는 뜻을 보았다.

---

3 눈찌 : 흘겨보거나 쏘아보는 눈길.

"일월도(日月刀)의 일도 아나?"

"네……."

"초이튿날 괴변도 아나?"

"네……."

"김보현의 집 일은?"

"네."

"왜 그런 일을 하는지는?"

"……."

이번은 연연이는 곧 대답치를 않았다. 그리고 엄지손가락으로 버선코를 두어 번 긁어본 뒤에,

"저 같은 계집이 국사에 대해서야 무얼 알겠어요?"
한 뒤에 눈을 가만히 닫았다.

그러나 국사에 대하여 아무것도 모른다는 것은 다시 말하자면 재영이의 하는 일이 국사인 것을 안다 하는 것으로써 그것은 자기는 재영이의 하는 일을 다 알 뿐만 아니라 무슨 일이며 어떤 까닭으로 하는 일인지도 다 안다 하는 말에 다름없었다.

이 모든 것을 다 아는 연연이에게 재영이는 뜻하지 않고 날카로운 눈을 던졌다. 연연이는 그냥 눈을 가만히 닫고 있었다. 재영이의 탐색(探索)하는 듯한 눈이 자기 위에 부어진 것을 아는지 모르는지 연연이는 움직임 없이 눈을 가만히 닫고 있었다.

3

눈을 감고 깎아놓은 듯이 앉아 있는 연연이의 얼굴에서 무슨 뜻을 발견하려고 한참 뚫어지도록 연연이를 바라보던 재영이는 아무리 바라보아야 아무런 움직임도 없는 것을 보고 마침내 눈을 다른 데로 굴렸다.

"연연이."

"네."

"국사인 줄은 뉘한테 들었나?"

아직껏 감고 있던 연연이의 눈은 조금 벌어졌다.

"듣기는 뉘한테 들어요? 저를 아주 바보로 아십니까? 그만 눈치야 아무리 무식한 천비의 몸인들……."

그 연연이의 목소리에서 애원하는 듯한 것이 많이 섞여 있는 것을 놓칠 수가 없는 재영이는 그 뒤를 이어 잠시의 침묵은 계속되었다. 그러나 잠시의 침묵 뒤에 재영이는 마침내 준비하였던 질문의 살을 연연이에게 던졌다. 그것은 질문이라기보다 오히려 힐문에 가까운 음조였다.

"……."

"—돈 많고 세력 있는 편과 —돈 없고 세력 없는 편과—어느 편을?"

이 질문에 연연이는 눈을 약간 움직일 뿐 대답치 않았다. 연연이의 대답을 기다리던 재영이는 좀 기다리다가 다시 입을 열었다.

"그게야, 물론 자네게는—돈 많이 주는 편이 낫겠지. 서슬도 좋고."

이 재영이의 말에 아직껏 아래로 내려뜨고 있던 연연이의 눈은 번쩍 크게 떠졌다. 그리고, 그 커다랗게 떠진 연연이의 눈은 순간을 유예치 않고 재영이의 얼굴로 날아왔다. 그 눈에는, 다분의 원망이 섞여 있었다.

—무슨 말씀을 하세요? 왜 저를 그다지도 의심하십니까?

한참 정면으로 재영이를 바라볼 동안 연연이의 눈에는 마침내 눈물이 어리었다. 그 눈물 아래서 연연이의 입은 고요히 열렸다.

"제가 그렇게도 못 미더우세요?"

재영이는 진심을 보았다. 연연이의 눈에서 목소리에서 얼굴에서 몸짓에서—연연이의 온갖 곳에서 쏟아져 오는 진심을 발견한 재영이는 아까 자기가 던졌던 그 비열한 질문에 얼굴이 붉어지려는 것을 속이기 위하여

"노여웠나? 농담일세. 농담이야."

이렇게 쾌활히 대답하여보았지만 그것뿐으로는 역시 연연이의 마음을 풀

수가 없었다. 한참 동안을 원망의 눈을 정면으로 재영이의 얼굴에 붓고 있던 연연이는 발작적으로 휙 저편으로 돌아앉고 말았다. 동시에 그의 어깨는 격렬히 떨리기 시작하였다.

여기서 재영이는 자기의 하였던 말의 전 책임을 스스로 지지 않을 수가 없었다. 여자의 눈물이라는 것을 처음으로 본 재영이는 망지소조[4]라고 형용하고 싶은 낭패한 태도로써 연연이의 앞으로 돌아가서 연연이의 마음을 풀려고 애를 썼다.

연연이의 발작적 울음은 오래 계속되지 않았다. 더구나, 사모하던 이의 위로를 얻은 연연이는 그 울음과 설움과 원망을 곧 거두어버렸다. 그리고, 얼굴을 들고 재영이를 바라볼 때에는, 아직껏 늘 애원하는 듯한 고민의 표정이 흐르고 있던 연연이의 눈에는 그와 반대로 오히려 환희와 희망과 쾌활한 빛이 사무쳐 있었다.

잠시 지나간 폭풍우의 뒤는 고요하였다. 그 고요한 가운데 잠겨서 이번은 오히려 재영이가, 차차 자기의 마음에 일어나는 압박적 고민을 느꼈다. 그러나, 그것은 불쾌한 고민이 아니었었다. 인생의 젊음뿐이 느낄 수 있는 애끊는 듯한 고민이었었다.

4

재영이가 올 때부터 미리 준비하여가지고 왔던 인호의 문제가 재영이와 연연의 새에 이야깃거리가 된 것은 저녁때도 거의 되었을 때였었다.

연연이도 인호를 알았다. 알았다고 해야 그 사람의 근본이며 경력이며 그런 것들을 안 바가 아니라 다만 명인호라 하는 인물을 아는 것에 지나지 못하였다. 민 판서 댁에서 몇 번을 본 일도 있고 연연이의 집에 두세 번 놀러 온 일도 있었다.

---

4 망지소조(罔知所措) : 너무 당황하거나 급하여 어찌할 줄을 모르고 갈팡질팡함.

인호와 어떻게 조용히 만날 수가 없겠느냐는 재영이의 부탁에 연연이는 쾌히 승낙하였다. 내일 또 민 판서 댁에 연회가 있는데 그날 만나거든 그 일을 교섭하여보마는 약속까지 하였다.

그 부탁이 끝난 뒤에 재영이는 연연이와 작별하고 일어섰다. 돌아가려는 재영이를 연연이는 여전히 말리지 않았다.

"저녁 진지를 지으랬는데……."

혼잣말같이 이렇게 중얼거리며 재영이를 대문 안까지 바래다줄 뿐이었다.

숙으로 돌아온 재영이는 그날 밤 마침내 열기가 났다. 어제 저녁부터 조금 기미가 보이던 고뿔은 마침내 맹렬히 재영이를 엄습한 것이었다. 건강한 재영이의 몸을 엄습한 고뿔은 아직껏 엄습할 기회를 얻지 못하였던 그 분풀이를 하려는 듯이 맹위(猛威)를 다하였다. 시시각각으로 열기는 더하여졌다.

역시 천연한 낯으로 선생과 여러 가지의 의논은 하였지만도 그동안도 재영이의 숨소리는 놀랍게도 씩씩거렸다. 더운 기운이 코에서 훅훅 나왔다. 이마에서는 핏줄이 뛰놀았다.

자기 방에 돌아오면서 재영이는 자리를 되는대로 편 뒤에 넘어지는 고목과 같이 그 위에 쓰러졌다. 동시에 아직껏 버티어오던 그의 정신은 혼미하여져버렸다.

"으 – 으."

스스로 앓는 소리를 낸 뒤에 그 소리에 놀라서 펄떡 정신을 차린 적도 여러 번 있었다. 눈앞에 보이는 무슨 물건을 잡으려고 손을 헤적이다가 정신을 차리고 그만 씩 웃어버린 것도 여러 번이었다.

쾌활한 인화와 단아한 연연이 – 이 두 연인은 끊임없이 교체하여 그의 눈앞에 어릿거렸다. 환상이 아니요 육안(肉眼)으로 자기 곁에 앉아서 자기를 간호하는 연연이를 보고 손을 더듬어서 그를 잡으려다가 공허(空虛)

를 잡은 뒤에 깜짝 놀란 일도 한두 번이 아니었었다. 자기의 이마에 손을 얹고 근심스러운 얼굴로 자기를 들여다보고 있는 인화의 손을 잡으려 스스로 제 이마를 두들긴 적도 몇 번 있었다.

열기는 내릴 줄을 모르고 더욱 올랐다. 푸른 바다가 보였다. 흉흉한 파도가 보였다. 경복궁의 질탕한 연락이며 내전(內殿)의 커다란 주춧돌이며 그 주춧돌 위에 와 앉았던 까치 한 마리까지가 비상히 똑똑히 보였다. 즉 일월도가 날아왔다. 하나, 둘, 셋, 넷, 다섯, 여섯— 퍽, 퍽, 퍽 어디 박히는지 칼은 하나씩 하나씩 정확히 박힌다.

펄떡 정신이 드는 순간 재영이의 머리는 비상히 똑똑하였다. 풀떡, 풀떡 곁방에서는 코고는 소리가 들렸다. 재영이가 칼 박히는 소리로 들었던 퍽퍽 하는 소리는 곁방의 코고는 소리에 지나지 못하였다.

재영이는 성가신 듯이 혀를 채었다.

"사람이 일생을 코를 골고 살자면 그것을 어떻게 산담. 에이 귀찮아."

동시에 그는 또다시 혼미상태에 빠져들어갔다. 하늘이 보였다. 지붕에는 눈이 쌓였다. 무서운 눈보라를 하였다. 행랑 구석에서는 젊은 남녀가 속삭거리고 있었다…….

"연연이— 아니 인숙이. 나는 지금 앓는다."

재영이는 괴로운 듯이 몸을 뒤채며 부르짖었다.

5

환몽에서 환몽으로 열기에 뜬 재영이는 정신을 차리지를 못하고 헤적이다가 마침내 잠이 들었다. 그 괴로운 잠에서 재영이가 깨어난 것은 날이 아직 밝기 전이었었다.

열기에는 좀 차도가 있었다.

날이 밝은 뒤에는 열기는 온전히 내렸다. 걸음을 걸으며 혹은 기침을 할 때마다 공허와 같이 된 머리가 지끈지끈 울리며 콧물이 연하여 나오고 맥이 없고 골치가 쏘았지만 열기는 없었다.

그러나 저녁때부터는 다시 열기가 나기 시작하였다. 어젯날에 지지 않는 열기가 다시 그를 엄습하였다. 환몽은 또다시 그를 괴롭게 하였다. 낮에는 비록 열기가 조금 내렸다 하나 병에 차도가 있는 바는 아니었다.

그의 병은 나흘을 지나서야 조금의 차도가 보였다. 밖에 나다녀도 괜찮다는 허락이 선생에게서 내린 것은 초열흘날이었다.

선생에게서 밖에 나다녀도 괜찮다는 허락이 내린 날 재영이는 점심 뒤에 옷을 차리고 활민숙을 나섰다. 그것은 이전의 약속에 의지하여 명인호와 만날 기회를 연연이에게 의논하려 함이었다.

눈가죽이 몹시도 헤우며 땅이 휘휘 위아래로 움직이는 것 같은 것을 역정으로 느끼면서 재영이는 연연이의 집까지 갔다.

중대문 안까지 들어서서 보니깐 연연이의 방 앞에는 어떤 사나이의 신발이 놓여 있었다. 그것을 보고 재영이는 첫 번은 그냥 돌아갔다가 좀 있다 다시 올까 하였으나, 자기와 연연이의 사이에 사괴어질 이야기가 그리 길어질 것 같지도 않으므로 중문까지 연연이를 잠깐 불러내어다가 의논을 하려고 종 삼월이를 불러내었다.

삼월이에게서 재영이가 왔다는 말을 들은 연연이는 총총히 뛰어나왔다.

"그새 왜 안 오셨어요?"

"좀 몸이 편치 않아서……."

재영이는 몹시 피곤한 듯이 이렇게 대답하였다.

연연이는 힐끗 재영이를 쳐다보았다. 그리고 그 수척하고 창백한 얼굴을 본 뒤에, 약한 한숨을 쉬었다.

"어디가 편찮으셨어요?"

"대수롭지 않은 병이야. 감기. ─한데 전에 부탁했던 일을 어떻게 했나?"

쇠약하기 때문에 버티고 서 있는 다리가 떨리는 것을 감추기 위하여 연방 발로써 땅을 긁으면서 재영이는 용담(用談)⁵을 곧 꺼내었다.

"글쎄, 그 일 때문에 그새 무척 기다렸어요. 그렇게 몸이 편찮으신 줄은 모르고……. 좌우간 저 뒷방으로 좀 들어가세요. 마침 불도 땠는데……."

"아니, 들어갈 것까지 없네. 언제쯤 만나."

"그이가 지금 와 있어요. 신발이 그이 것이에요. 오늘 어떻게든 알리려고."

"그이란 명인호?"

"네."

"명인호가 지금 여기 와 있어?"

"네, 그러기에 뒷방으로 잠깐 들어가세요."

그 뒤에는 연연이는 재영이를 인도할 필요가 없었다. 그 집 지리에 익은 재영이는 앞서서, 빠른 걸음으로 뒷방으로 돌아갔다. 그리고 뒤를 따라 들어오는 연연이에게 부리나케 어서 그 명인호를 이 방으로 데려오기를 부탁하였다.

연연이는 근심스러운 듯이 재영이를 쳐다보았다. 재영이와 명인호가 어떤 관계가 있는지 알지 못하는 연연이는 바람만 불어도 넘어질 듯이 쇠약한 재영이가 흥분이 되어 어서 명인호를 데려오라는 것이 근심이 되는 듯이 말없이 재영이를 쳐다보고 있었다.

"왜 안 데려오나?"

"네, 곧 모셔오지요."

그러나 연연이는 발을 돌이키려 하지 않았다.

---

5 용담 : 볼일에 관한 말.

6

똑똑히는 모르지만 인호는 왕비당(王妃黨)이요 재영이는 태공당(太公黨)이며 인호는 건장한 사나이며 재영이는 병후의 극도로 쇠약한 사람 – 두 사람의 지위에 대하여 이만한 판단을 얻은 연연이는 급기 이 자리에서 재영이와 인호를 만나게 하기가 싫었다.

그러나 세 번 네 번을 독촉을 받은 뒤에 연연이는 하릴없이 도로 나갔다. 그 연연이의 나가는 뒷모양을 바라보면서 재영이는 아랫목에 털썩 주저앉았다. 몸의 쇠약은 지금 일어나는 흥분 때문에 더욱 심하여졌다. 주저앉는 것과 동시에 재영이는 눈을 힘없이 닫았다. 심장의 고동소리만 유난히 똑똑 들렸다. 손가락과 눈가죽이 연하여 떨렸다.

이러한 가운데서 재영이는 이제 전개될 자기와 인호의 회견의 장면을 머리에 그려보았다. 마지막에는 마땅히 일장의 활극이 일어나지 않을 수가 없을 것이었었다. 그리고 그 활극의 결과는?

재영이는 눈을 번쩍 떴다. 활극의 결과는 물론 재영이의 승리로 돌아올 것이었었다. 이러한 경우에서도 재영이는 자기의 몸의 쇠약을 잊었다. 이전 운현궁에서 인호를 처음 잡을 때의 광경이 휙 머리에 지나갔다. 인호는 무론 완강히 저항하였다. 인호는 장대한 사람이었었다. 그러나 그때에도 재영이는 무난히 인호를 잡았다. 그때 무난히 인호를 잡은 재영이는 오늘 이 자리에서도 또한 무난히 인호를 처리할 수가 있을 것으로 굳게 믿었다. 그동안에 병 때문에 자기의 몸이 얼마나 쇠약하여졌는지는 이 자리에서는 재영이는 생각하여보지도 않았다.

문득 재영이는 제 허리춤을 만져보았다. 거기에는 재영이가 언제든 가지고 다니는 비수가 역시 주인의 부름을 기다리고 있었다. 이것만 있으면 자기와 인호의 새에는 격투조차 일어날 여유가 없을 것이었었다. 자기의 마음에 결심이 되는 다음 순간은 인호는 송장이 되어 거꾸러질 것이었었다. 재영이는 눈을 들어서 윗목을 바라보았다. 그리고 거기서 조그만 먹점(墨點)을 하나 발견한 그는 한 번 손을 움직였다. 비수가 하나 그 먹점을 향하고 날아갔다.

그러나— 비수가 가서 박힌 곳은 그 먹점에서 세 치나 떨어져 있는 곳이었었다. 재영이는 눈을 크게 떴다.

재영이는 다시 비수 하나를 꺼내었다. 그리고 그것을 던지기 전에 먼저 겨냥을 하여보았다. 그러나 겨냥은 마음대로 되지 않았다. 손은 연하여 떨렸다. 먹점으로 견주노라는 칼은 뚱딴진 곳으로 왕래하였다. 팔굽을 옆에 꼭 끼고 손에 힘을 주면서 견주어보았지만 손에 힘을 주면 줄수록 칼끝은 더욱 떨렸다. 이리하여 한참 겨냥을 하다 못하여 마지막에 결이 난 재영이가 자포적 기미로써 칼을 던질 때는 그 칼은 먹점에서 한 발이나 되는 곳에 가서 박혔다.

칼은 열 개가 다 날아났다. 그러나 하나도 먹점에 박힌 것이 없을뿐더러 먹점에서 두 뼘 이내에 박힌 것조차 하나밖에는 없었다. 심한 것은 재영의 앉아 있는 곳에서 석 자쯤 되는 거리의 방바닥에 박힌 것까지 있었다.

그 칼을 모두 도로 거두어서 혁낭에 넣은 뒤에 아랫목으로 돌아와서 덜썩 주저앉을 때는 재영이의 마음은 공포로써 산란하게 되었다. 좀 뒤의 인호와의 회견의 종막(終幕)을 활극으로 마칠 것을 예기하고 있는 재영이는 자기가 그 활극의 참패자가 될지도 모를 것을 생각하고 그때에 당연히 받을 치욕 때문에 몸까지 떨었다. 그것은 고통을 넘어선 고통이었었다.

그때에 저편 뜰에서는 이리로 향하여 오는 두 사람의 발소리가 들렸다. 가벼운 것은 연연이의 발소리—무겁고 굳센 것은 인호의 발소리일 것이었었다.

7

대단한 불안 가운데서 재영이는 인호의 들어옴을 기다리고 있었다.

연연이의 안내로써 인호는 마침내 들어왔다. 그리고 아랫목에 앉아 있는 재영이를 알아본 그는 기쁘고 반갑다는 듯이 인사를 하려 하였다.

그러나 재영이의 태도는 냉담하였다. 반갑다는 뜻과 감사하다는 뜻을 얼굴에 넘쳐가지고 자기에게 가까이 오려는 인호를 재영이는 악의와 적의로 찬 눈으로 바라보며 손을 고즈넉이 들어서 인호의 앉을 자리를 가리켰다. 그것은 재영의 앉아 있는 곳과는 정반대가 되는 윗목으로서 이 방 안에서 두 사람이 마주 앉을 가장 먼 거리였었다.

뜻밖에 냉대를 받은 인호는 잠깐 주저하였다. 그리고 아랫목에 앉아 있는 재영이를 잠시 바라본 뒤에 말없이 재영이가 지시하는 자리로 가서 앉았다. 그런 뒤에 그 뜻을 묻는 듯이 연연이를 쳐다보았다.

재영이는 눈을 가느다랗게 뜨고 인호를 건너다보았다. 인호는 20일 전의 그 피로를 모두 다 회복하였다. 건장하게 생긴 인호의 얼굴에는 '굳셈'이 역력히 나타나 있었다. 눈을 들어서 연연이를 쳐다보는 인호의 얼굴에는 쉽지 않은 의지와 그 의지를 통어할[6] 만한 침착이 있었다. 그리고 이것을 모두 다 20일 전에 재영이로 하여금 그에게 대하여 그만치 친애함을 느끼게 하고 존경의 염을 솟아나게 한 것이었었지만 오늘날의 재영이에게는 그것이 모두 다 밉게만 보였다. 그리고 그 미움 가운데는 당연히 공포까지 섞여 있었다. 아직껏 뜻도 안 하고 있던 몸의 쇠약이 더욱더욱 그의 불안을 돋우었다.

재영이는 인호를 건너다보느라고 가느다랗게 떴던 눈을 감았다. 시계(視界)[7]를 통하여 움직이던 그의 의지가 눈을 감는 것과 동시에 없어지면

---

6 통어(統御)하다 : 거느려서 제어하다.
7 시계 : 시야. 시력이 미치는 범위.

서 무서운 피로는 한층 더 그를 엄습하였다. 가속도로 피로의 구렁텅이에 빠져들어가는 자기를 재영이는 어찌할 수가 없었다. 세상의 온갖 일은 각일각[8] 그의 앞에서 사라져가고 남아 있는 다만 한 가지의 문제는 이 피로를 어떻게 처치하나 하는 것뿐이었었다.

두 사람의 불온한 상태에 뒤를 따라 들어온 연연이도 그만 엉거주춤하여버렸다. 아랫목에 앉아 있는 재영이와 윗목에 앉아 있는 인호를 번갈아 보면서 자기가 인제 취하여야 할 행동을 생각하는 모양이었었다. 그의 얼굴에도 이 향기롭지 못한 장면을 근심하는 빛이 분명하였다.

마침내 재영이가 눈을 떴다. 그 눈은 잠시 뜻 없이 헤매다가 연연이에게로 돌아왔다.

"연연이."

"네."

"잠깐 좀 나가주게."

"네?"

재영이는 손을 들어서 인호를 가리켰다.

"이 형하고 조용히 좀 무슨 의논할 게 있는데 잠깐 저편 방으로 나가달라는 말일세."

"네."

온순히 대답은 하였지만 연연이는 곧 나가려 하지 않았다. 애원하는 듯한 눈은 또다시 재영이의 위에 부어졌다. 연연이의 애원하는 듯한 눈을 만난 재영이는 자기 눈을 아래로 내려뜨렸다. 그리고 조금 뒤에 다시 입을 열었다.

"어서."

"네."

---

8 각일각 : 시간이 지나감.

대답뿐 연연이는 그냥 나가지 않았다. 재영이가 머리를 휙 들었다.

"자네는 꼭 날 안달 나 죽게 할 작정인가. 나가달라고 그만큼 부탁을 하면 좀 나가줄 일이지, 그래 내 말은 한마디도 안 듣겠단 작정인가?"

목소리는 비록 느리고 작다 하나 노여움과 증오로써 떨리는 목소리였었다.

연연이는 황급히 돌아섰다.

"네, 인제 나가요."

연연이는 다시 한번 근심스러운 눈을 재영이에게 던진 뒤에 그 방을 나갔다.

8

연연이를 내보낸 뒤에 재영이는 다시 눈을 감았다. 또다시 무서운 피로는 그를 습격하였다. 어떻게 보면 상쾌하다고도 형용할 수 있는 그 피로에 잠겨서 차차 누그러져가던 재영이는 마침내 자기의 의지의 힘으로써 그 피로를 쫓아버리려는 듯이 눈을 번쩍 뜨며 아직껏 벽에 의지하고 있던 몸을 일으켰다.

"명 형."

"왜 그러우?"

인호도 재영이를 마주 바라보았다.

"내 한 마디 묻고 싶은 게 있는데 꼭 대답해주겠소?"

마주 재영이를 바라보고 있는 인호의 눈치에는 동요가 없었다.

"마음대로 물으시오."

"대답해줄 테요?"

"—글쎄 그거야 들어본 뒤에 대답할 수 있는 것이면 대답하구—그럴 게 아니오?"

폭발하려는 노여움을 참느라고 재영이는 눈을 힘 있게 닫았다. 더구나 이전에는 재영이의 손안에 들었던 한 초개[9] 같은 포로가 오늘은 자기와 대등의 지위에 섰을 뿐 아니라 혹은 자기보다도 우월한 지위에 섰다 하는 것은 재영이의 불유쾌함을 더욱 돋우었다. 어떻게 보면 생명의 은인이라고도 할 수 있는 자기를 동료와 같이 대하려는 인호의 태도는 지금 이러한 자리에 선 재영이의 노여움을 더하게 하였다. 그가 굳게 닫았던 눈을 열 때에는 그의 눈은 시뻘겋게 충혈이 되었다.

"그럼 대답을 피할 작정이오?"

이 재영이의 질문에 인호는 미소하였다.

"—안 형, 형은 오늘 좀 격동된 모양이구려. 내가 대답을 안 하겠다는 바도 아니고 형도 또 그렇게까지 노여워할 일이야 어디 있소?"

재영이는 펄떡 정신을 차렸다. 동시에 붉어지려는 제 얼굴을 감추기 위하여 얼른 머리를 돌이켰다. 자기의 필요 이상 흥분되었던 태도를 스스로 깨달은 것이었다. 그와 함께 노여움으로 불붙던 그의 얼굴에도 약간 미소의 그림자가 스치고 지나갔다.

"너무 격동하였던 것은 내 실수외다. 그런데."

재영이는 딴 편으로 돌렸던 얼굴을 도로 바로 하였다. 목소리도 좀 평온하게 되었다.

"—내가 물어보는 일을 좀 대답해주시우."

"할 수 있는 것은 해봅시다."

"그럼."

재영이는 머리를 수그렸다. 그리고, 아까 비수가 박혔던 방바닥을 한참 뜻 없이 바라보고 앉았다가 천천히 말을 꺼내었다.

"이전에, 형의 결박을 끌러준 사람이 누구요?"

"난 알지 못하는 사람이외다."

---

9 초개(草芥) : 쓸모없고 하찮은 것을 비유적으로 이르는 말.

"정말이오?"

"정말이외다."

재영이는 머리를 번쩍 들었다.

"모르는 사람이 왜 당신을 놓아 보낸단 말이오?"

이 힐문에도 인호는 움직이지 않았다.

"글쎄. 나도 아직껏 이상히 생각합니다. 혹은 안 형의 지시나 아닌가 하구, 속으로 안 형에게 고맙게까지 생각하고 있던 중이외다."

"그만 말로 내가 속을 줄 아오?"

재영이의 이 말에는, 몹시 독살스러운 기운이 섞여 있었다. 그러나, 그 말에도 인호는 움직이지 않았다.

"안 형. 형은, 오늘 왜 그런지 몹시 무슨 일에 격동된 모양이외다. 모르기에 모른다지, 아는 사실일 것 같으면 왜 모른다고 그러겠소? 알고도 말하기가 싫을 것 같으면, 대답을 안 했으면 그뿐이지, 나는 아는 일을 모르노라고 거짓말은 안 하는 사람이외다. 그것뿐은 믿어주시오."

겸손히 낮추 붙어서, 빌듯이 이렇게 말하는 인호의 태도며 얼굴에는, 조금이라도 거짓말을 한다거나 감춘다거나 하는 기가 없었다. 재영이도 이 인호의 말은 믿지 않을 수가 없었다.

9

인호의 그 말을 믿지 않을 수가 없는 재영이는 말머리를 잃고 잠시 그냥 머리를 수그리고 있다가 좀 뒤에 인호에게 둘째 질문을 던져보았다.

"그럼 복돌이라고 혹은 모르시오?"

"복?"

"복돌이."

"복돌이―어디서 많이 들은―아 민 판서 댁에 있던 애 말이오?"

재영이는 머리를 끄덕였다.

"역시 모릅니다."

"그 모른다는 건 상종한 일이 없단 말이오? 혹은 얼굴도 모른단 말이오?"

"얼굴도 본 일이 없단 말이외다."

재영이는 겨우 얼굴을 들고 인호를 정면으로 바라보았다. 그리고 입을 천천히 열었다.

"대체 형은 민 판서 댁에 묵어 계시지 않소?"

"나야 내 사관에 있지요."

인호는 방긋이 웃으면서 이렇게 대답하였다.

"그럼 복돌이라는 이름은 언제―어떻게 들었소?"

인호는 잠깐 주저하였다. 그런 뒤에 얼굴을 약간 붉히고 열적은[10] 듯이 대답하였다.

"그날 밤―운현궁으로 가는 날 밤 그 댁에서 복돌이라는 애가 없어졌다고 야단들 합디다그려. 더구나 담벽에 무슨 글을 써놓고 없어졌다고 꼭 잡아야겠다고 야단들 합디다. ―혹은 그 복돌이를 형공은 아시오?"

재영이는 잠시 뚫어지도록 인호의 얼굴을 바라보다가 대답하였다.

"네, 압니다."

"복돌이라는 것은 무론 본명은 아닐 테니깐 대체 누구외까. 혹은 형공의 동지 가운데."

"그렇소."

인호는 머리를 끄덕였다.

"나도 그렇게 보았소. 동지가 합해서 몇 분이나 됩니까?"

"20명."

인호는 눈을 감았다. 그의 입에서는 기―다랗게 한숨이 나왔다. 그가

---

10 열적다 : 좀 겸연쩍고 부끄럽다.

다시 눈을 뜰 때에는 그의 눈에는 탄상[11]의 그림자가 나타나 있었다.

"나도, 사정만 허락할 것 같으면 당장에 뛰어가서 형의 동지가 되련만……."

이렇게 마주 앉아서 이야기하는 동안 재영이는 이상히도 아직껏 마음에 먹고 있던 악의와 적의가 가속도로 줄어가는 것을 느꼈다. 그 마음속에서 가속도로 줄어가는 적의를 표면으로 억지로 유지하기에는 재영이는 노력하지 않으면 안 되었다.

피곤과 적의로 찬 눈을 정면으로 잠시 인호의 위에 붓고 있던 재영이는 또다시 천천히 입을 열었다.

"형의 결박을 끌러준 사람이 만약 복돌이라 하면?"

이 말에 인호는 몸을 흠칫하였다. 커다랗게 뜬 눈은 반반히 재영이를 바라보고 있었다. 그런 뒤에 의아하다는 듯이 머리를 좀 기울였다.

"그래도 생각나는 일이 없소?"

"글쎄 좀 이상한 일이 있기에 말이외다."

"무슨? 어떤?"

조급히 이렇게 묻는 재영의 태도에는 다분의 육박적[12] 기색이 있었다.

"달아난 복돌이가 비록 사내처럼 차리고는 있었지만 여자 같다고 이런 말들이 있었는데 그날 밤의 그 사람도 분명히 여자입디다."

문득 재영이의 얼굴은 창백하여졌다.

"어째서?"

"첫째로 음성이 여자이고."

"둘째는?"

"이름이……."

11 탄상(歎傷) : 탄식하며 서러워함.
12 육박적(肉薄的) : 바싹 가까이 다가붙음.

10

재영이는 피곤과 흥분과 격노로써 쓰러지려는 몸을 겨우 담벽에 기대었다.

인호가 그날 밤에 제 결박을 끌러준 사람의 음성이 여자이었었다 하는 데는 생각할 만한 점이 많이 있었다. 나이 찬 처녀로서 물론 인화가 제 음성을 그대로 쓸 것 같으면 당연히 여자의 음성이 날 것이겠지만, 자기의 본색을 감추는 인화는 아직껏 여자의 음성을 내어본 때가 없었다. 인화의 목소리는 분명히 소년의 음성이었었다. 몸과 음성을 몹시 삼가는 인화는 비록 무의식적으로 발하는 잠꼬대까지라도 소년의 음성이었지 결코 여인의 음성을 내어본 일이 없었다. 그 인화가 인호의 앞에서는 여인의 음성을 낸 것이었었다.

'왜? 무슨 까닭으로?'

판단의 분야를 지배하는 이러한 의문이 일어나기 전에 그는 그 인화의 행동을 극도로 밉게 보았다. 아직껏 제 앞에서도 내어보지 않은 여인의 음성을 인호의 앞에서 비위 좋게도 낸 인화의 행동을 재영이는 극도의 경멸과 극도의 증오로써 바라보지 않을 수가 없었다. 그리고 그 증오와 경멸은 일전하여 인호의 위에 '샘'이라 하는 형식으로 부어지지 않을 수가 없었다.

담벽에 기대고 증오로 불붙는 눈으로 한참을 인호를 노려보고 있던 재영이는 또 입을 열었다.

"그래, 그 이름은 뭐라구?"

"이인숙."

그것은 무론 재영이의 예기하였던 바였었다. 극도로 흥분된 재영이는 이 이름을 들을 때에 다만 고즈넉이 눈을 닫을 뿐이었었다. 그 이상 어찌할 도리가 그에게 없었다.

한참 침묵은 계속되었다. 자기의 의지에 통어받지 않으려는 흥분을 어떻게든 좀 삭여보려고 재영이는 별 애를 다 썼다.

한참 뒤에 재영이는 또 말을 시작하였다. 눈은 그냥 단단히 감은 채로…….

"그래도 복돌이도 모르고 인숙이도 모른단 말이오?"

인호는 그 말에 곧 대답치 않고 잠시 재영이를 건너다보다가 겨우 입을 열었다.

"역시 모른다밖에는 도리가 없소이다."

"무슨 까닭인지도 역시 모르고?"

"네."

"모른다."

재영이는 혼잣말같이 이렇게 중얼거린 뒤에 한참 있다가 다시 한번,

"그렇지 다 모르지. 그럴 게야."

실신한 사람같이 이렇게 중얼거리면서 눈을 번쩍 떴다. 동시에 그의 왼손이 옷자락을 들추는 것과 함께 오른손에서는 한 개의 비수가 인호를 향하여 날아갔다.

그러나 비수를 던지는 순간 재영이는 벌써 겨냥이 틀린 것을 감각하였다.

"액!"

재영이가 둘째 비수를 던질 때에 인호는 몸을 날려서 피하였다. 재영이가 셋째 비수를 던지려고 할 때는 무슨 커다란 그림자가 홱 하니 그에게 무너져왔다. 동시에 그의 오른손은 힘 있게 인호에게 잡혔다.

"형!"

인호의 커다란 얼굴은 재영이의 얼굴에서 세 치가 못 되는 거리에 있었다. 재영이가 증오와 흥분으로 불붙는 눈으로 인호를 볼 때에 서로 콧마루가 맞닿으리만치 얼굴을 가까이 댄 인호는 경악과 근심 가운데도 그래도 친애함을 감추지 못하는 표정으로써 재영이를 내려다보고

있었다.

"형! 웬일이시오!"

인호의 이 말을 꿈결같이 들으면서 재영이는 과도한 심로와 흥분과 피로로 그만 그 자리에 쓰러졌다. 동시에 그는 혼미 상태에 빠지고 말았다.

11

과도한 피로와 흥분과 분노로 말미암아 일단 혼미상태에 빠졌던 재영이는 인호가 연연이를 시켜서 제 이마를 얼음으로 식히는 것을 기회로 다시 정신이 들었다.

그의 실신은 그로 하여금 그의 냉정한 본색을 회복케 하였다. 눈을 떠서 자기를 근심스러이 들여다보는 두 얼굴을 볼 때에 그의 입가에는 저절로 고소(苦笑)의 그림자가 스치고 지나갔다. 더구나 존경과 근심을 아울러 가지고 자기를 내려다보는 인호의 두 눈과 마주칠 때에 둘의 새에는 어떤 묵계(黙契)¹³가 성립되었다. 그 묵계는 믿음(信賴)이라 하는 것으로 설명할 수가 있는 종류의 것이었었다.

"어떠시오?"

인호는 미소를 띠고 이렇게 물었다. 아까의 과도한 흥분 때문에 몹시도 열적게 된 재영이는 이 자리에 연연이가 앉아 있는 것이 오히려 고통거리가 되었다. 재영이는 인호의 말에 대답치 않고 눈을 연연이에게로 굴렸다.

"연연이."

"네?"

"안됐지만 또 좀 나가주게나."

---

13 묵계 : 말 없는 가운데 뜻이 서로 맞음. 또는 그렇게 하여 성립된 약속.

이번의 재영의 말에는 아까와 같은 증오와 명령적 기색이 없었다. 또 좀 나가달라는 재영이의 말과 태도에는 말하기가 몹시 거북스럽다는 기색조차 있었다.

그러나 이 말에 대한 연연이의 대답은 뜻밖이었다. 재영이의 말은 어떤 말이든 거절하여본 일이 없는 연연이가 이 말에뿐은 단연히 거절하였다.

"싫어요."

연연이의 대답에는 체면도 주저도 없었다. 이 단연한 거절에 놀란 재영이가 눈을 크게 하고 연연이를 바라볼 때에는 연연이의 눈가에는 눈물이 어리었다.

그것을 한참 바라보고 있던 재영이의 입에서는 마침내 한숨의 소리가 나왔다.

"또 근심스러운가. 아무 걱정 말고 잠깐만 나가주게. 부탁일세."

인호도 연연이를 돌아보았다.

"이 형의 신상에 대해서는 아무 근심 말게. 내, 잘 간병해드릴게."

거기에 대답치 않고 그냥 말없이 잠시 사모하는 이의 얼굴만 들여다보고 있던 연연이는 마침내 일어나서 그 방을 나갔다. 그 연연이의 발소리가 저편으로 사라지는 것을 다 들은 뒤에 몸을 일으키려는 재영이를 인호가 말렸다.

"그냥 누워 계시지요."

"아니, 인젠."

재영이는 인호의 말리는 것을 듣지 않고 일어나 앉았다. 또다시 피로는 그를 엄습하였다. 재영이는 곤한 듯이 눈을 감고 비스듬히 담벽에 기대어 앉았다.

좀 뒤에 인호가 먼저 입을 열었다.

"그런데 안 형 웬일이시오?"

재영이는 눈을 가느다랗게 뜨고 인호를 바라보았다. 그러나 그의 입에서는 대답은 안 나왔다.

"내게 무슨 실수가 있으면 꾸짖어주시면 그만 눈치를 못 차릴 인호도 아닌데 왜 꾸짖기도 전에 그런 일을 하셨소?"

재영이도 벽에 기대었던 몸을 일으켰다.

"용서하세요. 모두 내가 경솔한 탓이외다. 더구나 몹시 앓고 나서 정신도 혼미하던 중이라……."

"그때 하마터면 죽을 목숨이 형의 덕으로 살아나서 지금 사정상 형을 돕지는 못하지만 배반하거나 형을 속이기야 왜 하겠소? 그것만은 꼭 믿어주시오."

두 사람은 힘 있게 손을 마주 잡았다. 20여 일 전에 활민숙 담장 밖에서 서로 힘 있게 잡았던 손은 여기서 또다시 마주 잡을 기회를 얻었다.

12

두 개의 호장(豪壯)한[14] 혼이 서로 부딪칠 때에 그들은 거기서 서로 다분의 공명점을 발견하였다. 두 사람이 서로 힘 있게 손을 마주 잡을 때에는 아직껏 있던 격의와 오해는 눈과 같이 사라져버렸다.

"이놈이 좀 하더면 내 목에 박힐 뻔했구려."

하면서 인호가 재영이의 일월도(日月刀)를 도로 재영에게 주면서 호담스럽게 웃을 때에는 아까의 열적음도 잊고 재영이도 미소로써 그 칼을 받아서 도로 혁낭에 넣었다.

재영이는 이때에 인화에게 대한 온갖 의혹을 잊었다. 샘도 잊었다. 마음의 고통도 잊었다. 그리고 맞은편에 앉아 있는 호담스러운 사나이

---

14 호장하다 : 호탕하고 씩씩하다.

를 겹지[15] 않고 바라다보았다.

　서로 마음의 문을 열어 헤친 둘의 새에는 이야기의 문도 저절로 열어졌다.

　활민숙에서 겸호의 집을 습격한 날 밤, 그 송년연에는 인호도 말석(末席)을 차지하고 있었다. 인호는 잡힌 사람이 재영인 것을 보았다. 그리고 틈을 엿보아가지고 전날의 은혜를 갚을 양으로 몸을 빼어가지고 나갔던 인호는 벌써 자기보다도 먼저 어떤 사람이 그 광 안에 재영이를 구하려고 들어가 있는 것을 발견하였다. 나중에 그것이 연연인 줄을 안 뒤에는 인호는 놀라기보다 먼저 머리를 끄덕였다. 얌전하고 단아한 가운데도 어떤 기골(氣骨)이 있다고 보던 연연이는 그의 생각하였던 바와 틀림이 없이 오늘날 이러한 위급한 경우에 일개 여자의 몸으로써 대담히도 재영이를 구하여낸 것이었었다. 더구나 이튿날 의심받을 만한 사람들을 모두 조사를 할 때에도 눈찌 하나를 까딱 안 하고,

　"내 속이 시원하다."

고 호언한 연연이의 태도는 칭찬을 지나서 경탄(驚歎)할 것이었었다.

　"사내로도 그만한 사람이 쉽지 않아요."

　인호는 탄식이 섞인 소리로 이렇게 칭찬하였다. 초닷샛날 연회에서 연연이에게서 집에까지 좀 와줄 수 없느냐고 부탁을 받을 때에 인호는 무론 자기를 오라는 배후에는 재영이가 있을 줄 알았고 재영이가 있으면 무슨 중대한 의논이 있을 것을 예기하였던 것이었었다. 그 중대한 의논을 예기하고 왔던 인호는 예기하였던 바와 같이 재영이를 만나기는 만났지만 중대한 의논은 없이 큰 봉변만 한 것이었었다. ─여기서 인호는 커다랗게 웃었다. 재영이도 웃었다.

　이야기는 이야기를 낳았다. 서로 마음을 풀어헤친 두 사내의 새에는

15　겹다 : 정도나 양이 지나쳐 참거나 견뎌내기 어렵다.

이야기가 그칠 줄을 몰랐다. 그러나 그들의 이야기는 한 번도 시사(時事)¹⁶에 미쳐보지 않았다. 한 사람은 태공 한 사람은 왕비—이와 같이 서로 갈라진 길에 선 두 사람의 이야기가 시사에 미칠 것 같으면 당연히 두 사람 새에 감정의 충돌이 생길 것이었다. 그들은 그것조차 피하고자 하였다. 비록 서로 길은 다르다 하나 성격상 서로 공명점을 발견한 그들은 그 공명점으로 말미어 서로 맺어진 의를 다시금 깨트리기가 싫었다. 그 의를 깨트릴지도 모를 문제를 입에 내기까지 꺼리었다.

연연이에게 부탁하여 안주상까지 차려놓고 두 사내는 대작을 하면서 쾌담을 하였다. 이리하여 끝이 없이 계속되는 그들의 이야기는 마지막에는 명인호의 근본에까지 미치게 되었다.

그만치 명철하고 의에 굳고 호담한 사내가 왜 나라와 의를 위하여 자기 몸을 바치는 대원왕 일파를 배반하고 그다지 향기롭지 못한 왕비당으로 갔는지. 대원왕과 명인호의 새에는 사사로이 혐의가 있다니 그것은 과연 어떤 것인지. 대의를 버리고까지 왕비당이 될 만치 그 혐의는 큰 것인지—이 자리에 마주 앉아서 이야기를 하면 할수록 더욱 인호의 인물이 아깝게 생각되는 재영이는 마지막에 참지 못하여 마침내 이 해답을 인호 당자에게서 듣고자 질문의 살을 던져본 것이었다.

13

재영에게서 자기의 근본에 대하여 질문을 받은 인호는 곧 대답하려 하지 않았다. 그러나 두세 번 재영에게 간청을 들은 뒤에 그는 겨우 입을 열었다.

인호의 고향은 평안도 평양이었다. 태공이 정권을 잡고 아직껏의

---

16 시사 : 그 당시에 일어난 여러 가지 사회적 사건.

당벌을 깨트려버리고 인물 본위로써 사람을 쓸 때에 인호의 아버지―선달이라는 아주 낮은 지위에 있던 시골의 한 개 무사인 명석규(明石奎)는 태공의 눈에 들어서 일약 귀한 지위에 올라가게 되었다. 인호나 재영이는 아직 어렸을 때의 일이라 알지 못하지만 태공의 양명(兩明)으로서 태공이 정권을 처음 잡았을 때에 태공에게 가까이하던 사람 가운데 알리었던 사람이 하나는 재영의 아버지 명 참판이며 나머지의 하나는 인호의 아버지 명석규―였었다. 명 참판의 지혜와 명 선달의 용기―이 두 가지는 비록 역사의 표면에 나타나본 적은 없다 하나 태공의 뒤에서 태공의 행정에 커다란 도움이 되었던 것이었었다.

태공의 집권 초에 서울서 태공의 밀명을 받아가지고 온갖 방면으로 활약하던 인호의 아버지는 얼마 뒤에 역시 태공의 밀령을 받아가지고 가족을 거느리고 경상도 밀양으로 내려갔다. 거기서 역시 태공의 심복인 정현덕과 안동준 등과 연락을 하여서 일본서 온 사신들을 도로 쫓아 보낸 사건의 이면에는 석규의 힘이 많이 섞여 있었다. 특별한 직함은 없었지만 석규는 어사에 상당한 권한을 태공에게서 받은 것이었다.

석규는 어디까지든 무사의 기질이었었다. 담백하고 활달한 것이 그의 특징이었었다. 그러나 그 가운데는 그는 자기를 넉넉히 제어할 만한 침착과 지혜까지 가진 무사였었다. 그러한 그가 어떤 기회에 태공과 충돌할 기회가 생겼다. 그것은 태공의 세력이 차차 기울어지기 비롯하고 왕비의 세력이 차차 펼 때였었다. 그때에 그와 태공의 새에는 사소한 문제로 감정의 충돌이 생겼다. 아주 변변찮은 문제였었다. 석규와 가까이하던 기생을 태공이 권력으로써 뺏었다는 것이었었다.

계집의 문제의 앞에는 용부[17]도 범부[18]와 다른 곳이 없었다. 무사로서

---

17 용부(勇夫) : 용감한 사나이.
18 범부(凡夫) : 평범한 사나이.

의 강직함과 일철[19]한 성격을 가진 석규는 태공의 이 일을 밉게 여겼다. 더구나 아직껏 그만치 다한 충성에 대한 완전한 보상도 받기 전에 오히려 보상은커녕 자기의 사랑하는 기생을 권력으로써 태공이 뺏었다 하는 것은 일철한 그의 노여움을 더욱 돋우었다. 매일 술을 먹고는 태공의 귀에까지 갈 만한 사람들 앞에서,

"대감, 너무하오. 대감 너무하오."

하면서 투정을 하던 그는 어떤 날 술이 잔뜩 취해 가지고 마침내 운현궁을 찾아갔다.

이뿐ㅡ그의 자취는 이 세상에서 사라졌다. 그는 다시 운현궁에서 나오지 않았다. 그렇다고 운현궁 안에도 그의 그림자는 없었다. 신비 가운데 싸인 궁 안의 일을 알 바가 없으되, 과도한 주정으로 태공의 노염을 사서 형장 아래 고혼[20]이 되었다는 말이 새어 나왔다.

아무 까닭도 없이 태공에게서 석규의 가족에게 오천 금의 하사가 있었다. 이것은 더욱 그의 목숨이 태공 때문에 끊어졌다는 것을 증명하였다. 나이 차차 자라면서 자기의 아버지에게 대하여 이만한 일을 안 인호는 분으로 말미암아 이를 갈았다. 더구나 평안도 여인의 기품을 타고난 인호의 어머니는 3년상을 치른 뒤에 분과 결로 그만 자결을 하여버렸다. 자결을 할 때에 그는 뒷일을 어린 인호에게 부탁하였다.

이리하여 인호는 왕비당으로 달려간 것이었다.

이것이 인호의 과거이었다.

---

19 일철(一轍)하다 : 언제나 변함이 없다.
20 고혼(孤魂) : 의지할 곳 없이 떠돌아다니는 외로운 넋.

14

눈을 감고 인호의 과거를 듣고 앉았던 재영이는 천천히 눈을 떴다. 인호도 눈을 들어서, 재영이를 마주 바라보았다.

인호가 다시 입을 열었다.

"안 형. 내가 대원왕께 혐의를 가졌다는 게 부당한 일이겠소? 아버님을 잃고 어머님조차 그 때문에 세상을 떠나시고……. 지금 혼자 남아 있는 내게 대의(大義)가 뭐고 애국이 무에요? 안 형이 내 자리에 섰다면 어떡할 테요?"

재영이는 머리를 끄덕였다.

"형의 사정도 그럴듯은 하오. ─세상일을 의심을 하자면 끝이 없거니와 형은 혹은 그 일에 대해서 의심해본 적은 없소?"

인호는 의아하다는 듯이 재영이의 눈을 바라보았다. 재영이가 설명하였다.

"혹은 춘부장[21]께서 아직도 어느 곳에 살아계시든가."

"형은 무슨 말씀을 하시오? 그때부터 벌써 10년, 살아 계시다면 어디서든 한 자의 글월이라도 있을 게 아니오?"

"그것도 그럴 듯은 하지만 춘부장의 시체를 아직 보지 못한 이상."

"그 이야긴 인젠 그만둬주. 낸들 오죽하면 대의를 벗어버리고까지 대원왕을 배반하겠소?"

재영이는 탄식하였다.

"나는 다른 것 때문에 그러는 것이 아니라, 대원왕께서는 그런 사소한 일로 절대로 동지를 해하거나 원함을 잡숫는 어른이 아니기에 말이외다. 그러니깐 왕의 무슨 심려(深慮)에서 나온 일이나 아닌지……."

"그때도 그렇게 말씀하는 어른이 계셔서 몹시 뒷일을 알아봤지만 그

---

21 춘부장 : 남의 아버지를 높여 이르는 말.

뒤 10년간을 가령 생존해 계시다면 한 장의 글월이라도 있어야 할 게 아니오? 이렇고 저렇고 형, 내 마음을 생각해봐주구려."

재영이는 피곤한 듯이 눈을 다시 감았다. 그리고 손을 더듬어서 인호의 손을 잡았다. 잡은 손과 잡힌 손은 서로 힘을 주었다.

이윽고 재영이가 눈을 감은 채로 말을 하였다.

"언젠가―응, 그 형을 돌려보낸 날 낮, 대원왕께 춘부장에 대한 일을 여쭤본 일이 있구려. 그때 형의 말씀에 대원왕과는 사사로이 혐의가 있다고 그랬기에 여쭤봤지요. 그랬더니 왕께서는 대답을 안 하셔. 빙긋이 웃으시면서 언제든 한 번 다 들려줄 때가 있으리라고 그러시기만 하고 똑똑히 말씀을 안 하십디다. 그렇지만 나뿐은 어떤 일이 있든 그런 일로 대원왕께서 동지요 친구를 벌하시리라고는 생각지 않소. 그렇듯 공(公)을 잊고 사(私)를 세우려는 어른일 것 같으면 아직껏 행하신 사업을 어떻게 보겠소? 몸소 무명옷을 입으시고 조찬을 잡수시면서 백성을 위해서 노력하신 그 사업을 어떻게 보겠소?"

재영이는 문득 말을 끊었다. 그러나 좀 뒤에 그가 다시 입을 열 때에는 그의 목소리는 감격과 흥분으로 떨렸다.

"명 형, 대원왕을 믿으시오. 형이 아직 대원왕을 뵌 일이 없어서 믿지를 못하겠거든 나를 믿으시오. 사사로운 안락이나 영화라고는 요만치도 모르시고 아직껏 아침 일찍이 기침하셔서 밤늦게 취침하실 때까지 하루 진일 생각하시는 일은 나라와 백성의 일뿐이외다. 온갖 일에 사복 채우기에만 힘쓰는 민씨와는 천양의 차가 있소. 그런 어른이 그런 일을 하셨다고는 나는 도저히 믿지 못하겠소. 만약 하셨다면―혹은 그―형께는 좀 실례지만 춘부장께서 벌을 받으실 만한 다른 일이 있었겠지. 그런 사소한 문제로 동지를 벌할 대원왕이 아니시외다. 그것뿐은 꼭 믿어주시오."

재영이의 눈은 차차 빛나기 시작하였다. 태공에게 대한 동경과 감격과 흥분은 재영으로 하여금 당면의 피로까지 잊게 하였다.

　그 앞에 인호는 먹먹히 앉아 있었다.

15

　두 개의 혼이 부딪칠 때에 거기서는 충돌이 생기지 않으면 당연히 다분의 공명점을 발견치 않을 수가 없었다. 한 개의 아까운 인물을 반대당에서 발견한 재영이는 그 인물을 귀순시키려고 온갖 노력을 다하였다.

　그들은 처음에는 의식적으로 시사에 관한 이야기를 피하였다. 그러나 의식적으로 피하려는 그 행동이 언제까지든 계속될 리가 없었다. 일단 그들의 이야기가 시사에 미치는 것을 기회로 그 뒤부터는 그들은 그 이야기에서 벗어날 수가 없었다.

　차차 높아가는 정열 때문에 자기의 무서운 피로까지도 잊고 인호의 마음에 박혀 있는 태공께 대한 오해를 풀려고 노력하는 재영이를 인호는 먹먹히 바라보고 있었다. 인호의 얼굴에도 차차 고민하는 표정이 나타나기 시작하였다. 의와 정 ― 하나는 나라에 대한 커다란 의였었다. 나머지의 하나는 어버이에게 대한 커다란 정이었었다. 자기의 앞에 딱 버티고 선 이 딜레마를 인호는 고민하는 마음으로 바라보지 않을 수가 없었다.

　마침내 인호는 입을 열었다.

　"형! 내 마음을 좀 살펴주. 나도 강직함을 자랑하는 사나이외다. 의를 아는 사나이외다. 그런 사람이 오늘날 불의의 편을 돕는다는 게 내 마음에나 맞겠소? 그렇지만 나를 낳아주신 부모의 은혜와 정이야 어찌 잊겠소? 그 부모를 잃은 뒤."

　"잃는."

　자기의 말을 끊으려는 재영이를 인호는 막았다.

　"잠깐만 기다려주세요. 형은 아버님이 아직도 생존해 계신지도 모르리란 말씀이지요? 그 증거가 어디 있소? 10년을 표랑을 하면서 인제는 아버님이 없으신 게 분명하면서도 그래도 자식의 마음이라 그렇지 않아서 그럴듯한 곳마다 다 알아보았구려. 10년은 짧은 날짜가 아니에요. 10년 동안에 생존해 계시다는 증거를 보지 못한 이를 어떻게 생존해 계시다고 믿겠소? 아버님은 분명히 없었어요. 그 없는 이의 혼백을 위해서래두 자식이 어떻게 대원왕께 귀순을 하겠소? 내 마음이 아파요. 형께 이런 말을 들으면 내 마음은 더 아파요. 그러니깐 형도 그런 점을 좀 생각해보시고……."

재영이는 머리를 푹 수그렸다. 이만치까지 말하는 인호를 더 권할 말을 재영이는 도저히 발견할 수가 없었다. 푹 수그리고 있던 재영이의 입에서는 마침내 한숨이 나왔다.

"명 형, 알겠소. 인젠 더 거기 대해서는 말도 안 하리다. 그 대신 한 가지 물어보고 싶은 게 있소."

"뭐요?"

"다른 게 아니라 대원왕께서 형께 면대를 하셔서 춘부장께 관한 일을 들려주시고 그때에, 춘부장을 벌하신 일이 없으시다고 형께 들려주시면?"

인호는 곧 대답치 않았다. 좀 뒤에야 천천히 머리를 들면서 대답하였다.

"그러면 그 말씀을 믿지요."

"믿어요?"

"네. 들은 바에 의지하면 대원왕께서는 그런 변변찮은 일에 거짓 말씀은 안 하신다니까……."

"그러면 – 그때는."

"네! 그때는 달려가서 형과 손 마주 잡고 나라를 위해서, 백성을 위해서, 한 팔의 힘이라도 돕지요!"

재영이는 인호의 얼굴을 정면으로 바라보았다. 난란히 빛나는 재영이의 눈에 쏘여서도, 인호는, 조금의 움직임도 없이 재영이를 마주 바라보았다. 인호의 눈도 난란히 빛났다.

한참 서로 바라보던 눈을 다른 데로 굴릴 때는 두 사람의 눈에는 다 감격의 눈물이 어리었다.

16[22]

숙으로 돌아온 재영이는 옷을 갈아입은 뒤에 인화를 만나보고 싶은 마음에 인화를 만나려고 나가려 하였으나 그보다 먼저 선생에게 불려서 선생에게로 가보지 않을 수가 없었다.

선생은 몹시 재영이를 기다리고 있었다.

"어디 갔었느냐?"

재영이가 들어와서 인사를 드리고 채 앉기도 전에 선생은 이렇게 물었다. 재영이는 그저 그럴듯이 대답을 하고 그 앞에 앉았다.

"그런데 다 알았다."

"네?"

"다 알았어."

"?"

선생은 벙글 웃었다.

"네가 그새 몹시 마음이 켕겨서 그러던 인화의 일을 다 알았던 말이다."

"……."

재영이는 대답 없이 머리를 수그렸다.

마음으로는 선생님보다 제가 먼저 알았습니다는 대답을 할 수가 있었

22 연재 원본에는 17회차로 잘못 번호가 매겨져 있어 바로잡는다. 이후 '재영과 인호' 편이 끝날 때까지 정정된 번호로 표기한다.

다.

"내 말을 들어라. 이렇더라. 글쎄 인화가 그럴 애는 아니다. 사연을 듣자면."

이러한 서두 아래서 선생은 아까 인화를 불러서 물어본 바의 결과를 재영이에게 이야기하였다. 그것은 대략 이러하였다.

인화를 깊이 믿는 마음 가운데도 인호의 결박을 끌러준 데 대하여뿐은 수긍할 수가 없는 선생은 며칠을 벼르다가 오늘에야 좀 조용한 기회를 얻어서 인화를 불렀다. 그리고 다른 말은 모두 제지하고 다짜고짜로 인호의 결박을 끌러준 까닭부터 물었다.

인화는 곧 대답치 못하였다. 머리만 차차 더 아래로 수그려졌다. 이 명료치 못한 인화의 태도에 아직껏 기연가 미연가 하던 선생은 마침내 온 의혹을 인화의 위에 붓지 않을 수가 없었다. 인호의 결박을 끌러줄 만한 아무런 인연도 발견할 수가 없는 가운데서도 그래도 인화를 퍽 사랑하는 선생은 인화에게서 그럴듯한 변명을 기대하고 있었던 것이었다. 그러나 아무 변명도 없이 복죄[23]하는 뜻으로밖에는 볼 수가 없는 침묵으로써 머리를 푹 수그리고 대답 없이 앉아 있는 인화의 태도에 마침내 선생도 아직껏 피하려던 의혹을 그의 위에 붓지 않을 수가 없었다. 선생의 노여움도 종내 폭발되었다.

마음 안에서는 벌써 폭발된 노여움을 잠시 외면으로 누르고 역시 그래도 인화의 변명을 기다려본 선생은 이 끝없는 기다림을 참을 수가 없어서 마침내 고즈넉이 일어섰다.

"복죄냐?"

고요한 음성이었지만 떨리는 음성이었었다.

---

23 복죄(服罪/伏罪): 죄를 순순히 인정함.

그리고 하인을 부르려고 문을 열려 하였다. 아무리 사랑하는 인화라 할지라도 이 이상 더 관대한 마음을 가질 수는 선생에게는 없었다.

그때에 인화는 마침내 눈을 들었다. 수정과 같이 맑은 인화의 눈에는 눈물이 한 껍질 씌워져 있었다. 그 광채 있는 눈을 들어서 한참 선생을 쳐다보던 인화는 마침내 들리지 않을 만한 작은 소리로 말을 꺼내었다.

"선생님, 벌(罰)해주세요."

"음, 복죄냐. 그렇지만 무슨 까닭으로 그런 짓을 했느냐."

비록 복죄라 하나 선생에게는 아직 인화에게 대하여 많은 미련이 남아 있었다. 벌써 복죄한 인화에게도 선생은 다시 한번—이렇게 물어보지 않을 수가 없었다.

인화의 입은 다시 열렸다.

"그이는."

이뿐 잠시 주저하던 인화는 마침내 덥석 그 자리에 엎디었다. 그의 어깨는 격렬히 떨렸다.

17

그 울음 가운데서 인화의 말은 계속되었다.

"—명 씨."

이뿐 마침내 인화는 소리까지 내어서 울기 시작하였다.

"무얼?"

처음에 인화의 말을 똑똑히 알아듣지 못한 선생은 다시 물었다. 그 질문 앞에 인화는 울음 섞인 소리로 정직히 복죄하였다.

"선생님, 벌해주세요.—그이는 명 씨.—사사로운 일 때문에. 큰일을 그르칠 뻔한 죄를 무엇이라고 말할 수가 없습니다. 용서받지 못할 죄—선생님, 벌해주세요."

선생은 인화의 말귀를 알아들었다. 늙음으로 말미어 이런 일에 감동되기 쉬운 선생은 탁 가슴에 북받쳐 오르는 감정의 덩어리를 감추기 위하여는 두어 번 헛기침을 안 할 수가 없었다.

오랫동안 참고 참았던 울음을 인화는 선생의 앞에 죄다 풀어내었다. 한 번 울음의 줄기를 꺼낸 인화는 좀체 그칠 줄을 몰랐다. 처녀로서의 온갖 희망과 정열과 정서와 청춘을 남복 아래 깊이 감추고 국사에 분주하던 그는 평생에 처음 펼쳐놓은 처녀로서의 감정 아래 제 이성을 찾아낼 수가 없었다. 느낌에서 울음으로 울음에서 통곡으로, 그의 울음은 차차 더하여갔다.

선생도, 이러한 인화를 어찌할 수가 없었다. 오히려 선생도 아까 폭발했던 자기의 노여움을 처치할 방책이 없어서 쩔쩔매었다. 인호의 결박을 끌러준 인화의 행동도 그 이유를 알고 보니, 한 군데도 책할 만한 점이 없었다. 약혼자—남편을 그리는 여자의 행동은 천륜과 인륜에, 아무 데를 내놓을지라도 부끄러운 것이 아닐 것이다. 자기의 약혼자를 '명'이라는 몽롱한 이름으로써밖에는 알지 못하는 인화가 '명'을 놓아 보낸 것은 결코 책할 행동이 아닐 것이다. 거기는 인생의 가장 아름다운 감정을 볼 수가 있었다. 동시에, 인생으로써 가장 귀한 감정을 볼 수가 있다.—마침내 선생의 눈에도 눈물이 어리었다.

선생은 커다란 감동으로—처녀는 자기의 감정의 폭발로—잠시 동안 아무 말도 못 하고 있을 동안에 그래도 냉정한 선생은 먼저 제 이성을 회복하였다. 동시에, 그는 이 기회와 사건을 이용하려 하였다.

그는 먼저 고즈넉이 인화의 등을 쓸어주며, 인화를 위로하였다. 그리고, 인화의 울음이 그치는 것을 기다려가지고 그는 자기의 계획을 실행하기에 착수하였다.

그는 인화에게 혹은 명인호가 없는 명 참판의 유자인지도 모르겠다는 점. 인화에게 듣고 보니 (아직껏은 그 점은 뜻도 안 하였지만) 어렸을 때의 명 참판의 아들과 이번에 놓아 보낸 명인호의 새에 유사점이 많이 있다는 것을 설명하여 인화로 하여금 명인호를 자기의 약혼자인 줄 그릇 생각하게 하도록 하였다.

인화는 명인호가 구리개서 재영의 칼을 맞고 죽은 줄만 깊이 믿고 있는지라 선생은 이리하여 인화로 하여금 세상에 대한 온갖 잡념을 내어버리고 (기회가 이르기까지) 나라를 위하여 온 힘을 쓰게 하려 하였다. 그리고 또 한 가지로는 인젠 죽은 줄만 깊이 믿고 있던 자기의 약혼자가 이 뒤에 영화로울 날에 뜻 안 한 '안재영'이란 이름 아래서 인화의 앞에 뛰쳐나올 때에 이미 단념하였던 환희 때문에 기절하는 사랑하는 딸의 양을 보고자 하였다.

이리하여 선생과 인화의 회견의 막은 닫혔다.

"그러니깐 너도 그런 줄을 알고……."

선생은 빙긋이 웃으면서 재영이를 의미 있게 바라보았다. 재영이도 벙글 웃었다.

자기 방에 돌아와서 오래간만에 기쁨과 만족으로써 팔다리를 길게 뻗치고 자리에 들어간 재영이는 그날 밤 즐거운 꿈에 놀라서 여러 번을 곤한 잠에서 소스라쳐 깨었다.

18

이튿날 아침 깰 때는 재영이는 아직껏의 병후의 피곤함을 잊었다. 그 것은 아직껏 인화에게 품고 있던 커다란 오해가 풀어진 때문도 되겠지만 아침 깰 때부터 갑자기 무럭무럭 그의 머리를 지배한 것은 인호에게 대한 신뢰와 우정이었다. 어제까지도 원수로만 알고 기회를 보아서 결단을 내리려던 인호는 결코 자기의 원수가 아닐뿐더러 잘만 되면은 장래에 팔을 결어가지고 분투하여 나아갈 동지요 투사 될 가능성을 많이 인호에게서 발견하였으므로 거기 대한 희망은 재영이로 하여금 자기의 피로까지 거의 잊게 한 것이었었다.

아침결에 재영이는 인화를 뜰에서 보았다. 인화는 더욱 재영에게 쌀쌀하였다. 재영이가 희열로 넘치는 얼굴로써 인화에게 가까이 갈 때에 인화는 억지로 웃음을 좀 낯에 흘려본 뿐, 얼굴빛이 창백해지며 휙 돌아서고 말았다. 그러나 이것을 재영이는 관대한 마음은커녕 오히려 더 반가운 마음으로 바라볼 수가 있었다. 인화가 자기에게 쌀쌀히 구는 것은 바꿔 말하자면 인화 자기의 약혼자에게 대한 정성이요 그것은 즉 (재영이의 혼자뿐은) 자기에게 대한 정성으로 볼 수가 있으므로……

점심 뒤에 재영이는 태공께 뵈러 운현궁으로 갔다. 태공은 그때 화류 책상 귀를 수건으로 닦고 있었다. 빈곤한 가문에서 자란 태공은 지금의 고귀한 지위에 있어서도 그런 사소한 일은 몸소 하기를 즐겨 하였다.

"음, 왔냐? 거기 앉아라."

태공은 그냥 머리를 책상 귀로 향한 채로 이렇게 말하며 책상을 닦고 있었다.

이윽고 닦을 것을 다 닦은 뒤에 겨우 머리를 든 태공은 그때야 처음으로 재영이의 얼굴에 나타나 있는 젊음과 희망과 용기의 광휘를 발견한 모양이었었다. 그리고 그런 것들은 이즈음의 재영이에게서는 볼 수 없는 현상에 다름없었다. 태공은 약간 눈을 크게 하였다.

인사와 거기 연한 한 토막의 잡담이 지나갔다. 그동안도 재영이에게서는 한동안 죽었던 쾌활한 기색이 뒤를 따라 나왔다. 비록 한마디씩 던지는 질문이며 대답에도 그의 본래의 면목은 넉넉히 얻어 볼 수가 있었다.

오래간만에 보는 재영이의 쾌활한 본래의 면목은 재영이를 지극히 사랑하는 태공에게도 곧 전염되었다. 허허 허허 태공의 우렁찬 웃음소리가 방 안을 흔드는 것도 운현궁에서는 근래에 드문 일이었다. 아랫사람들이 경이의 눈으로 기웃기웃 문밖으로 비슬거린 것도 당연한 일이었었다.

이윽고 이야기는 마침내 재영이가 가지고 온 바의 인호의 문제에 미쳤다. 쾌활한 이야기에서 쾌활한 이야기로 미끄러져 오던 그들의 이야기는 마침내 이 문제 앞에 문득 섰다.

"명모─밀양 명모에 대해서 이전에 들려주셨던 일이 있었는데 오늘 그 일을 좀 들려주실 수가 없습니까?"

아직껏 쾌활한 이야기로만 흘러오던 재영이가 머리를 약간 수그리며 이렇게 물을 때에 태공은 머리를 기웃하고 재영이를 바라본 뿐 곧 대답치 않았다. 그러나 태공의 대답을 잠시 기다리던 재영이가 다시 머리를 들려 할 때에,

"그것은 왜 묻느냐."

태공은 이렇게 반문하였다.

재영이는 머리를 들었다. 그의 얼굴에는 마침내 엄숙한 기분이 나타났다.

"오늘은 꼭 들을 결심으로 왔습니다."

"흐응."

태공은 뚫어지도록 재영이를 바라보았다.

"꼭 들을 결심이라."

머리를 한 번 끄덕이며 혼잣말같이 이렇게 중얼거린 뒤에 태공은 그냥 재영이를 바라보았다.

19

"네, 꼭."

이렇게 말하며 빙긋이 웃는 재영이의 태도에는 한 번 말한 뒤에는 결코 뒷걸음질을 하지 않을 의기가 보였다. 태공도 빙긋이 웃었다.

"네가 꼭 듣겠다는 이상에야 너한테뿐은 알게도 하겠거니와 새삼스레

오늘 꼭 듣겠다는 것은 웬일이냐?"

"다른 게 아니라 어제도 명인호를 만났는데."

"명인호란 그―?"

"네, 그 어른의 자제 되는 사람 말씀이에요. 그 명인호를 만났는데 보면 볼수록 인물이 아깝고 놓아주기가 싫은데 그러니 그 사람의 말을 듣자면 대감께 사사로이 원함이 있노라고―그 원함 때문에 마음으로뿐은 저편 쪽에 가담하는 게 좋지 못한 줄은 알지만 사정이 허락치를 않는다고 자기도 애석한 듯이 이렇게 말합디다. 그래."

"그래서―나한테 자세한 내용을 알고 싶단 말이지?"

"네."

"그리고 원함 질 만한 일이 없거든 이편으로 가담을 시키겠단 말이냐?"

"네."

"그렇듯 인물이 잘났더냐?"

"네, 대감께서도 불러보시면 아시겠지만……."

"불러까지 안 봐도 제 아비를 닮았으면 인물이 잘났을 테야."

그리고 그냥 무슨 말을 계속할듯하던 태공은 말을 끊은 뒤에 담배 서랍을 끌어당겼다.

이윽고 담배를 붙여 문 태공은 머리를 천천히 들었다. 그리고 입을 열었다.

"재영아. 마음 놓고 그 애―인호? 그 인호와 결의를 해라. 원함 질 일은 없다."

"네?"

무론 그 말은 재영이의 예기하였던 바였었다. 그러나, 태공의 그 대답에 재영이는 몸까지 흠칫하였다. 그렇듯 그 말은 그를 움직인 것이었다. 태공은 자기 말을 다시 한번 뇌었다.

"원함 질 일은 없다."

"분명히 없으십니까?"

태공은 재영이를 바로 보았다. 그 태공의 눈에서 재영이는 나를 믿으라는 명령적 위압을 보았다. 재영이는 황공히 어깨를 웅그리고 머리를 숙였다.

"그럼 그 어른은 지금 어떻게."

"살아 있다."

"네? 생존해 계세요? 어디 — 계세요?"

"덕국 백림."

차차 긴장되어 오려는 자기의 마음을 삭이기 위하여 재영이는 숨을 기다랗게 내어쉬지 않을 수가 없었다.

"분명히 지금도 생존해 계십니까?"

"응 — 아니, 작년 여름까지는 분명히 살아 있었다. 그랬는데 작년 여름부터 마땅히 와야 할 편지가 안 오는구나. 만리타국의 일을 지금까지도 살아 있다고야 어떻게 말하겠느냐만 작년 여름까지는 분명히 살아 있었다."

"백림은 무얼 하러 가셨습니까?"

"내 밀명으로 병대를 연구하기 위해서 갔는데 근 10년 동안을 꾸준히 오던 편지가 작년 여름부터 오지를 않으니깐 나도 답답하구나."

태공은 약하게 한숨을 쉬었다. 그의 오른편 눈썹이 약간 떨렸다.

"그런데 그 애 — 인호를 한 번 내게로 데리고 올 수가 없느냐? 들려줄 말도 있거니와 10년을 못 본 친구의 모습이라도 그 애에게서 볼 수가 있다면, 내게는 보고 싶구나. 허허허허. 이게 늙은이의 헛소리라고 너희 같은 젊은이들은 우습게 볼지도 모르겠다만, 늙으면서부터 차차 더욱 이전 친구들이 생각나는구나. 너의 아버지며."

태공은 오른편 뺨을 히물히물 떨었다.

"좌우간 한 번 데리고 오너라. 들려줄 말도 많이 있다."

20

재영이가 운현궁을 하직하고 돌아갔다가 인호를 붙들어가지고 다시 운현궁으로 온 것은 그로부터 사흘 뒤였었다.

처음에는 열적다고 잠시 주저하는 기색이 있었으나 재영이가 두 번째 권고할 때에 인호는 쾌히 승낙하였다. 더구나 없는 줄만 알았던 인호의 아버지가 아직 살았으며 운현궁에 갈 것 같으면 그 자세한 내용을 알 수가 있겠다는 재영이의 말에 인호는 적이 긴장까지 되었다. 마지막에 태공도 인호를 한 번 보고 싶어 한다는 말을 들은 뒤에는 인호가 어서 가자고 채근까지 하였다.

그들은 남의 눈을 꺼리어서 밤에 운현궁으로 갔다. 지금 왕비당에게 가담하여 있는 인호로서는 공공히 운현궁으로 갈 처지가 못 되었다.

밤에 인호와 같이 가서 뵐 것을 재영이가 미리 내통하여두었으므로 태공은 혼자서 조용히 그들을 기다리고 있었다. 먼저 재영이가 인사를 드리고 그 뒤에 인호가 인사를 드릴 때에 태공은 담배를 뻐끔뻐끔 빨면서 말없이 인호를 들여다보고 있었다.

"며칠 전에 말씀드린 명인호올시다."

재영이가 인호를 가리키며 이렇게 소개할 때에,

"음, 알았다."

하며 한 번 머리를 끄덕일 뿐 태공은 그냥 겹지 않고 인호를 들여다보고 있었다.

한참을 말없이 인호를 들여다보다가 눈을 그곳서 뗄 때는 태공의 눈에는 눈물의 그림자가 있었다. 그리고,

"너희들은 왜 그렇게도 선인(先人)[24]을 닮았느냐."

눈물 어린 눈에 미소를 띠고 태공은 이렇게 한숨을 쉬었다. 재영이도

---

24 선인(先人) : 돌아가신 아버지.

미소하였다. 인호도 미소하였다. 그러나 인호의 미소에는 고민하는 빛이 많이 섞여 있었다.

태공은 두 젊은이를 좀 더 가까이 불렀다. 그리고 가까이 온 두 젊은이를 번갈아 물끄러미 들여다볼 때에 태공의 오른편 뺨에서는 히물히물 경련이 일어났다.

"대원의 양명(大院之兩明)―너희들의 선군(先君)이 오늘날 너희같이 가지런히 내 앞에 앉아서 나를 도와줄 때의 일이 생각나는구나. 얼굴 모습도 같이 생겼거니와 두 사람이 다 선인보다 부족한 곳이 없는 너희들을 보니깐 문득 전에 생각이 나는구나."

이 말을 할 때는 태공의 목소리는 감격으로 떨리기까지 하였다.

그 뒤에는 태공의 회고담이 한바탕 시작되었다. 명지혜(明智慧)와 명무인(明武人)―이 태공의 양명(兩明―하나는 재영의 아버지, 하나는 인호의 아버지)이 태공의 양손이 되어서 지나간 태공의 집정시대를 빛나게 한 여러 가지의 일화며 사적이 태공의 입에서 나왔다. 그 전시대를 이면으로 빛나게 한 두 사람의 신통히도 같이 생긴 두 아들의 앞에, 저절로 전 시대에 대한 회고의 정을 이기지 못한 태공은 눈을 감고 비스듬히 기대어 앉아서 한 마디씩 한 마디씩 천천히 지나간 이야기를 하였다.

두 젊은이는 귀를 기울이고 들었다. 그리고 듣는 동안 그들은 차차 감동되었다. 오늘날 서로 따뜻한 우정은 품고도 표면은 서로 등지고 있는 두 사람의 처지는 더욱 그들로 하여금 태공의 이야기에 감동하게 하였다. 전 시대의 그들의 어버이가 그들의 가진 바의 충성을 한 분에게 바치고 서로 손을 결은 뒤에 힘을 다하여 나아간 것은 오늘날 그때의 그이들의 아들 되는 자기네가 역시 마찬가지로 서로 경애하는 마음은 품고도 한 사람은 왕비에게로 한 사람은 태공에게로―충성의 바칠 곳을 달리한 것과 비교되어 그들의 마음을 울렸다. 그리고 이 감동은 재영에게보다도 인호에게 더하였다.

21

이야기는 마침내 인호의 아버지의 행방불명이 된 사건에까지 미쳤다.

그것은 태공의 위력이 하늘 끝까지 닿았을 때였다. 자기의 정치의 세력이 하늘 끝까지 닿았으며 그 군대는 법국 함대를 물리치고 미국 함대를 부쉈다 하나 태공은 조선의 군대가 서양의 군대보다 썩 떨어지는 것을 알았다. 무기에 있어서 전술에 있어서 훈련에 있어서 조선의 군대가 서양의 군대보다 썩 떨어지는 것을 알았다. 그리고 이 뒤떨어진 군대로써 장래에 외국과 교제를 하기는 도저히 불가능한 것을 알았다. 이 뒤떨어진 군대를 외국에게 감추기 위해서 쇄국을 하기는 하였지만—그리고 그런 뒤에도 끊임없이 군대를 양성하기는 하였지만 그것뿐으로는 도저히 부족한 것이 태공의 활달한 눈에는 분명히 비치었다.

그는 외국 군대를 배울 필요를 느꼈다. 장래에 외국에게 부끄럽지 않은 군대로써 나라를 장식하기 위해서는 그 정예를 자랑하는 외국의 군대의 온갖 방면을 연구할 필요를 절실히 느낀다.

그러나 이미 쇄국을 선언한 태공으로써 공공히 외국에 유학생을 보낼 수는 없었다. 여기서 재영이의 없는 아버지 명 참판과 태공이 의론을 한 결과 한 가지의 연극이 시작되었다. 인호의 아버지와 친하던 기생 누구를 태공은 그의 권력으로써 손에 넣었다. 미리 밀령[25]을 받고 있던 인호의 아버지는 노기를 등등히 표면에 장식한 뒤에 황급히 상경하였다.

"대감, 심하시구려."

"설마 나한테야."

본시 무사의 기질로써 술이 억 배인 그는 동이 술을 들이킨 뒤에는 이리저리 돌아다니며 땅을 두드리며 이렇게 호통을 하며 통분하다고 울고 하였다.

---

25 밀령(密令) : 남모르게 명령을 내림 또는 그 명령.

세상에 뉘라서 그의 그 행동을 연극이라 본 사람이 없었다. 무인(武人)으로서의 단순한 한 면만 알고 지혜의 한 면을 모르는 세상은 그의 행동을 단순한 무인의 격분으로 보았다. 그리고 언제든 태공과 만나기만 하면 한바탕의 활극이 생길 것을 의심치 않고 있었다. 그만치 그는 그 연극을 그럴듯이 한 것이었었다.

기회가 가장 성숙한 때에 태공은 그를 운현궁으로 불러들였다. ─그뿐 그의 종적은 사라지고 말았다.

세상은 태공이 그를 벌한 줄을 의심치 않고 믿었다. 그리고 이렇다 저렇다 많은 비평을 하였다. 태공의 행동도 그르다 하였다. 그러나 명씨의 행동도 너무 심하다 하였다. 그리고 이러한 세평²⁶을 고소(苦笑)로써 태공이 듣고 있을 동안 세상에서 이미 죽은 사람으로 알고 있는 한 무인은 육로와 수로를 거듭하여 덕국 백림에까지 무사히 도착하였다. 때를 따라서 보고서는 태공의 손에 들어왔다. 세상에서는 태공을 한낱 완고한 늙은이로 알고 있을 동안 태공은 그런 세상을 웃음으로 내려다보며 속으로는 파견한 한 무인의 손을 거쳐서 들어오는 놀랄 만한 외국의 문명을 흡수하고 있었던 것이었다.

세상은 뒤집혔다. 태공의 세력은 꺾어졌다.

5년을 예산하고 갔던 인호의 아버지는 세상이 뒤집혔기 때문에 그냥 그곳에 머물러 있었다. 언제 태공의 세상이 될 때까지 그는 그냥 그곳서 외국의 정예한 군대를 속속들이 다 연구하려 한 것이었었다. 이리하여 조선의 천지에서 감쪽같이 사라진 한 무인은 아직껏 다시 조선에 돌아올 기회를 얻지 못하였다.

이것이 태공의 입에서 나온 바의 인호의 아버지의 행위불명²⁷이 된 전

---

26 세평 : 세상 사람들 사이에 오가는 평판이나 비평.
27 행위불명 : 행방불명.

말이었었다. 듣고 보면 간단한 전말이지만 아직껏 인호로 하여금 의(義)를 잊기까지 왕비당에게 가담케 한 사건의 전말은 대략 이러하였다.

22

세 사람의 눈에는 다 눈물이 있었다. 감동과 감격의 찰나에 세 사람은 다 뜻하지 않고 눈물 어리어진 것이었었다.

재영은 눈을 들어서 태공을 쳐다보았다. 무량한 감개에 잠겨서 비스듬히 벽을 의지하고 앉아 있는 태공은 재영이가 자기를 쳐다보는 기수에 눈을 가느다랗게 뜨고 한 번 재영이와 인호를 번갈아 본 뒤에 다시 눈을 감았다. 그 온화한 듯하고도 패기로 찬 얼굴을 바라볼 때에 재영이의 감동은 더욱 커졌다. 이 어른—자기와 지척에 앉아서 세상만사를 잊은 듯이 눈을 감고 앉아 있는 이 어른—비록 자기는 친구를 무시한다는 누명을 쓸지언정 사랑하는 나라의 군대를 굳세게 하기 위하여 한 친구를 외국에 파견한 뒤에 10년에 가까운 날짜를 그 마음을 발표하여본 적이 없이 그 때문에 생겨난 온갖 비평을 달갑게 받은 이 어른—굵은 주름살과 반백의 수염 아래서 때때로 격동될 때는 오른편 눈썹과 오른편 뺨을 떠는 이 어른—난초와 가야금으로써 노후의 한 세월을 보내는 듯하면서도 마음속에는 별반 배포를 다 꾸미고 있는 이 어른. 이 어른의 고요한 숨소리와 온화한 얼굴은 재영이의 마음을 오히려 산란케 하였다고 형용하고 싶을 만치 움직였다.

재영이는 눈을 굴려서 인호를 바라보았다. 인호도 분명히 감동되었다. 소와 같이 커다란 머리를 아래로 숙이고 눈을 꺼벅꺼벅하며 말없이 앉아 있었다.

잠시 눈을 감고 감개에 잠겨 있던 태공이 다시 입을 열었다.

"그렇더니만 작년—벌써 재작년인가—재작년 구월부터는 일자의 소식이 없구나. 만 리를 격한 타국의 일이라, 알아볼 길도 없고—누구한테 사정할 이야기도 못 되고 객지에 불행이나 있지 않은가 하고 지금도 늘 근심하고 있는 중이다. 그러니 이 애."

태공은 손을 천천히 들어서 재영이를 가리켰다.

"이 애 어른과 나와 단둘이서 계획했던 일이니깐 명 참판이 없는 지금에야 뉘한테 사정을 하며 근심을 나누겠느냐. 지나간 섣달 네가—겸호의 지휘로 내게 왔더란 말을 이 애에게 듣고 네가 이 세상에 살아 있을 것 같으면 한 번 만나서 쓸쓸한 회포라도 풀어보고 싶은 마음도 간절했다마는."

태공은 여기서 눈을 겨우 떴다.

"—좌우간 너와 이 자리에서 만나게 되니 너의 선군을 만난 듯이 기쁘다. 더구나 그때 내 좌우 팔이 돼서 나를 돕던 두 사람의 장성한 아들 둘을 다 한꺼번에 앞에 놓고 보니 내 마음이 얼마나 기쁘겠느냐. 그러면서도 더욱 생각나는 것은(재영이의 어른은 벌써 저승에 갔으니깐 할 수가 없지만) 인호 너의 어른의 생사가 더욱 마음에 걸리누나. 무사히 살아 계신지."

태공은 오른편 **뺨**을 히물히물 떨었다.

"혹은 불행히 저승으로 갔는지."

태공은 말을 끊고 몸을 틀어서 머리맡 문갑 서랍을 열고 거기서 무슨 종이 꾸러미를 하나 꺼내었다. 그리고 그 꾸러미 끈을 풀지도 않고 잠시 들여다보고 있다가 휙 인호의 앞으로 던졌다.

"풀어봐라. 낯익은 게 있으리라."

인호는 그 꾸러미를 끌어당겼다. 그리고 한순간 태공을 쳐다보고 그 눈으로 재영이도 한 번 본 뒤에 끈을 끌렀다. 끈을 끄르고 쌌던 종이를 펴매 그 속에는 수십 장의 편지가 쌓여 있었다.

인호는 그 가운데 한 장을 손에 들었다. 그리고 그것을 들여다보는 동안 그의 얼굴은 차차 긴장되었다. 눈에서는 차차 광채가 났다. 굳은 봉투에서 그 속을 꺼낼 때는 그의 손은 떨리기까지 하였다.

23

띄엄띄엄 뛰어가면서 그 편지를 다 검분[28]한 인호는 태공의 앞에 넓적 엎디었다.

"황송하올시다."

태공은 머리를 끄덕였다.

"어떠냐?"

"분명히 가친의 필적이올시다."

"그럼 인제는 나를 원망 안 하겠느냐?"

태공은 빙그레 웃으며 다시 담배를 담으면서 이렇게 물었다. 그 앞에 넓적 엎드린 인호의 몸은 일으킬 바를 모르고 머리를 조았다.

"철없는 짓을 벌해주세요. 그런 심려(深慮)에서 나온 일인 줄은 모르고 아직껏 원망하는 마음을 품고 있던 저를 벌해주세요."

인호는 재영이에게 돌아앉았다.

"안 형, 나 같은 미련한 사람은 어떻게 벌했으면 적당하겠소?"

재영이가 벙글 웃었다.

"글쎄. 벌할 방책은 한 가지밖에는 없는데."

"마음대로 해주."

"그 한 가지라는 건 다른 게 아니라 인제부터라도 마음을 돌이켜서 나라를 위해서 충성을 다할 것 – 대감, 이만하면 어떻겠습니까?"

태공도 빙그레 웃었다.

"글쎄. 너무 너그러운걸. 그렇지만 재영이 네 말이니 그만해서 들어둘까."

이리하여 세 사람의 타협은 성립되었다.

재영이가 인호를 바라볼 때에 인호의 눈에 나타나 있는 태공에게 대

---

28 검분(檢分) : 참관하여 검사함.

한 정열은 혈기에 날뛰는 재영이로 하여금 투기심이 생길 만하도록 강렬한 것이었었다.

"왜 일찍이 그 말씀을 제게 안 들려주셨습니까. 제가 그 말씀을 들을지라도 결코 다른 데 누설은 안 할 것을……."

인호의 입에서는 이러한 원망의 소리까지 나왔다. 태공이 껄껄 웃었다.

"음. 지금은 또 그것이 원망스러우냐? 그 원망 같으면 죄가 내게 있으니 달게 받으마. ─좌우간 인제부터는 전 일은 죄다 잊고 재영이와 손을 맞잡고 충성을 다해라. 일이 언제 성사가 될지를 모르지만 성사되는 날에 역시 대원의 양명(兩明)으로서 너의 어버이들이 칭호를 듣던 그보다 더 친하게 지내라. 이름을 얻고 잃는 것은 각기 그 사람에게 달렸지만 같이 얻고 잃기에는 태평시보다 난세가 더 쉬우니 너희는 이 난세에 나서 ─불행히 일이 실패된다 할지라도 누명 하나뿐은 결코 남기지 마라."

태공은 아직껏 담아만 가지고 붙이기를 잊고 있던 담뱃대를 툭 무릎 앞에 놓았다. 그리고 아까 인호에게 내어주었던 편지 꾸러미를 집으려 손을 내밀었다. 인호가 황급히 편지를 도로 싸서 끈으로 묶어서 태공에게 드렸다. 그것을 받아서 문갑 서랍에 도로 넣은 뒤에 바로 앉은 태공은 몸을 또다시 비스듬히 안석에 기대고 눈을 감았다. 그의 얼굴은 또다시 평온하여졌다. 이제껏 그의 얼굴에 덮여 있던 감격과 회고의 표정은 씻은 듯이 없어지고 그의 얼굴은 또다시 고요하여졌다.

재영이는 눈 깜박하지 않고 태공의 얼굴을 바라보았다. 그리고 그 아주 평온하고 무표정한 얼굴 뒤에 감추어 있는 머리로써 세상 사람이 능히 예상도 못 하고 예측도 못 하는 엉뚱한 일이며 꿈도 안 꾸는 커다란 일을 꾸며 내는 무서운 지혜와 지력과 패기와 지배력에 뜻하지 않고 몸을 떨었다.

재영이가 태공을 바라보던 눈을 굴려서 인호를 바라보매 인호도 아직껏 자기가 원망하고 잇던 이 노웅(老雄)[29]의 위력에 위압이 된 듯이 번번이 태공의 얼굴만 쳐다보고 있었다.

"명 형!"

인호는 몸을 흠칫하였다.

"예?"

재영이는 다시 말없이 태공에게로 눈을 굴렸다.

24

한참을 세 사람은 말없이 앉아 있었다.

긴 겨울밤도 어느덧 깊었다. 감격과 흥분의 시간은 고요히 흘렀다.

태공은 때때로 눈을 가느다랗게 뜨고 재영이와 인호를 보았다. 재영이와 인호는 말없이 눈에 온 광채를 모아가지고 고요한 태공의 얼굴만 바라보고 있었다. 그러나 비록 한 마디의 말도 사괴지 않았다 할지라도 그들의 마음은 서로 통하였다.

때때로 가느다랗게 뜨고 재영이와 인호를 바라보던 태공의 눈은 자정이 지나서는 온전히 닫혀버렸다. 잠이 든 듯하였다.

태공의 얼굴만 바라보고 있던 재영이가 힐끗, 인호를 돌아보았다. 그리고 인젠 하직하고 돌아가자는 군호를 하였다. 그러나 그들이 몸을 움찔할 때에 태공의 눈은 다시 크게 떠졌다.

"가려느냐?"

"네, 인젠 너무 늦기도 하고……."

태공이 빙긋이 웃었다.

"내가 잠든 줄로 안 모양이구나. 잠든 게 아니라 무슨 생각을 좀 하고 있었다."

---

29 노웅(老雄) : 늙은 영웅.

태공은 아까 담아만 놓고 무릎 아래 떨어뜨려두었던 담뱃대를 집어서, 화롯불에 붙여 문 뒤에 그 피어나는 연기 틈으로 두 젊은이를 바라보면서,

"너희들 품에서 형제의 의를 맺고 싶은 생각은 없느냐?"
하고 물었다.

재영이는 머리를 돌려서 인호를 바라보았다. 인호도 재영이를 마주보았다. 그리고 그 서로 마주보는 눈으로써 서로 거기 대하여 이의(異議)가 없음을 수고(搜攷)[30]하였다. 재영이가 대답하였다.

"분부대로 하겠습니다."

"인호 너는?"

"저 역시 본부대로 하겠습니다."

태공은 재영이와 인호의 선선한 대답에 두어 번 머리를 끄덕였다. 그리고 허리에서 금장도를 뽑아서 휙 재영이의 앞으로 내던졌다. 태공이 내어던진 칼을 재영이가 받을 때에 태공은 고즈넉이 일어서서 벽장을 열고 거기서 잔을 하나 내어서 앞에 놓았다.

"재영이 너 몇 살이든지?—신유생이지?"

"네."

"인호는?"

"저도 신유생이올시다."

"음, 동갑이로구나. 재영이 어느 달 생이냐?"

"인월(寅月)생 이올시다."

"인호는?"

"저는 미월(未月)생이올시다."

"그럼 재영이가 맏이로구나."

---

30 수고 : 이것저것 찾아서 서로 비교하여 고증함.

태공이 몸소 촛불을 켜고 향을 피워 놓았다.

"천지신명께 맹서를 할 게 없이 이 이하응(李昰應)에게 맹서를 해라. 석파(石坡)의 눈앞에서 너희 둘이 형제의 의를 맺어라. 자, 재영이 너부터."

재영이는 엄숙한 태도로써 토수[31]를 벗어놓고 오른편 손으로 왼편 팔소매를 높이 걷어 올렸다. 그리고 태공이 던져준 장도로써 팔에 쩍 금을 그었다. 재영이의 흰 살결에는 새빨간 줄이 하나 생겼다. 그다음 순간 그 빨간 줄에서는 피가 점점이 흘렸다. 그 피를 잔에 받아서 반 잔쯤 된 뒤에 재영이는 장도와 잔을 인호에게 주고 오른손으로써 베인 자리를 문질렀다.

인호의 피도 받았다. 그리고 두 가지의 피가 잔에 엉겨서 돌아가는 것을 태공이 새끼손가락으로 고리고리 저어서 잔을 다시 재영이에게 주었다. 태공의 축복 아래서 재영이가 그 피를 먼저 반 잔을 먹고 나머지 반 잔은 인호가 먹었다.

이리하여 재영이와 인호는 태공의 앞에서 형제의 의를 맺었다.

25

"인제부터는 형님으로 모시겠습니다."

잔을 놓은 뒤에 인호는 몸을 일으켜서, 재영이에게 절을 하며 이렇게 말하였다.

"인제부터는 자네는 내 동생일세."

재영이도 빙긋이 웃으면서 이렇게 대답하였다. 이 새로운 형제를 사랑스러운 듯이 바라보고 있던 태공은 몸을 좀 물러 앉았다.

"인제부터는 너희는 형제다. 의로 맺은 형제는 인륜상 저절로 된 친형제보다 더 가까우니라. 그런데."

---

31 토수 : 토시.

태공은 말을 끊었다. 그리고 무슨 생각을 하는 듯이 눈을 감았다.

"응, 그런데 너희들한테 들려줄 말이 있다. 재영이 너는."

태공은 눈을 뜨고 재영이를 바라보았다.

"─무술이며 역량으로도 인호보다 나아. 아직 자세히 알 수는 없지만 지혜나 지식으로도 인호보다 나을 듯해. 그렇지만 네게도 역시 부족한 점이 많으니라. 네가 비록 그새 숱한 고생을 했다 하지만 아직 세상─잡세(雜世)에 부대껴본 일은 없어. 없는 어버이의 아래서 고이고이 자라다가 그 뒤는 다시 활민한테로 가서 장성했기 때문에 잡세라는 걸 몰라."

태공은 눈을 인호에게로 돌렸다.

"인호는 그걸 안다. 잡세를 안다 하는 건, 긴한 일이로다. 사람의 무게라는 것이 거기서 생겨난다. 무술로나 지식으로나 인호가 재영이보다 떨어지지만 매사에 인호가 더 성숙해 뵈는 게 그 때문이로구나. 재영이 너는 인호에게 비기면 아직 도련님 같아. 그게 죄 그 때문이로다. 시대가 태평해서, 글이나 흥얼거리고 세상을 지나갈 수가 있는 하우씨 시대 같으면 그것뿐으로도 좋지만 이런 난세에서 정도(征途)를 잡으려면 잡세를 알아야 한다. 이게 재영이 네가 인호보다 부족한 점이요, 또 인호로 보자면 너는 비록 형보다 나이는 어리면서도 더 성숙해 뵈기는 하지만 무술로나 문학으로나 다 아직 네 형만 못해. 하니깐 아무 방면으로 볼지라도 아직 형한테 배워야 한다. 그리고 형은 아우의 부족한 곳을 채우고 아우는 형의 부족한 곳을 돕고 이렇게 서로 도와가면서 일을 해라. 하나의 힘과 지혜보다는 둘의 힘과 지혜가 더 나을 테니깐……."

그 뒤에도 태공은 새로운 형제에게 여러 가지의 교훈을 하였다. 많은 교훈을 듣고 그들이 태공께 하직을 하고 나온 것은 축시[32]도 지난 때였었다.

---

32 축시(丑時): 오전 한 시부터 세 시까지.

태공께 하직을 하고 나온 재영이는 인호를 끌고 후원으로 돌아갔다. 그리고 무엇을 찾는 듯이 두루 살피던 재영이는 손을 들어서 어떤 방향을 가리켰다. 인호가 재영이의 가리키는 방향을 보니 거기는 멀리 담장 안에 웬 흰 그림자가 엉거주춤하니 서 있었다.

"?"

"우리 숙생일세. 전에 자네가 월장을 한 이튿날부터 우리 숙에서는 매일 한 사람씩 교체를 해서 궁을 지키기로 했어. 자네 같은 엉뚱한 녀석이 언제 넘어 들어올지 모를 테니깐……."

재영이는 쾌활히 웃었다. 인호도 고소(苦笑)하지 않을 수가 없었다.

"자네 붓 있나?"

"붓(筆)요?"

"응."

인호가 내어주는 붓을 받아서 재영이는 주머니에서 종이를 꺼내어 가지고 달빛에 비추어서,

"고진감래라. 지금의 괴로움도 장래의 낙을 약속하는 밑(本)이니 추움을 쓰다 하지 말고 직무에 충성되기를 바라노라. 안재영. 송 공께."

이런 글을 써서 혁낭에서 꺼낸 칼자루에 매었다. 그리고 담장 안의 그림자(송만년)가 저편으로 돌아서는 것을 기회 삼아서 만년의 곁에 있는 소나무를 향하여 던졌다.

퍽! 하는 소리에 놀라서 돌아선 만년이가 소나무에 박힌 칼을 발견하고 그것을 뽑는 것까지 본 뒤에 재영이는 인호를 채근하여 발을 돌이켰다.

26

그 밤은 달 밝은 밤이었었다. 아직 보름달은 못 된다 하나 만월에 가까운 달밤이었었다. 벌써 좀 서편 쪽으로 기울어진 달은 푸르게 온 장안을 물들이고 있었다.

운현궁에서 나온 재영이와 인호는 만신에 달빛을 받고 큰 거리를 천천히 걷고 있었다.

날은 비교적 따사로웠다. 며칠 전까지의 혹한은 어디로 갔는지 이미 밤이 깊었지만 찬 줄을 알 수가 없었다. 뺨을 스치는 찬 기운이 오히려 상쾌하다고 말하고 싶을 만치 따사로운 밤이었었다.

"어떤가?"

한참 말없이 걷고 있다가 재영이가 먼저 입을 열었다. 인호도 머리를 들었다.

"부끄럽습니다."

"응?"

"그 어른을 아직껏 원망한 것을 생각하면 부끄럽습니다. 무에라구ー참."

"선(善)을 안 뒤에는 고쳤으면 그뿐이지 이로부터는 마음을 다시 먹고 충성을 다했으면 그뿐이 아닌가?"

재영이는 머리를 돌려서 인호의 얼굴을 들여다보았다. 인호도 마주 보았다. 그들의 위치로써 달빛을 정면으로 받은 재영이는 달빛을 등으로 받은 인호의 얼굴을 똑똑히 볼 수가 없었다. 그러나 어두운 가운데서도 감격으로 찬 눈으로 자기를 바라보는 인호의 눈뿐은 볼 수가 있었다.

여기서 재영이는 인호와 자기의 기연(奇緣)[33]을 통절히 느꼈다. 십수 년 전에 자기의 아버지와 인호의 아버지가 힘을 같이하여 태공을 도운 것은 별로이 신기하달 것이 없었다. 그러나 한때 커다란 오해 때문에 태공을 버리고 민씨 측으로 달아났던 인호가 그 태공을 암살하러 들어가려던 인연으로 우연히 재영이와 만나게 되고ー일단 만나기는 만났지만 또다시 헤어지지 않을 수가 없는 운명에 있던 그들이 인화라 하는 기괴한

---

33 기연 : 기이한 인연.

중개물로써 오늘날 다시 만나서 십수 년 전의 그들의 어버이와 같이 다시 두 사람 새에 결의를 하고 또다시 태공에게 충성을 다하게 되었다 하는 것은 과연 기연이었다.

인화에게 대한 샘이 없었던들 재영이와 인호는 다시 만날 기회가 쉽지 않았을 것이요, 어떻게 노상에서 만났다 할지라도 오늘과 같은 의를 맺을 일은 생기지 않았을 것이었다. 재영이와 인호가 이렇게 만난 것을 경사라 할진대 그 만나게 된 이면에는 복돌이가 있었고 태공의 암살 사건이 있었고, 한 번 뛰어서는 당장에 그 자리에서 형하여버릴 자객을 용서하여둔 사건도 있고 인화가 인호를 자기의 약혼자인 줄 그릇 알았다는 것도 그 이면을 장식하는 한 가지의 사건일 것이다. 연연이도 그 공로자의 하나일 것이다. 그러나 연연이의 집에서 그만 결말이 생길 이 사건이 그곳서 결말이 생기지 않고 오늘날 두 사람이 의를 맺게까지 된 것은 고뿔 때문에 재영이의 몸이 쇠약하여지고 따라서 그의 던진 칼이 비뚤어진 것도 한 가지의 원인이라 할 수가 있었다. 이러한 여러 가지의 일이 얽히고 또 얽혀서 오늘날 두 사람이 의를 맺게 된 기연을 생각할 때에 재영이는 인생의 만나고 헤어지는 기연을 탄식키 전에 오히려 그러한 기연 때문에 생겨나는 여러 가지의 경사를 축하하고 싶었다.

달밤은 그들의 마음을 고요히 흥분되게 하였다. 푸르른 달빛은 그들의 마음에 있는 감격을 더욱 잔잔히─그러나 더욱 크게 하였다. 고요한 흥분과 감격에 잠겨서 재영이와 인호는 서로 팔을 결은 뒤에 머리를 수그리고 말없이 거리거리를 돌아다니고 있었다. 그들은 헤어지기가 싫었다. 서로 놓기조차 싫었다. 언제까지든 이렇게 함께 다니고 싶었다.

27

푸르른 달빛 아래서 고요히 잠들어 있는 장안을 굽어보면서 그들은 남대문 성벽에까지 올라갔다.

굽어보면 그 아래는 백만 장안이 곤한 꿈에 잠겨 있었다. 무론 그 가운데는 즐거운 꿈도 있을 것이었었다. 기꺼운 꿈도 있을 것이었었다. 슬픔과 아픔과 괴로움의 꿈도 있을 것이었었다. 그러나 이러한 각가지의 꿈가운데도 그들의 공통되는 꿈이 한 가지 있을 것이니 그것은 당면한 학정에 대한 고통의 부르짖음의 꿈일 것이다.

"좀 쉬세. 이야기나 하며……."

재영이가 어떤 돌을 하나 발견하고 그 위에 먼저 주저앉았다.

"참 곤하시겠습니다. 더구나 병후에."

재영이는 자기가 병후인 것도 잊었다. 병후의 피곤이라는 것은 뜻도 안 하였다.

그들은 그 돌 위에 나란히 하여 걸터앉아서 잠든 장안을 내려다보며 고요히 이야기하였다.

그때의 재영이는 자기와 인화의 새의 기이한 인연까지 인호에게 다 이야기하였다. 자기와 인화(이전의 복돌이며 본 이름은 이인숙이며 인호를 놓아 보낸 여자)는 어렸을 때에 벌써 어버이의 새에 혼약이 되었다는 것이며 그러나 인화는 제 장래의 남편이 명모(明某)인 줄 아는 뿐, 그 명모가 지금 안재영이라는 이름 아래서 만날 대할 수 있는 자기인 줄은 모른다는 말이며 인화는 제가 여자인 것을 아는 사람은 세상에는 선생과 인화 자기밖에는 아무도 없는 줄만 알고 있다는 말이며—이전에 인호의 결박을 끌러 보낸 까닭은 인호의 성이 명씨이므로 혹은 인호가 제 약혼자나 아닌가 하는 처녀의 애타는 마음에서 나왔다는 말이며 재영이 자기가 한때 인호를 밉게 보고 칼까지 던졌던 것은 혹은 인호와 인화의 새에 어떤 감정의 연락이나 생겼나 하는 창피스런 시기에서 나온 행동이란 이야기까지 다 하였다.

"인화는 자네가 우리 숙에서 벗어는 났지만 내가 뒤따라가서 자네를 죽인 줄만 안다네. 그래서 나를 지금 원수로 알고 있지. 선생님께서는 어떤 계책 아래서 자네 모습이 그―명 참판의 아들―말하자면 나일세그려. 그 나와 비슷하더라고, 그러니깐 나한테 칼 맞고 죽은 사람은 명참판의 아들인지도 모르겠다고 그러셨네 그려. 지금 인화는 굵은 베로 속적삼을 몰래 지어 입고 굵은 베 허리띠를 띤다네. 자기 딴에는 아무도 모르게―설사 안다 할지라도 뜻은 모르리라고 하는 일이지만 내 눈에야 벗어나겠나? 지금 내놓고 소복은 못 하지만 속으로는 소복을 한셈이지."

이렇게 말하며 재영이가 빙긋이 웃을 때에 인호도 고소(苦笑)하지 않을 수가 없었다. 그리고 이 정열의 처녀이며 사랑하는 형의 장래의 아내될 사람인 인화에게 대한 경애의 눈자위를 재영이는 인호의 눈에서도 읽었다.

마지막에는 그들의 이야기는 인호의 장래에 취할 태도에도 미쳤다. 재영이의 권고에 의지하여 인호는 여전히 민씨에게 출입하기로 하였다. 다른 기색이 있다는 것은 절대로 그들에게 감추기로 하였다. 인호가 태공께 귀순했다는 것은 태공과 활민과 재영과 인호의 네 사람이 알 뿐, 감쪽같이 감추어두기로 하였다. 그리고 서로 의사의 교환과 소통이며 계획의 전달 등은 모두 재영이가 가운데 서서 하며 인호와 재영이가 회견할 장소는 인호의 사관도 꺼리어서 기생 연연이나 농개(弄介―인호와 가까운)의 집으로 정하였다.

그들은 남대문이 열리는 것을 본 뒤에야 작별하였다. 인호를 보내고 숙으로 돌아와서 자기 방에서 잠시 선생의 기침하기를 기다려서 선생께 인호에게 대한 그새의 일을 다 보고를 한 뒤에 자기 방으로 다시 돌아온 재영이는 자리를 펴고 몸을 눕혔다. 동시에 그는 잠의 나라에 빠져들어 갔다.

어지러운 정월

1

초승부터 온 조선에 가로 걸친 백기는 정월 그믐까지 사라지지 않았다. 여러 가지의 유언과 비어의 근원이 되고 인심을 흉흉케 한 그 백기는 정월을 내내 온 조선에 가로 걸치어 있다가 이월에 들어가면서야 차차 사라져서 아무도 모르는 틈에 조선의 하늘은 다시 맑고 푸르게 된 것이었었다.

정월 내내를 허여멀건 하늘과 흐리멍덩한 일기 아래서 온 조선의 백성은 시원찮게 지냈다. 유언과 비어는 더욱 더하여 있다. 시사(時事)를 풍자(諷刺)한 여러 가지의 노래가 서울서 시작되어 각 시골 고을고을에까지 퍼졌다. 궁중에서 무당과 복술을 숭상하느니만치 아랫사람들도 모두 그것을 배워서 그때만치 굿이며 기도가 흔한 때가 역사에 다시없었다.

암암중에서 활약한 활민숙의 숙생들의 활동도 이해에 들어서면서 좀 양기를 보이기 비롯하였다. 하늘에 걸친 백기며 흐리멍덩한 일기며 변화 많은 한서(寒暑)의 관계며 (겨울임에도 불구하고) 며칠을 퍼부은 큰비들에 부회된 수없는 유언이 그들의 머리로써 창작되어 온갖 곳에 퍼졌다. 더구나 그들의 환경이며 지위는 이러한 유언을 퍼뜨리기에는 가장 적당하였다. 그들은 모두 의관을 하면 이목이 수려한 귀공자들로서 남의 신용을 받을 만한 젊은이들이었다.

그들의 교제하는 사회는 가장 높은 사회에서부터 가장 낮은 사회에까지 미쳤다. 그들은 기밀비(機密費)[1]를 필요에 의해서는 암만[2]이라도 쓸 자유를 가졌다. 그들의 지식은 당시의 구식 사회를 관찰하고 비평할 만한 새로운 교양 아래서 조성된 것이었었다. 더구나 아무러한 사회적 지위도 없는 그들은 행동의 구속을 받지 않는지라 마음대로 몸소 무당과 판수들과 다리를 겯고 앉아서 교제를 할 수가 있었으며 그들을 마음대로 이용할 수가 있었다. 직접으로 혹은 간접으로 숙생들은 민심을 어지럽게 하기에 온 힘을 썼다.

무당 판수 그 밖 온갖 점복들은 무의식적으로 숙생들에게 이용이 되어 숙생들에게 들은 바의 황당한 유언을 자기네의 영업 재료에 혼입하여 가지고 그 황당한 유언을 온 여염집[3]에 퍼뜨렸다. 기생들은 유언을 높은 사회에 퍼뜨렸다. 이리하여 퍼진 유언은 다시 그 집에 있는 하인들의 입을 거쳐서 온 장안의 하류사회에 퍼졌다.

장안에 퍼진 유언은 장꾼들의 귀로 들어가서 근향에 퍼졌다. 과거 보러 올라왔던 선비들은 자기네의 고향으로 그 유언을 선물 삼아 가져갔다. 더구나 조선의 중심인 서울은 따라서 온 곳 사람들이 다 모여드는 곳이라, 장안에 퍼진 유언은 날개가 돋아서 팔도 삼백여 주로 퍼졌다. 참빗 장사는 전라도로, 중은 강원도로, 선비는 충청도로, 벼슬아치는 경상도로 명태 장사는 함경도로, 기생은 평안도로, 장사는 황해도로─그 유언은 각종 직업과 각종 계급의 사람들을 다리 삼아 가지고 그해 정월 안으로 온 조선에 다 퍼졌다.

무론 그것은 모두 황당무계한 유언들이었었다. 그러나 비교적 새로운 교육과 교양 아래서 길러난 활민숙의 숙생들의 머리로 생겨난 그 유언들

1 기밀비 : 지출 내용을 명시하지 아니하고 기밀한 일에 쓰는 비용. 특히, 정부나 군부에서 기밀한 일에 쓰는 비용을 이른다.
2 암만 : 밝혀 말할 필요가 없는 값이나 수량을 대신하여 이르는 말.
3 어염집 : 일반 백성의 살림집.

은 따라서 모두들 그럴듯한 유언에 다름없었다. 그리고 모두가 그럴듯한 유언인만치 퍼져나가는 힘과 속도도 빠른 것이었었다. 온 조선은 그해 정월로 불끈 뒤집혔다. 그리고 금년 안으로 무슨 사변이 생길 것을 아무도 의심하는 사람이 없게 되었다. 그 모든 유언을 증명하려는 듯이 그해의 정월은 괴상한 일기가 계속되었다. 극한(極寒)과 온천(溫天)은 규칙 없이 교체되었다. 그리고 이 규칙 없이 교체되는 한온관계(寒溫關係) 때문에 온 조선의 백성은 거의가 고뿔에 걸렸다.

'백기경천이면 필유천화라.'

과연 천화는 시작되었다 하였다.

2

이러한 유언과 비어의 어지러운 정월에 한 괴인이 장안에 나타났다. 천도도인(天道道人)이라 스스로 일컫는 칠십이 넘은 노인으로서 어디서부터 왔는지는 알 수 없지만 자기 말로는 성산(聖山) 백두산에서 왔노라고 하였다. 자기가 칠십이 넘었다고 하기에 그런 줄 알지 그의 나이는 그저 보아서는 알 수가 없었다. 삼십으로도 볼 수가 있고 칠십으로도 역시 볼 수가 있었다. 백발에 동안이라 하되 천도도인의 머리칼은 백발이 아니라 옻을 칠한 듯이 검었다. 얼굴은 혈기 좋은 것을 증명하는 듯이 시뻘겠다. 후리후리 큰 키와 장대한 골격과 찬란히 광채가 나는 두 눈과 한 번도 손을 대어본 적이 없는 듯한 머리와 수염은 보는 사람으로 하여금 그에게 대한 존경과 위포[4]의 염을 솟아나게 하였다. 그는 머리에는 아무것도 쓰지 않았다. 몸에는 무슨 짐승의 가죽으로 고의와 적삼을 지어 입고 그 위에 베로 만든 웃옷을 입었으나 그의 혈기로 보아서 겨울에 벌거벗겨 내어놓아도 추위를 감각치 못할 만한 그는 체면상 옷을 입은 것이지 결코

---

4 위포(威怖) : 위엄과 두려움을 아울러 이르는 말.

방한의 목적으로 입은 것은 아닌 모양이었다. 머리는 땋아 늘이지도 않고 상투도 안 틀고 되는대로 뒤로 젖혀서 바람에 날리고 있었다.

처음에 그가 장안에 들어올 때에는 어른들은 그를 미친 사람이라 하여 다만 그의 놀랄 만한 체격에 경이의 눈을 던질 뿐, 대척치 않았다.

아이들은 그에게 돌을 던졌다. 어른들의 냉시에도, 아이들의 천대에도 그는 무관심한 듯이 굵은 지팡이를 끌고 두루두루 며칠을 장안을 구경하러 돌아다녔다.

"금년 유월 초아흐렛날은 난리가 있다."

며칠 뒤에 그가 문득 꺼낸 말이 이런 말이었었다. 무슨 별이 어떻고 무슨 기(氣)가 어떻다고, 점쟁이들이 하는 말은 그는 하지 않았다. 다만 금년 유월 초아흐렛날은 난리가 있겠다고 하였다. 누가 거기에 대하여 자세히 묻는 사람이 있을지라도 그는 그저

"있어. 있어. 분명히 있어."

머리를 끄덕끄덕하며 이렇게 말할 뿐 거기 대하여 깊이 말하려 하지 않았다.

미친 사람의 헛소리라 하여 처음에는 아무도 그 말을 믿지 않았다. 무슨 소리를 하나 하고 대척조차 아니 하였다.

그러나 같은 말을 변동 없이 며칠을 하는 동안 어느덧 그의 말을 반신반의로써 보는 사람도 몇이 생기게 되었다. 더구나 때가 때며 민심이 민심인지라 반신반의의 가운데서도 그 말은 차차 퍼져서 어느덧 장안에서는 그 말을 모르는 사람이 없게 되었다. 그리고 그 말이 그만치 퍼지는 것과 동시에 어느덧 그 말에는 진실미가 띠게 되어서 처음에는 광인의 헛소리로 듣던 그 말이 차차차차 믿음직한 말로 들리게까지 되었다.

"유월에는 난리가 있다."

정월 그믐께는 그 말은 벌써 광인의 헛소리가 아니었다. 그 말은 정월 그믐께는 장안 사람들에게는 가장 믿음직한 말이며 따라서 가장 존경

할 예언으로 들리게 되었다.

동시에 음식 거처며 옷차림이며 행동이며 온갖 방면으로 그들의 눈에 한낱 미친 사람으로밖에는 보이지 않던 천도산인이 어느덧 훌륭하고 신비한 도사나 선인(仙人)으로 보이게까지 되었다. 당시의 고관이며 이름 있는 선비의 집에서 그를 만나고 싶다고 좀 와달라는 청을 몇 번을 드렸지만 그는 매번은 '야인이 예절을 몰라서 그런 곳에는 갈 수가 없다'고 사양하여버렸다.

당시의 어떤 고관이 여러 번을 차지를 보내서 그를 청할 때에 그는 마지막에는 역정을 내고,

"만나고 싶으면 제가 올 게지."

하고 고함질러버렸다.

3

그 천도산인을 재영이가 찾아가서 만나본 것은 정월 그믐께였었다.

정월 보름께부터는 재영이의 신변도 자못 위험하게 되었다. 연말에 겸호의 집을 습격하였을 때에 그들의 눈에 영 찍힌 바가 된 재영이는 길에 나다닐 때는 늘 신변을 주의하면서 다녔지만 몇 번을 뒤를 밟힌 적이 있었다. 뒤를 밟히는 기수만 알 것 같으면 그는 더욱 천연한 낯으로 걸음걸이를 더욱 뜨게 하고 결코 뒤를 돌아보지 않고 걸어 다녔지만 이만 행동으로는 그들의 의심을 풀 수가 없었다. 한 번은 뒤를 밟힌 채로 그들을 떼지를 못하고 하루 종일을 이리저리 헤매었다. 숙으로 돌아가자 하니 숙의 정체가 드러날 근심이 있고 어디 들어가자 하니 들어갈 만한 곳이 없었다. 이래서 하루 종일을 거리거리로 헤매다가 날이 어두워서야 겨우 그들을 떼어버리고 어떤 기생의 집에 몸을 숨겼던 것이었다.

한 번은 정면으로 나졸들과 충돌을 한 일까지 있었다. 그것은 재영이와 인호가 형제의 의를 맺은 지 2, 3일 뒤의 일이었다. 역시 밤 깊어서

그날의 일을 끝낸 뒤에 숙으로 돌아가던 재영이는 맞은편에서 오는 한 떼거리의 나졸 무리를 만났다. 나졸 무리는 네 사람으로써 술이 잔뜩 취하여서 넷이 서로 팔을 겯고 무슨 소리를 하면서 갈지자 걸음으로 이편으로 향하여 왔다. 재영이는 처음에는 그들을 꺼리어서 돌아설까 하였으나 곧은길에서 발을 돌이키면 오히려 그들의 의심을 살 것 같아서 팔짱을 찌르고 자기 역시 술이 취한 듯이 머리를 아래로 푹 수그리고 그들을 향하여 갔다.

그들은 길에서 딱 만났다. 재영이는 길을 비켜주지 않았다. 이런 때에 길을 비켜주는 것이 득책이 아님을 재영이는 잘 앎으로였다.

이런 경우에 딱 버티고 서면 대개는 저편에서 길을 피하여주는 것인데 그들도 술잔이나 들이켠 김이라, 그들도 길을 비키지 않고 눈앞에 사람이 서 있는 것을 알지도 못한다는 듯이 그냥 팔을 겯은 채로 마주 왔다. 그리고 재영이와 종내 마주쳤다.

"이놈! 고약한 놈. 눈이 없느냐?"

재영이는 벽력같이 고함쳤다. 이 재영이의 고함에 그들은 겯었던 팔을 놓았다. 그리고 재영이의 갈 길을 내었다. 그러나 그 길로 팔짱을 찌르고 유유히 가려는 재영이의 얼굴에는 불행히 밝은 달빛이 비치어 있었다. 그리고 그 달빛 아래 폭로된 재영이의 얼굴은 그들에게는 낯익은 얼굴이었었다. 그들은 이전 망년연에 겸호의 집에 심부름을 갔던 사람들이었었다.

"그놈이다."

길을 내어주던 나졸의 하나가 재영이에게 달려들면서 등에 업히었다. 다른 나졸들도 재영이를 알아보고 달려들었다.

거기서는 격투가 일어났다. 비록 나졸은 네 명이라 하나 그 네 명의 힘을 합할지라도 재영이를 당할 수도 없었다. 더구나 술에 취하여 중심을 잡지도 못하는 그들이 재영이를 당할 수가 없었다. 네 명은 모두 재영이에게 얻어맞고 그 자리에 쓰러졌다. 재영이는 먼지를 한 번 턴 뒤에 그 자리를 떠났다.

그때도 무사는 하였다. 그러나 그 뒤부터는 재영이는 나다닐 때는 더욱 신변을 주의하였다. 여러 가지의 사명으로 무시로 바깥출입을 하지 않을 수가 없는 재영이는 밖에 나다닐 때마다 바늘방석에 앉은 것과 같은 마음으로 나다녔다.

천도산인의 이름이 차차 높이 장안에 떠돌 때에 재영이는 대체 천도산인이 어떤 위인인가 하고 한번 만나보고자 일찍부터 생각하였다. 그리고 정월 그믐께야 겨우 틈을 얻어가지고 그를 만나보러 간 것이었었다.

4

천도산인은 남산에 조그만 암자를 틀고 있었다. 이름은 암자라 하나 그것은 한 움막에 지나지 못하였다. 몽치를 세우고 위와 앞뒤를 거적으로 막고 바닥에 볏짚을 깔고 거기서 거처를 하고 있었다.

첫 번에 재영이가 갔을 때는 그는 동냥을 하러 내려가 있었다. 두 번째 찾아가서야 재영이는 그를 만났다. 그때는 오정이 조금 기운 때로써 그는 볏짚을 암자 앞에 펴고 거기 누워서 해바라기를 하고 있었다.

그는 재영이가 가까이 가도 일어나지 않았다. 재영이가 볏짚 위에 앉은 뒤에도 그냥 누워서 번번 재영이를 바라보고 있었다.

재영이도 먼저 말을 꺼내지 않고 번번 천도산인을 바라보고 있었다. 흩어지고 덮여 있는 많은 머리털과 수염 아래 있는 산인의 얼굴은 차라리 날카롭다고 형용할 종류의 것이었었다. 그러나 그 '날카로움'은 악인(惡人) 가운데서 볼 수가 있는 종류의 '날카로움'이 아니고, 성자(聖者)나 혹은 고승(高僧) 가운데서 발견할 수가 있는 종류의 것이었었다.

그의 눈도 날카로웠다. 난란한 광채가 나는 그의 눈은 무엇이든 한 번

본 뒤에는 결코 잊음직하지를 않았다.

그의 코는 매의 부리와 같이 앞으로 구부러졌다. 귀는 손바닥만치나 컸다. 좌우편에 뿔이 돋친 듯이 두드러진 그의 이마에는 삼(三) 자로 굵고 깊은 주름살이 박혀 있었다.

"용이 구슬을 잃었군."

이윽고 그가 몸을 일으키며 이렇게 말하였다. 그의 음성은 맹호의 소리와 같이 드르렁드르렁 울리었다.

그의 얼굴만 번번이 바라보고 있던 재영이가 그가 몸을 다 일으키기를 기다려서 처음으로 입을 열었다.

"잃었던 물건을 언제나 찾으리까?"

산인은 광채 나는 눈을 다시 재영이의 얼굴 위에 부었다.

"잃었던 물건을."

그는 말하기가 싫은 듯이 눈을 감았다. 그러나 좀 뒤에 채근받지 않고 다시 입을 열었다.

"잃었던 물건을 찾을 길이 망연하우."

"네?"

"언제 찾을지 망연하단 말이오."

"그럼 일찍이 잊어버리리까?"

그는 눈을 천천히 떴다.

"남애⁵ 세상에 나서 얻지를 못할지언정 마음을 굽혀서는 못쓰우."

"유월의 난리는?"

"유월의 난리는—유월의 난리는—난리는 분명히 날 게고 나면 세상은 뒤집힐 게지만—뒤집혔던 세상이 며칠을 못 가겠소."

"네? 좀 똑똑히 말씀해주시면 좋겠습니다."

---

5   남애 : 남아가.

산인의 얼굴에는 미소의 그림자가 스치고 지나갔다.

"보아하니 나이는 젊었지만, 중대한 일에 분주하는 모양, 일의 성패는 큰일을 하는 사람의 상사ᵖ니 그런 것은 마음에 두지 말고 더러운 이름이나 후세에 남기지 않도록 힘쓰오. 인생은 짧지만 이름은 만대니."

그는 이런 말을 하였다.

아는 소릴까, 모르는 소릴까, 산인에게 작별을 한 뒤에 돌아오는 동안 재영이는 이런 생각에 푹 머리를 수그리고 산을 내려왔다.

산인의 말은 분명한 해석은 붙이기가 힘들게 몽롱한 말이었지만 대체로 보아 시국의 장래에는 광명보다도 어두움이 많다는 뜻으로 볼 수가 있었다. 그리고 그의 말로써 옳다 할진대 재영이와 뜻을 같이한 사람들이 지금 온 정성으로 하여 나아가는 일은 필경 실패로 돌아가리라는 뜻에 다름없었다.

5

천도산인과 만났던 이야기를 재영이는 선생에게 말하였다. 그때 선생은 빙긋이 웃었다.

"그 말도 들을 만은 하다. 그러나 믿을 말은 못 된다. 설혹 믿을 말이 된다 한다기로서니 믿을 필요까지야 어디 있겠냐. 그 말을 들어는 두고 또 우리는 우리 일을 하고— 그뿐이로구나. 큰일을 하는 사람이 남의 말을 듣고 자기의 마음이 흔들리거나 해서야 뭣에 쓰겠느냐."

선생은 이렇게 말하였다.

그러나 그 뒤 한동안을 재영이의 마음에서는 천도산인과 만났던 기억과 그 기억에서 생겨나는 음울한 마음이 사라지지 않았다. 그리고 정성과 용기를 다하여서 일을 하다가라도 문득 그 생각이 나서는 한숨을 쉬

6 상사(常事) : 보통 있는 일.

고 하였다. 우리의 일은 언제 성공이 될까. 혹은 영구히 성공될 날이 없고 헛된 노력만 하고 있지나 않나. 그때에 그가 말한 바의 구슬은 그의 말과 같이 나의 손에 들어올 날은 망연한가. 장래에 대한 이러한 암담한 생각이 희망과 용기로 찬 그의 마음을 흐리게 하고 하였다.

그 천도산인이 이월 초승께 정부의 손에 걸렸다. 그가 전파하여놓은 예언이 너무 민심을 어지럽게 한 까닭이었었다.

온량한 민심을 각난[7]하고 시국을 어지럽게 하고 백성을 현황케 하고 대궐과 부중을 멸시한 죄—이러한 죄목 아래 그의 건장한 노구(老軀)[8]는 오차에 찢기게 되었다.

그날은 비가 찬동찬동 왔다. 겨울비가 비록 차다고 하나 그날의 그를 보려고 형장으로 가는 연변과 형장에는 갓모와 그 밖 우비를 가진 시민의 무리가 구름같이 모였다.

결박을 지고 끌려가는 그는 형장까지 이르도록 아무 말도 안 하였다. 태연 무심히 하늘을 쳐다보며 끌려갔다. 자세히 본 사람의 말을 들으면 때때로 그의 입가에는 미소의 그림자까지 있었다 한다. 장차 한 개의 인명을 찢어 죽일 다섯 마리의 소는 코로 김을 득득 내뿜으면서 그의 앞에서 갔다. 그 소를 몰던 채찍은 때때로 힘 있게 천도산인의 목덜미며 머리며 어깨에 내렸다. 그러나 그런 채찍이 자기의 몸에 내릴 때에도 그는 아무 아픔도 감각치 못하는 듯이 역시 태연히 걸었다. 그의 몸은 마치 무쇠로 만든 듯이 아무것도 감각치를 못하는 모양이었었다.

"아까운 인물을 너희들은 죽인다."

형장에 이르러서 그는 형리들을 돌아보며 이렇게 말하고 큰 소리로 웃었다. 장차 이를 죽음조차 그는 모르는 듯하였다.

---

7 각난 : 교란(攪亂)의 오자로 보임.

8 노구 : 늙은 몸.

형장에 도착되면서부터는 아직껏 오던 보슬비가 주먹 같은 소낙비로 변하였다. 함종 밤[9]알만큼씩 한 무리까지 섞였다. 무서운 우뢰질도 시작되었다.

이 갑자기 변한 날씨에 그다지 달갑지 않은 일을 하려던 형리들도 그만 멈칫하여버렸다. 그리고 서로 의견을 구하는 듯이 얼굴을 바라보았다. 그들의 얼굴은 모두 공포로 찡그려졌다.

"국파민멸(國破民滅)에 아생하익(我生何益)이리오.[10] 어서들 할 일을 하게."

천도산인이 그들을 채근하였다.

그의 사지와 목에 맨 굵은 바는 다섯 마리의 소에 지어졌다. 소를 모는 채찍의 날카로운 소리가 연하여 났다. 퍼붓는 소낙비 가운데서 다섯 마리의 소는 훅훅 코로써 김을 내뿜으며 앞으로 나가려 하였다. 소는 뒷다리에 온 힘을 주고 앞다리로 땅을 긁었다. 휙! 휙! 채찍 소리 가운데서 씩씩거리는 소의 노력은 진실로 처참하였다. 그러나 무쇠와 같은 천도산인의 사지는 소의 무서운 힘으로도 찢지를 못하였다.

소낙비와 뇌성은 차차 더하여갔다. 과연 하늘도 그를 조상[11]하는 듯하였다.

6

마침내 공중 들리어 있는 천도산인이 몸을 한 번 움직였다. 이마에 굵은 주름살이 일어서며 얼굴이 시뻘겋게 충혈이 되었다. 그리고 팔다리를 한 번 움직였다.

---

9 함종 밤 : 평안남도 강서군 함종 지방에서 나는 밤.

10 국파민멸에 아생하익이리오 : 국가와 백성이 파멸하는데 내가 살아서 무슨 이득이 있으리.

11 조상(弔喪) : 남의 죽음에 슬퍼하는 뜻을 드러내어 상주를 위문함.

천도산인의 힘은 무서웠다. 그의 오른편 팔을 맡았던 소는 미끄러운 땅에 덜레덜레 조금 끌려왔다. 왼편 팔을 맡았던 소는 털썩 주저앉았다. 다리의 소들도 좀 뒷걸음질을 쳤다. 이와 동시에 아직껏 공중 들리어 있던 천도산인의 몸집은 철썩 땅 위에 내려졌다.

"칼로 자리를 낸 뒤에 찢게."

땅에 내려진 산인은 진 땅 위에 일어나 앉으며 눈을 감고 이렇게 말하였다.

다시 행형은 시작되었다. 다섯 군데로 잡아당기는 소의 힘에 공중에 들리어 있던 천도산인의 몸에는 몇 군데 칼자리가 났다. 양다리와 팔죽지와 목에 칼로써 자리를 낸 뒤에 또다시 소의 엉덩이에 채찍은 내렸다,

마침내 천도산인의 몸은 다섯 조각의 고깃덩이로 화하였다. 그 근본이며 경력을 알 수가 없는 한 수수께끼의 인물 천도산인의 최후는 이러하였다.

누구나 그의 과거를 아는 사람이 없었다. 동시에 누구나 그가 어떤 사람이었는지도 아는 사람이 없었다. 약 20일 동안을 장안의 거리거리를 돌아다닌 것이 그의 70년 생애에 남에게 알린 기간의 전부였었다.

그가 찢어지는 순간에 그의 목을 찢은 소는 당장에 벼락을 맞아 죽었다. 이것은 행형리며 그 밖 구경하던 사람들을 여지없이 놀라게 하였다. 사람들은 모두 뒷일을 그냥 내버려둔 채로 도망가버렸다.

그가 장안을 돌아다닌 기간은 극히 짧았다. 그러나 그가 끼치고 간 그림자는 컸다. 더구나 그의 처참한 최후며, 그 뒤를 연한 소의 벼락 맞아 죽은 일은 그의 사건을 신비화하여버렸다. 소의 죽음은 천벌이라 하였다. 그는 하늘이 보내신 성자라 하였다. 그리고 그의 말한 바는 모두가 믿어야 할 말이며 믿지를 않으면 천벌을 맞는다 하였다.

그의 퍼치고 간 유언에는 모두 얼토당토않은 꼬리가 몇 개씩 더 붙어서 퍼져 나갔다. 제각기 보고 들은 듯이 거짓말을 꾸며대며 천도산인에

대한 별별 사적을 수군거렸다.

이러한 기회를 활민숙에서도 결코 놓치지 않았다. 더구나, 천도산인과 직접 만나본 일이 있는 재영이는 천도산인의 무겁고 큼직한 인격을 잠깐 사이나마 충분히 보았는지라 재영이의 명석한 머리에서는 그럴듯한 여러 가지의 유언이 천도산인을 배경으로써 생겨났다. 그리고 그 모든 것은 모두가, 금년 유월에 일어날 난리를 근본 삼아가지고 그 뒤에 일어날 왕비당의 몰락이며 태공당의 흥성과 거기서 자연히 생겨날 빛나고 화려하고 장대한 국가를 비유한 것들이었다.

정부의 관리들은 이러한 유언을 없이하여버리려고 온갖 애를 다 썼다. 그러나 없이하려면 없이하려느니만치 누르려면 누르려느니만치 그 유언은 더욱 성하여 나아갔다. 잠깐 사이에 관리들의 억압을 뚫고 팔도 삼백여 주의 방방곡곡에 그 유언은 퍼져 나아갔다. 그리고 그 유언의 결과로서는 온 백성은 한결같이 그러한 혁명이 유월까지 가지를 않고 금명간[12]으로 일어나기를 기다렸다.

처음에 그 유언이 퍼져 나가는 것을 어떻게든 막아보려고 애써보던 정부에서는 그것이 도저히 못할 일임을 깨달은 뒤부터는 이번에는 오히려 그 유언에 반대되는 풍설을 퍼뜨려보려고 힘을 썼다. 그러나 왕비당에게 불리한 풍설은 가속도로 퍼져 나가는 반대로 그들이 퍼뜨리려는 유언은 조금도 전파되지를 않았다. 자기네끼리 이곳저곳서 이야기하는 그것을 외우고 퍼뜨리는 백성은 하나도 없었다.

7

천도산인의 죽음과 그 죽을 임시에 내린 벼락으로 말미암아 일에게 대한 별별 기괴한 풍설이 굉장히도 떠돌 동안—그리고 그 풍설을 없이하

---

12 금명간 : 오늘이나 내일 사이.

려고 온갖 애를 다 쓰던 정부 측에서 마침내 그 풍설을 없이하지 못할 줄을 깨닫고 방침을 다시 하여 자기네들은 그와 반대되는 풍설을 퍼뜨리려고 애쓰는 동안—그래도 그들의 마음에 얼마만치라도 안심을 준 일이 있었다. 그것은 작년 섣달 그믐께부터 홀연히 세상의 이면에 나타나서 '일월'이라는 날카로운 칼을 던져서 그들의 간담을 서늘케 하는 정체 모를 괴인 일월산인이 혹은 이번에 처형을 당한 천도산인과 동일인인지도 모르겠다 하는 요행심에서 나온 안심이었었다.

천도산인이 장안에 나타난 것은 일월산인이 장안에 나타난 지 한 10여 일 뒤였었다. 일월산인과 천도산인도 키가 크고 체격이 장대하고 눈에 광채가 있는 것과 같이 천도산인은 키가 크고 체격이 장대하고 눈에 광채가 있었다. 천도산인은 비록 스스로 나이가 칠십이 넘었노라고 일컬었으나 검은 머리털과 붉은 얼굴빛은 칠십 넘은 늙은이로는 도저히 볼 수가 없었다. 일월산인은 그들이 밤에 잠깐 횃불로 본 뿐, 그의 나이를 짐작할 수가 없었지만 좌우간 장년이었었다. 대담무쌍한 언행, 죽음을 두려워하지 않는 태도 등에 천도산인과 일월산인의 새에 유사점이 많이 있었다.

한 가지 천도산인은 얼굴 전면이 수염으로 덮였던 대신 일월산인은 수염 한 올도 없는 미청년이었다. 하나 수염은 언제든 기를 수가 있는 것이며 더구나 천도산인과 같은 괴인—적어도 그들의 눈에는 비를 부르고 바람을 일게 할 만한 술법을 가진 괴인으로서는 수염의 한두 발은 순식간에라도 뽑아낼 수가 있을 것이었다. 정월 하순 술 취한 나졸 몇 사람이 밤중에 뜻 안 한 곳에서 일월산인과 충돌을 하였다는 보고를 받은 그들이었으나 그 이튿날 역시 수염으로 온 얼굴을 덮어가지고 장안을 활보한 천도산인과 어젯저녁에 의관을 정돈하고 수염 한 올도 없는 얼굴로써 장안의 골목을 걷던 일월산인과를 별개시(別個視)할 만한 아무런 근거를 못 얻었다. 그들의 눈에는 천도산인은 사람의 모양을 한 한 정체 모를 귀신―혹은 술객이었었다. 동시에 일월산인도 사람의 모양을 한 한 정체 모를 귀신―혹은 술객이었었다. 이만치 그들은 천도산인과 일월산인을 두려워하였다.

천도산인을 잡아다 놓고도 그들은 그가 혹은 일월산인이 아닌가 하고 별별 문초를 다 해보았다. 밤에는 혹은 무슨 술법으로 달아나지 않는가 하고 그의 허리에 예민한 방울을 단단히 달아놓고 결박을 무섭게 지어서 옥에 넣은 뒤에 그것으로도 부족하여 10여 명의 파수를 두었다. 이튿날 역시 옥 가운데 태연히 누워서 코를 골며 자고 있는 천도산인을 그들은 오히려 기이한 눈으로 바라보았다. 그리고 지금 이 자리에 누워서 코를 골고 있는 괴인을 혹은 버들잎이나 아닌가 하고까지 의심한 것이었었다.

천도산인을 처형하는 날은 무슨 괴변이 생겨날 것은 미리부터 의심하지 않고 믿었던 바였었다. 일찍이 여러 가지의 전설과 고담을 듣고 읽은 그들은 자기네의 상상의 날개를 넓혀서 천도산인의 최후에 대한 여러 가지의 기괴한 장면을 예기하였던 것이었었다. 혹은 학을 타고 날아갈까, 혹은 천도산인의 몸을 찢으면 찢느니만치 그 찢어진 조각이 모두 한 개씩의 천도산인이 되어가지고 사면에 흩어지지나 않을지. 무슨 굉장한 천벌이나 안 내릴지.

그런지라 중대 범인인 천도산인의 처형임에도 불구하고 두드러진 관리는 한 사람도 와보지를 않았다.

8

그날 아침부터 부슬부슬 온 비는 그들의 공포심을 한층 더하게 하였다. 처형 전후하여 온 무서운 소낙비와 우레는 자기네의 집에 박혀서 처형의 보고를 기다리는 그들로 하여금 하마터면 처형 중지의 명령을 내릴 만치 그들의 공포심을 극도까지 끌어올린 것이었었다.

"소 다섯 마리에 엉덩이에서 피가 흐르도록 채찍질을 하고 천도산인을 찢으려 하였으나 천도산인은 찢어지지를 않았다."

"천도산인이 팔다리를 움직이매 소가 털썩 주저앉았다."

"칼로 가죽을 찢어낸 뒤에야 천도산인의 몸은 끊어졌다."

"한 사람은 당장에 벼락을 맞았다."

그들도 무론 서울 근교에서 벼락이 내리는 무서운 소리를 들었다. 그리고 직각적[13]으로 방금 천도산인의 몸이 찢어지는 것을 알았고 그 형장에 벼락이 내리는 것을 짐작하였다. 그러나 이 보고를 들을 때는 그들의 얼굴은 창백하여졌다. 몸은 사시나무 떨듯 와들와들 떨었다.

한 사람이 벼락을 맞아서 즉사할 뿐 무사히 천도산인의 목숨은 끊어졌다. 그러나 그 뒤 며칠을 그들은 전전긍긍 잠시도 마음을 놓지를 못하였다. 인제는 그들은 천벌을 피하려는 생각보다도 천벌이 어서 바삐 이르기를 세상에 다시없는 커다란 공포 가운데서 오히려 고대하였다.

무사한 며칠이 지났다. 아무런 천벌도 그들에게 내리지 않았다. 여기서 안심의 숨을 기다랗게 내어쉰 그들은 이 안심에 따르는 둘째 안심까지 한꺼번에 느꼈다.

"천도산인이 일월산인이야."

사실 천도산인의 출현 이래로는 일월산인의 활약이 없었었다. 천도산인의 처형 이후에는 천도산인의 혼령도 일월산인도 종적이 없어지고 말았다.

여기서 그들은 천도산인은 즉 일월산인이라는 생각을 더욱 굳게 믿었다.

재영이도 이 소식을 인호에게서 들었다.

"그 사람들은 천도산인을 꼭 일월산인으로 알고 지금은 푹 안심하고 있습니다."

---

13 직각적(直覺的) : 사물에 대하여 직접 깨닫는.

인호는 재영에게 이렇게 보고하고 큰 소리로 웃었다. 재영이도 웃었다.

"잘됐지. 그렇게 생각해두고 마음 놓고 있으라지. 그러나 일월산인 안재영이는 지금 그냥 뻣뻣 살아 있는 것을. 하하하하."

"형님, 천도산인을 만나봤다니 대체 어떤 인물입디까. 난 만나볼 기회가 없어서……."

"글쎄. 만나는 봤지만 나도 모르겠는걸. 글쎄. 자―어떤 인물인지."

사실 재영이도 천도산인의 인물을 명확히 알 수가 없었다. 커다란 인격과 커다란 의지―이 두 가지밖에는 천도산인의 교양이며 지식에 대해서는 도무지 알 수가 없었다. 그의 예언과 복술과 관상술도 어디까지 신용할 바며 어디까지가 허황한 말인지를 알 수가 없었다.

'유월 초아흐렛날은 난리가 있다. 그러나 곧 다시 평정된다.'

'용이 구슬을 잃은 격이다.'

'그 구슬은 찾을 길이 망연하다.'

이런 말들은 모두 재영이에게는 그럴듯이 믿어지는 말인 동시에 또한 도저히 믿어지지 않는 말이었었다. 그리고 믿고 싶은 한편 또한 절대로 믿기 싫은 말에 다름없었다.

'들어는 둬라. 믿을 것은 아니다. 설혹 믿을 만한 말이라도 그 말 때문에 우리 태도를 좌우할 필요까지는 없다.'

천도산인에게 율(律)한 선생의 이 단안[14]으로 그의 전 언행을 엿볼 수가 있는 천도산인은 역시(한 번 만나본 일이 있는) 재영에게도 수수께끼의 인물이었었다.

"글쎄."

재영이는 머리를 기울일 뿐, 대답을 못 하였다.

---

14 단안(斷案): 어떤 사항에 대한 생각을 딱 잘라 결정함.

애조(哀弔)

1

명인호는 혹은 죽은 명 참판의 아들인지도 알 수 없다. 듣고 보니깐 그럴듯한 점도 많다. 이런 말을 선생에게 듣고 나온 날 밤 인화는 밤새도록 잠을 못 이루었다. 우두커니 책상 귀에 기대고 앉아 있는 인화의 눈에서는 눈물조차 안 나왔다.

'그이는 돌아가셨다. 인젠 돌아가셨다.'

눈이 벌거니 앉아서 이런 생각만 하고 있었다. 밤중에 잠시 정신을 차리고 보니깐 책상 양귀에 촛불을 켜놓고 책상 위에는 냉수를 한 접시 떠다 놓았는데 그것조차 언제 하였는지 그는 알지 못하였다.

그의 앞에는 온 우주가 없어졌다. 아직껏 인호에게 대하여 칠 분의 고정은 하면서도 그래도 이 세상의 어떤 구석에 명 참판의 아들이 살아 있지나 않나 하는 희망을 가지고 있던 인화는 그 가지고 있던 삼 분의 희망을 선생의 말 때문에 내어버렸다. 동시에 그래도 약간 품고 있는 기대를 잃어버렸다.

처녀의 온 정열을 바쳐서 사모하던 이―누구이며 어떤 분인지는 모르나 일찍부터 어버이가 작정하여주신 남편으로서 자기의 온 정성을 다하여 그리던 이, 문틈으로나마 한 번 보고 싶던 이, 그 정체 모를 자기의 주인을 인제 겨우 알기는 알았지만 안 때는 그이는 벌써 이 세상 사람이 아니고 그 시체조차 얻어볼 바가 없었다.

한때 그이를 보기는 보았다. 그러나 그이는 그때는 단단히 결박을 당한 포로이었으며 자기네 동지와 뜻을 달리하는 적수(敵手)였으며 누구인지 짐작도 안 되는 한 자객에 지나지 못하였다. 그리고 그때의 그이는(그이를 누구인지 모르는) 인화에게는 애모하는 안재영 사찰의 주먹에 끌리어 온 한 경멸할 약자에 지나지 못하였다.

그 뒤 또 한 번 어두운 광 안에서 그이를 만져보고 쓸어보기도 하였다. 그때는 인화의 마음에도 혹은 그이가 일찍이 부모가 정하여주신 자기의 남편이나 아닌가 하는 의심이 칠 분가량 있기는 있었지만 그 가운데도 거기 대한 반대의 대답이 인화의 사면에서 우러나오던 때였었다. 만져보고 쓸어보고 가까이 말을 사괴어볼 기회를 가졌음에도 불구하고 거기 대하여 분명히 알아보지도 않고 그를 놓아 보냈다.

"내 이름은 이인숙."

이만치까지 말하였던 자기가 (비록 그이는 이인숙이 누구인지 몰랐다 할지라도) 왜 한 걸음 더 나아가서 당신은 죽은 명 참판의 자제가 아니십니까 하고 물어보지를 못하였나. 그만 말을 물어볼 틈이 없도록 바쁘지도 않았는데 왜 한 걸음만 더 나가보지 않았던가.

한 걸음 더 나가기만 하였던들 그의 입에서는 내 정체를 아는 당신은 대체 누구일까 하는 질문이 나올 것이 아닌가. 그런 뒤에는 그때 들어갈 때에 애당초부터 생각하였던 바와 같이, 속살거림과 눈물과 한숨과 환희의 한 막이 열릴 것이 아닌가. 그렇거늘, 마지막 한 걸음을 내어짚지 못했기 때문에 다시 삭일 길이 없는 원한을 천추에 남겨놓은 자기는—바보였다. 약혼자를 지척에 두고 말까지 사괴어볼 조용한 기회조차 가졌었거늘 그 기회를 놓아 보내고, 인제 다시 오실 길이 없는 임을 혼자서 이 세상에서 애모하고 있는 자기는—바보였다.

인젠 발을 굴러도 할 수가 없었다. 하물며 눈물과 한숨쯤으로는 도저히 미치지 못할 노릇이었었다. 이미 저세상으로 가버린 이, 살았을 때에는 숭늉 한 번을 따라드리지 못하고 그 누구인지도 몰라서 소홀히 대접한 이, 그이에게 대한 추모와 애정 때문에 인화는 잠을 못 이루고 우두커니 앉아 있었다. 과도한 후회와 심통은 그로 하여금 눈물조차 흘리지 못하게 하였다.

2

이튿날 인화는 거리에 나가서 굵은 베를 몇 자 끊어왔다. 그리고 그 베로써 허리띠를 만들어 띠고 속적삼을 만들어 입었다. 그는 그것들을 짓느라고 하루 진일 방 안에 꼭 박혀 있었다.

사내 복장 아래 자라나서 일찍이 바늘을 잡아본 일이 없는 인화는 다른 속적삼을 내어놓고 그것을 본때 삼아 만들었다. 적삼은 무론 꼴이 되지 않는 것이었다. 몇 번을 바늘로써 손가락을 뚫은 그는 적삼에 여러 군데 발깃발깃 피칠까지 하였다. 그러나 이것을 오히려 더 정성으로 여기고 이 정성이 그에게 오히려 더욱 만족감을 주었다. 일찍이 남편을 섬겨본 경험이 없는 그로서는 남편을 잃은 여인이 맛보는 애통을 맛보기에는 너무도 어렸다. 그러나 몇 해를 두고 사모하고 그리던 임을—더구나 사모하고 그리던 그때는 어떤 사람인지 알지도 못하던 임을 불의에 잃은 처녀로서의 비통은 충분히 느꼈다. 한 혼솔씩 한 혼솔씩 서투른 솜씨로 지어 나가는 속적삼에는 그의 온 정성이 박혔다.

그의 몸은 아직껏 남복 아래서 거칠게 단련되었다 하나 열여덟의 처녀로서의 부드러운 피부에는 굵은 베 속적삼은 역시 뻣뻣하였다. 이곳저곳 쓸리기까지 하였다. 그러나 그 쓸리는 곳에서 그는 일종의 쾌감까지 느꼈다.

'여보세요. 당신을 위하여 나타나게 소복을 입지 못하는 이 처지를 알아주세요. 금생에서 당신을 섬겨본 적이 없는 이 몸이 사후의 당신을 위하여까지 나타나게 정성을 바치지 못한다 하는 것은 얼마나 마음이 아프오리까. 그러나 지금의 처지로써 도저히 마음에 있는 대로 다 행하지 못할 것을 어찌하리까. 금생에 바쳐보지 못한 아내로서의 정성을 내생에나 마음껏 바치겠사오니 모든 일을 알아주시고 용서하여주세요.'

변명을 의미하는 이런 애원이 그의 마음에 일어서는 잦고 일어서는 잦고 하였다.

밤에 그는 선생에게 조용히 불리었다.

"왜 하루 진일을 방 안에 꾹 박혀서 나오지를 않았느냐?"

선생은 이런 말을 물었다. 이 질문 앞에 인화는 눈이 말똥말똥 선생을 쳐다볼 뿐 대답치를 못하였다. 이때의 인화의 마음에는 선생에게 대한 저품'도 없었다. 아직껏 늘 느끼던 바의 존경조차 얼마만치 줄어졌다. 그 대신 윗사람―어버이에게 대한 의뢰심과 어리광이 나오려 하였다. ―왜 그런 말씀을 물으세요? 나는 그이를 잃었습니다. 그이를 잃은 내게 무슨 여러 말씀을 물으세요? 나는 모든 것을 몰라요. 지금의 내가 무엇을 알겠습니까. 세상이 내 앞에 꺼져 없어진 것 같습니다. 선생을 말똥말똥 쳐다보고 있는 동안 그의 머리에는 이런 어리광이 나왔다. 그 어리광의 반영과 같이 눈물이 어리었다. 몸도 고민하듯이 비꼬았다.

"방 안에 꾹 박혀서 무얼 했느냐."

선생은 또다시 물었다. 그러나 그 물음은 결코 위엄을 띤 질문이 아니었었다.

―무얼 했느냐고요? 그이를 위해서 소복을 지어 입었지 무얼 해요? 그런 말씀은 이 뒤에는 아예 묻지도 마세요. 대답조차 눈물 없이는 하지를 못하겠습니다. ―인화는 고요히 눈을 감았다. 아직껏 눈에 고여 있던 눈물이 그가 눈을 닫을 때에 마침내 밖으로 흘러나왔다.

---

1 저품 : 두려움.

선생의 얼굴에는 적적함을 띤 미소가 스치고 지나갔다. 그 미소 아래서 선생은 세 번째 또 입을 열었다.

"밖에 나다니기조차 싫더냐? 네 마음도 그렇기는 하리라. 하기는 하지만."

선생은 눈을 고요히 닫았다. 그리고,

"마는."

다시 한번 이렇게 뇌어 본 뒤에 눈을 천천히 뜨면서,

"좀 가까이 온. 이 아랫목으로."

하고 자리를 조금 비켜주었다.

3

인화는 선생의 첫 말에 곧 선생이 비켜준 자리로 내려갔다. 세상의 온 갖 일이 귀찮은 인화에게는 사양하고 권고하는 인생의 군잡스런 예의가 시끄러웠다. 오라면 오고 가라면 가고 그뿐이었다. 거기는 자의(自意)를 세우려든가 주장하려든가 발표하려는 아무런 노력은 없었다.

가까이 온 인화의 쪽으로 선생은 조금 몸을 틀었다. 그리고 고즈넉이 입을 열었다.

"인─숙아."

인화는 펄떡 놀라서 눈을 들었다. 이 이름─한 번 인화가 커다란 기대로써 명인호의 앞에서 스스로 불러본 밖에는 아직껏 한 번도 남의 앞에서 꺼내어 온 적이 없는 이 이름으로써 선생에게 불릴 때에 인화의 마음에 그 이름이 울린 바는 매우 컸었다. 자기의 부모가 자기를 위하여 지어준 이 이름은 또한 이 세상에서는 선생과 자기밖에는 아무도 아는 사람이 없는 이름이었었다. 그리고 철모르는 어린 시절에는 무론, 이 이름으로 많이 불리었을 것이되 철이 든 이래로는 한 번도 불리어본 적이 없는 이름이었었다. 자기 스스로도 그때의 포로 명인호의 앞에서 한 번 불러

본 뿐 꿈에도 생각지 않고 감추려던 이름이었었다. 무장한 소년 이인화가 아니요 한 개 아름다운 여인 이인숙의 장래를 지배할 권리와 돌볼 의무를 가진 명목을 잃은 오늘 갑자기 선생에게서 그 이름으로써 불린 인화는 깜짝 놀라서 머리를 들지 않을 수가 없었다. 비록 자기의 이름이나마 아직껏 부르고 불리어본 적이 없는 그 이름은 인화의 귀에도 몹시 낯선 이름이었었다.

인화의 깜짝 놀라는 모양을 선생은 흥미 있는 듯이 바라보았다.

"뜻밖이냐? 내가 이 이름으로 너를 부르는 것은……."

선생은 빙긋이 웃으면서 이렇게 말하였다.

그러나 선생의 미소가 인화의 위에 움직인 영향은 선생의 예기하였던 바와 달랐다. 뜻 안 한 이름 앞에 인화는 무론 기의[2]와 경악의 눈을 던지리라 선생은 믿었는데 인화가 취한 태도는 그렇지 않았다. 잠시 아무 표정도 없는 얼굴로 선생을 쳐다보고 있다가 그만 그 자리에 쓰러졌다. 처녀의 마음에 사무쳤던 비통과 원망은 모두 자기의 이 처녀의 이름 앞에 폭발되었다. 쓰러지는 순간 그는 흐득흐득 느껴 울기 시작하였다.

"이게 무슨 철없는 짓이냐."

인화의 우는 양을 잠시 눈이 둥그레해서 내려다보던 선생은 이렇게 준절히[3] 책망하여보았다. 그러나 인화에게는 지금은 선생의 준절한 책망도 두렵지 않았다. 그다지 큰 소리는 아니되 이전만 같으면 몸서리를 치면서 일어나 앉을 선생의 이 꾸중에도 인화는 태도를 고치지 않았다. 아직껏 쓰고 있던 사내의 껍질이 인제 깨어져 나가고, 여자로서의 본색을 회복한 인화에게는 선생도 한낱 이성(異性)에 지나지 못하였다. 이성의 꾸중은 그에게 아무런 저픔을 주지를 못하였다. 그것이 부덕(婦德)에

---

2 기의(氣意) : 대상·환경 따위에 따라 마음에 절로 생기며 한동안 지속되는, 유쾌함이나 불쾌함 따위의 감정.

3 준절하다 : 매우 위엄이 있고 정중하다.

대한 꾸중이라면 지금의 인화를 움직일 수가 있겠지만 '이게 무슨 철없는 짓이냐'는 꾸중은 '이게 무슨 사내답지 못한 짓이냐'는 것과 같은 말로서 인화에게는 아무 의미도 없는 말이었었다.

한 번 꾸중은 하여보았지만 그래도 태도를 고치지 않는 인화를 선생은 눈이 멀거니 내려다보고 있었다. 이 철없는 짓을 마땅히 책망할 것인가, 혹은 인화의 가련한 정경을 동정할 것인가, 선생은 여기서 주저하는 모양이었었다.

마침내 선생은 자기의 태도를 결정하였다. 한참 인화의 우는 모양만 내려다보고 있던 선생은 천천히 손을 들어서 인화의 등을 쓸어주었다. 그러나 이 애무의 손조차 인화에게는 한낱 이성의 손으로 감각된 데 지나지 못하였다. 인화는 선생의 손을 피하여 조금 움쳐 들어갔다.

4

인화의 울음은 그 뒤에도 한참 계속되었다.

한참 운 뒤에 그 울음을 거둘 때는 그의 설움은 얼마만치 적어졌다. 동시에 아직껏의 그의 생장과 교양이 낳은 바의 남아(男兒)로서의 용감스러움이 한때 그의 마음을 덮었던 처녀의 애통 위로 뿔을 나타내기 시작하였다.

선생이 고즈넉이 입을 열었다.

"인화야, 네 마음을 모르는 바는 아니다. 그렇지만—말하기가 매우 어렵다만 죽은 명인호가 분명히 명 참판의 유고(遺孤)라는 것도 아니고—혹은 그저 그럴지도 모르겠다는 데 지나지 못하지 않느냐?"

여기서 잠깐 말을 끊은 선생은 장차 할 이야기를 생각하는 듯이 두어 번 코를 울리었다.

"그리고 설혹 그 사람이 돌아간 명 참판의 유고라 한대도 이미 지난 일을 어찌하겠느냐. 지난 일은 지난 일, 장차 할 일은 할 일."

선생은 눈을 들었다.

"지난 일을 우느라고 할 일을 못 해서는 안 된다.

내가 아직껏 너를 그렇게 기르지는 않았다. 더구나 만약 그 사람이 돌아간 명 참판의 유고라 하면 명 참판의 유고 되는 자가 충성을 잊고 운현궁을 배반하고 지금 간적에게 가담을 했다는 것은 그게 무슨 비열한 짓이냐. 그 사람이 명 참판의 유고라 한대도 없는 이의 유지(遺志)[4]를 저버린 인물을 내가 용서할 수가 없다. 너를 낳은 이도 네 부모겠거니와 너를 기른 나도 또한 네 부모가 아니냐. 어버이 된 자의 권리로써 나는 너를 그 사람에게 허할 수가 없다. 너의 어버이가 살아 계시고 명 참판이 생존했다 해도 오늘날 내 조처와 같은 조처를 했으리라. 그러니깐."

선생은 손을 인화의 어깨에서 내리었다.

"왕사는 다 잊고―못된 꿈을 꾼 줄 알고 인제부터 다시 새로운 인화가 되어서 충성을 다해라. 나라를 위해서 네 힘을 다해라. 이인숙이라는 여아가 아니요 이인화라는 남아, 이활민의 아들이 된 심으로 나라를 위해서 일해라. 인생은 짧지만 이름은 기니 이름을 죽백[5]에 새기도록 힘써라.

"공(公)은 공, 사(私)는 사."

선생의 음성에도 조금 흥분의 기색이 뜨이기 시작하였다.

"사를 위해서 공을 잊어서는 안 된다. 결코 안 된다. 아까 눈치로 보니깐 네가 재영이를 몹시 속으로 원망하는 듯하더라만 그건 참 당찮은 일이로다. 재영이가 인호를 죽여버린 것이 무슨 사사 혐의가 있겠느냐. 하물며 너와 명인호가 어떤 관계가 있는지 그런 것을 알겠느냐. 재영이의 한 일은 우리 당을 위해서 간적 하나를 없애버린 게지 사삿일이 아니니깐 재영이를 원망하는 것은 당찮은 일이다."

---

4 유지 : 죽은 사람이 살아서 이루지 못하고 남긴 뜻.

5 죽백(竹帛) : 서적(書籍), 특히 역사를 기록한 책. 종이가 발명되기 전에 대쪽이나 헝겊에 글을 써서 기록한 데서 생긴 말이다.

선생은 문득 말을 끊었다. 할 말을 다 하였는지 혹은 인제 할 말을 생각하는지 선생은 말을 끊은 뒤에 눈을 고요히 감고 한참을 잠자코 있었다.

한참 뒤에 선생은 또 입을 열었다.

"어떠냐. 내 말을 알겠느냐?"

알겠습니다. 인화는 대답은 하였지만 입을 움직일 뿐 목소리는 들리지 않았다.

"어때?"

"네. 알겠······."

"공은 공, 사는 사, 사 때문에 공을 잊어서는 안 된다. 오늘 밤부터는 모든 마음을 죽여버리고 네 방을 나와서 다시 이인화가 돼야 한다."

인화의 눈은 이때에 처음으로 들렸다. 그의 눈은 수정같이 빛났다. 인화의 눈에서는 보기가 쉽지 않은 애원하는 듯한 눈초리가 천천히 들리어서 선생의 위에 부어졌다.

"선생님."

"왜."

"한 달만 기다려주세요."

"무얼?"

5

인화는 들었던 머리를 갑자기 도로 숙였다.

"한 달만 기다려주세요."

"한 달? 무얼 한 달을 기다리란 말이냐?"

"제 마음이 좀 삭도록 한 달만 내버려둬주세요."

선생은 눈을 들어서 인화를 바라보았다.

"한 달? 한 달이면 네 마음이 좀 삭을 것 같으냐?"

"네."

"그리고 다시 이전의 이인화와 같이 될 것 같으냐?"

"네, 설혹 마음이 다 삭지 않는다 해도 할 일은 해 나가도록 힘써보겠습니다."

이렇게 대답하는 인화의 목소리는 거의 들리지 않을 만치 작았다. 그리고 인화의 소리로는 알아듣기 힘들도록 떨렸다.

선생도 인화의 쓰리고 아픈 마음을 알아본 듯하였다. 더구나 일을 부러 꾸며대어서 자기의 딸과 같이 사랑하던 인화의 마음을 이렇듯 아프게 한 선생은 그 때문에 자기의 마음도 좋지를 못한 모양이었었다. 선생의 입에서도 마침내 커다란 한숨이 나왔다.

"인화야, 네 마음도 쓰리고 아프리라. 네 마음을 나도 역시 모르는 바는 아니지만 큰일의 앞에 조그만 일이야 잊어야 하지 않겠냐? 그러니깐 모든 것을 다 잊고, 더구나 그 사람은 아무리 네 부모가 작정하여주신 그 지아비라 하지만 의를 저버리고 불의로 간 사람이 아니냐? 여필종부[6]라 하는 말이 있지만 그 말은 불의에까지 반드시 그 지아비를 좇으란 말은 아니다. 그 지아비가 불의로 가면 아내는 마땅히 그 지아비를 불의에서 의로 돌아오도록 권고를 할 것이고 그래도 돌아오지 않거든 그 지아비를 내버려도 괜찮다. 아니 마땅히 그 지아비를 버려야 한다. 너로 말할지라도 명인호가 돌아간 명 참판의 자제가 분명한지는 아직 자세하지 않지만 설사 그 사람이라 한대기로 제 어버이의 원수에게 몸을 의탁하고 어버이의 친구요 은인 되는 분의 목숨을 해하려던 사람이니깐—말하자면 제 어버이와도 또한 원수가 된 사람이니깐 어버이가 무덤에서 살아나실 수만 있으면 당장에 파혼해버릴 게 아니냐. 하니깐 이미 민씨에게 가담한 그 사람은, 민씨에게 가담할 때부터 벌써 너와 파혼이 된 셈이다. 그러한 사

---

6 여필종부(女必從夫) : 아내는 반드시 남편을 따라야 한다는 말.

람 때문에 끝끝내 속을 태울 필요까지야 어디 있냐. 그러니까 네 말대로 한 달 동안을 그냥 내버려둘 테니간 그동안에 마음을 삭일 수 있도록 삭이고 그 뒤부터는 또 네 충성을 나라에 다해라. 어버이가 정하여주신 약혼자는 이미 원수가 됐고 그 원수가 된 사람조차 벌써 죽어버린 사람이니까 너는 인젠 주인이 없는 자유로운 사람으로 알고 이제부터는 나약한 여자가 아니고 한 개 남아—라는 생각을 먹고 힘과 마음을 다해서 나라를 도와라. 어떠냐? 잘 알겠냐.”

인화는 약간 머리를 수그려서 알아듣겠다는 뜻을 나타내었다. 그러나 아무리 선생에게 이런 말을 듣되 그의 마음에 자리 잡은 애통의 뿌리는 사라질 길이 없었다.

여자의 마음에 박힌 사랑의 뿌리는 가장 큰 것이다. 이제 만약 인호로서 아직 살아 있어서 인화에게 향하여 인화도 민씨 측으로 달려오라는 말을 할 것 같으면 인화는 잠시를 주저치 않고 인호의 명하는 대로 할 것이었다. 지금 잃어버린 임 때문에 인화의 마음은 칼로 베이는 듯이 아팠다. 선생에게 그런 말을 들으면 들을수록 인화의 마음은 더욱 찢어지는 듯하였다.

선생에게 하직을 하고 제 방으로 돌아온 인화는 아직껏 선생의 앞에서 참고 참았던 울음을 책상 뒤에 기대고 앉아서 울기 시작하였다.

“여보세요.”

그는 마치 억지 쓰는 어린애같이 몸부림을 쳐가면서 느꼈다.

6

그다음부터 인화는 한 산송장으로 자처하였다. 비록 끼니는 찾아 먹으나—그리고 규칙 바르게 밤에는 자고 낮에는 깨나 세상만사를 그는 아무 뜻 없이 바라보았다.

“이 공, 심부름시키는 것 같지만 냉수 좀 떠다 주구려.”

"네."

"이 공. 오늘이 며칟날인지?"

"네."

그는 온갖 일을 '네'의 한마디로 해결코자 하였다. 거절하느라고 이렇다 저렇다 하는 시끄러움조차 그에게는 귀찮았다.

'여보세요. 한 마디의 따뜻한 말을 사괴어도 보기 전에 당신은 왜 저세상으로 갔어요?'

그는 죽은 명인호를 향하여 늘 이렇게 애원하였다. 그는 명인호의 환영이라도 보려고 늘 제 방에 꾹 박혀서 눈을 감고 있었다.

그러나 인호의 생전에도 잠시 광에서 사랑으로 사랑에서 다시 광으로 지나갈 때에 본 뿐 그의 모습을 자세히 모르는 인화에게는 분명한 환영조차 나타나지 않았다. 커다랗던 그의 얼굴을 유일의 기억으로 눈을 감고 이리저리 생각하여보지만 그 커다란 얼굴에는 그럴듯한 눈과 코는 생겨나지 않았다.

"이 공, 본관(本貫)이 어디요."

"황해도 연안."

"음. 서북 놈이로군."

친구들의 이러한 농에도 그는 싱겁게 방긋이 웃으면서 그들을 피하였다.

밤에는 촛불을 책상 위에 켜놓고 냉수를 떠다 놓은 뒤에 돌아간 이의 명복을 신령께 빌었다. 생전에 한 번도 만나서 이야기해본 적이 없는 것이 그에게는 더욱 원통하였다. 더구나(자기는 오히려 나았지만) 명인호로 보면 순식간이라도 자기와 얼굴을 대하여보고 자기의 손으로 그의 결박을 끌린 일까지 있되 끝끝내 그 자기의 결박을 끌러준 사람이 어버이의 정하여주신 약혼자라는 것을 알지도 못하고 죽어버린 것이 원통하였다. 자기는 그의 약혼자이며 자기는 자기의 처녀로서의 온 정열을 가지고 한 번이라도 그에게 알리고 싶었다.

동시에 인호에게 대한 그러한 애모는 죄[7] 재영에게 대한 원한으로 변하였다. 그는 할 수 있는 대로 재영이를 피하였다. 할 수 없이 만나는 때도 대개 얼굴을 외면하였다. 얼굴을 대할 때도 간단한 목례를 하는 뿐 마주 서기를 꺼리었다.

그러나 이러한 가운데서도 가장 그의 마음을 괴롭게 한 것은 그는 결코 재영이를 밉게 여길 수 없는 것이었었다. 마음으로뿐은 재영이를 원수로 여기고 밉게 보려고 하였지만 진심으로 재영이를 밉게 볼 수가 없었다. 재영이와 만나면 이상히도 가슴이 떨렸다. 재영이가 무슨 일로 나가서 밤을 새우면 그는 밤에 몇 번을 문을 방싯이 열고 재영이의 방 앞에 신이 놓여 있는지 없는지를 보는 것이었었다.

재영이에게 대한 이러한 괴상한 마음 때문에 명인호에게 대하여 미안하게 된 그는 이 마음을 죽여버리고 돌아간 그에게 사죄를 하고 하였지만 생존한 친구(이성(異姓)의)로서의 재영에게 대한 인화의 괴상한 심리뿐은 온전히 뿌리를 끊어버릴 수가 없었다.

"이 공, 왜 그리 심울해하우."

재영이에게 이런 말을 들을 때는 인화는 형용할 수 없는 아픈 마음 때문에 대답 없이 외면을 하고 하는 것이었다.

"여보세요. 저는 당신뿐을 사모합니다. 당신밖에는 이 세상에는 남자는 없는 줄 알고 있습니다. 사찰? 사찰은 한 친구에 지나지 못합니다. 결코 근심하거나 의심하지 말아주세요."

그는 없는 그의 혼백에게 이렇게 호소하고 하였다.

---

7 죄 : 죄다. 남김없이 모조리.

예조(吏曹)

245

7

선생에게 약속한 한 달을 인화는 여승과 같은 경건하고 떨리는 마음으로 보냈다.

"여보세요. 왜 좀 더 살아 계시지 않았어요. 한 번이나마 왜 저와 이야기를 하여볼 기회조차 없이 저세상으로 가버렸어요?"

이러한 애끊는 듯한 한탄은 늘 그의 마음의 한편 구석을 점령하고 있었다.

그는 아직 남편과 애인을 구별할 만한 지식을 못 가졌다. 남편이 아닌 남자는 한낱 친구에 지나지 못하였다. 남복을 하고 있는 자기의 동지, 혹은 원수, 혹은 국외인에 지나지 못하였다. 아무리 밉게 여기려야 밉게 볼 수 없는 재영이를 역시 원수로 보는 그의 심리는 여기서 출발한 것이었었다.

이러한 점에서 마음의 방향의 출발점을 작정한 그에게는 재영이는 사실 괴로운 존재였었다. 재영이를 만나는 것은 그에게는 큰 고통이었었다. 귀공자다운 그의 몸가짐 내지 모습이며 남자다운 태도는 보면 볼수록 밉게 볼 수는 없기는커녕 오히려 마음은 더욱 끌리는데 그래도 그를 원수로 보지 않을 수 없는 인화는 그 때문에 할 수 있는 대로 재영이를 피하였다.

"이 공, 왜 그리 심울해하셔요."

재영이가 모른 체하고 그에게 와서 친절히 위로할 때는 인화는 몸을 떨면서 그를 피하고 하였다. 그리고 그와 피하기 위해서는 할 수 있는 대로 제 방―그렇지 않으면 숙생들이 많이 모여 있는 데 있었지 한 번도 조용히 재영이를 본 일이 없었다.

일찍이 한 달의 유예를 준 선생은 모든 일을 모르는 듯이 내버려두었다.

인화는 나날이 초췌하여갔다. 그의 불그스레하고 기껏 피었던 얼굴에는 늘 어두운 기분이 흐르고 있었다. 눈시울은 검게 되었고 웃는 일이 그리 없지만 억지로라도 웃을 때는 뺨에 주름이 잡혔다. 밤에는 대개 잠을 못 이루었다.

이러한 가운데서 그의 마음의 한편에서 새로이 일어나서 그를 괴롭게 한 한 가지의 생각이 있었으니 이것은 그의 청춘이 헛되이 지나가버릴 데 대한 애조의 염[8]이었었다. 아직껏 정체가 몽롱한 명 참판의 아들을 남편으로 사모하고 그리고 있을 동안은 그런 일을 몰랐지만 지금 급기 그 사모하고 그리던 이를 잃은 때에 그는 자기의 장래에 누워 있는 영구한 암흑을 보았다. 그의 꽃다운 청춘은 헛되이 지나가지 않을 수가 없었다. 마땅히 그의 청춘을 즐겁게 하며 아울러서 그의 청춘을 즐길 의무와 권리를 가진 사람을 잃어버린 인화는 인제는 자기의 화려하여야 할 청춘을 그대로 헛되이 삭여버리지 않으면 안 될 운명이었다.

"여보세요. 왜 당신은 가셨어요."

그는 남이 보지 않는 데서는 늘 몸부림을 치면서 이렇게 하소연하고 하였다.

선생이 조용히 불러서 위로할 때마다 그는 모든 일을 다 아는 선생에게 자기의 애통의 전부를 호소하였다.

"슬퍼하면 무얼 하겠느냐. 인젠 모든 일을 다 잊어버려라. 잊는 것이 제일이니라. 제 애통을 일일이 다 기억하자면 이 늙은 스승은 벌써 죽어버렸겠다."

선생은 가련히 여기는 미소를 띠고 이렇게 위로하고 하였지만 이러한 위로는 폭발할 기회를 기다리고 있던 인화의 마음에 한 도화선이 되는 데 지나지 못하였다. 흐륵흐륵 소리를 안 내고 울던 그는 이런 때는 소리까지 내서 울었다. 그리고 한참을 울고 난 뒤에는 얼마만치 마음의 가벼

---

8 염 : 무엇을 하려고 하는 생각이나 마음.

움을 느끼고 하였다.

　무한 큰 애통과 여승과 같은 경건한 마음과 재영이에게 대한 별한(미운 듯하고도 밉게 여길 수 없는) 감정 – 이러한 가운데서 그가 일찍이 선생에게 약속한 한 달이 지나갔다.

8

　어떤 날 인화는 조용히 재영이와 만나게 되었다.

　어떤 날 저녁, 이날도 역시, 몹시 경건한 마음으로 책상의 양 귀에 촛불을 켜놓고 그 앞에 꿇어앉아서 돌아간 이의 명복을 빌면서 정신없이 앉아 있을 때에 뜻 안 한 재영이가 문을 벌컥 열고 들어왔다.

　인화는 깜짝 놀랐다. 이 활민숙에서는 밤에 서로 찾아다니는 것은 규칙으로 엄금하고 다만 재영이뿐은 사찰이라는 명목 때문에 찾아다닐 권리가 있다 하되 아직껏 재영이가 밤중에 인화를 찾아온 일은 없었다. 따라서 인화는 경악의 눈을 재영이의 위에 붓지 않을 수가 없었다. 더구나 명인호의 일이 있은 뒤부터는 이전과 달리 여자다운 마음이 되어 있던 인화는 재영이와 거리가 멀어지도록 피하여 앉으며 놀란 눈을 재영이의 위에 부었다.

　그러나 재영이는 그런 것을 모두 모르는 듯이,

　"어떠시오."

하면서 인화의 맞은편에 앉았다.

　인화는 억지로 미소하여보았다. 그러나 미소라 하기는 하나 얼굴을 조금 움직일 뿐 그것은 결코 미소가 아니었었다.

　"어디 몸이 편찮우? 웬 방에만 꼭 박혀서 나다니지를 않우?"

　재영이는 역시 아무것도 모르는 듯이 이렇게 물었다. 그의 얼굴에는 미소의 그림자가 넘쳐 있었다.

　"네, 몸도 좀 편찮고……."

“그것 안됐구려. 의원이라도 청해볼까?”

인화는 황급히 그것을 말렸다. 그리고 의식적으로 재영이를 피하려는 듯이 또 조금 물러앉았다.

그러나 재영이가 무릎걸음으로 그를 따라왔다.

“어디, 이마 좀 짚어봅시다.”

인화가 피할 겨를도 없이 재영이의 오른손은 인화의 이마에 올라왔다. 왼손은 이마를 짚기 위하여 인화의 목덜미 위에 얹어졌다. 재영이의 얼굴은 인화의 다섯 치가 못 되는 거리에 이르렀다.

인화는 확확 다는 얼굴과 뛰노는 가슴을 억제키 위하여 온갖 노력을 하지 않으면 안 되었다. 그의 가슴은 방망이질하듯 하였다. 몸까지 와들와들 떨렸다. 온몸의 피가 얼굴로 향하여 확 하고 올라왔다.

지금 자기의 이마 위에 손을 얹고 있는 것은 한 개의 이성(異姓)이었었다. 그것은 이전에 서로 손을 마주 잡고 즐기던 친구가 아니었었다. 지금의 인화에게는 모든 숙생이 다 이성으로 보였다. 그 가운데서도 재영이는 더욱 이성이었었다.

‘원수의 손이다. 이 손이 그이를 없이한 손이다. 원수의 손이다.’ 인화는 속으로 이렇게 생각하고 있었다. 그러나 이상히도 인화는 그 재영이의 손에서 원수의 손에서 당연히 감각할 바의 전율을 느끼지 않았다. 뿐만 아니라 오히려 몸을 떨게 하는 어떤 쾌감까지 느꼈다. 인화는 눈을 지르감고 모른 체하고 앉아 있었다.

“열도 있구먼. 그리고 가슴도 몹시 뛰노는걸. 좀 과하거들랑 의원 불러 보지요.”

필요 이상으로 오래 인화의 이마 위에 손을 얹고 있던 재영이는 그 손을 내리면서 이렇게 말하였다.

“아니, 괜찮아요.”

인화는 정신없이 이런 대답을 하였다. 그의 눈앞에는 온 우주가 있었다. 웬일인지 원수로 생각하면서도 밉게 볼 수가 없고 피하고 싶으면서도 전율로써 상대하고 싶은 재영이가 이 세상의 유일의 존재였었다. 비록 눈을 지르감고 있다 하나 광채나는 재영이의 두 눈알은 분명히 인화에게 보였다. 그리고 그 눈알은 분명히 인화에게 보였다. 그리고 그 눈알은 이전과 같이 한낱 친구의 눈알이 아니요 여자인 자기를 위압하는 한 개의 이성의 눈알이었었다.

인화는 그냥 몸을 떨며 앉아 있었다.

9

"이 공, 왜 그리 늘 심울해하시우? 이즈음 무슨 근심이 생겼는지는 모르겠지만 지금이 그렇게 꾹 박혀서 자기의 근심으로 세월을 보낼 때로 아시오? 더구나 그게 믿을 말인지 믿지 못할 말인지는 모르지만 천도산인이 돌아다니면서 하는 말이 금년 유월에는 반드시 난리가 있겠다는데 우리가 그 난리를 이용해볼 생각도 않고 눈이 꺼벅꺼벅 방 안에 박혀 있어서야 되겠소? 모두들 제힘을 다해서 활동하는 이때에 우리 숙에서 가장 민활한[9] 이 공이 아무 하는 일 없이 그렇게 꾹 박혀 있어서야 되겠소? 이것은 사찰 안재영이가 하는 말이 아니고 이 공과 같은 숙생 안재영이가 하는 말이외다. 생각해보시오."

재영이는 이런 말을 하였다.

그러나 인화는 거기 대답도 못 하고 머리를 푹 수그리고 앉아 있었다. 머리를 푹 수그리고 앉아 있는 인화에게는 당신은 내 원수외다 하는 생각이 끊임없이 일어났다.

그러나 그런 생각은 하면서도 이상히도 인화는 재영이를 밉게 여기는 생각은 조금도 일어나지 않았다. 뿐더러 머리의 한편 구석에는 이전과 같

---

9 민활하다 : 날쌔고 활발하다.

이 재영이의 팔에 몸을 내어던지고 그 굳센 재영이와 함께 다시 활약하여 보고 싶은 충동이 또한 끊임없이 일어났다. 이즈음 차차 활기가 보이기 시작한 활민숙에서 저 혼자 음침한 기분으로 꾹 박혀서 아무 일이 없이 지내는 것은 아직껏 사내의 기분으로써 생장한 인화에게는 고통에 가깝도록 갑갑하였던 것이었었다. 한참 머리를 수그리고 있던 인화는 이윽고 머리를 들었다.

"사찰, 왜 그런지 이즈음 늘 마음이 음침해져서 아무 데도 손을 붙이기가 싫어요. 그 때문에 선생님한테도 한두 번 꾸중을 들은 일이 있지만 선생님께도 이 이월 초승까지만 기다려달라고 여쭤뒀습니다. 그때까지만 기다려봐서 그래도 음침한 마음이 없어지지 않으면 그때는 억지로라도 그 생각을 없이해보려고 그때까지만 기다려달라고 그랬습니다. 선생님도 허락해주셨어요. 그러니깐 사찰도 그때까지만 기다려주세요. 그때만 지나거든 마음이 아무리 음침하든 억지로라도 또다시 나서서 일을 할게……."

이렇게 말하는 인화의 눈에는 수정과 같은 눈물이 맺혔다. 그리고 원망과 적의의 눈을 재영이에게 던지려던 인화건마는 그 눈에는 아무 적의며 원망이 나타나 있지 않았다. 이전과 같은 애모─경애─이러한 눈자위가 재영을 앞한 인화의 눈에 나타난 것이었었다.

아는지 모르는지 재영이는 인화가 인호를 위하여 책상 귀에 떠다 놓은 냉수 그릇을 들고 들이마셨다. 그것을 깜짝 놀란 인화는 몸을 흠칫하며 말리려 하였으나 인화가 말리려는 행동을 시작하기 전에 재영이는 한 대접이 되는 냉수를 거의 다 먹고 그릇을 책상 아래 놓았다.

재영이가 돌아간 뒤에도 인화는 냉수를 다시 떠다 놓지 않았다. 뿐만 아니라, 마음의 한편 구석에는 죽은 인호를 조상하는 생각이 사무쳐 있으면서도 재영이 역시 믿게 여기지 못할 자신의 괴상한 마음을 발을 구르면서 안타깝게 여겼다. 그것은 없는 이를 욕하는 것같이 생각되어서 그의 마음을 아프게 하였다.

'여보세요. 당신은 당신, 사찰은 사찰, 사찰에게는 숙(塾)의 의리가 있고 당신께는 인륜상의 의리가 있습니다. 사찰에게 대하여 한 일은 숙생으로의 의리로 한 것이외다. 오해치 말아 주세요.'

이러한 변명이 그의 마음에 일어났다.

그러나 아무리 이러한 변명은 할지라도 어려서부터 그의 마음에 뿌리박힌 재영이에게 대한 애모의 염은 일조일석[10]에 없이해 버릴 수는 없었다. 재영이가 없는 다른 세상이면이어니와 같은 숙 안에서 재영이와 맨날 상대하면서도 인화는 재영이를 잊을 수는 도저히 없었다.

10

인화가 일찍이 선생에게 약속한 한 달이 지났다. 여승과 같이 경건한 마음으로—과부로서의 엄숙한 태도로 일찍이 선생과 약속한 바의 한 달을 보냈다.

괴로운 의무—그것은 과연 인화에게는 괴로운 의무였었다. 그리고 가슴 아픈 의무였었다. 수천[11] 년 전부터 그의 조상이 지켜온 바의 규범에 의지하여 죽은 이에게 대하여 마땅히 지켜야 할 의무와 죽은 이를 마땅히 조상하여야 할 그 의무—이 두 가지의 의무감에서 생겨난 고통을 그는 상당히 받았다.

부모의 작정하여주신 남편이 세상을 떠난 것은 아내 된 자의 아픔에 다름없다. 이러한 관념 아래서 생겨난 고통과 음침 가운데서 한 달을 인화는 경건한 마음으로 보냈다.

"여보세요. 당신이 안 계신 이 세상이 내게 무엇이 빛나오리까. 내게

---

10 일조일석 : 하루 아침과 하루 저녁. 짧은 시일.
11 수천 : 연재 원문에는 '수십'이라 표기됐으나 '수천'의 오류로 보임.

는 쓸쓸함과 외로움밖에는 아무것도 없습니다."

이러한 마음으로 그는 한 달을 보냈다. 그러나 그 한 달을 보낼 동안, 마음으로는 비록 이런 생각을 늘 품고 있었다 하나, 그리고 그 마음의 반영으로 행동도 늘 근신하였다 하나, 애통하여하는 그의 마음 한편 구석에는 언제든 여유가 남아 있었다. 애통한 가운데도 그 애통의 절실치 못함을 늘 느끼고 있었다.

이것은 그에게는 고통이었었다. 절실히 죽은 이를 애조치 못하는 고통, 이것을 그는 분명히 느낀 바는 아니지만, 애통하여하는 자기의 마음의 한편 구석에 어떤 여유가 그래도 남아 있는 것을 느낄 때마다 그는 늘 자기의 마음을 꾸짖고 하였다. 그리고 그 여유를 없이하여버리려 하였다.

그러나 명인호는 끝끝내 '타인(他人)'에 지나지 못하였다.

'그이는 부모가 정하여주신 남편.'

이러한 생각 아래서 출발된 그는 인호의 죽음을 당연히 슬픔으로써 조상하지 않을 수가 없었다. 그리하여 베 허리띠를 만들어 띠고 베 적삼을 지어 입고 밤에는 촛불을 켜고 그의 명복을 하느님께 축수[12]하였지만 그 애통 가운데는 충분한 여유가 남아 있었다. 그리고 그 애통 가운데는 열여덟의 처녀가 낳은 바의 공상적 비애가 많이 섞여 있었다.

당연히 원수로 보아야 할 재영이며 인화 자기도 원수로 보려고 하였었지만 재영이는 인화의 원수가 아니었었나. 원수로서의 독살스러운 눈을 재영이에게 던지면서도 그 밑으로는 재영이뿐은 자기를 떠나지 않으면 좋겠다는 희망이 늘 섞여 있었다. 그리고 재영이의 신변에 위험한 일이 생길 때마다 인화는 재영이를 위하여 근심하는 자기를 발견하고 오히려 놀랐다.

---

12 축수 : 두 손바닥을 마주 대고 빎.

애조(哀弔)

253

더구나 어떤 때 인젠 인호가 없어진 지금에는 자기의 마음과 몸은 아무 곳에도 구속될 곳이 없고 온전히 자유가 아니냐고 생각하여본 뒤에 그 자기의 파렴치하고 대담한 생각 때문에 얼굴까지 붉힌 일이 있었다. 그리고 자기가 이렇듯 타락되었느냐고 스스로 책망까지 하였다.

선생과 약속한 한 달째 되는 마지막 날 밤 인화는 죽은 이의 혼백을 위하여 마지막 축수를 하였다. 인제는 당신을 위하여 소[13]를 할 마지막 날도 지나갑니다. 인제부터는 당신을 잊은 듯이 저의 길을 걸어 나가는 저를 책하지 말아주세요. 인생사가 다 그러한 것이외다. 당신을 잃은 저의 고통은 무엇에 비길 수가 없되 제게는 또한 저의 길이 있는 것을 어찌하오리까.

내세에서나 다시 만나기를 약속하고 성불하여주세요. 이렇게 축수를 한 뒤에 그는 '명인호'라는 인물을 마음에서 씻어버리고 말았다.

이리하여 선생에게 약속한 한 달이 지난 뒤에는 인화는 전날의 인화를 다시 회복하였다. 그리고 굳게 닫혔던 그의 문은 다시 열렸다.

13 소(素) : 상중(喪中)에 고기나 생선 따위 비린 음식을 먹지 아니하는 일.

포로

1

한 달의 기한이 지난 뒤에 인화는 다시 방 밖으로 나왔다. 한 달 동안에 그의 얼굴은 놀랄 만치 초췌하였다. 그리고 한 달을 방 안에 박혀 있는 동안 그의 몸에는 어느덧 여자다운 아담함이 나타나게 보이게 되었다.

방 밖에 나오기는 하였지만 인화의 마음은 늘 뒤숭숭하였다. 그리고 늘 순교자와 같은 거룩한 마음과 비참한 생각 때문에 그의 태도는 조심 성스러웠다.

'나는 외로운 사람이거니.'

이런 생각은 늘 그의 마음을 점령하고 있었다. 친구들과 같이 놀다가 우스운 일에 갑자기 웃다가도 내가 지금 웃을 처지가 아니거니 하는 생각이 문득 나서 웃음을 도로 죽여버리고 하였다.

그동안 활민숙에서는 군대에도 차차 손을 펴기 시작하였다. 벌써 몇 달째를 다달이 내어주던 쌀을 받지를 못하여서 내심 불평이 많던 병대[1] 들은 숙생들의 농락 때문에 그 불평을 차차 노골화하기 시작하였다. 당시의 어영대장 민겸호에게 익명으로 쌀을 지급하라는 협박에 가까운 글이 번번이 왔다. 그리고 그것은 모두 병대들 가운데서 한 일인 것은 분명

---

1 병대 : '병사'의 방언(경남).

255

하되 누구의 짓인지를 알 수가 없어서 병대가 때때로 그 혐의로써 매를 맞는 뿐, 삭아지고[2] 하였다. 기름으로 닦아야 할 총을 물로 닦아서 가뜩이나 변변치 않던 총들은 모두 쓰지를 못하게 되었다. 일본 육군 중위 호리모토 레이조를 교관으로 삼은 신식 병대와 재래의 진위대[3]와의 충돌도 흔히 있었다.

그때부터 이미 죽은 천도산인의 그림자가 때때로 장안에 나타났다. 분명히 오차에 찢기어 죽은 천도산인이 때때로 여기 번쩍 저기 번쩍 보였다. 그리고 이 천도산인의 혼백은 이전의 그 천도산인과는 다른 점이 많았다. 이전의 천도산인은 어떤 일이 있던 저항이라는 것을 하지 않고 어떤 일을 당하든 모른 체하고 있었는데 혼백 천도산인은 그렇지 않았다. 무론 아무 말 없이 묵묵히 걸어 다녔지만 길에서 관리라도 보면 그는 기어코 내버려두지 않았다. 공중에 들리었다가 굳게 언 땅에 내어던지어 당장에 터져 죽은 포교도 있었다. 천도산인을 잡으려고 달려들다가 그의 발길에 채어서 그 자리에서 즉사한 나졸도 있었다. 뿐만 아니라 혼백 천도산인은 포교나 나졸들을 보기만 하면 피하기는커녕 자기의 편에서 달려들고 하였다. 그리고 그런 때마다 한두 사람의 사상자가 생기고 하였다. 그래서 관리들은 천도산인을 할 수 있는 대로 피하려 하였다. 멀리서 보이기만 하면 샛골목으로 숨고 하였다.

이 천도산인의 재출현으로 장안은 소연하여졌다.[4] 동에 벌깃 서에 벌

---

2 삭아지다 : 사그라지다.

3 진위대 : '진위대(鎭衛隊)'는 1895년 설치된 최초의 근대적 지방 군대로서, 이 소설의 시대적 배경은 1882년이라 연대가 맞지 않는다. '친위대(親衛隊)'의 오자로 볼 수도 있겠으나 친위대 역시 1895년 왕성 수비를 위해 설치된 중앙군이므로 연대가 맞지 않는다. 여기에서는 작가의 오류로 보이며, 신식 군대와 대조되는 재래식 군대, 아마도 1881~1882년 당시 궁궐 수비를 맡은 '무위영(武衛營)'과 수도 방위를 맡은 '장어영(壯禦營)'을 가리키는 것으로 이해해야 할 듯하다. 임오군란은 이 2영 군인들의 불만 폭발이 직접적인 계기가 되었다.

4 소연(騷然)하다 : 떠들썩하게 야단법석이다.

깃 때때로 예고 없이 나타나는 그인지라 그의 정체를 자세히 본 사람은 몇이 없으되 이야기는 이야기를 낳아서 천도산인의 재출현을 모르는 사람이 없게 되었다.

이번에 나타난 천도산인은 말 한마디를 한 일이 없었다. 언제든 입을 봉한 듯이 다녔다. 그리고 이 무언은 그로 하여금 더욱 신비스럽게 하였다. 그것은 죽은 천도산인의 유령이라 시민들은 의심치 않고 믿었다.

어떤 날 천도산인이 포교의 무리에게 포위를 당한 일이 있었다. 십수 명의 포교의 무리는 이번은 꼭 이 유령을 잡으려 하였다. 내심으로는 겁을 잔뜩 먹고 그래도 자기네의 세(勢)의 힘을 믿고 어떻게든 잡으려고 차차 그 포위의 범위를 줄여 들어갔다. 그 복판 가운데 우두커니 서 있던 천도산인은 포위의 범위가 매우 좁아진 뒤에야 겨우 몸을 움직였다. 두 사람의 포교가 그의 발길에 채어서 즉사를 하였다. 그리고 천도산인은 종적이 사라지고 말았다.

활민숙에서도 이것은 이야깃거리가 되었다.

2

그 천도산인의 일이 한창 이야깃거리가 된 이월 그믐께 어떤 날이었었다.

인화는 그날도 역시 비창한 마음으로 강당에서 서너 사람의 숙생과 같이 이야기들을 하고 있었다. 그 좌석에는 재영이도 있었다.

그들이 한창 잡담에 꽃이 피었을 때에 어떤 숙생 하나가 황황히 들어왔다. 그 숙생은 아침 일찍이 몇 사람과 동반을 하여 밖으로 나갔던 사람이었었다. 황황히 들어온 그는 분명히 무슨 일에 매우 흥분되어 있었다. 그는 들어오면서 곧 눈을 둘러서 재영이를 찾은 뒤에 재영이에게 가까이 갔다.

"사찰, 잡았어요."

"네?"

"사찰이- 그- 저- 그."

흥분이 된 그는 말의 갈피를 찾지를 못하고 덤비었다. 재영이가 빙긋이 웃었다.

"최 공, 좀 천천히. 너무 덤비지 말고……. 대체 무얼 잡았단 말이오?"

최라는 숙생도 웃었다.

"사찰- 전에 분명히 죽였다고 그랬지요?"

"무슨 말인지……."

"그- 운현궁에 들어갔던 자객을 분명히 죽였다고 그랬지요?"

"네."

재영이는 역시 천연히 대답하였다. 그러나 인화는 이 순간 눈이 아득하여졌다. 귀까지 아득하여졌다. 고-, 고-, 무슨 괴상한 소리가 귀에서 울리기 시작하였다. 인화는 그 잡음이 들리는 귀로써 이 뒤에 나올 이야기를 들으려고 온 신경을 귀로 모았다.

"잡았어요. 아직 죽지 않은- 아마 그때 바로 맞지 않아서 안 죽었던 모양이에요. 우리가 이제 잡았는데……."

그것은 청천의 벽력이었다. 인화는 쓰러지려는 몸을 바로잡기 위하여 양손으로 방바닥을 짚었다. 그러면서도 아직 죽지 않고 살아 있다는 안심을 그는 느꼈다.

재영이의 말은 역시 침착하였다.

"그렇지야 않겠지. 그날 분명히 죽였는데……."

"아니 그자가 분명하기는 해도 그래도 우리는 그자의 얼굴을 똑똑히 본 일이 없어서 사찰께 얼굴을 좀 봐달라고 왔어요."

"어디서? 언제? 어떻게?"

이러한 재영의 질문에 최는 이와 같은 대답을 하였다.

그날 최는 다른 숙생 두 명과 함께 공덕리로 나갔다. 태공은 그때 공덕리 산장으로 가 있던 때였었다. 그래서 공덕리로 태공께 문안을 드리러 갔던 것이 있었다. 그러나 산장에까지 미치지 못하여 공덕리 삼림에서 배회하는 한 수상한 사람을 발견하였다. 가까이 가서 보매 그것은 정녕코 이전에 운현궁에 들어갔던 자객이었었다. 세 숙생은 그를 알아보는 순간 와락 달려들어서 그를 붙들었다. 그는 처음에는 몸을 빼치려고 버득거려보았으나 그 노력을 곧 내어던졌다. 그리고 순순히 결박을 당하였다. 세 사람은 손쉽게 그를 결박을 하여 가까이 있는 소나무에 비끄러매어놓고 재영이에게 얼굴을 보아달라고 한 사람은 이곳으로 달려오고 두 사람은 그곳서 지키고 있는 것이었다.

"사찰, 얼른 좀 가봐주세요."

최는 재영이를 채근하였다.

"내 인제 곧 갈게. 최 공 먼저 가오."

"곧 오시겠소?"

"그럼 곧 가지."

"그럼 곧 오세요."

최는 득의의 얼굴로 방 안을 한 번 둘러본 뒤에 다시 밖으로 나갔다.

인화가 펄떡 정신을 차릴 때는 재영이도 그 강당에서 자기 방으로 돌아갈 때였었다.

3

재영이가 황급히 나가는 뒷모양을 보는 순간, 인화에게는 다만 한 가지의 생각만 머릿속에서 비약하였다. 그것은 이제 제영이가 가기만 하면 명인호는(가령 아직 살아 있어서 오늘 또다시 숙생들에게 욕을 보는 것이 사실에 있어서 명인호라 하면) 단정코 죽은 목숨이다 하는 것이었다. 인화도 황급히 재영이의 뒤를 따라서 나왔다.

인화는 자기 방으로 가는 도중에서 재영이가 긴장되어가지고 스승의 방으로 들어가는 것을 보았다. 그것을 곁눈으로 보면서 급히 제 방으로 돌아와서 의관을 하고 공덕리로 가려고 나선 인화는 뜻밖에 선생에게 불리었다.

선생의 명령은 활민숙에서는 절대적이었었다. 인화는 속으로 혀를 차며, 선생의 방으로 들어갔다. 재영이는 벌써 선생에게서 물러가고 선생 혼자서 인화를 기다리고 있었다. 선생은 고즈넉이 머리를 들었다. 그리고 외출할 차림을 한 인화를 쳐다보았다.

"어디 가는 길이냐."

"네."

"어디?"

"저."

인화는 대답을 움쳐버리고 말았다. 어디로 간다고 말할 만한 좋은 대답이 갑자기 생각나지 않은 것이었었다. 선생은 거기 대하여 그다지 추구하지 않았다.

"바쁜 일만 아니거든 잠깐 앉아라. 이야기나 좀 해보자."

거기 대하여 거역할 만한 핑계가 없는 인화는 속으로 발을 동동 구르면서 그 자리에 앉지 않을 수가 없었다. 선생은 빙그레 웃었다. 그리고 한참 만에야 겨우 말을 꺼내었다. 그러나 그 말은 한 고담에 지나지 못하였다.

"네가 아홉 살 됐을 적에."

이러한 서두 아래 선생은 고담을 시작하였다.

스승이 미치지나 않았나. 바삐 나가려는 자기를 불러 앉히어가지고(무슨 긴급한 이야기라도 있나 하였으나) 고담을 시작하는 선생을 인화는 이러한 마음으로 바라보지 않을 수가 없었다. 혹은 '네' 혹은 '아니', 경우에 의지하여 되는대로 간단히 대답하며, 선생의 고담을 귓등으로 듣고 앉아 있는 인화의 머리에는 지금 공덕리에서 전개되어 있는 활극이 분명히 보였다. 지금 명인호는 세 사람의 숙생에게 또다시 욕을 보고 있을 것이다. 재영이는 숨을 허덕이며 공덕리로 향하여 달음박질해서 나아갈 것이다. 어느 골목 어느 골목—지금 재영이가 당연히 통과할 골목—이 뒤를 따라서 인화의 눈에 보였다. 인호의 생명이 각각으로 위태하여가는데 지금 선생의 태곳적 이야기에 귀를 기울이고 앉아 있지 않을 수가 없는 인화는 마음이 불타올랐다. 그 마음의 반영과 같이 몸은 잠시도 쉬지 못하고 좌우로 움직였다.

이러한 인화의 마음을 아는지 모르는지,

"허허허허."

웃어 가면서 한가스러이 태곳적 이야기를 하고 있는 선생이 인화에게는 밉기가 한량없었다. 참다 참다 못하여 마침내 인화는 선생에게 한마디의 말을 던져보았다.

"선생님, 좀 바쁜데요."

이러한 반항적 언사는 활민숙의 숙생으로서는 스승에게 하지 못할 일이었었다. 그러나 극도로 마음이 초조하게 된 인화는 앞뒤를 가릴 여유를 잃고 이런 말까지 꺼낸 것이었었다. 그러나 선생은 그것을 그다지 탓하지 않았다.

"바빠? 무슨 일이 그렇게 바쁘냐?"

"좀 바쁜 일이……."

"응, 바쁘거든 차차 허지. 나는 너무 심심해서 너하고 이야기나 좀 해보잔 것이지 네가 바쁘거든 차차 하자."

선생은 이렇게 말하고 벙긋이 웃었다.

4

이리하여 인화가 스승에게서 놓여나온 것은 스승의 방에 불리어 들어간 때부터 반 각이나 지나서였었다. 선생에게 겨우 놓여난 인화는 눈이 어두워져서 공덕리로 향하여 달음박질하였다. 달음박질하는 동안 그는 어떤 행차와 한 번 부딪쳤다. 어떤 지게꾼과도 부딪쳤다. 그러나 행차와 부딪칠 때에 사죄도 못 하고 지게꾼과 부딪칠 때에 책망도 못 하고 눈이 벌게서 달음박질하였다. 그에게는 세상의 온갖 것이 눈앞에 사라졌다. 다만 어서 바삐 공덕리로 가서 만약 지금 숙생들에게 붙들리어 욕을 보는 사람이 명인호일 것 같으면 어찌하여서든 그를 구하여내겠다는 한 조각의 붉은 마음이 있을 따름이었다. 그리고 명인호를 구하기 위하여는 꽁무니에 찬 육혈포로 숙생들을 쏘기조차 결코 주저치 않을 만치 그의 마음은 흥분되었다.

인화는 공덕리까지 다다랐다. 그리고 어느 수풀에 숙생들이 있나 하고 이리저리 돌아다닐 때에 뜻 안 한 곳에서 재영이와 마주치게 되었다. 뜻 않은 곳에서 재영이를 만난 인화가 얼굴빛이 변하여지면서 그를 피하려 할 때에 재영이는 방긋이 웃으면서 인화에게로 가까이 왔다.

"이 공도 명 씨를 보러 오셨수?"

"네."

인화는 이렇게 대답하지 않을 수가 없었다.

"글쎄. 어디들 있는지 한 각이나 찾아다녀도 찾을 수가 있어야지. 아까 최 공한테 똑똑히 물어나 둘걸, 이 너른 바닥에서 어디서 찾는담."

재영이는 이렇게 말하며 두리번거렸다.

인화는 혼란된 자기의 마음을 감추기 위하여 푹 머리를 수그리고 있었다. 재영이가 아직 그들을 만나지 못하였다 함은 그 포로의 생명이 아직 붙어 있음을 가리킴이었다. 이것은 무론 인화에게는 안심되는 일에 다름없었다. 그러나 여기서 재영이를 만난 인화는 아직껏의 자기의 계획을 내어버리지 않을 수가 없었다. 아직껏의 그의 계획은 몰래 자기 혼자서 그들을 발견하여가지고 만약 그 포로가 진정한 명인호일 것 같으면 자기의 지니고 있는 육혈포를 사용하여서라도 인호의 목숨을 구하여내려던 것이었었다. 그러나 여기서 재영이를 만난 인화는 그 계획을 계획대로 진행시킬 수가 없었다. 재영이와 동반하여가지고 그들을 찾아보지 않을 만한 핑계가 없었다. 그리고 재영이와 동반하여 그들을 찾기만 하면 비록 그 포로가 명인호라 할지라도 구원해낼 가망이 없었다. 자기의 눈앞에서 재영이의 손으로 처형을 당하는 '그'를 싫어도 보지 않을 수 없는 것이 자기의 운명이었었다. 그리고 이것은 인화에게는 죽기보다도 더 어려운 노릇이었었다.

"자. 어디 또 좀 찾아봅시다. 혼자서 찾는 것보다 둘이서 찾는 편이 낫기도 하겠고……."

재영이는 이런 말을 하였다.

'각각 헤어져서 찾아보면 어떨까요?'

거의 입 밖에까지 나왔던 이 말을 인화는 도로 삼켜버렸다. 만약 인화로서 지금의 이러한 괴상한 처지에 있지만 않으면 그런 말은 결코 남의 의심을 살 만한 말이 아니었었다. 그러나 지금의 인화에게는 그런 말조차 입 밖에 내지를 못하였다. 그는 묵묵히 앞서서 가는 재영이의 뒤를 따라갔다.

그들이 숙생들을 발견한 것은 그곳서 얼마 가지 않은 어떤 솔밭에서였었다. 그러나 그 현장에는 기괴한 장면이 전개되어 있었다. 당연히 소나무에 결박을 당하여 있어야 할 포로는 그림자도 보이지 않고 오히려 그 포로를 지키고 있던 세 사람이 모두 결박을 당하고 재갈을 물리어서 그 자리에 있었다.

재영과 인화는 이 뜻 안 한 광경에 악연히[5] 서 있었다.

---

5 악연(愕然)히 : 몹시 놀라 정신이 아찔하게.

5

재영과 인화에게 결박당한 것을 끌리고 난 뒤에도 숙생들은 잠시 동안은 아무 이야기도 못 하고 있었다. 서너 번 재영이에게 채근을 받은 뒤에 최라는 숙생이 한 대답은 이러하였다.

―활민숙까지 돌아가서 사찰(재영)에게 와달라는 부탁을 한 뒤에 도로 공덕리로 돌아온 최는 거기서 지키고 있던 숙생 두 사람과 또다시 포로를 지키고 있었다. 그리하여 포로에게 향하여 이런 질문 저런 질문을 던지면서 그들이 포로를 지키고 있을 때에 한 가지의 괴변이 생겨났다. 어디서 나타났는지는 모르지만 그곳에 천도산인의 혼백이 나타났다. 그리고 아무 말도 없이 포로에게 가까이 가서 소나무에 결박하여놓은 포로를 풀어주려 하였다.

처음에는 영문을 몰라서 그의 하는 양만 보고 있던 숙생들도 급기야 천도산인이 포로의 결박을 끄르려 할 때에는 그것을 말리지 않을 수가 없었다. 더구나 혈기로 뛰노는 젊은이들이었었다. 유령에 대한 일종의 증오도 섞여가지고 그들은 와락 천도산인에게 달려들었다.

"이게 웬 놈이냐."

유령을 잡으려는 일종의 호기심도 섞인 숙생들은 젊은 혈기와 자기네들의 무술에 대한 자신으로서 혼백을 잡아보려고 그 유령에게 달려든 것이었었다. 그리고 거기서는 한 장면의 격투가 일어났다. 그러나 천도산인의 괴력은 무서웠다. 무술로 닦달한 세 사람의 숙생들도 한 개의 늙어빠진 천도산인의 괴력을 당하지를 못하였다. 세 사람은 한결같이 천도산인의 팔에 붙들린 바 되어서 결박을 당하고 그 위에 재갈까지 물렸다. 그런 뒤에 포로의 결박을 끌러가지고 유유히 온 길로 도로 돌아간 것이었었다…….

최에게 이 이야기를 들은 재영이는 머리를 기울였다.

"그럼 천도산인이 그 사람을 데려갔단 말이오?"

"네."

"분명히?"

"네."

"그러면 그 잡았던 사람은 명인호가 아니외다. 얼토당토않은 딴 사람이지……."

세 사람의 숙생은 오히려 경이에 가까운 눈을 사찰에게 던졌다.

"아니란?"

"아니야. 내가 인제 오다가 길에서 천도산인을 만났는데 가령 그 천도산인과 동행하던 사람이 여기서 붙들었던 그 사람이라면 그 사람은 명인호가 아니야. 이 생원이라나 하는 경상도 사람이지……."

세 사람의 숙생은 눈이 둥그렇게 되었다. 그리고 서로 얼굴을 바라보았다.

"그래도 자기 말로도 명모라는 걸 승인하던데요. 그렇지? 최 공 분명히 승인했지?"

"암. 하구말구."

"뭐라고?"

"그때 우리가 이렇게 물었지요. 보아하니 어리석어 보이지는 않는 녀석이 왜 대원대감을 배반하고 못된 편에 가담해가지고 그러느냐고. 그랬더니 그자는 씩 웃고 아무 대답도 안 하던걸요."

다른 숙생이 또 들고 일어섰다.

"그것만인가? 구리개서 사찰의 칼을 맞고 어떻게 아직 살아 있느냐고 물었더니 또 씩 웃고―그때 다행히 죽지는 않았더니 오늘이야 참으로 죽게 됐노라고 그런 소리까지 하던걸요."

재영이의 얼굴에는 곤혹의 표정이 나타났다.

"그리고 또 죽기 전에 안 사찰(재영)을 잠깐 조용히 만나보고 죽고 싶다는 그런 말도 하던걸요. 그래서 우리는 그 사람을 꼭 그 명모로 알고 있는데……."

재영이는 곤란하다는 듯이 머리를 저었다.

6

그러나 기울였던 머리를 도로 바로 할 때는 재영이는 힘 있게 숙생들의 말을 부인하였다.

"아냐, 아냐. 당신네들이 아무런 이야길 하건 그 사람은 명인호가 아냐. 내가 명인호를 몰라보겠소? 방금 천도산인과 같이 가던 사람은 분명히 명인호가 아냐. 뚱딴지 사람을 붙들어가지고 명인호라고. 참 그 사람은 공연한 욕을 보고 어이없겠지. 하하하하― 하기는 얼른 보면 명인호와 비슷한 곳도 있기는 있어. 얼굴이 넓적하고 체격이 장대하고……."

그러나 숙생들은 재영이가 아무리 부인한다 하여도 이 말뿐은 재영이의 말을 믿을 수가 없는 모양이었었다.

"혹은 그 사찰이 천도산인을 만났을 때에 같이 가던 그 사람은 딴 사람이라고 우리가 잡았던 사람은 명인호일지도 모르지 않겠습니까?"

"너무 생각을 넘치게 하지는 말아. 그럼 내가 만났을 때에 천도산인과 동행을 하던 사람의 모습을 말할게. 당신네들이 잡았던 사람과 같은지 다른지를 봅시다."

"어디 말씀해보세요."

재영이는 소위 그 사람의 옷차림에서부터 얼굴생김까지 다 이야기하였다. 그리고 그것은 숙생들이 잡았던 사람과 추호도 틀리지 않았다.

"보구려. 그 사람은 명인호가 아니야."

"그건 맞는데……."

"글쎄 그 사람은 명모가 아니래도 그런다."

"그래도."

그래도 반대하려는 숙생의 말 앞에 재영이는 마침내 역정을 내었다.

"그래도가 무어요? 그렇다면 그런 줄 알지. 그래, 내가 칼을 던져서 한 번이라도 그릇 맞히는 것을 봤소? 그때, 구리개서 내 칼을 분명히 맞은 사람이 어떻게 오늘까지 살아 있담. 다른 사람이라면 다른 사람으로 알아둘게지. 이렇다 저렇다, 그래 내 말을 믿지를 못하겠단 말이오?"

숙생들은 그만 멍멍하여버렸다. 그래도 재영이의 말은 믿을 수가 없다는 듯이 서로 얼굴을 바라보았지만 정면으로 또다시 재영이에게 반대하지는 못하였다.

"좌우간 수고는 했소. 이 뒤에라도 무슨 일이 생기든 수고를 아끼지 말고 늘 힘은 써야 할 게지만 이번에는 헛수고가 돼버렸구려."

재영이는 마지막에 이렇게 결론하여버렸다.

"인젠 숙으로 돌아가고 말우. 그 꼴을 하고야 어떻게 대감께 뵙겠소."

사실 숙생들은 아까 천도산인과 격투를 하느라고 모두 옷이 찢어지고 더럽히고 꼴이 아니었었다.

"그러니깐 먼저들 돌아가우. 나는 예까지 온 김에 잠깐 대감께 가서 뵙고 돌아갈게."

재영이는 이렇게 말하고 숙생들을 남겨놓고 저편으로 가버렸다.

재영이가 간 뒤에 세 사람의 숙생 가운데는 아까 잡았던 포로의 이야기가 다시 나왔다. 그리고 서로 토론한 결과로서는 아무리 재영이가 '아니라' 할지라도 아까의 포로는 명모에 틀림이 없다는 단언을 내리지 않을 수가 없었다. 아까 포로와 몇 마디의 문답을 한 결과로서 그 포로는 명인호에 틀림없다는 단안을 내린 것이었었다.

분명히 명인호다 분명히 명인호다—그러면 사찰은 왜 그 사람을 명인호가 아니라고 그럴까. 왜 그만치 힘 있게 그 말을 부인하여버렸나? 이런 일도 이렇다 저렇다 토론들을 하면서 그들은 도로 숙으로 향하였다.

그동안 인화는 묵묵히 서 있었다. 한마디의 이야기도 사괴지 않았다. 그리고 숙생들이 옷의 먼지를 털면서 도로 숙으로 발을 뗄 때도 인화는 아무 말도 없이 머리를 푹 수그리고 그들의 뒤를 따라서 숙으로 돌아왔다.

7

숙으로 돌아오는 동안에도 세 사람의 숙생의 새에는 의논이 분분하였다. 비록 재영이는 아까의 포로가 명인호가 아니라고 단정하였다 하나 세 사람의 숙생은 그 말을 믿을 수가 없는 모양이었었다. 더구나 포로와 문답을 한 결과에 의지하여 그 포로가 명인호라는 것은 더욱 똑똑하였다. 그 포로는 활민숙의 정체를 알고 있었다. 재영이가 활민숙의 사찰이라는 것도 알고 있었다. 더구나 활민숙의 숙생밖에는 알 도리가 없는 광안의 구조까지 알고 있었다. 그리고 그는 그때에 잡혀서 이틀 밤을 그 광에서 지낸 것을 자백하였다. 이러한 사람을 명인호가 아니라고 단정하여 버리는 재영이의 심사를 그들은 알 길이 없었다. 재영이가 역정을 내며 제 말을 믿으랄 때에 그들은 거기 반항은 못 하였지만 그때에 반항치 못하였던 그 마음은 지금 그들의 마음에 울분으로서 소생하였다.

"웬일일까?"

"글쎄."

"분명히 명모는 명모지? 분명하지?"

"분명하잖구. 더구나 그 사람이 명모가 아니면 웬 까닭으로 제가 명모노라고 그럴까?"

"그러기에 말이지. 분명히 명모인데 사찰은 아니라고 뚝 잡아떼니 웬일이야?"

"글쎄 아까 우리 말대로 우리가 잡았던 건 명모이고 사찰이 본 사람은 딴 사람인 모양이지."

"그래도 사찰이 보았다는 사람과 우리가 잡았던 사람은 모습이며 옷차림이 꼭 같잖더라고."

"그건 그래. ―참 모를 일인데……."

이렇게 의론이 분분하던 그들은 숙으로 돌아와서 마침내 그 일을 스승에게 보고까지 하였다. 다른 때 같으면 그런 일은 재영이에게 보고하여 재영이가 다시 스승에게 보고할 것이로되 재영이에게 대하여 일종의 의심까지도 들 만치 된 그들은 직접 스승에게 보고하였다. 그 보고를 들은 스승은 머리를 기울였다. 그리고 한참 뒤에 이런 단안을 내렸다.

"그건 정녕코 명인호의 혼백이로구나."

그런 뒤에 이렇게 결론하였다.

"천도산인의 혼백이 구호해 갔다니깐 정녕코 명인호의 혼백이 아니냐? 혼백끼리 서로 친히 지내는 모양이지. 명인호가 살아 있다는 것은 당찮은 소리다. 너희도 알다시피 재영이의 칼을 맞은 뒤에 죽지 않고 살아날 사람이 어디 있겠냐? 백발백중이요 천발천중."

그리고 말머리를 다른 데로 옮겼다.

"너희들도 문무를 더욱 힘써 재영이에게 지지 않으리만치 돼라. 존망이 위급한 이때에 재영이만한 젊은이가 백 사람만 된대도 나라에 큰 도움이 되련만."

미신을 웃던 스승이 이때뿐은 자진하여 그 포로가 명인호의 혼백이라 하였다. 그러나 숙생들은 그 말을 그럴듯이 믿었다. 믿지 않으려야 그렇게밖에는 해석할 도리가 없었다. 그리고 재영이가 그 포로를 가리켜 명인호가 아니란 것은 당연히 죽었어야 할 사람이 살아 있으므로 자기의 무료함[6]을 감추고자 함이라 해석하였다.

재영이는 한참 뒤에야 돌아왔다. 돌아오는 길로 그는 선생의 방으로 들어갔다. 그 뒤에는 무슨 이야기를 하는지 말소리가 밖으로 나오는 것을 꺼리는 듯이 한참 수군수군 이야기를 하였다. 마지막에는 선생의 우

---

6 무료함 : 부끄럽고 열없음.

렁찬 웃음소리가 들렸다. 재영이의 젊음과 용기로 찬 웃음소리도 선생의 웃음과 함께 들렸다.

재영이가 물러 나온 뒤에는 아까의 숙생 세 사람과 인화가 선생에게 불리었다. 그리고 "그 포로는 명인호의 혼백이 분명한데 그런 변변치 않은 혼백의 이야기를 꺼내어 숙생들의 마음을 어지럽게 하지 말고 일절 입을 봉하고 있으라."는 명령을 받았다.

8

이러한 모든 일 앞에 인화는 비참한 얼굴로 묵묵히 있었다.

'그이일까.'

처음에 재영이가 공덕리에서 그 포로는 명인호가 아니요 뚱딴지 사람이라는 단언을 내릴 때에 인화는 어지러운 마음 가운데 이렇게 생각하여 보았다. 인화는 재영이의 말을 믿지 않을 수가 없었다. 재영이의 말이 비록 비이론적(非理論的)이라 할지라도 인화는 왜 그런지 재영이의 말은 의심할 수가 없었다. 재영이가 힘 있게, '그 사람은 명인호가 아니다'고 할 때에 인화는 재영이의 말을 굳게 믿었다. 그리고 까닭 없는 안심과 적적함을 느꼈다.

"그이는 그때 구리개서 죽었다."

그는 이렇게 속으로 한숨지었다.

재영이는 공덕리 산장으로 가고 인화는 다른 숙생들과 같이 숙으로 돌아왔다. 돌아오는 길에 분분히 의논하는 말을 인화는 다 들었다. 그리고 그 말을 믿자면 오늘 잡았던 사람은 명인호에 틀림이 없었다.

인화의 마음은 여기서 비로소 다시 혼란되었다. 숙생들의 말을 믿으랴? 그러면 재영이의 말은 당연히 거짓말이 아니면 안 될 것이었다. 그러면 재영이의 말을 의심하랴? 그러나 그것은 왜 그런지 그의 마음이 허락지를 않았다.

숙생들의 말은 의심할 여지가 없으나 그 숙생들의 말과 상반되는 재영이의 말을 또한 의심하기가 싫은 인화는 그 때문에 아까 숙생들이 잡았던 포로가 누구인지 단안을 내릴 수가 도저히 없었다. 그러나 이렇게 공중 떠 있는 그의 마음 한편 구석에는 생각이라는 도정(途程)[7]을 건너뛰어서, '그이는 아직 살아 계시다'는 의심할 수 없는 사실에 대한 공포에 가까운 애모의 염이 불 솟았다.

그의 마음은 바늘로 쑤시는 듯이 아팠다. 이미 없는 이로 알고 단념하였던 사람이 아직 혹은 살아 있지 않은가는 가망이 생길 때에 그의 마음은 반가움을 느끼기보다 먼저 고통을 느꼈다. 다른 숙생들의 뒤를 따라서 숙으로 돌아오는 동안 그의 머리는 깊이 가슴속에 묻혀 있었다. 가령 아까 그 사람으로서 명인호라 할진대 당연히 이 길을 밟고 돌아갔을 그의 발자취라도 찾으려는 듯이 그의 눈은 땅으로 향한 채 움직이지 않았다.

한 번 최라는 숙생이 인화에게 휙 돌아섰다.

"이 공, 무슨 생각을 그렇게 하시우?"

이러한 질문에 인화는 억지로 얼굴을 조금 찡그려서 웃어 보인 뿐 대답치도 않았다.

'여보세요. 당신은 아직 생존해 계십니까. 혹은 벌써 저승으로 가셨습니까. 아직껏 당신을 없는 이로만 알고 있던 저는 오늘 다시 당신이 혹은 아직 생존해 계신지도 모르겠다는 가망을 보고 그 때문에 더욱 가슴이 아파합니다. 제게뿐은 그것을 알게 해주세요. 저는 당신의 아내올시다. 일찍이 부모가 정해주신 당신의 짝이올시다. 제게뿐은 당신의 생사를 알게 해주세요.'

이러한 생각 때문에 그의 마음은 안타깝고 아프기가 끝이 없었다.

"약!"

7　도정(途程): 어떤 장소나 상태에 이르기까지의 과정.

숙생 가운데 한 사람이 인화를 놀라게 할 양으로 이렇게 고함치며 돌아설 때에 깊이 생각에 잠겼던 인화는 너무 큰 경악 때문에 부르짖음의 소리까지 내었다. 하마터면 그 자리에 주저앉을 뻔하였다.

"무슨 생각을 그렇게 하우?"

"아니."

모깃소리와 같이 이렇게 대답은 하였으나 그는 자기가 무슨 말을 하였는지 숙생이 무슨 질문을 하였는지조차 몰랐다. 다만 본능적으로 대답한 뿐이었었다.

9

숙에서 스승은 그 포로를 명인호가 아니요 명인호의 혼백이라는 결론을 내렸다.

이것은 가장 적절한 결론이었었다. 더구나 인화에게 있어서는 사리가 정연한 숙생들의 말을 신용하지 않을 수가 없는 반면에 또한 웬 까닭인지 재영이의 말도 의심하기가 싫던 터라 스승의 이 결론은 좌우편으로 헤매는 인화의 마음에 일종의 광명을 비추어준 셈이었었다.

'역시 그이는 없었다.'

그는 약한 한숨과 함께 이렇게 생각하였다.

만약 세상만사가 이대로만 진행되는 것이라면 인화는 여기서 다시 커다란 낙담의 구렁텅이에 빠져 들어가지 않으면 안 될 것이었다. 한때는 이미 죽은 사람으로 알고 단념을 하였을망정 다시 타오르는 새로운 희망으로 공덕리까지 달려갔던 그가 그 헛길에서 돌아와서 스승에게 그 사람은 역시 벌써 죽은 사람이라는 결론을 얻을 때에 당연히 그는 다시 낙담의 구렁텅이에 빠지지 않을 수가 없을 것이다. 그러나 인화는 스승의 이 말의 앞에 오히려 안심의 숨을 기다랗게 내쉬었다. 또다시 짊어졌던 거대한 짐이 벗어진 듯하였다.

재영이가 돌아와서 스승과 한참 무슨 이야기를 한 뒤에 큰 소리로 웃으면서 그 방에서 물러 나온 것은 인화에게는 더욱 그 포로가 인호의 혼백이었음을 증명하는 듯하였다.

'당신은 역시 그때에 저승으로 가셨습니까?'

그는 몇 번을 이렇게 생각한 뒤에는 한숨을 쉬고 하였다.

밤에 그는 스승에게 불리었다.

"너, 아침에 공덕리 갔었지?"

스승은 이 말을 물었다.

"네."

대답은 하였지만 그의 대답 소리는 입 밖에까지도 나오지 않았다.

"뭘 하러?"

선생은 두 번째의 질문을 던졌다.

인화는 힐끗 선생의 얼굴을 쳐다보았다. 음성뿐으로는 선생의 마음을 알 수가 없는 인화는 스승의 이 질문이 노여움에서 나온 질문인지, 예사의 질문인지 알고자 하였었다.

선생의 얼굴은 비교적 평온하였다. 뿐더러, 긍휼히[8] 여기는 표정까지도 있었다.

선생은 고즈넉이 입을 열었다.

"네 마음도 짐작이 안 되는 바는 아니다. 그렇지만."

선생은 눈을 감았다. 그리고, 한참 무슨 생각을 하는 듯이 가만있다가 다시 말을 계속하였다.

"오히려 더 섭섭하게만 됐구나."

인화는 갑자기 푹 머리를 수그렸다. 동시에 그의 눈에서는 커다란 눈물방울이 떨어졌다. 그 눈물을 걷잡을 새도 없이 그는 폭발되는 설움 때

---

8 긍휼(矜恤)히 : 불쌍하고 가엽게.

문에 그 자리에 엎디었다. 그의 어깨는 격렬히 떨리기 시작하였다. 그 울음은 이인화의 울음이 아니고 무르익은 처녀 이인숙의 울음이었었다. 여지없이 핀 자기의 청춘을 호소할 곳이 없는 인화는 선생의 자애 앞에 자기의 슬픔을 마침내 억제할 수가 없었다. 선생은 인화가 남자가 아니요 여자—라는 것을 아는 이 세상의 유일의 사람이었었다.

"선생님."

"왜 그러냐."

인화는 부르고 선생은 대답까지 하였지만 인화는 그 뒷말을 하지를 않았다. 할 말도 없었다. 선생님하고 찾은 것은,

'선생님, 이 저의 마음을 살펴주세요. 더구나 이 마음을 호소할 곳은 이 너른 세상에 선생님밖에는 없습니다. 이 마음을 살펴주세요.'

하는 뜻에 다름없었다.

선생도 마침내 한숨을 쉬었다.

10

선생은 인화가 울음을 다 울기까지 아무 말도 안 하였다. 해도 쓸데없음을 앎으로였었다. 아직 여자로서의 단아한 교육을 받은 일이 없는 인화는 이런 경우에 당하여 선생의 앞에서 우는 것이 여자로서는 열적은 일이라는 것을 몰랐다.

그리고 자기의 여자인 본색을 아는 유일의 사람인 선생의 앞에 자기의 설움은 죄다 호소하였다. 인화가 울음을 다 그친 뒤에야 선생은 입을 열었다.

"할 수 있냐? 네 팔자가 그런 걸……. 일찍이 어버이를 여의고 또 보기도 전에 남편까지 여의고……. 기박한 팔자로다. 그렇지만 네 팔자인 것을 어떻게 하겠느냐?"

그런 뒤에 인화에게 가까이 와서 인화의 등을 쓸어주었다.

그날 밤 선생에게서 물러 나온 인화는 또한 잠이 들지 못하였다. 혼백이나마 그를 한번 보고 싶었다. 더구나 세 사람의 숙생들에게 결박을 당하였을지라도 달아나지를 못하고─숙생들과 이야기도 사괴이고─천도산인의 구조를 받아서야 겨우 몸을 피한 그 혼백은 보통 육신의 사람과 다른 곳이 없었다. 그러한 혼백일진대 일생을 같이하여도 괜찮을 것이었었다.

혼백이라는 것이 가령 영하여서 사람의 마음을 꿰어볼 수가 있을진대 그이의 혼백은 왜 자기를 찾아오지 못하나? 생전에 한 번도 따뜻이 이야기를 사괴본 적도 없는 남편을 혼백으로서나마 보고 싶으나 그이의 혼백은 그것도 모르나? 이런 생각은 그의 마음을 아프고 괴롭게 하였다.

그로부터 사나흘 뒤에 최라는 숙생은 그 명인호의 혼백을 어떤 곳에서 또 보았다. 그때도 그 혼백은 천도산인의 혼백과 동행을 하고 있었다. 그것은 어떤 좁은 골목이었는데 천도산인의 혼백과 명인호의 혼백은 마주 오는 최를 보고 길을 피하려 하였다. 그러나 겁을 먹은 최가 먼저 돌아서서 딴 길로 피한 것이었었다.

"둘이서 아주 다정스럽게 무슨 이야기를 하면서 오던걸……. 혼백끼리도 서로 정이 드는 모양이야."

최는 아직도 겁을 머금은 미소로써 이렇게 말하였다.

그 뒤부터, 인화는 천도산인의 행방을 몹시도 찾았다. 천도산인의 혼백을 만나기만 하면 혹은 그이의 혼백도 만날지도 모르겠다. 가령 못 만난다 하더라도 천도산인에게 (심지어 사정을 하여서까지라도) 그이의 혼백과 만날 기회라도 얻을 수가 있겠다. 이런 신념 아래서 천도산인의 행방을 몹시 찾았다. 그러나 좀체 그를 만날 수가 없었다. 동에 번쩍, 서에 번쩍, 그의 있는 곳이 여일치⁹ 않은 천도산인을 찾기는 힘들었다.

---

9 여일하다 : 처음부터 끝까지 한결같다.

"막 재동으로 지나갔다."

하는 소식을 듣고 달려가면 천도산인은 벌써 그곳에 없었다.

"아무 재등[10]에서 낮잠을 자더라."

하는 소식을 듣고 달려가면 천도산인은 낮잠을 다 자고 벌써 다른 곳으로 갔다.

이렇게 고심하여 천도산인의 행방을 찾던 인화가 마침내 어떤 날 천도산인을 보았다. 그것은 어떤 날 황혼이 가까운 때 용무로써 나갔던 인화가 숙으로 돌아오는 길이었었다. 인화는 숙에서 그다지 멀지 않은 곳에서 마침내 천도산인을 발견하였다. 그를 보는 순간 인화는 북 떠오르는 감정의 덩어리 때문에 아득하여졌건만 눈이 아득하여진 채로 천도산인의 쪽으로 달려갔다.

천도산인의 혼백은 맞은편에서 달려오는 인화를 보고 그만 확 돌아서서 오던 길로 다시 가기 시작하였다. 뿐만 아니라 인화가 자기를 향하여 달려오는 것이 명확하여지매 천도산인도 마침내 힘을 다하여 달음박질쳐서 인화를 피하였다.

이리하여 인화는 천도산인을 마침내 못 만났다.

10 재등 : 잿마루, 고갯마루의 방언(평남).

봄

1

봄이 이르렀다. 흉악한 일기와 순서 고르지 못한 한서의 긴 겨울이 지난 뒤에는 이 강산에도 봄의 다스한 볕이 비치었다. 종달새의 우는 소리가 교외를 요란케 하였다. 새로 돋아나는 움과 먼 산의 아지랑이는 아름답게 조화되어서 거기는 꿈의 나라를 현출[1]하고 있었다.

봄날의 다스한 일기는 백성들의 마음에도 영향되었다. 무서운 추위와 고르지 못한 일기 때문에 긴 겨울을 음침한 기분 아래서 보낸 백성들에게는 이 다스한 봄날은 유난히 반가웠다. 삼삼오오 떼를 지어서 하인에게 음식을 지워 가지고 벌노리[2]로 나가는 무리들이 각 문에 메었다.[3] 문 밖은 봄날의 다스함을 찬송하는 무리로 찼다.

'백기경천이면 필유천화라.'

무론 그들의 마음에서는 이 말 때문에 생겨난 공포가 온전히 사라진 바는 아니었다. 뿐만 아니라 그 때문에 생겨난 공포와 불안은 나날이 더하여갔다. 활민숙의 숙생들은 유언과 비어를 퍼치기에 더욱 노력하였다. 그러한 한편 이미 죽은 천도산인의 혼백은 때를 가리지 않고 장안의

---

1 현출(顯出) : 두드러지게 드러나거나 드러냄.
2 벌노리 : 들놀이.
3 메다 : 어떤 장소에 가득 차다.

동서를 횡행하였다.

"유월 초여드렛날은."

무슨 커다란 흉변을 암시하는 듯이 천도산인의 혼백은 때때로 외마디
의 이런 소리를 하였다. 그리고 이러한 일들은 백성들의 마음을 여지없
이 산란케 하였다.

봄날의 문밖은 흥성스러웠다. 그들은 그들의 음침한 기분을 흩어버리
기 위하여 더욱 문밖으로 몰려나갔다. 몇 잔의 술은 그들의 마음을 호탕
하게 하였다. 새로 돋아나는 움 위에 부어져 있는 봄날의 다스한 볕은
그들의 마음속에 숨어 있는 커다란 불안을 잠시나마 잊게 하였다. 봄바
람에 날아가서 펄럭이며 떠다니던 복숭아꽃이 뺨에 와 닿는 순간은 그
들은 과거와 장래에 대한 온갖 추억과 예상을 잊고 그 '순간'을 찬송하고
싶었다.

더구나 그해의 봄날은 더욱 봄날다웠다. 일시에 진달래가 만개하였
다. 아지랑이 틈으로 보이는 촌촌(村村)마다 그 초가지붕 위로는 복사꽃
이 제빛을 자랑하였다. 날씨도 한가로운 봄날다웠다. 날씨가 지독히도
고르지 못하던 겨울이 지난 뒤에 이러한 한가스러운 봄날이 오리라고는
예측치 못하리만치 한가로운 봄날이었다. 말(馬)이 방귀를 뀌면서 길을
다녔다. 초동[4]의 노래 소리가 각 산곡에서 울리었다. 솔개가 날아다니는
것이 더욱 한가스러웠다.

그러나 이러한 가운데서도 '시대'라 하는 것은 감출 수가 없었다. 초
동의 무심히 부르는 노랫소리까지에도 시대의 색채는 충분히 나타나 있
었다.

서관 아씨 살결 곱다
자랑을 마소.

---

4 초동(樵童) : 땔나무를 하는 아이.

대동강 물 핏물 될 날
머지않다네.
유월이라 여드렛날
난리가 나면,
대동강의 맑은 물이라
핏물 안 되리.

누가 지어서 퍼뜨렸는지는 모르지만 이런 노래까지 어느덧 초동들의 입에 불리게 되었다. 그리고 이러한 모든 일은 뜻있는 이로 하여금 더욱 시국을 근심케 하였다. 이러한 가운데 봄날은 무르익었다.

2

봄날은 무르익었다. 그러나 운현궁에 깊이 숨어 있는 늙은 영웅의 마음에는 봄이 올 길이 없었다. 운현궁에도 봄은 이르렀다. 연못의 연잎이 삐죽삐죽 나오려 하였다. 소나무에서는 새순이 나왔다. 복사꽃이 피었다. 잔디의 움이 돋았다. 이름 모를 새들이 후원을 찾아왔다. 그러나 늙은 영웅의 마음 뿐에는 영구한 겨울이 있을 뿐 봄이 올 길이 없었다.

재영이를 통하여 각각으로 보고되는 온갖 정패[5]는 젊음과 용기로 재영에게는 모두 유리하게 보였으나 태공에게는 그것이 유리하게만 보이지 않았다. 비록 유리하게 보인다 할지라도 그것으로 마음을 놓을 만치 태공은 젊지 않았다. 세상의 온갖 쓰고 단 일을 다 겪은 그는 일이 급기 성사가 된 뒤가 아니면 결코 마음을 그치지 않을 만치 수양을 쌓은 사람이었었다.

천도산인이라는 괴인에 대한 보고도 일찍이 재영이에게 들었다. '유월 초여드렛날'이라는 수수께끼와 같은 예언도 들었다. 그리고 아무 근

---

5 정패 : '정보'의 오자로 보임

거도 없는 이 말에 대하여서나마 일종의 긴장된 기대로써 그날을 기다리는 자기를 태공은 오히려 불유쾌한 마음으로써 바라보지 않을 수가 없었다.

"이게 무슨 꼴이람."

태공은 때때로 혀를 차면서 자기를 꾸짖었다. 한때는 이 팔도 삼백여 주에 가장 큰 권세와 권력을 잡았던 자기거늘 오늘날 정체 모를 한 가지의 허튼소리에까지 귀를 기울이도록 마음 약하게 된 자기가 스스로 생각하여도 얼굴 붉힐 일에 다름없었다.

온갖 보고들로 때가 유리하게 되어 나아가는 것은 넉넉히 볼 수가 있었다. 민심의 동요, 민심이 차차 지금의 정부와 왕비를 미워하는 것이 나타나게 보이는 점, 병대의 동요, 재정의 극도의 곤란, 천도산인의 출현, 활민숙의 활약, 관리의 도망, 토색 등등. 이런 모든 일은 차차 때가 이로워가는 것이 나타나게 보이기는 하였지만 이것뿐으로 온전히 마음 놓을 태공은 아니었다.

더구나 천도산인의 한 말 가운데,

"난리가 나서 세상은 한 번 뒤집히지만 뒤집혔던 세상은 다시 곧 전대로 되리라."

는 말은 천도산인의 말을 한낱 요인(妖人)의 말이라고 불신하여버리면서도 그 말 때문에 얼마만치 마음이 헤우던[6] 태공에게는 결코 그저 넘기지 못할 말이었었다.

희망 가운데서도 절망을 보고, 일을 순조로이 진행시켜 나가면서도 암흑한 장래를 보는 태공의 마음은 늘 어두웠다. 봄날의 따스함과 유창함은 더욱 그로 하여금 성가시게 하였다. 나날이 더 희어가는 털을 거울로 볼 때에 혹은 탄력이 없어져가는 사지의 근육이며, 주름이 차차 잡혀

6 헤우던 : 연재 원본에는 '데우던'으로 되어 있음. '헤우다'는 '켕기다'라는 뜻.

가는 손가죽을 바라볼 때에 그는 일이 더디게 되는 데 대하여 발을 구르고 싶었다. 자기의 생전에는 이 일은 마침내 성사되지 않고 말지나 않을지. 비록 성사가 된다 할지라도 그때는 벌써 자기는 오금을 쓰지 못할 늙은이가 되지나 않을지. 여기 대한 공포에 가까운 근심은 때때로 그로 하여금 몸을 떨게까지 하였다.

그는 자기 이외에는 이 혼란된 조선을 누르고 다스릴 만한 능력을 가진 사람이 없음을 잘 알고 있었다. 자기뿐이 이 혼란된 조선과 혼란된 세태를 바로잡을 유일의 사람이라는 것을 잘 알고 있었다. 그러므로 일이 빨리 진행되지 않아서 일이 성공되기 전에 자기의 일신에 여차한 일이 생기면 그것이 그에게는 가장 두려웠다. 그것은 조선의 파멸을 뜻함이다. 영구히 소생할 가망이 없는 파멸을 뜻함이다. 그리고 그것은 조선과 조선의 백성을 가장 사랑하는 태공에게는 세상의 무엇에 비길 수 없는 아픈 일에 다름없었다.

준륙

1

봄날은 노인에게는 더욱 적적한 느낌을 일으키게 하는 시절이었다. 비록 천하에 봄이 이르렀다 하나 이 무르익은 봄날을 눈앞에 보면서 태공은 더욱 적적함을 느꼈다. 자기의 위에 임하여 있는 가을과 천하에 이른 봄날이 강렬히 대조되어 그를 적적케 하였다.

"애야."

태공은 시동을 불렀다. 그리고 이 마음의 적적함이 얼마라도 사라지나 보려고 시동을 뒤에 달고 후원으로 산보를 나섰다.

운현궁의 후원에도 봄의 냄새는 무르익어 있었다. 겨우내 얼었던 땅은 모두 녹아서 모랫기를 많이 머금은 흙은 밟고 다니기에 매우 상쾌하였다. 발 아래서는 잔디의 푸르른 움이 새 생명을 자랑하고 있었다. 아지랑이를 낀 햇빛은 고요히 천하에 비치고 있었다.

아무 말도 없이 시동을 뒤에 달고 이리저리 후원을 거닐던 태공은 마침내 시동을 돌아다보았다.

"야."

"네?"

좀 뒤에 멀어졌던 시동은 황급히 와서 태공의 앞에 읍하고 서서 하회를 기다렸다. 태공은 잠시 눈을 시동의 얼굴에 붓고 있다가 다시 눈을 돌려서 사면을 살폈다.

"천하에 봄이 왔구나."

"네."

시동은 다시 간단히 대답을 하고 또 하회를 기다렸다.

그러나 태공에게는 하회가 없었다. 적적한 듯이 사면을 살피다가 다시 고즈넉이 그 자리에서 발을 뗄 뿐이었었다.

태공의 발은 이곳에서 저곳으로 저곳에서 또 다른 곳으로 지향 없이 헤매었다. 마음의 적적함에 대한 분풀이와 같이 머무는 곳이 없이 헤매고 있었다. 시동도 아무 말 없이 그의 뒤를 따르고 있었다.

이윽고 태공은 나지막한 어떤 바위 앞에 가 섰다. 그리고 앉고 싶다는 듯이 바위를 내려다보았다. 시동이 옆에 끼고 있던 방석을 그 바위 위에 깔았다. 그러나 태공은 그 자리에도 앉지 않았다. 잠시 앉으려는 마음이 생기기는 하였지만 그 마음은 한순간뿐 곧 사라졌다. 태공은 눈으로써 그 방석을 도로 치우라고 명하였다. 그러나 시동이 방석을 거두어 도로 옆에 끼는 것을 보고 천천히 입을 열었다.

"사찰이 안 온 지가 오래지?"

사찰이라 함은 안재영을 가리킴이었었다.

"네."

"며칠이나 되는 것 같으냐?"

태공의 이 하문에 시동은 날짜를 꼽느라고 손가락을 움직일 때에 태공이 스스로 대답하였다.

"공덕리 있을 때 와볼 뿐 그 뒤에는 안 왔지?"

"네."

"그럼 근 반 삭¹이나 되누나."

---

1 삭 : 개월.

"그런가 보올시다."

태공은 코를 킁킁 울렸다.

"일이 바쁜지 — 몸에 탈이라도 났는지."

"혹은 꽃을 따러라도 다니."

말을 가로맡아가지고 하려는 시동의 얼굴 위에 태공의 날카로운 눈은 부어졌다. 그러다 잠시 꾸짖는 듯이 말없이 시동을 내려다보고 있다가 확 돌아서서 또 걷기 시작하였다.

태공은 산보를 반나절이나 하였다. 그러나 적적함을 얼마라도 죽여버리려고 한 이 산보는 웬일인지 한층 더 그의 마음을 외롭게 한 데 지나지 못하였다.

태공이 산보를 끝내고 들어온 것은 늦은 점심때쯤이었다.

2

산보를 끝내고 돌아와서 간단한 점심을 먹은 뒤에 담배를 붙여 물고 비스듬히 담벽을 기대고 앉아서 이런 생각 저런 생각에 잠겼던 태공은 이윽고 몸을 일으켰다. 그리고 골패²를 꺼내어 방바닥에 폈다. 잘 닦아놓은 방바닥 위에 골패 쪽들은 상쾌한 소리를 내며 저어졌다.

세상의 이르는 바 '대원대감의 패'를 그는 또다시 떼어보려 하였다. 일찍이 시정에 배회하는 한 가난한 종친에 지나지 못하던 시절에 그는 어떤 정월 이 패를 떼었다. 그해에 그의 아드님은 이 팔도강산의 상감이 되었다. 그때부터 그는 패 떼는 것을 어리석은 짓이라 코웃음을 하면서도 그 패의 예언적 반면을 또한 승인한 것이었었다. 왜? 그 이유는 간단하였다. 이 패를 뗀 해에 그의 아드님이 뜻밖에 상감이 되었으니까……

젊은 그들

2 골패 : 납작하고 네모진 작은 나뭇조각 32개에 각각 흰 뼈를 붙이고, 여러 가지 수효의 구멍을 판 노름 기구. 또는 그것으로 하는 노름.

매해 정월에 그는 그해의 운수를 보기 위하여 패를 떼어보고 하였다. 그러나 근년 7, 8년 동안은 한 번도 떨어져본 적이 없었다. 떨어지지 않을 때마다 성가심을 참지 못하여 스무 번 서른 번 거푸하여까지 보았지만 떨어지는 일이 없었다. 그러던 것이 몇 해 만에 금년 정월 초하룻날 '준륙'으로 패는 떨어진 것이었었다.

"금년에는 무슨 일이든 있다."

그때부터 그의 마음에는 이런 신념이 깊이 박혔다. 하늘의 백기는 그의 신념을 한층 더 굳게 하였다. 천도산인의 출현은 그를 '요인'이라 물리치면서도 태공으로 하여금 그 '요인'의 '요언'에 귀를 기울이게 하였다.

태공은 오른손으로 잘 섞은 패쪽 가운데서 스물다섯 쪽을 떼어내어가지고 그것을 다섯 줄로 지어놓았다. 그런 뒤에 남아 있는 쪽을 젖혀보았다. 남은 쪽 가운데 또한 '준륙'이 있었다. 준오며 백륙이며 그 밖에 하고 많은 좋은 쪽이 있는 가운데서 태공의 마음에 첫 번으로 잡힌 것은 역시 준륙이었었다. 태공은 준륙을 집어다가 지어놓은 스물다섯 쪽의 패의 복판 가운데 쪽 위에다가 두껴[3]놓았다. 그런 뒤에 한 쪽씩 한 쪽씩 패를 젖혀보기 시작하였다.

패 쪽은 차차 줄어들어갔다. 그러나 준륙은 좀체 나오지 않았다. 한 쪽씩 한 쪽씩 젖혀 들어가서 패 쪽의 수가 차차 줄어들어감에 따라서 이상히도 태공의 마음은 차차 흥분되기 시작하였다.

"흥, 바보엣 짓."

힘 있게 지금 자기의 하는 짓을 비웃어보았지만 그의 마음은 그의 의식적 행동과는 반비례로 차차 가속도로 흥분되었다. 마지막에 패 쪽이 세 쪽밖에 남지 않게까지 되었을 때는 그 남은 쪽을 집어서 죄는 태공의 손은 약간 떨리기까지 하였다.

---

3 두기다 : 포개다.

"바보엣 짓! 바보엣 짓!"

중얼중얼 소리까지 내어서 자기를 비웃으면서 남은 마지막 쪽을 집어서 쥘 때는 태공은 자기의 흥분을 감추기 위하여 눈을 고즈넉이 감았다. 태공이 쥔 마지막 쪽은 소삼이었었다. 인제는 아까 태공이 선택하여 두겨놓은 준륙 아래 감추어져 있는 쪽 하나밖에는 없었다. 그리고 그 감추어진 쪽은 아까 태공이 선택한 쪽과 한 쌍이 되는 준륙에 틀림이 없을 것이었었다.

태공은 그 마지막 쪽을 죄어 보지를 않았다. 그리고 무슨 더러운 물건이나 치우듯이 벌꺽 젖혀놓았다. 그리고 거기 젖혀진 준륙 위에 가장 경멸하는 눈초리를 붓고 있었다. 그러나 그의 마음은 그의 눈과 달리 적이[4] 흥분되어 있었다. 몇백 몇천 번을 뗄지라도 좀체 떨어지지 않은 이 패가 금년 따라서는 준륙으로써 두 번째나 떨어지는 이 괴상한 숙명의 암시 때문에 그의 마음은 긴장되고 흥분된 것이었었다.

"준륙? 바보엣 노름이야."

토하는 듯이 이렇게 말할 때는 그의 오른편 뺨과 새끼손가락에는 경련이 일어났다.

3

천도산인은 유월에 난리가 있겠다고 하였다. 준륙은 그 유월을 가리킴이 아닐까. 새까만 스물네 알[5]의 구멍이 두 줄로 잘게 나란히 하여 있는 것은 마치 병대 훈련하는 것과 같다. 그러면 그 준륙은 더욱더 유월의 난리를 뜻함이 아닐까.

준륙에 부회되는 여러 가지의 망상이 태공의 머리를 스치고 지나갔다.

---

4 적이 : 꽤 어지간한 정도로.
5 스물네 알 : 골패의 준륙은 구멍이 열두 개이므로 스물네 알이라 하는 것은 오류로 보임.

"어리석은 노름이다."

스스로 이렇게 경멸하고 비웃어보았지만 준륙패의 떨어진 때문에 생겨난 그의 마음의 흥분은 차차 더욱 무거워갔다.

금년 유월에 대한 이상한 기대와 긴장은 그의 마음을 움직이게 하였다. 그리고 그 가운데는 약한 희망조차 섞여 있었다.

준륙이 왜 떨어졌을까? 이러한 의문은 그의 마음에 일어나지도 않았다. 패가 떨어진 때문에 생겨난 '행운을 믿는 마음'을 힘 있게 부인하고 비웃으면서도 준륙이 떨어진 것은 금년에 일어날 어떤 숙명적 사건에 대한 암시라는 것을 태공은 의심하고 싶지 않았다. 준륙은 당연히 떨어져야 할 것이기에 떨어졌다. 안 떨어질 것이면 떨어지지를 않을 것이다. 이러한 생각은 태공의 마음 깊은 곳에 굳게 자리 잡고 있었다.

좀 뒤에 재영이가 오래간만에 뵈러 온 때도 태공은 골패의 패가 떨어진 때문에 생겨난 (스스로 경멸하고 싶은) 괴상한 희망에 잠겨서 눈을 고즈넉이 닫고 있을 때였었다.

그새 오지 못한 데 대한 변명 비슷한 말을 귀찮은 듯이 들은 뒤에 태공은 재영이에게도 골패 쪽을 밀어주며 패를 떼어보기를 명하였다.

재영이는 쾌활히 웃으며 골패 쪽을 끌어당겼다. 그리고 예에 의지하여 스물다섯 쪽을 다섯 줄로 모아놓은 뒤에 남은 쪽들을 젖혀놓았다. 그 남은 쪽 가운데는 역시 준륙이 있었다.

남은 쪽 가운데서 얼핏 준륙을 발견한 태공은 갑자기 뛰오르려는 늙은 가슴의 흥분을 감추기 위하여 눈을 감았다. 그리고 마음으로써 성가신 듯이 재영이에게 명하고 있었다.

'준륙을 잡아와! 준륙을 잡아라! 아니 네 마음대로 아무것이나 잡아라.'

재영이는 자기의 마음에 잡히는 쪽을 하나 선택한 모양이었었다. 그 뒤에는 한 쪽씩 한 쪽씩 집어서는 죄어서 이편으로 치우는 소리가 났다. 태공은 눈을 그냥 감은 뒤에 한 쪽씩 한 쪽씩 죄어서 치우는 쪽의 수효를

세고 있었다. 한 쪽 두 쪽은 열 쪽을 넘었다. 그러나 재영이의 선택한 쪽의 쌍은 아직 나오지 않은 모양이었었다. 또 한 쪽 두 쪽—쪽의 수효는 스물을 넘어섰지만 아직도 재영이의 선택한 쪽의 쌍은 나오지 않은 모양이었었다.

어린애같이 차차 흥분된 태공은 그냥 눈을 감고 죄는 것을 듣고 있을 수만은 없었다. 그는 마침내 가느다랗게 눈을 뜨고 방바닥의 골패 쪽을 내려다보았다. 그리고 재영이도 태공이 자기와 같이 준륙을 선택한 것을 발견한 그는 앞뒤를 살필 여유도 잃고 와락 달려들어서 패 쪽을 젖혀놓고 말았다.

재영이가 선택한 준륙 쪽 아래 감추어져 있는 것은 역시 준륙이었었다. 재영이의 패도 준륙으로 떨어졌다.

"준륙이 떨어졌습니다."

재영이는 만족한 듯이 이렇게 말하였다. 그러나 태공은 거기 대답도 하지 못하였다.

그리고 긴장된 자기의 마음을 속이려는 듯이 기다랗게 숨을 내쉴 뿐이었었다.

"참 희한한데요. 이 패가 떨어지다니……."

재영이는 다시 이렇게 뇌었다. 그러나 태공은 거기조차 아무 대답도 안 하고 몸을 조금 움직여서 담벽을 기대고 눈을 감을 뿐이었었다.

4

"준륙이 떨어졌다."

그것은 금년 철로 벌써 두 번째였었다. 그리고 태공 자기뿐 아니라 재영이도 그러하였다. 그러면 그것은 무엇을 뜻함일까.

"재영아."

한참 벽을 의지하고 무슨 생각에 잠겼던 태공은 마침내 입을 열었다.

"네?"

"준륙이 떨어졌지?"

"네."

태공은 두어 번 코를 킁킁 울렸다. 그리고 고즈넉이 눈을 떴다.

"정월 초하룻날 내가 뗄 때도 준륙이 떨어졌구나. 오늘 아까도 또 준륙이 떨어졌구나. 게다가 너까지 또 떨어졌구나. 웬일이겠냐?"

재영이는 무슨 뜻인지 모르겠다는 듯이 태공을 쳐다보았다. 태공은 다시 입을 열었다.

"천도산인이 뭐랬다고?"

"금년 유월에는 난리가 있겠답디다."

"유월―준륙―준륙―유월"

혼잣말같이 두어 번 중얼거려본 태공은 성가신 듯이 코를 한 번 울리면서 눈을 도로 감고 벽을 의지하였다.

"백기경천이면 필유천화라―금년에는 무슨 일이든 생긴다. 패가 떨어지는 것은 우연한 일일지도 모르지만 왜 금년 따라서 네게며 내게 모두 준륙이 떨어지겠느냐. 그 많은 쪽 가운데 준륙이 복판 가운데 들어앉는다는 게 한 번도 아니요 두 번 세 번씩 웬일이겠느냐. 백기경천이면 필유천화라. 유월에는―유월에는 무슨 일이 생겨."

태공은 말을 끊었다. 마음의 흥분이 차차 목소리에까지 나타나려는 것을 감추기 위하여서였다.

태공은 그날 그다지 말이 많지 않았다. 그러나 그의 입에서 이야기가 나오면 그것은 모두 세 번이나 준륙이 떨어진 기괴한 암시에 대한 그의 흥분의 발로[6]였다.

재영이는 저녁을 운현궁에서 태공과 함께하였다. 그리고 저녁 뒤에

---

6 발로(發露) : 숨은 것이 겉으로 드러나거나 숨은 것을 겉으로 드러냄. 또는 그런 것.

태공과 골패를 놀았다. 골패를 노는 동안 태공은 손에 준륙이 들어만 가면 비록 그 쪽이 쓸데없는 쪽일지라도 그는 그 쪽을 결코 놓지 않았다. 그 쪽 때문에 패가 무어지지를[7] 않는다 할지라도 태공은 그 쪽을 놓지를 않았다. 잘게 두 줄로 박힌 새까만 스물네 구멍은 이상히도 그의 마음을 끌었다. 들여다보면 들여다볼수록 뜻 깊은 듯이 보이는 그 쪽은 비록 그 쪽 때문에 패가 무어지지를 않아서 골패에 지는 한이 있다 할지라도 태공은 그 쪽뿐은 놓기가 싫었다.

밤에 재영이를 보낸 뒤에 고요히 혼자서 뒤뜰을 거닐 때에 태공은 하늘에서도 준륙을 발견하였다. 북두성 조금 뒤로 골패 쪽의 준륙과 흡사히도 같이 두 줄로 나란히 하여 있는 별을 발견하였다.

"준륙─유월─유월─준륙."

태공은 거기서도 또 한 번 소리까지 내면서 이렇게 뇌었다.

그날 밤 자리에 들어가서 태공은 좀체 잠이 들지를 못하였다.

'금년에는 무슨 일이 있다. 무슨 일이 있과저. 도탄의 괴로움에서 신음하는 백성들을 구하기 위하여서라도 무슨 일이 있과저.'

늙은 마음에 느끼는 흥분으로서 오른편으로 왼편으로 천천히 돌아누우면서 잠이 못 드는 태공은 경건한 마음으로 이렇게 빌고 있었다. 일찍이 하늘에 대하여도 외포(畏怖)[8]를 느껴보지 못한 이 노인도 이 밤뿐은 하늘께 금년에 무슨 일이 생기기를 빌었다.

밤 깊도록 잠이 못 들던 태공은 거의 새벽이 되어서 서랍 속에서 준륙 쪽을 꺼내어 오른손에 쥔 뒤에야 겨우 잠이 들었다. 꿈에는 몇 번을 하늘에서 흐느적거리는 준륙을 보았다.

춘광

봄은 젊은이의 것이었다.

운현궁에 깊이 박혀 있는 태공의 가슴에 더욱 음침한 기분을 던져준
데 반하여 젊은이들의 모임인 활민숙의 봄은 얼마간 흥성스러웠다.

그들은 분주하였다. 잠시도 마음을 놓을 틈이 없었다. 쉬지 않고 활동
치 않으면 안 될 그들이었었다. 그러나 그러한 바쁜 가운데서도 젊은 그
들은 봄날을 즐겼다. 봄빛에 몍 감았다. 봄의 공기를 호흡하였다.

그들은 혹은 짝을 지어 벌에 나갔다. 혹은 기녀를 희롱하였다. 분주한
가운데 틈을 타서 그들은 일 년에 한 번 이르는 이 좋은 절기를 충분히
즐기려 하였다.

봄이 이른 뒤부터는 활민숙은 대개 비어 있었다. 하인밖에는 늙은 스
승과 인화가 박혀 있을 뿐, 다른 젊은이들은 대개 밖에 나다녔다.

공덕리 사건으로 한때 다시 일어나려던 정열을 죽여버린 인화는 그
뒤에도 늘 순교자와 같은 경건한 마음으로 혼자 지냈다. 음식도 대개 혼
자서 따로 먹었다. 숙생들이 모여서 즐기는 곳을 할 수 있는 대로 피하

였다.

"그이는 저승에서. 이 몸은 이생에서."

이런 생각은 늘 그의 마음의 한편 구석을 점령하고 있었다. 더구나 명 인호의 혼백이 돌아다닌다 하는 것은 더욱 그의 마음을 흔들었다. 하다 못해 인호의 혼백이나마 한 번 만나보고자 애쓰는 그의 마음은 무엇에 비길 수가 없었다.

봄은 그의 마음에도 왔다. 만개한 꽃은 그의 마음을 한층 더 애끊게 하였다. 죄죄거리는 새들은 그의 마음을 더욱 눈물겹게 하였다. 돋아나는 풀음에서도 그는 비애를 발견하였다. 봄은 그의 마음에도 이르기는 하였지만 그것은 다른 사람의 마음에 이른 봄과 달라서 그로 하여금 더욱 생각에 잠기게 하는 봄이었었다. 이미 죽은 이의 애처로운 일생을 위하여 그는 한없이 거룩하고 경건한 마음으로 이 봄날을 맞고 봄날을 보냈다. 모든 사람이 봄날을 즐기러 들로 뫼로 나다니는 것은 그로 하여금 더욱 더 비창한 마음을 일으키게 하였다. 그리고 자기의 청춘을 더욱더 아깝게 여기게 하였다.

다른 숙생들은 모두 봄볕에 들떠서 혹은 뫼로 혹은 벌로 놀러 다닐 때에 혼자서 숙에 들어박혀서 때때로 후원이나 거니는 그의 모양은 외로웠다. 혼자서 외로이 후원을 거닐며 소나무 껍질을 벗겨서 거기다가 명(明)이라는 글자를 새겨서 그것을 연못에 띄워 내보내며 노는 양은 남뿐 아니라 자기 스스로 생각하여도 비참하기가 짝이 없었다.

그가 후원에서 혼자서 거닐고 있을 때에 때때로 재영이가 그를 찾아왔다.

"이 공, 갑갑치 않소?"

쾌활히 이렇게 물으며 가까이 오는 재영이에게 인화는 늘 적적한 미소를 던지는 것이었다. 그리고는 슬며시 재영이를 피하여서 저편으로 가는 것이었다. 이즈음의 인화에게는 재영이를 만나는 것이 큰 고통이었다. 일찍이 스승에게 한 달의 기한을 얻고 죽은 이를 위하여 소를 하는 동안 그는 재영이를 피하였다. 그리고 그 기한이 지난 뒤부터는 역시 한 친구로서 그와 가까이 지냈다. 그러나 명인호의 혼백이 나타나기 시작한 뒤로부터는 그는 다시 재영이를 저퍼하기 시작하였다. 더구나 봄날은 더욱 그로 하여금 재영에게 대한 공포심을 크게 하였다. 광채 나는 재영이의 눈은 몸을 떨지 않고는 인화로서는 바로 보지 못할 것이었었다. 더구나 그와 가까이 있을 때에 그에게서 나는 무르익은 젊음의 냄새는 인화에게는 역정에 가깝도록 무서운 것이었었다. 그것은 한낱 친구의 냄새가 아니요 무르익은 이성(異性)의 냄새였었다. 공포 없이는 대할 수 없는 이성의 냄새였었다.

2

그것은 한없이 무르익은 어떤 봄날이었다.

그날도 인화는 쓸쓸한 제 마음을 호소하기 위하여 홀로 후원으로 돌아왔다. 후원에는 달기깨비꽃이 자줏빛을 자랑하고 있었다. 담장 안에 서 있는 두 그루의 복사나무도 꽃이 만개하여 있었다.

후원을 이리저리 한참 거닐던 인화는 연못가로 왔다. 그리고 조금 엇비슷한 언덕을 두어 걸음 내려와서 잔디밭 위에 몸을 곤한 듯이 내어던졌다. 그의 발에서 두어 걸음 앞에는 연못의 물이 있었다. 그리고 죽은 듯이 고요한 연못 풀 위로는 삐죽이 바야흐로 퍼지려는 연잎이 끝을 보이고 있었다.

연못에는 인화 자기의 그림자가 비치어 있었다. 기름같이 잔잔한 물 위에는 수심을 띠고 물을 내려다보고 있는 인화의 그림자가 분명히 비치어 있었다. 물은 바늘 끝만치도 움직임이 없었다. 따라서 인화의 그림자도 조금도 움직이지 않고 마주 자기의 주인을 바라보고 있었다.

인화는 그 그림자를 들여다보면서 또한 생각에 잠겼다. 한없이 핀 얼굴에 띤 수심은 물에 비친 그림자로 보아도 처염하였다.[2] 비록 남복 아래 감추어져 있다 하지만 남복 아래 감추어져 있으므로 더욱 여자다이 처염하였다.

그것은 주인이 없는 얼굴이었었다. 아니 적절히 말하자면 주인을 잃은 얼굴이었었다. 그 한없이 핀 아름다운 얼굴을 '내 것'이라고 나설 사람은 지금은 이 세상에 없다. 주인을 잃은 청춘은 지금 홀로 이 자리에서 추억에나 잠겨 있지 않을 수가 없을 것이다. 주인이 없는 이 얼굴, 주인이 없는 이 청춘, 주인을 잃은 이 마음 — 애끓는 마음은 인화로 하여금 눈물조차 못 흘리게 하였다. 고추를 먹은 가슴과 같이 경련과 마비와 거기 따르는 흥분을 느낄 따름이었다.

인화는 팔을 펴서 무릎 곁에서 조그만 달기깨비꽃을 하나 땄다. 그리고 눈을 그리로 옮기고 물끄러미 그 꽃을 들여다보고 있었다. 비록 조그만 꽃이나마 눈앞에 가까이 대고 보는 그 꽃은 아름다웠다. 윤택 있는 자줏빛의 꽃잎과 노란 수염이 가느다란 꽃대 위에 달려 있는 그 꽃은 비록 멀리서 보면은 사람의 주의조차 끌지 못할 만한 작은 꽃이나마 가까이서 보면은 꽤 고왔다. 그 꽃이 언제 피었는지는 아무도 모를 것이다. 그 꽃이 진다 할지라도 아무도 지는 줄도 모를 것이다. 아무의 주의도 끌지 못하고 언제 피어서 언제 지는지 모르게 피었다 지는 그 꽃은 과연 꽃 가운데 가련한 꽃이었었다. 그러나 정당한 주인을 만나지 못하고 — 뿐더러 여자인 자기의 정체를 드러내지도 못하고 사내의 가장 아래서 사내로서 일생을 보내어야 할 자기의 애처로운 운명은 그 꽃보다 나을까. 비록 남복 아래서 길러났다 하나 제 몸에 주인이 있다고 믿고 있을 동안은 아무 일을 하여도 뒤가 든든하고 힘이 받아졌다. 그러나 지금의 그에게는 무슨 일을 하던 모두 허사로만 보였다.

---

2 처염(凄艷)하다 : 처절하게 아름답다.

"무엇 하러? 누구를 위하여?"

이러한 의문은 늘 일어났다. 자기는 실상은 이인화가 아니요 이인숙이라는 생각이 강렬히 일어나고 하였다. 그리고 자기의 이인숙인 정체를 받아줄 정당한 대상을 잃었는지라 그의 마음은 다시 소생할 가망조차 없었다.

인화는 쥐고 있던 꽃을 못을 향하여 던졌다.

"펑."

그가 꽃을 던지는 것을 군호 삼아 못 바닥에서는 커다란 방울이 하나 수면을 향하여 떠올랐다. 그리고 수면에서 폭발되었다. 물방울이 터진 곳은 꼭 인화의 얼굴이 비치어 있던 곳이었었다. 물방울이 터지기 때문에 못에 비치었던 인화의 얼굴은 없어졌다. 그리고 불규칙한 윤곽이 이리저리 움직일 뿐이었었다. 그 물무늬가 겨우 잔잔해질 때는 인화의 얼굴의 뒤에는 웬 다른 사람의 얼굴의 그림자가 하나 나타났다.

3

"아."

거의 소리까지 내도록 놀라며 인화가 돌아보매 인화의 등 뒤에는 재영이가 벙글벙글 웃으면서 서 있었다.

"또 혼자서 무슨 생각을 하고 있었수?"

재영이는 이러한 질문과 함께 인화의 오른편에 와서 나란히 하여 털썩 걸터앉았다.

인화는 머리를 푹 수그렸다. 눈도 내려떴다. 뛰노는 가슴을 억제키 위하여 그는 양손으로 자기의 무릎을 안았다. 하―하― 차차 높아 가려는 숨소리를 감추기 위하여 아래로 수그리고 있는 인화의 얼굴은 이리저리 찡그려졌다. 공포 없이는 보지 못할 괴인의 냄새를 그는 풍부히 맡은 것이었었다.

"이즈음 왜 그리 늘 심울해하우?"

재영이는 천연한 태도로 이런 말을 물었다. 그러나 인화는 입을 조금 움직일 뿐 대답치를 못하였다. 지금의 인화에게는 재영이는 친구가 아니었다. 사찰도 아니었다. 동지도 아니었다. 당연히 공포로써 보지 않을 수 없는 한 개의 이성에 지나지 못하였다.

재영이는 왼손을 덥석 내밀어 인화의 손을 잡았다.

"어디 몸이라도 편찮우? 얼굴이 말이 아닌데."

"아니 아무 데도……."

인화는 비교적 똑똑한 어조로 대답하였다.

"그럼 왜 그럴까? 아니 봄의 탓이야. 왜 밖에라도 좀 나다니지 꾹 박혀만 있소? 꽃 피고 종달새 울고— 어제도 문밖에로 나갔더니 봄이 오히려 늦었던걸……. 그 좋은 봄날 왜 꾹 박혀만 있소? 몸에 해로워."

왼손뿐으로 인화의 손을 잡고 있던 재영이는 오른손까지 내밀어서 양손으로 인화의 양손을 잡았다.

"하기는 우리 후원에도 봄이 안 온 바는 아니지만. 날씨도 좋다."

인화는 눈을 가느다랗게 들었다. 그리고 못을 바라보았다. 못에는 두 사람의 그림자가 비치어 있었다. 재영이는 머리를 기울이고 인화 자기를 들여다보고 있었다. 인화는 창백한 얼굴로 눈을 가느다랗게 뜨고 있었다. 물결 하나 없는 기름같이 잔잔한 못에 비친 두 개의 그림자는 마치 어떤 운명을 암시하는 듯하였다.

인화는 등골로 흐르는 전율을 느꼈다. 무르익은 봄의 냄새와 굳센 이성의 냄새를 그는 온몸의 신경으로 감각하였다. 그러나 인화는 그것을 뽑으려도 아니하였다. 뽑으려는 행동이 귀찮았다기보다도—다만 그냥 내맡겨둔 것이었다.

'사찰은 내가 여자인 것을 모르기에—나는 또한 내가 여자인 것을 감추기 위하여.'

손을 그냥 가만히 잡히고 있는 데 대하여 이러한 변명이 일어나는 것을 그는 괴이히 여기지도 않았다. 뉘게 대한 변명인가 하고 살펴보려도 아니하였다. 그리고 그 취하는 듯한 마비에 고요히 감겨 있었다. 뿐더러 재영이가 잡았던 손을 놓을 때는 인화는 일종의 적적함까지 느낀 것이었었다.

재영이는 손을 놓은 뒤에도 여러 가지의 이야기를 하였다. 그러나 인화는 '네'라든가 '아니'라든가 간단한 대답 이상으로는 재영이에게 응하지 못하였다. 공포와 긴장—그의 마음을 지배하는 이 두 가지의 커다란 감정은 그로 하여금 좀 더 가까이 재영이에게 응하지 못하게 한 것이었었다. 그리고 고통이라고까지 형용하고 싶은 그 공포와 긴장에서 받는 쾌미에 인화는 고요히 잠겨 있었다.

4

봄의 추억이며 이즈음의 일에 대한 한 토막의 이야기가 끝난 다음에 재영이는 말을 끊었다. 그리고 눈을 천천히 옮겨서 못을 바라보았다.

못을 한참 바라보고 있던 재영이는 손을 들었다.

"이 공, 저걸 보."

재영이가 가리키는 것은 못에 비친 두 사람의 그림자였었다. 인화는 힐끗 그 그림자를 보았다. 그리고 곧 눈을 다른 데로 굴렸다.

"참 저 그림자 보니깐 생각나는. 이 공, 내 무슨 말을 하나 물을게, 대답해주시겠소?"

인화는 힐끗 재영이의 얼굴을 바라볼 뿐 대답치를 않았다. 재영이가 또다시 물었다.

"대답해주시겠소?"

"무슨—말씀—이에요?"

"만약—만약 말이외다."

이렇게 말한 재영이는 말을 끊었다. 그리고 손을 내밀어서 달기깨비 꽃을 두어 개 땄다. 그런 뒤에 그 꽃을 손바닥으로 비볐다. 꽃은 형체조차 없어지고 조그만 자줏빛 알로 변하였다.

그 꽃의 송장을 손가락으로 두어 번 퉁겨본 재영이는 그것을 휙 못에 던지면서 머리를 들었다.

"만약 말이외다. 이 공이 이 뒤에 아내를 얻는다면 어떤 아내를 택하겠소?"

인화는 대답치 못하였다. 대답은커녕 한순간 숨까지 못 쉬었다. 하나 둘 셋 넷, 하나 둘 셋 넷, 눈을 지르감은 인화는 뜻 없이 속으로 이런 생각을 하고 있었다. 재영이가 뒤를 따라왔다.

"어디?"

세 번 채근을 받은 뒤에 인화는 머리를 약간 들었다. 그리고 입을 열었다.

"사찰— 먼저."

"나? 내야 말하다뿐이리? 나는."

재영이는 머리를 기울이고 인화를 들여다보았다.

"이 공, 성내지 마오. 나는 만약—만약 이 세상에 이 공과 같은 여자가 있다면 그런 여자를 아내로 택하겠소."

탕! 귀에서 울리는 이상한 소리 때문에 인화는 재영이의 말을 똑똑히 듣지는 못하였다. 그러나 그 뜻은 넉넉히 알아들었다. 인화는 조금 들었던 머리를 탁 도로 숙였다. 그리고 그것뿐으로도 부족하여 체면도 체모도 잊고 그 수그린 머리를 두 무릎 틈에 감추었다. 얼굴빛이 검붉어진 것을 스스로도 알 수가 있었다.

"전 모르겠어요."

이 공은 어떤 아내를 택하겠소? 하는 질문을 인화는 몇 번 들었는지 알지 못하였다. 좌우간 수없이 여러 번 재영이에게 채근을 받은 뒤에 인화는 모깃소리와 같은 소리로 모르겠노라 대답한 것이었었다.

"모르겠다는 대답이 그렇게도 힘드우?"

재영이는 이렇게 물은 뒤에 큰 소리로 하하하하 하고 웃었다. 그 웃음소리는 이상도 어울리지 않는 웃음소리였었다. 싱겁다고밖에는 형용할 수가 없는 웃음이었었다.

인화도 재영이의 웃음을 따라서 웃어보려 하였다. 그러나 웃기는커녕 입조차 움직이지를 못하였다. 그냥 머리를 무릎에 묻은 채 움직이지 않고 가만히 있었다.

한참 뒤에 인화는 깜짝 놀랐다. 그의 어깨로써, 남의 손을 감각하고, 뺨으로써 남의 입김을 감각한 것이었었다. 깜짝 놀란 인화가 반사적으로 머리를 들고 경악의 눈을 뜰 때에 인화는 자기의 얼굴에서 두 치가 못 되는 거리에서 난란히 빛나는 어떤 두 눈알을 발견하였다. 그것은 확실히 위압하는 듯한 이성의 눈알이었었다. 아직껏 재영의 눈에서 보던 바 우애(友愛)의 눈알이 아니요 정복욕으로 빛나는 강자의 눈알이었었다. 그리고 성욕으로 불붙는 이성의 눈알이었었다. 허덕이는 재영이의 입김이 인화의 뺨을 스쳤다. 재영이의 얼굴도 흥분으로 들떴다.

5

"왜 이러세요?"

인화는 반사적으로 일어서면서 두어 걸음 물러섰다. 매에 쫓긴 새와 같이 쫑그리고 서 있는 인화에게는 다분의 반항적 태도가 있었다. 눈에는 경멸하는 빛이 사무쳐 있었다.

'왜 이러세요?'라고 부르짖는 그 목소리가 아직껏 감추려던 여자의 목소리인 것도 인화는 자각치 못하였다. 본능적으로 적을 방어하려는 그 태도가 여자에게서만 볼 수 있는 특유한 자태라는 것도 인화는 자각치 못하였다. 그리고 자기의 위에 정열과 흥분의 눈을 부었던 재영이에게 대한 공포와 경멸만 느낀 것이었었다.

재영이는 멍하니 인화만 쳐다보고 있었다. 피어오르는 정열의 위에 냉수를 끼얹힌 듯한 재영이는 그냥 삭여버리지 않을 수 없는 정열을 삭이지도 못하고 열적은 듯이 인화를 쳐다보고 있었다.

잠시 재영이를 경멸하는 듯이 내려다보고 있던 인화는 홱 돌아섰다. 그리고 총총걸음으로 제 방으로 돌아왔다. 동시에 그는 아랫목에 쓰러지면서 울기 시작하였다. 더할 나위 없는 모욕을 받은 듯한 느낌으로 그의 어깨는 격렬히 떨리기 시작하였다.

'그 눈은─ 그 눈은……'

무엇을 뜻함일까. 흥분으로 빛나던 그 눈은, 무엇을 뜻함일까. 이런 생각은 그의 머리에 가득 차서 무겁게 그를 눌렀다.

아까의 재영이의 그 눈은 심상한 눈이 아니었었다. 그 정열은 친구가 친구에게 대하여 가지는 우애가 아니었다. 그 눈에 쏘여서 정신이 아득하여진 것은 활민숙생 이인화가 아니고 한 여인 이인숙이었었다. 따라서 그 눈은 여자의 마음을 움직이게 하는 눈에 다름없었다. 그 눈에 나타났던 정열은 남자가 여자에게 가지는 종류의 정열이었었다. 더구나 인화가 그때 뺨으로써 감각한 재영이의 뜨거운 입김은─허덕이던 숨은─모두가 심상한[3] 입김이며 심상한 숨이 아니었었다. 그것은 모두가 인화의 마음을 기괴하게 움직이게 한 것이매 따라서 아직껏 재영이가 인화에게 가지고 있던 우애(友愛)의 산물과는 다른 것이었었다.

만약 그것을 그렇다 할진대 재영이의 한 일을 어떻게 설명할 것인가.

거기는 한 가지의 설명밖에는 없을 것이니 그것은 재영이는 인화가 사내가 아님을 안다 하는 것이었다. 인화가 여자인 것을 알기에, 그때에 재영이의 눈은 그렇게도 흥분되었을 것이다. 인화가 여자인 것을 알

3 심상하다 : 대수롭지 않고 예사롭다.

기에 그때에 재영이의 입김은 그렇게도 뜨거웠을 것이다. 재영이의 숨도 그렇게 허덕였을 것이다. 그렇지 않으면 그때의 재영이의 행동은 도저히 설명할 방법이 없다.

인화는 며칠 전에 생긴 일을 하나 회상하여보았다. 그것은 저녁을 먹은 뒤에 숙생들이 모여서 희롱을 할 때였었다. 그때, 한창 우스운 이야기로 숙생들을 웃기던 송만년이가 와락 인화에게 달려들어서 뒤에서 인화를 쓸어안았다.

"이 공은 웬 엉덩이가 이렇게 커. 여편네라면 좋겠어. 아이구, 우리 마누라."

만년이는 제 뺨을 인화의 뺨에 비볐다. 인화는 몸을 소스라치며 만년이를 밀어버렸다.

어떤 날 홍이라는 숙생은 인화를 가리키며 이런 말을 하였다.

"이 공 얼굴이 환하게, 꼭 피어오르는 계집애 같아. 더구나 허리가 날씬한 게. 내가 딸이 있으면 저런 사위를 맞겠구면."

어떤 날 인화가 양짓귀에서 머리를 빗고 있을 때에, 그 검고 긴 머리를 황홀히 들여다보고 있던 한 숙생은,

"머리도 훌륭은 하다. 처녀의 머리로군."

하면서 인화의 머리를 만져보았다.

6

도적이 발이 저리다는 속담 말같이 숙생들은 아무 뜻이 없이 하는 말이며 행동이건만 인화에게는 모두 그것이 마음에 걸리었다. 그런 일을 당할 때마다 그는 웃지도 못하고 얼굴이 검붉어지며 그들의 시선을 피하였다.

비록 그런 모든 일을 꺼린다 할지라도 인화는 자기에게 대하여 단단한 자신이 있었다. 비록 그런 농담은 한다 할지라도 자기를 사실로 여자

로 보는 사람은 하나도 없을 것을 인화는 단단히 믿고 있었다.

그렇거늘 오늘 재영이의 한 행동은 어떻게 설명할 것인가? 재영이가 아까 인화에게 한 행동은 농이 아니다. 지나가는 장난도 아니다. 아까의 그 정열은 한낱 너털웃음으로 넘겨버릴 종류의 정열이 아니다.

그러면 재영이는 자기의 정체를 알았나. 어떤 정도까지 확실히 알았나. 밑으로 밑으로 한없이 떨어져 들어가는 이런 생각 때문에 인화의 울음은 좀체 멎지 않았다.

이전에 숙생들이 인화에게 대하여 취한 행동조차 지금의 인화에게는 일일이 마음에 집히었다. 그들은 사실 자기를 여자로 알아보고 그런 농을 하지 않았나. 그때의 그 농은 한낱 농으로 넘겨버릴 것이 아니고 다시 살펴볼 여유가 남아 있지 않은가.

자기는 모르지만 지금의 자기의 체격은 나타나게 여자다워지지 않았다. 할 수 있는 대로 사내의 몸가짐을 하였지만 그래도 여자다운 곳이 남아 있지 않나. 민겸호는 자기가 여자인 것을 간파하였다. 숙생들도 자기에게 향하여서만 계집애 같다고 놀려댄다. 게다가 재영이의 눈은 오늘 정열로 불붙었다.

그날 저녁 인화는 저녁 먹으러 나가지를 못하였다. 숙생들이 무슨 이야기를 하면서 제 방 앞을 지나갈 때마다 인화는 귀를 기울였다. 자기의 말이 오르내리지나 않나 하였다. 자기가 계집애인 것을 천하가 다 아는 것 같이 생각되었다. 숙생들끼리 무슨 이야기를 하면서 웃는 것은 모두 자기 방을 손가락질하면서 웃는 것같이 보였다. 숙생들의 입에서는 유난히 '계집애'라는 말이 많이 나오는 것 같았다.

이튿날도 인화는 조반을 먹으러 못 나갔다. 그리고 숙생들이 놀러 나간 조용한 틈을 타서 선생을 찾아 들어갔다. 자기의 괴로운 처지를 호소하고 선후책을 강구코자 함이었다.

선생은 인화의 호소하는 것을 다 들은 뒤에 웃어버렸다.

"네 망상이다. 네가 사내가 아니라는 걸 아는 사람은 이 세상에 너하고 나하고 두 사람밖에는 없다. 재영이가 어떻게 알겠냐. 도적놈이 발이 저리다고 재영이는 예사로이 하는 일을 네가 넘겨짚어가지고 혼자서 속 상해하나 보다. 네 체격이며 음성이며 거처 행동이며 네가 과년해진 뒤부터 나는 더욱 주의해서 살피지만 한 군데라도 사내와 다른 곳을 보지를 못했다. 그러니까 재영이며 다른 애들이 알 리가 없다. 거기 대해서는 안심해라."

그리고 선생의 이 말에 대하여 인화가 반대하여보려고 할 때에 선생은 억누르듯이 말을 계속하였다.

"또 설혹 네가 어떤 실수로 무슨 기색을 보였다 할사 그러면 그럴수록 너는 더욱 사내다이 활발하게 몸을 가져야지 않느냐. 네가 부끄러워하고 수줍어하면 없는 의심이라도 살 게 아니냐. 그러니까 이 뒤라도 더욱 주의해서 비록 의심을 샀다 할지라도 그 의심을 없이 하도록 해봐라."

이 말에 대하여 아무 반대할 근거를 못 가진 인화는 그만 선생에게서 물러 나왔다. 그리고 그날 저녁 그는 숙생들 틈에서 억지로 활발히 노는 자기를 발견하였다. 그날 재영이가 오히려 인화를 피하였다.

7

따스한 봄볕은 젊은이의 마음을 들뜨게 하였다. 아지랑이와 재재거리는 새의 노래와 그윽한 꽃향기는 젊은이의 마음을 그냥 두지 않았다. 연못가에서 봄볕에 들뜬 재영이는 떠오르는 정열을 참지 못하여 자기의 이성을 잃었다가 인화에게 무안을 당하였다.

그때 인화가 몸을 빼쳐서 들어간 뒤에 재영이는 잠시 그냥 멍멍히 앉았다가 그 길로 숙을 나섰다. 그 뒤의 진일을 그는 기생 연연이의 집에서 보냈다.

연연이는 역시 그를 환대하였다. 고민하는 듯한 연연이의 눈은 잠시를 떠나지 않고 재영의 얼굴에 붙어 있었다. 때때로 남에게 들리지 않을 만한 한숨이 그의 입에서 새었다.

그새 오랫동안 재영이가 자기를 찾아오지 않은 까닭도 그는 묻지 않았다. 찾아오지 않은 데 대한 나무람도 없었다. 이 뒤에는 자주 와달라는 부탁도 없었다. 다만 겁지 않고 사모하는 이를 바라볼 뿐이었었다.

숙에서 당한 열적은 일 때문에 연연이의 집에서도 재영이는 마음이 편치를 못하였다. 때때로 그 생각을 한 뒤에는 (연연이에게도 들리게) 혼자서 혀를 차고 하였다.

"꼴이 뭐람."

뜻하지 않고 이렇게 혼잣말을 한 때까지 있었다.

"무슨 마음에 언짢은 일이 계세요?"

참고 참던 연연이가 어떤 때 재영이에게 이렇게 물었다. 재영이는 첫 마디에 대답치 않았다. 못 들은 체하고 그냥 눈을 감고 있었다. 주저주저하던 연연이가 다시 용기를 내어가지고 같은 말을 두 번째 물을 때에 비로소 재영이는 눈을 떴다. 그리고 잠시 험상궂은 눈을 연연이의 위에 붓고 있다가 다시 눈을 감아버렸다. 연연이는 다시 묻지 않았다.

밤 깊어서 재영이는 숙으로 돌아왔다. 연연이는 역시 대문 안까지 그를 바래다주었다. 그러나 대문 안까지 바래다주는 것조차 재영이에게는 귀찮았다. 낮에 인화에게 무안을 당한 뒤에 숙에는 그냥 있기가 열적고 그렇다고 가 있을 만한 다른 적당한 곳을 가지지 못한 재영이는 하릴없이 연연이의 집으로 오기는 왔으나 연연이의 존재조차 그에게는 귀찮았다.

이튿날 아침도 재영이는 식당에 나가지 않고 조반을 따로이 제 방으로 들여다 먹었다.

숙이 좀 조용하여진 뒤에 또 몰래 빠져서 밖으로 나가려던 재영이는 나가기 전에 선생에게 불리었다.

재영이가 선생의 방에 들어갈 때에 선생은 책상을 의지하고 무슨 책을 읽고 있었다. 재영이가 들어가서 인사를 드리고 앉은 뒤에도 선생은 모르는 듯이 그냥 책만 읽고 있었다. 하회를 기다리던 재영이는 선생의 얼굴을 쳐다보고 처음으로 선생의 안색이 좋지 못함을 알았다.

재영이는 선생의 눈을 보았다. 선생의 눈은 비록 책을 향하고 있다 하나 책을 읽는 것은 아니었었다. 한 군데 멈춘 채 선생의 눈은 움직이지를 않았다.

이윽고 선생이 눈을 그냥 책으로 향한 채로 입을 열었다.

"왜 불렀는지 알겠느냐?"

그것은 질문이라기보다도 - 힐문이라기보다도 오히려 준엄한 책망에 가까운 음성이었었다. 재영이는 눈을 아래로 떨어뜨렸다. 그는 선생이 왜 자기를 불렀는지 알았다. 아직껏 재영에게 대하여뿐은 다른 숙생과 달리 어려워하던 선생이 이렇듯 준엄히 책망하는 것은 보통 일이 아닐 것이다. 뿐만 아니라 재영이는 선생에게 책망 들을 만한 다른 일은 한 기억이 없었다. 이즈음 행한 일 가운데 선생에게 꾸중을 들을 만한 일은 한 가지밖에는 없었다.

8

'인화의 일이로구나.'

선생의 준엄한 얼굴의 앞에 직각적으로 이렇게 생각한 재영이는 다음 순간 주저치 않고 선생의 앞에 복죄하였다.

"잘못됐습니다."

선생의 눈은 겨우 책에서 떠났다. 그리고 그 무거운 눈을 재영이의 위에 부었다.

"무슨 일인지 알겠느냐?"

"죽을 혼이 들어서 - 잘못됐습니다."

"잘못?"

선생은 몸까지 재영의 편으로 돌아앉았다.

"잘못?"

다시 한번 이렇게 뇌어본 선생은 잠시 말을 끊었다가 토하듯이 계속하였다.

"네가 철이 들었느냐 안 들었느냐. 대체 네가 몇 살이냐. 그만 지각은 났을 줄 알았더니 그다지도 철이 없단 말이냐?"

"선생님, 다시 말씀 말아주세요. 말씀 안 하신대두."

재영이는 다시 공손히 복죄하였다.

두말이 없이 자초지종으로 잘못되었노라는 재영이에게 선생은 예정대로 노염을 계속할 수가 없는 모양이었었다. 재영이의 위에 부은 선생의 눈은 그냥 무거웠지만 선생의 입에서 나온 음성은 요전보다는 좀 부드러웠다.

"글쎄 생각해봐라. 인화는 어버이가 정하여주신 네 약혼자야. 네 장래의 아내야. 네가 인화에게 대해서 무슨 짓을 한달사 무슨 탓이 있기야 하겠냐마는 지금은 때가 아니야? 더구나 인화는 너를 어버이가 정하여 주신 그 지아비인 줄은 모르고 한낱 친구로만 여기고 있으며 자기 딴에는 자기가 계집앤 줄을 아는 이는 나하고 저하고 이 세상에 단 두 사람밖에는 없다고 단단히 믿고 있는데 네가 덥석 그런 지각 없는 짓을 해놓았으니, 그게 무슨 꼴이냐. 인화는 어린 마음에 부끄러워서 못 견디겠다고 자결이라도 하겠다고 한바탕 야단을 했다. 그런 것을 내가 겨우 말려서 진정시켰다. 재영이는 예사로이 한 일을 네가 넘겨짚어서 그렇게 괴상스레 생각한 게지, 재영이는 결코 네가 계집애인 줄을 알 리가 없다고 천만 번 타일러서 겨우 진정시켰다."

"뭐라 말씀드릴 수가 없습니다."

"너의 처지도 딱하지 않은 바는 아니야. 세상이 세상일 것 같으면 당당한 부부로서 화락한 가정을 이루어가지고 살 것을 고약한 세상에 태어나서 부모가 정해주신 부부라 하지만 부부라는 것을 알리지도 못하고 보고만 있는 네 정경도 딱하기는 해. 하지만 팔자가 그런 것을 어찌하겠느냐. 네 팔자가 고약해서 그런 게니 누구 탓할 것 없이―기다려라. 기다리노라면 언제든 좋은 세월이 오지 않겠느냐. 좋은 세월이 오기만 하면 너희가 서로 부부라는 것을 말하기 전에 내가 인화에게 네 그 지아비는 안재영이―즉 명진섭이라는 것을 알려주지 않으리. 클클하기도[4] 하겠지만―큰일의 앞에 작은 일, 눈 감고 모른 체해야 한다. 아직껏 잘 지켜오더니만 갑자기 그게 무슨 광증이냐. 이 뒤에."

선생은 말을 끊었다. 그리고 잠시 눈을 아래로 떨어뜨리고 잠자코 있다가 머리를 번쩍 들면서 말을 다시 계속하였다.

"―이 뒤에라도 다시 어제와 같이 경솔한 짓을 했다가는―했다가는."

차차 다시 높아가려는 음성을 억제하려는 듯이 선생은 두어 번 침을 삼켰다. 그리고 고요히 말을 계속하였다.

"내가 용서를 못 하겠다. 단정코― 용서를."

선생은 성가신 듯이 말을 끊었다.

그 뒤에도 재영이는 선생에게 (꾸중이 섞인) 설교를 한참 들었다. 재영이가 선생의 방에서 물러나올 때는 그는 등으로써 땀을 흠뻑 뽑았다.

9

그 뒤부터 재영이는 숙에 틀어박혀 있을 기회를 더욱 피하였다. 그때의 그 일을 인화 혼자뿐이 안 것도 재영에게는 여간 창피스럽지 않은데 지금은 선생까지 알았다. 선생과 대면하기조차 재영에게는 부끄러웠다.

재영이가 선생에게 꾸중을 들은 이튿날 아침 인화는 어제 선생의 주

---

4 클클하다 : 마음이 시원스럽게 트이지 못하고 좀 답답하거나 궁금한 생각이 있다.

의에 의지하여 자기의 본색을 더욱 감추고자 억지로 웃음을 얼굴에 그려 가지고 재영이에게로 가까이 왔지만 재영이는 황황히 인화를 피하였다. 그때의 향기롭지 못한 기념의 자취인 연못가며 그 근처에 서 있는 소나무까지도 재영이는 상대하기를 피하였다. 세상의 온갖 것이 그날의 그 일을 보고 자기를 웃는 것같이 재영이는 이 세상조차 귀찮았다.

그러는 동안에 오래 숙제로 걸려 있던 재영이와 연연이의 인연은 맺어졌다.

그것은 역시 어떤 봄날 저녁이었었다.

이즈음 늘 밤이 깊어서야 숙으로 돌아가는 재영은 이날도 돌아갈 때까지의 시간을 보내기 위하여 연연이의 집으로 찾아갔다. 연연이의 방에는 봄은 무르녹아 있었다. 이즈음 하루에 한 번씩은 빠지지 않고 찾아오는 재영이를 기쁘게 하기 위하여 연연이는 자기의 방을 봄으로 장식하였다. 꽃을 좋아하는 재영이의 마음을 흡족케 하기 위하여 복사꽃과 살구꽃이며 진달래꽃은 연연이의 방 안에 장식되었다. 재영이가 갑갑할 때에 읽으라고 몇 가지의 서적이 머리맡에 있었다.

재영이는 들어가면서 곧 의관을 벗어서 연연이에게 맡긴 뒤에 아랫목으로 가서 퇴침을 베고 누웠다. 그런 뒤에 손으로 더듬어서 머리맡에서 책을 한 질 집었다. 세상의 모든 일이 귀찮고 무의미한 재영에게는 우인(愚人)의 우화(愚話)가 구역 나도록 싫었다. 우두커니 앉아 있으면 연연이와 당연히 우화를 교환하지 않을 수 없는 재영이는 그것을 피키 위해여서는 책을 끌어당긴 것이었다.

그의 손에 잡힌 책은 『수호지』였다. 그는 그 가운데서 되는대로 한 권을 뽑아내어 읽기 시작하였다. 연연이는 촛대를 재영이의 가까이 옮겨놓았다.

재영이가 읽기 시작한 장면은 무송이가 호랑이를 주먹으로 때려서 잡은 곳이었었다. 처음에는 우인의 교제를 피코자 책을 폈던 재영이도 차차 어느덧 그 책의 매력에 끌리었다. 한 장 한 장 읽어 내려가는 동안 재영이는 어느덧 그 책에 열중하였다. 고대의 문인의 영필로 된 호협한 백팔 남아의 기개는 어느덧 재영이의 마음에 공명되었다. 활민숙의 이십건아의 비창한 건투가 고대의 호활한 산채 생활과 비교되어 그의 마음을 뛰놀게 하였다.

연연이는 몇 번을 무슨 말을 할 듯 혹은 기다리는 듯 재영이를 기다리다가 하릴없이 바느질 하나를 꺼내어놓고 무슨 수를 놓기 시작하였다.

『수호지』에는 남녀의 정사(情事)나 그 밖 아녀자다운 기록이 없었다. 많은 고대소설이 정사로 종미⁵되었고 삼국시대의 전사를 소설화한 『삼국지』까지라도 서로 속이려 하는 제갈량의 권모술수로 종미되었는데 『수호지』에는 그런 것이 없었다. 남자다운 호활함이 있을 뿐 비열함과 연약함은 털끝만치도 없었다. 그리고 이것은 재영이의 마음에 가장 공명되는 것에 다름없었다.

한참 책에 열중되었던 재영이는 어떤 기회에 잠깐 연연이를 보았다. 재영이가 책을 읽기 편하게 하기 위하여 재영이의 머리맡에 촛대를 갖다 놓고 역시 그 불빛으로 수를 놓는 연연이는 따라서 재영이와 몹시 가까이 앉지 않을 수가 없었다. 그리고 그 정면으로 불빛을 받고 있는 연연이의 얼굴은 촛불 때문에 창백하게 보이는 것이 더욱 처염하였다. 머리를 좀 소곳이⁶ 하고 일심불란⁷으로 수를 놓고 있는 연연이는 마치 어떤 종류의 그림의 선녀와 같았다. 혹은 사각사각 혹은 툭툭 비단을 이리저리 꿰어 다니는 바늘의 소리는 듣기조차 상쾌스러웠다. 재영이는 뜻하지 않고 읽은 책을 가슴 위에 놓은 뒤에 접지 않고 그 소리에 귀를 기울이고 연연이를 쳐다보고 있었다.

---

5 종미(終尾) : 계속되어 오던 일이나 현상의 마지막.

6 소곳하다 : 고개 따위를 숙이는 모양.

7 일심불란 : 한 가지에만 마음을 써서 마음이 흩어지지 아니하게 함

10

재영이의 눈이 자기 뺨에 부어져 있는 것을 연연이는 마침내 기수 챈 모양이었다. 연연이는 바늘을 멈추고 잠깐 재영이를 내려다보았다. 그런 뒤에 미소하였다. 연연이의 미소에는 예에 의지하여 고민하는 빛이 많이 섞여 있었다.

재영이도 미소하였다. 그리고 그 수놓은 것을 좀 보자고 손을 내밀었다.

"어디?"

그러나 연연이는 그것을 재영이에게 주지 않았다. 재영이의 손을 피하는 듯이 조금 움치고,

"다 놓은 뒤에 보세요."

작은 소리로 이렇게 말하였다.

"좀 봐."

재영이는 호기심과 희롱적 기분이 섞인 마음으로 손을 조금 더 내밀었다. 연연이가 손을 좀 더 움칠 것을 예기하면서……. 그러나 연연이는 손을 더 움치지도 않았다. 그렇다고 더 내밀지도 않았다. 보기를 꺼리는 듯이 왼손까지 내밀어서 그 수를 덮을 뿐이었었다.

재영이의 손은 마침내 수놓던 비단의 한편 끝을 잡았다. 그리고 차차 잡아당겼다. 연연이의 손은 마치 그 수놓은 데 붙은 듯이 재영이가 잡아당기느니만치 끌려왔다. 그러나 재영이의 잡아당기는 힘이 차차 더하여 가매 연연이는 그것을 보호하듯 두 손을 한꺼번에 놓은 뒤 휙 하니 저편으로 돌아앉았다.

그것은 옥색 모본단으로 만든 허리띠였었다. 그 한편 끝에 무슨 글자를 수놓고 있었다. 재영이는 불에 비추어서 그 글자를 보았다. 거기는 먹으로 이쁘다랗게,

안 공자께
연연 올림

씌어 있고 그 글자를 따라서 안(安) 자는 벌써 다 놓았으며 공(公) 자를 절반만치 놓은 때였었다.

재영이는 보아서 안 될 물건을 본 듯한 느낌으로 그것을 얼른 도로 연연이의 무릎 위에 갖다 놓았다. 그런 뒤에 다시 자기 가슴 위에 놓인 책을 들었다. 그러나 그 뒤부터는 재영이는 눈만 책으로 향하였을 뿐 글은 한 줄도 읽지를 않았다.

연연이의 그것은 지극한 성의(誠意)였었다. 재영이는 그 정성을 보았다. 이전에 언제 한 번 연연이의 의장 서랍을 열 기회를 얻은 재영이는 그 서랍 속에서 주머니와 수젓집과 대님을 발견하였다. 거기도,

안 공자께
연연 올림

이라는 글자가 수놓아져 있었다. 연연이는 그런 것을 만들어서도 재영이에게 주지를 않았다. 부끄러움이 그로 하여금 그것을 주지 못하게 하였는지 혹은 주어도 반갑게 받을지 역정으로 받을지 모르는 임에게 주기를 꺼리어주지를 않았는지 그것까지는 재영이로서는 모를 바로되 한 번도 재영이는 연연이에게서 물건을 받은 일이 없었다. 그럼에도 불구하고 끊임없이 임을 위하여 수를 놓는 연연이의 마음은 지극한 정성에 다름없었다. 혼자서 정성을 다하여 수를 놓아서 서랍 속에 감추어두고 그것으로 만족하여하는 연연이의 정성은 재영이를 감동케 하였다. 뜻 없이 한참 책만 들여다보고 있다가 연연이의 편으로 조금 머리를 돌릴 때는 재영이의 눈에도 이상한 광채가 있었다.

"나 줄 겐가?"

재영이는 마침내 이렇게 물었다. 그러나 연연이는 곧 재영이의 말을 부인하여버렸다.

"아녜요."

돌아앉은 채 작은 소리로 이렇게 대답하는 연연이의 목소리에는 이상한 떨림이 있었다.

"그럼?"

"제 먼 오빠 되는 이 드리려고."

재영이는 그 이상 더 추구하지 않았다. 그리고 다시 책을 들었다.

연연이도 돌아앉은 채로 다시 그 허리띠를 끌어당겼다. 그리고 또 수놓기를 계속하였다.

고요한 방 안에서는 때때로 재영이가 책장을 뒤는 소리와 바늘이 비단을 꿰어 다니는 상쾌한 소리가 더욱 고요함을 돕고 있다.

11

한참 책을 읽고 있던 재영이는 또 눈을 책에서 연연이의 편으로 굴려보았다. 연연이는 어느덧 또다시 수놓기에 열중하였다. 촛불을 측면으로 받고 일심불란히 머리를 소곳하고 수놓기에 열중하여 있는 연연이의 모양은 어떻게 보면 엄숙하달 수도 있었다.

이 연연이의 모양을 가만히 바라보고 있을 동안 재영이는 자기의 마음에 차차 불붙어 오르는 괴상한 불길을 감각하였다. 일찍이 어느 고관(高官)에게도 몸을 허락하여본 일이 없다는 연연이는 어느 모로 뜯어보아도 순전한 처녀였었다. 촛불을 좀 측면으로 받고 머리를 소곳이 숙인 뒤에 수놓기에 열중하여 있는 연연이는 심창[8]에서 자라난 아름다운 처녀였었다. 그의 무르익은 어깨며 움직임이 없는 눈찌며 윤택 있는 눈과

---

8 심창(深窓) : 깊숙한 방.

꼭 다문 입은 어디로 보아도 여염집에서 고이 자라난 처녀—지 노류장화의 티는 조금도 없었다. 노래로 춤으로 서화로 가야금으로 당대에 이름 높은 명기였었지만 집안에 들어앉은 연연이는 한 개의 심장의 처녀였었다.

'처녀'의 앞에 재영이의 청춘은 뛰놀기 시작하였다.

이 순간 재영이는 인화를 잊었다. 어버이가 정하여 주신 자기의 약혼자로서의 인화를 잊었다. 뛰노는 청춘은 여기서 한 개의 아름다운 처녀를 발견하였다. 이 순간의 재영이에게는 이 처녀밖에는 이 세상에 다른 처녀가 없었다. 세상조차 없었다. 이 처녀뿐이 이 세상의 유일의 존재였었다.

"연연이."

재영이는 마침내 고요히 불러보았다.

"네?"

"연연이는 아직 순전한 처녀라지?"

연연이는 대답치 않았다. 그러나 그의 마음이 격동된 증거로는 아직껏 일심불란히 수놓는 데로 향하고 있던 눈을 문득 힘 있게 닫았다. 그런 뒤에는 공연히 바늘로 비단을 툭툭 구멍을 뚫고 있었다.

좀 뒤에야 연연이는 눈을 떴다. 그리고 다시 수를 놓기 시작하였다. 재영이의 말은 듣지도 못한 듯이……

그 모양을 잠시 바라보고 있던 재영이는 다시 입을 열었다.

"왜 시집 안 가나?"

연연이는 역시 대답치 않았다. 눈도 까딱 안 하였다. 그러나 다시 수를 놓기 시작하였던 연연이는 재영이의 이 질문을 만난 뒤에는 그것을 계속치 못하였다. 바늘로 삭삭 비단을 긁고만 있었다.

"적당한 배필이 없던가?"

재영이는 세 번째의 질문을 던져보았다. 이 질문 앞에 연연이의 눈은

313

처음으로 움직였다. 아직껏 수틀로만 향하고 있던 연연이의 눈은 잠깐 재영이의 편으로 돌아왔다. 그러나 그 시선이 재영이에게까지 미치지 못하여 도로 제자리로 돌아갔다.

한참 뒤에야 연연이의 입은 처음으로 열렸다.

"전 일평생을 처녀로 늙을 작정이에요."

"왜?"

"그게 그중 편안하겠지요."

아직껏 연연이의 얼굴로 향하여 있던 재영이의 눈에 약간 경이의 표정이 나타날 때에 연연이의 윤택 많던 눈에는 마침내 눈물이 맺혔다. 그 맺히는 다음 순간 커다란 눈물 한 방울은 그의 치마 앞자락에 떨어졌다.

재영이는 연연이의 마음을 알았다. 이 아름다운 처녀의 마음이 향하여 있는 곳도 알았다. 시집을 안 가고 처녀로 늙겠다는 그의 심사도 알았다. 연연이의 흘린 눈물의 의의도 알았다. 연연이에게서 눈을 뗄 때는 재영이의 눈에도 부드러운 윤택이 있었다.

그날 밤 재영이는 연연이를 시켜서 주안을 차렸다. 취기가 차차 돌아오는 동안, 아직껏 재영이는 스스로 부인(否認)하고 감추려 하던 연연이에게 대한 애정이 노골화하여오는 것을 자인(自認)치 않을 수가 없었다. 그 취기를 이용하여 오래 벼르기만 하던 두 사람의 인연은 마침내 맺어졌다.

12

이튿날 아침 연연이는 재영이가 아직 깊은 잠에 잠겨 있을 때에 깨어서 뒷방으로 들어가 숨어버렸다.

평상시보다 좀 늦게 깬 재영이가 첫 번에는 낯선 환경에 어디인지를 몰라서 두리번거리다가 그 의의를 깨달은 때에는 자기의 곁에 연연이가 없음이 한없이 적적하였다. 하다못해 그 방 안에라도 있으면이거니와 빈

방에 혼자 누워 있는 것이 그에게는 더욱 적적하였다.

재영이가 일어나기를 기다리듯이 그가 옷을 다 입은 뒤에 방문이 열렸다. 재영이가 기쁨과 기대의 눈을 그리로 던질 때에 그 문에서 나타난 사람은 연연이가 아니고 종 삼월이였었다.

삼월이는 재영이의 눈을 피하듯이 머리를 수그리고 들어와서 말없이 이부자리를 개켜서 치웠다. 그리고 다시 나가서 재영이를 위하여 세숫물을 들여왔다.

입었던 저고리를 벗어 던지고 뜨뜻한 세숫물에 세수를 할 동안 재영이의 마음은 과거에 대한 추억과 형용할 수 없는 희열로 찼다. 떠다가 바치는 세숫물에 세수를 못 하기도 이미 8, 9년이 되었다. 겨울이나 여름이나 비가 오나 눈이 오나 한결같이 활민숙의 연못에서 얼굴을 씻기 벌써 8, 9년─이것은 과연 재영이에게는 오래간만에 누리는 양생이었었다. 팥비누를 손바닥에 개어서 얼굴을 활활 씻는 동안, ─그리고 비누에 씻긴 얼굴의 보드보드한 맛을 손바닥으로 감각할 동안 재영이는 그 양생을 한없이 즐기고 싶었다.

문안에 읍하고 서 있던 삼월이는 재영이가 세수를 다 한 뒤에 걸레를 가지고 와서 흘린 물방울을 훔치고 세수대야를 들고 다시 나가려 하였다. 삼월이가 문을 열고 한 발은 벌써 문밖으로 내어놓았을 때 재영이가 불렀다.

"야."

"네?"

"아씨 어디 가셨냐?"

"모르겠어요."

삼월이는 이렇게 대답할 뿐, 나가버렸다.

조반상은 삼월이가 들여왔다. 연연이는 그림자도 보이지 않았다. 어디 있는지조차 알 수 없었다. 연연이의 이 태도는 재영이로 하여금 차차 불유쾌하게 하였다. 나무람까지 일어났다. 더욱 어제와 같은 일이 있은 뒤에 오늘과 같은 냉대는 더 불쾌하였다.

재영이는 조반을 많이 먹지 않았다. 그리고 그 불평은 마침내 조반을 다 끝낸 뒤에 조반상을 물리러 들어온 삼월이의 위에 부어졌다.

"아씨 어디 갔어?"

"뒷방에 계신가 봐요."

"내가 좀 나오시란다고."

이렇게 말하는 재영이의 어태에는 많은 불평이 섞여 있었다.

삼월이가 나간 뒤에도 한참 있다가 연연이는 들어왔다.

연연이는 들어오기는 들어왔다. 그러나 들어오면서 곧 윗목을 향하여 돌아앉고 말았다.

"어디 있었나?"

재영이가 아직 불평한 음성으로 이렇게 물을 때도 연연이는 거기 대답은커녕 오히려 몸을 조금 움직여서 좀 더 돌아앉은 뿐이었다.

재영이는 연연이를 바라보았다. 그리고 조금 보이는 연연이의 목덜미까지 부끄러움으로 검붉게 된 것을 발견하고 연연이가 피하였던 까닭을 처음으로 알았다. 연연이의 태도는 순전히 신랑을 맞은 처녀 – 였었다.

재영이가 돌아갈 때 전에는 대문 안까지는 바래다주던 연연이가 오늘은 방 안에서 보낼 뿐이었었다.

재영이가 막 골목을 나서려 할 때에 삼월이가 헐떡거리며 재영이를 따라왔다. 그리고 비단보에 싼 무슨 꾸러미를 재영이에게 전하였다. 재영이는 손맛으로 그것이 어제 만들던 허리띠며 이전에 만든 주머니며 대님인 것을 알았다. 오랫동안 연연이가 정성을 다하여 만들어두었던 물건을 오늘에야 처음으로 정당한 주인에게 돌려보낼 기회를 얻은 것이었다.

13

연연이는 재영이가 평생에 접한 첫 번 여성이었었다. 더구나 연연이와 재영이의 인연이 맺어진 것은 꼭 재영이가 인화에게 대하여 매우 열적게 된 때였었다. 재영이는 그 뒤부터는 연연이에게 빠져버렸다. 아침에 스승에게 문안을 드리러 잠시 숙으로 돌아가다가는 곧 다시 연연이의 집으로 오고 하였다. 뜰에서라도 인화와 마주칠 기회가 생기면 재영이는 외면하고 하였다.

스승도 거기는 그다지 참견하지 않았다. 그때의 그 일로 열적게 되어 피하는 것이니 이렇게 생각하고 있었다.

연연이의 집에서 비단요 위에 기다랗게 누워서 연연이가 준비하여다 놓은 책을 읽고 있다가는 재영이는 뜻하지 않고 탄식하는 것이었다.

─내 이 꼴은 된 꼴이냐. 지금이 기생의 집에 평안히 누워서 한가로이 책이나 보고 있을 때냐? 어서 밖으로! 밖으로! 내 이 젊은 넋과 주먹과 힘을 기생의 방 안에서 넓은 밖으로!

그러나 그뿐 그는 움직이지를 않았다. 아니, 움직이기를 못하였다는 것이 적당하겠다. 자기의 곁에 소곳이 앉아서 자기를 위하여 부드러운 옷을 짓고 있는 연연이를 바라보면 그는 움직일 수가 없었다.

20여 년을 고이고이 지켜온 자기의 동정(童貞)을 한낱 노류장화에 지나지 못하는 연연이에게 잃었다 하는 것도 그에게는 분하였다. 인화를 위하여─어버이가 정하여주신 제 약혼을 위하여 고이고이 지켜오던 총각을 뜻도 안 하였던 기생에게 잃었다 하는 것은 과연 억울한 일에 다름 없었다.

연연이와 관계가 된 뒤부터는 재영이는 인제부터는 인화와는 온전히 인연이 끊어진 것같이 생각되었다. 인화는 재영이를 누구인지 모르고 명인호 때문에 재영이를 꺼리기까지 하였지만 그 꺼리는 양을 재영이는 더욱 사랑스럽게 보고 있었다. 그러나 오늘날 자기와 연연이와의 인연이

맺어진 뒤부터는 재영이는 인화를 온전히 잃은 듯이 여겼다. 이것도 그의 마음을 한없이 적적케 하였다. 자기는 인화에게는 도저히 접근치 못할 천한 사람이어니 하는 자비(自卑)[9]하는 생각조차 일어났다.

그러나 이러한 여러 가지의 의식적 생각 아래서도 연연이에게 대한 애정은 나날이 더 깊어갔다. 소곳이 앉아서 바느질을 하던 연연이의 모양이며 몸소 부엌에 나가서 재영이를 위하여 동자[10]를 하는 모양이 한없이 가엾고 예뻤다. 부끄러움이 겨우 좀 사라진 뒤부터는 연연이는 재영이에게 대한 심부름은 죄 자기가 하였다. 결코 삼월이의 손을 빌리지 않았다. 요강, 타구 등을 부시는[11] 것까지 자기가 하였다. 밥상도 부엌에서 방 안까지 자기가 들고 왔다. 삼월이는 뒤를 따라와서 문을 여닫는 심부름을 하는 데 지나지 못하였다. 뿐만 아니라 지나치도록 재영이의 마음을 잘 살폈다. 물이 먹고 싶어서 두리번거리면 벌써 눈치를 채고 뛰어나가서 물을 떠 왔다. 심심하여하는 듯하면 골패 쪽을 내왔다.

연연이의 얼굴에 늘 떠돌던 고민하는 듯한 미소도 어느덧 자취를 감추었다. 신혼한 그 지어미로서의 빛나는 미소는[12] 늘 그의 얼굴에 넘쳐 있었다. 윤택 많은 그의 눈에는 늘 기쁨이 넘쳐 있었다. 행동과 태도의 단아함에는 변동이 없되 그 가운데도 전과 달리 활기가 보였다. 그리고 그 모든 것은 재영이가 어렸을 때에 익히 보던 바 점잖은 집 며느리로서의 온갖 조건을 구비한 것이었다.

그러한 것을 바라보면서 재영이는 때때로 들리지 않게 한숨을 쉬었다.

"너는 왜 묵재(默齋 – 인화의 아버지)의 딸로 태어나지를 못하였느냐? 네가 묵재의 딸로만 태어났다면 – 인화의 형으로만 태어났다면 오늘날 우

---

9 자비 : 스스로 자기 자신을 낮춤.
10 동자 : 밥 짓는 일.
11 부시다 : 그릇 따위를 씻어 깨끗하게 하다.
12 미소는 : 연재 원본에는 누락돼 있음.

리들의 인연은 하늘과 땅에 부끄러움이 없으련만."

그리고 그는 인화와 연연이에게 갈라 붙이지 않을 수 없는 자기의 애정 때문에 고민하였다. 아버지가 정하여주신 아내로서의 인화를 한없이 사랑하면서도 또한 나날이 늘어가는 연연이에게 대한 애정 때문에 고민하였다.

14

어떤 날 저녁 재영이는 자기와 인화의 사이에 있는 기괴한 인연을 연연이에게 죄 이야기하였다.

연연이는 재영이가 이야기할 동안 아무 말 없이 묵묵히 앉아 있었다. 재영이가 이야기를 다 끝낸 뒤에도 그냥 말없이 앉아 있었다.

한참 뒤에야 그의 입은 처음으로 열렸다.

"그럼 그 소저께 장가를 드셔야지요."

재영이는 눈을 들어서 연연이를 바라보았다. 푹 수그리고 있는 연연이의 얼굴에는 아무 표정도 없었다. 한편 쪽 무릎을 세우고 치마 밖으로 조금 나와 있는 버선코를 손가락으로 긁고 있는 연연이의 얼굴에는 고민도 비애도 없었다. 재영이는 그 연연이를 보고 있다가,

"그럼 자네는?"

하고 물어보았다. 이 질문을 기다리고 있었던 듯이 연연이는 곧 대답하였다.

"저를 버리지만 말아주세요. 아무런 심부름이라도 할게 종으로라도 부려주세요. 당신과 그 소저를 섬기고 아무런 심부름이라도 쓰게 여기지 않고 할게 버리지만 말아주세요."

재영이는 탄식하였다.

다시금 재영이의 머리에는 두 여성(인화와 연연이)의 성격의 차이와 그 비교가 명료히 떠올랐다. 만약 지금의 연연이의 자리에 인화를 갖다가

대춘향
319

놓을 것 같으면 인화는 두말없이 재영이에게 매어달려서 저편 쪽의 여자를 멀리하기를 재영이에게 탄원할 것이었다. 아무리 저편 쪽은 어버이가 정하여준 약혼자라 하되, 지금 정든 자기가 제일이니 저편 쪽은 버려달라고 탄원을 할 것이었다. 저편 쪽의 여자와 상대할 기회가 있다 하면 면전에서 노골적으로 샘을 나타내기를 결코 주저치 않을 사람이었다.

그러한 성격은 천진하다고 용서할 수가 있다. 뿐더러 재영이에게는 그 천진스러움이 더 귀여웠다.

그러나 이 자리에 이와 같이 마주 앉아 있으면 재영이는 연연이의 단아함이 한없이 사랑스러웠다. 자기의 감정과 이성을 모두 죽여버리고 사랑하는 이의 마음뿐을 만족게 하려는 그 단아하고도 굳센 사랑이 한없이 끝없이 귀여웠다. 그리고 이러한 사랑 앞에는 자기도 온갖 것을 희생하여야겠다는 일종의 보답적 의협심조차 일어났다. 나도 너를 버리지를 못하겠노라고 솔직하게 연연이에게 자기의 마음을 알릴 때는 재영의 눈에는 눈물이 핑 돌았다.

나도 너를 버리지를 못하겠다—이 말은 물론 연연이도 얘기하였던 것일 것이다. 그러나 이 말을 들은 뒤의 연연이의 기쁨은 한량없는 모양이었다. 아래로 수그리고 있던 눈물 머금은 그의 눈에는 문득 광채가 났다. 그리고 그 빛나는 눈을 천천히 들어서 재영이를 정시하였다. 연연이와 사귄 지 2, 3년 내에 재영이는 아직껏 연연이에게 정시당하여본 적이 없었다. 힐끗 곁눈으로 보는 뿐, 눈을 바로 들어서 재영이를 바라본 적이 없었다. 연연이는 처음으로 재영이를 정시하였다.

한참 재영이의 얼굴을 감사에 넘치는 눈으로 정시하던 연연이는 기쁨과 감격에 참지 못하여 탁 머리를 무릎에 묻었다. 그의 등은 격렬히 떨리기 시작하였다.

"왜 그러나?"

재영이가 놀라서 물을 때에,

"저는— 참— 이, 참."

말을 이루지 못하며 울었다.

이러한 일들로 재영이와 연연이의 애정은 더욱 깊어갔다. 어떠한 힘으로라도 그 두 사람의 애정은 끊을 수가 없게 되었다.

인화는 차차 재영이에게는 괴로운 존재로 되었다. 선생은 재영이에게 향하여 늘 인화의 천진스러움과 재주를 칭찬하였지만, 재영이는 그것이 듣기가 거북하였다. 인화에게 대하여 더 말할 수 없는 큰 죄를 지은 재영이는 인화를 만나기는커녕, 인화의 방 앞을 지나가기조차 거북하였다. 어떤 날 방에서 뜰로 나가려다가 인화와 마주친 재영이는 황급히(마치 무엇을 잊은 듯이) 돌아서서 안방으로 들어오기까지 하였다.

곤욕

*1*¹

며칠을 훈훈히 녹이기만 하던 일기는 임오(壬午) 사월 초이렛날은 마침내 소낙비를 예고하는 험악한 일기로 화하였다. 어제저녁까지는 날이 맑았지만 그날 아침은 온 천하가 검은 구름으로 덮였다. 북쪽에서 오는 바람은 습기를 많이 띠고 서늘하였다. 검은 구름은 연하여 남으로 남으로 날아갔다. 때때로 저편 남쪽에서는 번쩍번쩍 번개질을 하였다. 먼 뇌성도 들렸다.

오정부터는 날씨가 더욱 험하여졌다. 멀리서 위협하듯이 번쩍거리던 번개는 머리 위에 이르렀다. 온 천하는 어둡기가 끝이 없었다. 인제는 구름이 날아다니지는 않았다. 물 샐 틈 없이 온 천하를 덮을 뿐 움직이지를 않았다. 서늘히 불던 바람은 무서운 돌개바람으로 변하였다. 종이와 검불이 수없이 공중에 날아다녔다.

장안의 많은 며느리와 행랑어멈들은 장독 덮기에 분주하였다. 뜰에서 모이를 먹던 닭들도 모두 청간²으로 피하였다. 비는 막 내리려 하였다.

이날도 연연이의 집에 있던 재영이는 점심을 먹고 막 상을 물리려 할

---

1 연재 원본에는 2회로 번호가 잘못 매겨졌으므로 바로잡는다. 이후 '곤욕' 11회까지 회차 번호를 수정한다.

2 청간 : '외양간'의 방언(황해).

때에 누구의 방문을 받았다.

찾아온 사람은 알지 못할 사람이었었다. 옷으로 보아서 하인이었다. 그 하인은 재영이에게 무슨 편지를 한 장 전하였다.

재영이는 귀찮은 듯이 편지를 받아서 뜯어보았다.

잠깐 와주시기를 바라나이다. 청청청(淸淸淸).

편지에는 간단히 이렇게 적혀 있었다. 청청청이라 함은 명인호의 비밀의 호로서 자기가 지금 있는 삼청동의 세 '청'을 호로 하는 것이었었다. 재영이는 다시 한번 편지를 보아서 그 필적이 명인호의 필적에 틀림없음을 본 뒤에 하인의 얼굴을 바라보았다. 하인은 아무 표정도 없이 뜰에 읍하고 하회를 기다리고 서 있었다.

갈까, 말까, 재영이는 그것을 의논하는 듯이 뒤를 돌아보았다. 사실 이즈음의 재영이에게는 아무 활력도 없었다. 나날이 연연이에게 대한 애정이 늘어가는 반비례로 그의 몸에 차 있던 활력은 차차 없어졌다. 연연이 이외의 이 세상은 그에게는 무의미하였다. 연연이가 관련되지 않은 사건은 사건이 아니었었다. 국사? 대사? 대의? 그런 것은 모두 좀 더 나이가 든 뒤에 할 일. 지금 할 일은 남녀의 정사뿐이었었다. 비단옷과 비단금침과 향기로운 방 안과 거기에 시종을 하는 부드럽고도 아름다운 육체―이 밖에 다른 세상은 없었다. 이렇게 극도로 타락하게 된 재영이는 명인호가 좀 만나잔다고 선뜻 나서기가 싫었다. 더구나 이러한 음습한 날에는 더욱 방 안이 그리웠다. 잠깐 뒤를 돌아본 재영이는 이번에는 하늘을 쳐다보았다. 하늘을 막 비를 내리려는 듯이 험악하였다.

"그 사람이 뭘 하구 있던가?"

"며칠 전부터 몸이 편찮으시다고 누워 계십니다."

"어디가 편찮아?"

"오한이 나신다고요."

"글쎄, 날씨가 너무 험해서 가기가 좀 어떤걸. 날이나 맑으면 가볼까."

재영이는 이만치 하여 하인을 돌려보내려 하였다. 그러나 하인이 듣지 않았다.

"꼭─어떤 일이 있든 모시고 오라시던걸요. 무슨 긴급한 의논할 일이 계시다고……."

"그래도 날씨가……."

아직껏 바느질만 하고 있던 연연이가 종내 나섰다.

"아, 가보셔야지요. 더구나 이런 불순한 날에 부러 전인까지 한 걸 보면 긴급한 일이니까 가보셔야지요. 어서 가보세요."

그리고 이번에는 하인에게 향하였다.

"가서 인제 곧 가신다구 그래요.─여보세요, 가시지 않으면 당신보다도 오히려 제가 더 욕을 먹어요. 제가 보내지를 않아서 못 가셨다고……."

그리고 연연이는 하인을 먼저 돌려보냈다.

2

하인이 돌아간 뒤에 연연이는 곧 우비를 준비하여 그냥 주저하는 재영이에게 입혔다. 그리고 몰아내듯이 재영이를 내어보냈다.

재영이는 길에서 마침내 비를 만났다. 글자 그대로 밤알 같은 비가 쏟아지기 시작하였다. 뇌성벽력이 온 천하에 울리었다. 길에는 사람은커녕 짐승의 그림자조차 안 보이게 되었다. 연연이의 주의로 나무신은 신었지만 길로 무섭게 넘쳐흐르는 물은 나무신을 넘었다. 비 때문에 두 간 앞이 잘 안 보이게까지 되었다. 비록 우비는 갖추었다 하나 이런 무서운 비 아래는 우비도 쓸데없었다. 재영이의 온몸은 흠뻑 젖었다. 연연이의 호의로 지어 입힌 항라옷은 재영이의 몸에 착 들러붙었다. 나무신에는 물이 담겨서 절퍽거렸다.

재영이는 마침내 나무신을 벗어버렸다. 온몸이 함빡 젖은 그에게는 나무신은 걸음걸이에 불편을 줄 뿐, 아무 효과가 없었다. 그리고 그 비를 무릅쓰고 얼굴엔 물을 줄줄 흘리면서 삼청동 명인호의 주인[3]으로 향하였다.

명인호의 집까지 이른 때는 무서운 소낙비는 조금 멈추었다. 그리고 보슬비로 변하였다. 명인호는 아직 깨끗지 못한 몸을 일으켜서 문턱에 기대고 재영이의 오기를 기다리고 있었다. 재영이가 문간에서 이리 오너라 찾을 때에 인호는 깨끗지 못한 몸을 비틀거리면서 하인보다 먼저 나가서 재영이를 맞았다.

재영이는 마주 나오는 인호와 부딪쳤다. 그리고 그 여력으로 힘없이 넘어지려는 인호를 붙들었다.

"형님, 참 아이고, 고약한 놈의 비."

인호는 자기를 붙들어준 재영이의 팔을 잡았다. 그리고 재영이의 얼굴을 쳐다보았다.

"어서 들어가십시다. 내가 가서 봐야 할 걸 몸이 편찮아서 오십시사고 여쭈었더니……."

"참 편찮다더니 어떤가."

인호는 적적한 듯이 재영이를 쳐다보았다. 그리고 재영이를 재촉하여 방 안으로 들어왔다.

"자, 이 옷 갈아입으세요. 욕보셨지요."

인호는 자기의 옷을 한 벌 꺼내어 재영이에게 주었다.

인호의 과대한 기쁨과 환영 앞에 재영이는 묵묵히 하라는 대로 하였다. 이 험악한 날에 꼭 자기를 와달라서 자기로 하여금 이렇듯 욕을 보게

---

3   주인 : 하숙하는 집.

한 인호의 행동에 대하여 노여움에 가까운 불유쾌로 재영이는 그리 말을
하기도 싫었다.

"형님, 아마 속으로 대단히 욕하시겠지요?"

재영이가 옷을 갈아입고 앉은 뒤에 인호는 이런 말을 하였다.

"욕은 무슨 욕."

"욕은 먹을 줄 알고 한 일이니까 마음대로 욕해주세요. 천만 번이라
도. ―그 대신."

인호는 말을 끊고 재영이의 얼굴을 유심히 바라보았다.

재영이도 마주 바라보려 하였다. 그러나 불유쾌한 기분으로 찬 재영
이는 자기의 이 불유쾌한 기분을 안색에 나타내기가 싫어서 머리를 돌이
키고 말았다. 인호가 말을 계속하였다.

"그 대신― 그 대신, 말씀이외다, 꼭 한 가지 해주셔야 될 일이 있습니다."

"?"

"네?"

"말해보게."

"그 집엘 좀 가봐주세요."

'그 집'이라고 재영이와 인호의 사이에 묵계된 집은 민겸호의 집이었
었다.

"그 집? 그 집에 무얼 하러."

"그 집엘 좀 가봐달라고 부러 여쭈어 왔습니다."

"오늘?"

"네."

"인제 곧?"

"네."

"꼭?"

"네."

"글쎄."

재영이는 주저하였다.

3

재영이가 그냥 주저하는 양을 인호는 피곤한 듯한 눈으로 한참 바라
보다가 다시 입을 열었다.

"형님, 가시기가 싫으시오?"

"글쎄."

"본시는, 내가 가보는 게 온당하지만 아직 몸이 채 회복되지를 않아서
형님께 부탁하는 겐데 좀 가봐주시오."

"글쎄, 가도 좋기는 하지만 날씨가 너무도 험해서 말일세그려."

순간 인호의 얼굴은 험상궂어졌다. 그러나 그 표정은 한순간뿐 곧 사
라져 없어졌다. 그리고 그는 무릎걸음으로 걸어 나와서 재영이에게 가까
이 왔다.

"형님, 이걸 보시오."

인호가 오른편 손가락으로 가리키는 곳에는 높이 걷어 올린 인호의 왼
편 팔에 아직도 자리가 분명히 남아 있는 허물이 있었다. 그것은 이전 태
공의 앞에서 재영이와 인호가 형제의 의를 맺을 때에 짼 칼자리였다.

"형님의 팔에도 이 자리가 있겠지요? 형님은 밤에 잘 때에 손으로 그
자리를 쓸어보는 일이 없습니까? 나는 늘 쓸어봐요. 그리고 쓸어볼 때마
다 생각해요. 이 허물은 안재영과 형제의 의를 맺을 때에 생긴 자리―이
전에 우리 부모들이 태공을 섬길 때와 같이 그 자손들이 또한 마음을 합
해가지고 대원군 대감을 섬기기로 맹세하기 위해서 짼 허물―사(私)를
잊고 힘을 합해 가지고 나라를 위해 노력하기를 맹세하느라고 낸 허물―
손으로 쓸어볼 때마다 그 생각이 나고 그 생각이 날 때마다 손으로 쓸어
봐요. 형님과 나 사이에 무슨 다른 인연이 있겠소? 형님은 양반의 자손,

나는 평안도 상놈의 자손, 형님은 문인, 나는 무변, 형님은 인제라도 본 성명을 드러내고 민비께 귀순을 하기만 하면 당장에 당상관의 한 자리는 놓치지 않을 명문집 자손. 나는 아무리 민씨께 충성을 다해도 심부름밖에는 시켜주지도 않는 하천한 백성─형님과 나 사이에 무슨 다른 인연이 있겠소? 우리 부모가 '태공의 양명'이라는 말을 들으면서 힘을 같이해서 대감을 섬긴 것도 무슨 다른 인연이 있었겠소? 나라가 위태한 이때에 나라의 은혜를 갚아야겠다는 그 정성밖에는 무슨 다른 인연이 있었겠소? 나는 이 허물을 쓸어볼 때마다 형님을 생각하고 형님 생각을 할 때마다 이 허물을 쓸어봐요. 그리고 우리가 이 나라에 태어나서 이 나라 흙과 물로 아직껏 자라났고 우리의 선조가 이 나라의 흙과 물로 살았고 우리의 후손이 이 나라의 흙과 물로써 살 것이매 미약하나마 우리의 힘을 다해서 지금 바야흐로 넘어지려는 나라를 어떻게든 다시 세우는 데 만분 일의 조력이라도 해야겠다고 늘 생각해요. 형님은 내 성미를 잘 알겠지요? 모든 것을 좋아하고 굽은 것을 싫어하는 내가 낮에 억지로 웃음을 띠어가지고 민씨 집에 드나드는 것은 불쾌하기 짝이 없어요. 죽기보다도 싫어요. 그래도 이것 역시 나라를 위해서 하는 일이라 생각하고 꾹 참고 드나듭니다. 그런데."

인호는 말을 끊었다. 병 때문에 신경이 날카롭게 된 인호는 가속도로 늘어가는 흥분을 삭이려는 듯이 눈까지 감았다. 그러나 힘 있게 닫힌 그의 눈은 떨렸다. 그가 힘 있게 닫았던 눈을 뜰 때는 그의 눈은 미칠 듯이 희번덕였다. 잠시 눈을 감고 있었어도 그는 자기의 흥분을 삭이지 못한 모양이었었다.

"형님의 이즈음의 꼴은 뭐요? 남재,[4] 오입[5]을 하는 게 못쓴다는 말은

---

4 남재 : 남자가.
5 오입 : 외도.

아니에요. 그러나 거기 혹해서는 못씁니다. 빠져서는 못씁니다. 그런데 형님은 이즈음 빠지지 않은 듯싶으우? 이것."

인호는 휙 몸을 돌이켜서 아까 재영이가 벗어놓은 비단옷을 끌어당겼다.

"비단옷이며 비단금침이며 아랫목이 그렇게도 그립단 말이오? 그렇긴 하지요. 그립지 않다면 역시 말이 아냐요. 그렇지만 그것이 그렇게 떠나기가 싫단 말이오? 오늘날 이런 경우에도 차마 떠나지를 못하겠단 말이오? 그렇듯 혹하셨수?"

4

인호는 손을 내밀어 재영의 손을 힘 있게 잡았다.

"이전에 추운 겨울밤 운현궁 담장 안에서 서서 밤을 새우던 그 기백은 어떻게 됐소? 이만 소낙비가 그렇게도 무섭단 말이오? 천도산인의 혼백으로 가장을 하고 공덕리로 달려와서 위태한 동생 인호를 구원해주던 그 기백은 어떻게 했소? 천도산인의 혼백으로 가장하고 장안을 돌아다니며 간관들의 간담을 서늘케 하던 그 기백은 어떻게 했소? 이전의 당신은 그렇지도 않았건만……. 형님! 왜 속이 그다지도 나약해졌소?"

이 흥분된 인호의 앞에 재영이는 묵묵히 앉아 있었다. 마음은 차차 혼란되었다. 그는 처음은 불유쾌함을 느꼈다. 이 날씨가 변변치 않은 날 자기를 여기까지 오래서 길에서 그와 같은 욕을 보게 한 인호의 행동에 대한 불유쾌함은 그 뒤에 인호의 말 때문에 더욱 불유쾌하여졌다. 꼭 가보아야 할 일일 것 같으면 자기가 가볼 것이지 남을 여기까지 불러낸 것은 건방진 짓이라고까지 생각하였다. 여기서 출발한 재영이의 마음은 잘못하면 나쁜 데로 뻗으려 뻗으려 하였다. 몹시 피곤한 듯한 인호의 모양도 가장 같아 보였다. 아까 대문간에서 자기의 몸에 쓰러지던 인호의 피곤까지도 극적 행동으로 보였다.

그러나 차차 흥분되어가는 인호를 볼 때에 재영이의 마음은 어느덧 차차 혼란되었다. 미칠 듯이 희번덕이는 인호의 눈에는 연극적 외식[6]이 없었다. 감정의 촉발을 억제하느라고 인호가 힘 있게 눈을 닫은 때는 인호의 얼굴은 오히려 엄숙하였다. 떨리는 인호의 목소리에는 고조(高潮)된 감정이 있었다. 자기의 손을 힘 있게 잡은 인호의 손에서 재영이는 인호의 흥분의 전율을 느꼈다. 그리 능변(能辯)[7]이 못 되는 인호가 떼떼떼떼 하면서 얼굴에 핏줄을 세워가지고 재영이를 힐난할 때는 재영이는 압박적 고통을 느꼈다. 인호의 눈에 고여 있는 눈물은 고조된 감정의 덩어리지 결코 연극이 아니었다. 더구나 인호가 마지막에 지적한 말은 모두 재영에게는 찔리는 말이었다.

'혹해서는 못씁니다. 빠져서는 못씁니다. 그런데 형님은 이즈음 빠지지 않은 듯 싶으시우?'

이 말은 과연 재영에게는 찔리는 말이었다. 이 말에 응할 만한 변명이 없었다.

'왜 속이 그다지도 나약해졌소?'

맨 마지막의 이 한마디는 과연 재영이에게는 쏘는 말이었다.

재영이는 묵묵히 앉아 있을 뿐 입을 못 열었다. 잠시 말을 끊고 있던 인호가 다시 입을 열었다.

"형님, 또 한 가지 생각할 일이 있소. 형님은 어버이가 정해주신 그─그."

인호는 무어라 말을 할지 몰라서 주저하다가 다시 계속하였다.

"그이를 어떻게 하실 작정이오? 남아로 태어나서 오입을 하는 것은 괜찮지만 도를 넘쳐서는 못써요. 그이는 형님을 위해서─누가 당신의

---

6 외식(外飾) : 겉치레.

7 능변 : 말을 능숙하게 잘함. 또는 그 말.

가군[8]이 될 분인지는 모르고 그 알지도 못하는 가군을 위해서 온 정성을 바치고 있지 않소? 나는 직접 그이의 언행을 본 적은 없지만 형님의 말로 듣자면 세상에 그런 정성은 또 없어요. 부모를 위해서 나라를 위해서 바치는 정성이 누가 그만하겠소? 내놓고 말하지만 형님이나 나나 나라를 위하여 몸을 바친다 하지만, 그이가 누군지 알지도 못하는 가군을 위해서 바치는 정성의 십분 일이나 되겠소? 형님은 그이 생각도 안 하시오? 연연이—일개 길가의 꽃에 지나지 못하는 기생이 형님께는 그이보다도 낫소? 아무리 생각해도 형님의 이즈음 하는 일은 혼이 든 일이라고는 도저히 볼 수가 없어요."

아직껏 힘 있게 재영이의 손을 잡고 있던 인호의 손은 풀렸다. 흥분 때문에 더욱 피곤하게 된 인호는 그냥 재영이의 손을 힘 있게 잡고 있을 수가 없는 모양이었다. 그러나 재영이는 그냥 입을 봉하고 잠자코 있었다.

5

그러나 재영이의 마음은 더욱 혼란되었다. 인화의 문제를 끄집어낸 인호의 말은 영리하였다. 인화의 문제가 인호의 입에서 나오자 재영이는 혼란된 자기의 마음을 감추기 위해서 힘 있게 눈을 감지 않을 수가 없었다.

인화의 온갖 미점(美點)[9]이 재영이의 마음에 솟아났다. 그의 정열, 그의 천진스런 말과 행동, 누구인지 알지도 못하는 남편에게 대한 그의 애모, 그이에게 대한 그의 정절, 활발스런 무술, 학문, 건강, 미모, 그의 지혜와 용기—인화가 가지고 있는 온갖 미점이 재영이의 마음에 뒤섞이고 섞바뀌어서 솟아났다.

---

8 가군 : 가부, 남에게 자기 남편을 이르는 말.
9 미점 : 언행이나 성품 따위에서 칭찬할 만한 아름다운 점.

동시에 그와 같은 숙녀에게 대하여 다시 말할 수 없는 커다란 죄를 범한 자기의 어리석은 행동에 대한 후회 때문에 혀라도 끊고 싶었다. 인화는 자기의 부모가 자기의 짝으로 정하여준 사람이 누구인지 알지도 못한다. 그러나 그 알지도 못하는 남편 때문에 가장 애모하던 재영이와의 인연도 끊었다. 혹은 그이가 자기의 남편이 아닌가 하는 미상한[10] 사람을 위하여, 그는 밤중에 그 사람을 죽을 곳에서 구원하여냈다. 한번은 위험을 무릅쓰고 공덕리까지 달려간 일도 있었다. 그이가 이미 죽었는지도 모르겠다는 의혹 때문에 인화는 베적삼과 허리띠를 만들어 쓰고 한 달을 방 안에서 소를 하였다. 봄날 모든 사람이 모두 꽃 아래로 모여들 때도 그뿐은 혼자서 외로이 숙에 박혀 있었다.

그렇거늘 재영이 자기는 어떠하였나. 인화가 그렇듯 사모하는 '누구인지 모르는 그이'의 정체 되는 자기는 어떠하였나. 자기는 인화가 누구인지 잘 알고 있었다. 뿐더러 선생에게서 인화를 보호할 책임을 맡았다. 인화가 '누구인지 모를 약혼자'에게 바치는 정성도 다 보았다. 그런데도 불구하고 자기는 인화가 아닌 여자와 벌써 끊지 못할 관계를 맺지 않았나. 거기 혹한 뒤부터는 인화의 일은 생각하여본 일도 없지 않나. 물론 때때로 미안하게 생각하지 않은 바는 아니다. 그러나 인화의 장래에 대하여는 한 가지의 복안[11]도 안 가지지 않았나. 연연이와의 즐거운 가정에 대해서는 서로 의논도 하고 작정한 바도 있지만 인화는 장차 어찌하려던 예정이던가. 뿐더러 자기의 마음에는 때때로 자기에게 그렇게 쌀쌀한 인화에게 대한 복수적 통쾌감조차 일어나지 않았나.

재영이는 감았던 눈을 가느다랗게 뜨고 인호를 보았다. 인호는 피곤한 듯이 눈을 감고 있었다. 이윽고 인호는 흥분이 좀 삭았는지 눈을 떴

10 미상하다 : 확실하거나 분명하지 아니하다.
11 복안(腹案) : 겉으로 드러내지 아니하고 마음속으로만 한 생각.

다. 그리고 또 말을 시작하였다.

"형님, 인제 내가 말한 가운데 과격한 말이 있었으면 용서해주시오. 야인은 본시 예의를 몰라서……. 그렇지만 사실 나는 형님이 밉소. 내가 완력으로 형님을 넉넉히 대적할 수가 있으면 이 자리에서 좀 형님을 두들겨주고 싶소. '인제부터는 마음을 돌이켜서 나라를 위해서 힘쓸 것', 이게 대감 앞에서 형님이 내게 들려준 말씀이 아니오? 그렇던 형님이 오늘날 이렇게 될 줄이야 어찌 알았겠소? 따귀라도 한 대 때리고 싶소."

재영이는 입을 움질움질하였다. 그러나 말은 나오지 않았다. 그는 다시 입을 움질거렸다. 세 번째 움질거릴 때야 겨우 그의 입에서는 말이 나왔다.

"때리게. 마음대로."

"네?"

"마음대로 때리게."

인호는 정면으로 재영이를 바라보았다. 그의 눈은 환희로 찼다. 그 커다랗게 뜬 눈에는 눈물이 핑 돌았다.

"형님, 다시 한번 ─ 그 말씀을 다시 한번 ─."

"할 말이 없네. 마음대로 때리게."

인호의 눈에 고였던 눈물은 마침내 뺨으로 흘렀다. 그는 그것을 씻으려고 아니하고 두 손을 내밀어서 덥석 재영이의 손을 잡았다.

"형님!"

그러나 재영이는 그 말 대답을 못하고 푹 머리를 숙여버렸다. 그리고 인호에게 손을 잡힌 채 가만히 있었다.

6

오랫동안 안일과 권태의 생활에 잠겨 있던 재영이의 마음은 겨우 좀 솟아올랐다. (병 때문도 되겠지만) 웬만한 일에는 좀체 흥분되지 않던 인호가 흥분되어 재영이를 권하는 것도 재영이의 심신을 상태로 돌아오게 하는 데 한 힘이 되었다. 그러나 인화에게 대하여 생겨난 미안한 생각이 더욱 재영이로 하여금 연연이와의 안일의 생활에서 벗어나도록 마음을 돌이키게 한 것이었었다.

"마음대로 때리게."

이렇게 말할 때는 재영이의 눈에도 눈물이 돌았다. 눈물 어린 눈으로 커다란 인호의 얼굴을 바라보매 인호도 또한 눈물 어린 눈으로 마주 바라보고 있었다.

"형님이 이렇게 솔직하게 말씀하시니 뭐라 할 말이 없소. 혼자서 한참 떠들어댄 게 부끄럽소이다."

인호는 빙그레 웃으면서 이런 말을 하였다.

잠시 멈추었던 소낙비는 또다시 퍼붓기 시작하였다. 그것은 '비'라기보다 오히려 '폭포'라고 형용하고 싶은 종류의 소낙비였다. 아직 날은 기울지 않았을 때인데 방 안은 구석을 보기가 힘들도록 어두웠다. 뇌성과 번개가 소낙비의 세력을 더욱 돋우었다. 비에 놀란 참새들이 추녀 앞에서 재재거렸다. 땅에서 튀어나는 물방울들은 연하여 영창에 흙 자리를 내었다.

그런 것을 들으면서 재영이와 인호는 마주 앉아서 인제 할 일의 플랜을 세웠다.

인호의 말에 의지하건대 오늘 유시[12]쯤 겸호의 집 후원 원앙각에서 민씨당의 무슨 비밀한 회의가 있다. 무슨 회의인지는 자세하게 알 수 없지만 좌우간 시국에 관한 것이며 짐작으로 보건대 활민숙에 관한 것인 듯싶다는 것이다. 그 기미를 안 인호는 오늘 원앙각 마루 아래 숨어서 그들의 의논을 엿듣고자 생각하였다. 그러나 뜻밖에 그는 며칠 전에 몹쓸 고

---

12 유시(酉時) : 오후 다섯 시부터 일곱 시까지.

뿔에 걸렸다. 아무리 고뿔에 걸렸지만 그날(즉 오늘)쯤은 좀 나으려니 하고 있었는데 급기 오늘을 당하여보니 오늘은 거리에 나다닐 힘이 없다. 더구나 그런 중대한 일, 소홀히 하다가는 대사를 그르칠 일—을 할 만한 자신이 없다. 그래서 생각다 못하여 부랴부랴 재영이를 청하여 온 것이었었다.

물론 그사이의 몇 가지의 괴변 때문에 겸호의 집의 경계는 여간이 아닐 것이다. 그러한 심한 경계 가운데 '일월산인'으로 알려져 있는 재영이를 들여보내는 것은 호랑이의 굴에 보내는 것과 마찬가지다. 더구나 그 집 지리에 밝지 못한 재영이를 보내는 것은 더욱 마음이 안 놓였다. 그러나 사정이 이렇게 된지라 하릴없이 오늘날 이 위험한 일을 형님에게 부탁한다— 이것이 인호의 말이었었다.

그리고 인호는 재영이를 위하여 그 집의 지도를 그려보았다. 경계하는 파수가 섬직한 곳을 일일이 지적하였다. 더구나 이즈음 일본공사(日本公使)에게서 선사로 받은 두 마리의 토좌견(土左犬)을 주의하기를 신신히 부탁하였다. 한 번 달려든 뒤에는 사람이 죽든 자기가 죽든 결단이 나기 전에는 결코 놓지를 않는다는 그 토좌견에 대한 몇 가지의 이야기까지 들려주었다. 불구대천의 원수인 일월산인은 이번 잡히기만 하면 다시는 밝은 세상을 구경할 길이 없으리라고 인호도 거기 대하여 몹시 근심하였다.

인호에게 여러 가지의 주의를 들은 뒤에 재영이가 겸호의 집으로 향할 때에 인호는 비츨비츨 대문 밖까지 따라 나왔다.

"형님, 거기서 나오거든 꼭 여기까지 들러주세요. 그러기 전에는 마음을 놓을 수가 없다니깐……. 하지만 대체 늘 지니고 다니던 일월도까지 안 지니고 다니는 형님의 속은 그새는 참 썩었었소."

작별할 때에 인호가 하는 이 말에 재영이는 고소하면서 그곳을 떠났다. 소낙비는 그냥 퍼부었다. 대문 밖에 나서는 순간 갓 갈아입은 재영의 옷은 속속들이 젖어버렸다. 재영이는 혀를 한 번 찬 뒤에 그 소낙비를 무릅쓰고 겸호의 집으로 향하였다.

7

퍼붓는 소낙비를 무릅쓰고 겸호의 집에 이르기까지 재영이의 마음에서는 침통한 그림자가 사라지지 않았다.

아직껏 무슨 일을 당하든 겁을 내본 일이 없고 무슨 일을 행할 때든 무서운 자신으로서 행한 재영이었었지만 오늘의 이 길뿐은 발이 썩 나서지를 않았다. 인호에게 충고를 들을 때에 갑자기 일어난 후회는 그로 하여금 거절치를 못하고 이 길을 나서게 하였지만 이 길은 그에게는 그다지 달가운 길이 아니었었다.

재영이는 이것을 소낙비의 탓이라 하였다. 날씨가 너무 나빠서 마음이 저절로 음울해지거니 하였다. 그리고 그것뿐으로 시원히 변명이 되지 않을 때에 그는 또 한 가지의 변명을 그 위에 덧붙이기를 잊지 않았다. 인화에게 대한 미안스러움이 자기를 이렇듯 침울케 하거니 하였다. 그러나 이것으로는 역시 시원치 않을 때에 그는 또 한 가지의 변명을 그 위에 덧붙이기조차 주저치 않았다. 안일과 권태와 향기와 부드러움으로 찬 연연이의 집에서 떠난 때문이거니 이렇게까지 생각하여보았다.

그러나 덧붙이고 덧붙인 몇 가지의 변명이 모두 다 시원치 않았다. 그의 침울에는 다른 원인이 있었다. 그러나 그 다른 원인은 재영이는 지적할 수가 없었다. 소낙비 틈으로 멀리 활민숙의 커다란 전나무를 바라볼 때에 혹은 저것도 마지막으로 보지를 않나 스스로 생각하여보고 재영이는 오히려 놀랐다. 어떤 길모퉁이에서 소낙비를 맞으며 재영이의 곁을 빠져서 달려가는 여남은 살 되는 아이를 보고 어서 성장해서 훌륭한 인물이 되라고 속으로 축수를 하는 자기를 발견하고 재영이의 침울과 경악은 더하여졌다.

이러한 모든 나약한 마음으로 미루어 재영이는 자기의 전도에 놓여 있는 '불운'을 직각적으로 느꼈다. 혹은 이 길이 자기 뜻으로써 걸어가는 마지막 길이 아닌가까지 생각하였다.

이러한 침통한 기분으로 겸호의 집까지 이른 재영이는 울쩍 담장을 넘어섰다. 그 담장을 넘어선 곳은 이전에 숙생들이 그 집을 습격할 때에 들어갔던 그 자리였었다. 담장 안에 들어선 재영이는 잠시 주저하였다. 아까 인호에게서 그 집의 지리를 자세히 들은 재영이는 원앙각의 위치가 짐작이 안 감은 아니었었지만 왜 그런지 발이 썩 나서지지를 않아서 좀 주저하였다. 그가 그 자리에서 발을 뗄 때는 그의 입에서는 자기로도 뜻을 모를 한숨이 새어 나왔다.

아직껏 소낙비는 그냥 퍼부었지만 나무가 많은 그 후원은 비교적 멀리까지 꿰어 내다볼 수가 있었다. 주의에 주의를 가하면서 원앙각으로 짐작이 되는 방향을 향하여 재영이는 한 걸음 한 걸음 가까이 갔다. 그러나 아까 인호가 파수가 있으리라고 지적한 곳에도 파수는 보이지 않았다. 이것은 재영이에게는 오히려 의외였었다.

저편 멀리 무슨 정자가 보였다. 그리고 그것은 아까 인호의 지도를 본 재영에게는 원앙각인 줄을 알 수가 있었다. 이 원앙각을 눈앞에 볼 때부터 재영이는 한층 더 주의하여 땅에 엎디어서 그리로 가까이 갔다. 그리고 그때 재영이는 원앙각의 주위에서 경계하는 하인의 무리들을 발견하였다.

그 하인들의 눈을 피하여서 원앙각의 마루 아래로 들어가기는 여간 힘든 일이 아니었었다. 그러나 재영이에게는 '비'의 도움이 있었다. 황혼에 가까운 때에 무서운 소낙비는 지척을 분간하기 힘들도록 사위를 어둡게 하였다. 흙비에 흠뻑 젖은 재영이의 몸집은 한 커다란 흙덩이와 같았다. 주의하는 파수들도 자기네가 눈을 딴 데로 돌이킬 때마다 조금씩 기어 나오는 이 커다란 흙덩이까지는 주의하지를 못하였다. 더구나 소낙비와 황혼은 그들의 눈을 어둡게 하였다.

재영이가 겨우 원앙각의 마루 아래까지 기어든 때는 그가 담장 안에 들어선 때부터 반각이나 지난 뒤, 원앙각에서는 바야흐로 활민숙의 문제가 시작되려는 때였었다.

8

마루 아래로 기어든 재영이는 위에서 둥둥 소리가 나는 것을 향도 삼아서 더듬더듬 어두운 가운데를 그 소리가 나는 쪽으로 기어갔다. 머리에서부터 온몸이 거미줄투성이가 되며 무릎과 손바닥으로 흙을 비벼대면서 겨우 그 소리나는 아래까지 가서 자리를 잡을 때에 그의 귀에 들린 말은, '활민숙'이라 하는 말이었었다.

아직껏 그의 마음을 지배하던 침울한 기분은 이 한 마디로 자취 없이 사라졌다. 자리를 잡고 몸을 눕혀가지고 위에서 말하는 소리를 들으려는 그는 이 한마디로 그만 엉거주춤하여버렸다. 그리고 엉거주춤한 채 귀를 기울였다. 어느 것이 뉘 목소린지, 어느 것이 뉘 목소린지 이것은 재영이는 알 수가 없었다. 그러나 위에서는 여러 가지의 다른 목소리 ― 적어도 오륙 종의 목소리로써 활민숙의 문제를 토론하는 것뿐은 분명하였다.

"아무리 해도 수상해."

누가 이렇게 말하였다. 태공에게 귀염을 받던 사람의 자손만 가르친다 하는 것도 수상하였다. 숙생들에게 학문보다도 무술을 더욱 힘써서 가르친다는 것도 수상하였다. 활민이 때로 태공을 찾아다니는 듯한 점은 더욱 괴상하였다. 외인은 절대로 받지를 않는다는 것도 수상하였다. 그 안에서는 어떤 일이 생기는지 아직껏 한 번도 누설이 되어본 일이 없다는 것도 수상하였다. 활민숙에 대하여 이러한 여러 가지의 수상한 점이 그들의 입에 오르내렸다. 그리고 그 뒤에는 그들의 추측이 또 한바탕 화제에 올랐다. 작년부터 귀현들의 간담을 서늘케 하는 무서운 불한당의 무리도 활민숙의 숙생 같다 하였다. 시국을 어지럽게 하는 유언과 비어를 퍼치는 것도 그들의 짓 같다 하였다. 운현궁에 수상한 젊은이들이 간간 드나드는데 이것도 그 숙생인가 한다 하였다. 이전에 이 집안을 놀라게 한 복돌이라는 아이도 그 숙생이 아닐까 하였다. 그리고 만약 그 복돌이로서 활민숙의 숙생이라 할진대 운현궁에 명인호를 보내던 일을 물론 알았을 것이며 감쪽같이 운현궁에 들어가던 명인호가 정체 똑똑치 않은 괴물에게 봉변을 당하였다는 것도 쉽게 설명될 수가 있다 하였다.

여기 대하여 여러 가지로 의논을 한 뒤에 그들은 어느 날 기회를 보아서 활민숙을 부숴버리고 그 선생과 제자를 한꺼번에 잡아다가 문초를 하고 토사 유무 간에 모두 엄벌하기로 결정하였다.

그 뒤에는 그들의 문제는 군대로 넘어갔다. 벌써 반년을 쌀을 내주지 않았으므로 영내의 마음들이 모두 흉흉하게 되었으니깐 어떻게 하여서든 좀 준비하여서 그들의 흉흉한 마음뿐은 좀 삭여둘 필요가 있다는 데 대해서 한참 의논을 거듭하였다.

그 뒤에도 시국에 관한 몇 가지의 의논이 있었다. 그리고 그 의논이 다 끝난 뒤에 한참 한담들을 한 뒤에 그 원앙각에서 또한 연회를 열기로 한 모양이었었다. 명령에 의지하여 등대[13]하였던 기생들이 사인교[14]로 원앙각으로 왔다. 음식과 술이 왔다. 가무의 기구가 왔다.

처음에는 침울한 기분으로 여기까지 왔지만 그들의 문제가 활민숙에 미치는 것을 보고 어느덧 긴장되어 그 회의의 내용을 다 들은 재영이는 인제 더 들을 것이 없이 되었으므로 그곳에서 몸을 빼쳐 나오려 하였다. 그러나 연락부절[15]로 다니는 하인들 때문에 좀체 나올 기회가 없었다.

날은 아직 어둡지 않았지만 원앙각에는 벌써 등롱이 밝았다. 무서운

---

13 등대(等待) : 미리 준비하고 기다림.
14 사인교(四人轎) : 앞뒤에 각각 두 사람씩 모두 네 사람이 메는 가마.
15 연락부절(連絡不絕) : 왕래가 잦아 소식이 끊이지 아니함.

소낙비는 좀 그치고 보슬비로 변하였다. 위에서는 권주가가 시작되었다. 마루 아래서 밖으로 머리만 조금 내밀고 기회를 엿보고 있던 재영이는 하인들의 발이 조금 뜸하여진 틈을 엿보아가지고 마루 아래서 기어 나왔다. 그리고 그냥 기어서 저편으로 보이는 숲까지 기어가려 하였다. 그러나 마루에서 저편에서 나는 철벅거리는 발소리와 무서운 짐승의 부르짖음을 들었다.

9

본능적으로 재영이가 벌떡 일어서면서 볼 때에 저편에서는 황소와 같은 두 마리의 무서운 짐승이 재영이를 향하여 달려온다. 물론 그것은 명인호에게 들은 바 토좌견(土左犬)일 것이었다. 두 눈알은 시뻘겋게 불붙고, 입으로는 무서운 부르짖음을 내면서 재영이를 향하여 전속력으로 달려온다.

재영이는 본능적으로 허리를 만져보았다. 그러나 거기는 혁낭이 없었다. 인제는 하릴없이 도망하는 밖에는 수가 없었다. 재영이는 한 번 발을 굴렀다. 그런 뒤에 전속력으로 달아났다. 파수의 눈을 피하려든가 숨는다든가 하는 것은 문제도 아니었었다. 걸음아 날 살려라 하는 것은 아직도 이때의 재영이의 마음을 형용하기에 부족하였다. 한 번 발을 구른 다음 순간 재영이의 몸은 마치 나는 듯이 달아났다.

그러나 사람의 속력과 짐승의 속력에는 차이가 있었다. 재영이가 아무리 전속력으로 닫는다 할지라도 짐승의 발을 당할 수가 없었다. 더구나 비에 젖어서 미끄러운 땅 위에서야 말할 것도 없었다. 재영이는 비록 자기의 전속력으로 달아났다 하나 그는 얼마를 가지 못하여 자기의 곧 등 뒤에서 나는 짐승의 부르짖음을 들었다. 그다음 순간은 짐승은 벌써 재영이보다 앞서서 그 타력으로 조금 미끄러지면서 재영이와 마주 섰다.

재영이도 그 자리에 우뚝 서지 않을 수가 없었다. 두 마리의 짐승과 재영이는 마치 오래 섰기를 경쟁하자는 듯이 대치하여 섰다. 짐승은 인제는 짖지도 않았다. 때때로 어금니까지 보이도록 입을 벌리며 신음하는 뿐 딱 마주 재영이와 버티고 섰다. 재영이가 조금이라도 움직이기만 하면 달려들 양으로 앞다리와 뒷다리에 힘을 주고서……

저편 뒤에는 벌써 하인의 무리들이 모여든 모양이었었다. 그들은 모여들어서도 이 정체 모를 인물에게 달려들기를 꺼리어서 짐승에게 향하여 물어라 물어라 호령만 하고 있었다.

앞뒤에 적을 받은 재영이는 눈을 딱 바로 뜨고 어두운 가운데서 빛나는 짐승의 눈만 뚫어지도록 내려다보고 있었다. 그의 눈은 아프기까지 힘을 주었다. 그리고 짐승의 눈이 한순간이라도 딴 데를 향하기만 하면 어떻게든지 조처를 하려고 기회를 기다리고 있었다. 그러나 충직한 짐승은 재영이의 마음을 알아본 듯이 으르렁거리며 마주 재영이를 쳐다보고 있었다.

한참 버티고 서 있기에 피곤한 재영이는 다리를 조금 바꾸려고 움직였다. 그러나 이것은 재영이의 큰 실수였었다. 재영이가 움직이는 순간 아직껏 기회만 기다리고 있던 한 마리의 짐승은 맹연히 재영이의 목을 향하여 달려들었다. 재영이는 본능적으로 다리를 들어서 달려드는 짐승의 앞가슴을 찼다. 재영이의 무서운 힘에 챈 한 마리의 짐승은 꿍 하고 조그만 신음을 할 뿐, 한 번 핑 돈 뒤에 허리를 구부리고 그 자리에 넘어지고 말았다. 그러나 그 짐승과 동시에 달려든 다른 한 마리의 짐승까지 차 넘길 시간은 재영이에게 없었다. 한 짐승이 넘어지는 것을 보는 순간 벌써 목으로는 다른 짐승의 입을 감각한 재영이는 머리를 뒤로 젖히며, 손으로 그 짐승의 입을 받았다. 순간의 차이로써 재영이는 짐승의 입을 받아 쥐었다. 오른손으로는 그 짐승의 입의 위턱, 왼손으로는 아래턱을 받아 쥐었다. 그러나 그것뿐, 그는 몸을 움직일 수가 없었다. 벌써 가슴과 가슴, 배와 배가 짐승과 마주 닿은 재영이는 발길도 쓸 수가 없었다. 뒷걸음질을 치다가는 짐승에게 물릴 것은 분명하였다. 짐승의 입을 받아 쥔 재영이는 몸을 사시나무같이 떨면서 버티고 서 있었다. 짐승은 힘을 다하여 입을 다물려 하였다. 재영이는 그것을 막으려 하였다. 그 서로 대항하는 두 가지의 힘 때문에 짐승의 날카로운 이빨이 각각으로 자기의 손바닥을 뚫고 들어가는 것을 재영이는 분명히 감각하였다. 재영이의 손바닥에서 흐른 피는 짐승의 입을 통하여 짐승의 침과 함께 섞여서 땅으로 흘렀다. 그것은 처참하고도 무서운 장면이었었다.

10

"물어라!"

"물어 죽여라."

개에게 대한 하인들의 성원은 연하여 났다.

그러나 개도 더 기운은 쓰지를 못하였다. 온 힘을 입에 모아가지고 그 입을 다물려고 노력하는 뿐 다른 힘은 쓰지를 못하였다.

재영이도 역시 마찬가지였다. 개의 입을 피하려 머리를 잔뜩 뒤로 젖히고 개의 입과 힘을 다투는 재영이는 확확 얼굴로 쏘여 오는 짐승의 비린내를 맡았다. 이 비린내는 재영이의 기운을 더욱 마비시켰다. 이마와 등에는 식은땀이 샘과 같이 솟았다. 짐승의 온 무게가 몸에 실리어서 그것조차 곤하기가 짝이 없었다. 그러나 몸집의 조금의 변동이라도 생기면 그 순간 자기는 짐승의 이빨 아래 참혹한 죽음을 할 것을 잘 아는 재영이는 움쩍을 않고 그냥 버티고 서 있었다. 짐승의 흘린 침 때문에 손이 미끄러워서 조금하면 손이 개의 입에서 벗어지려는 것을 막느라고 재영이의 손과 팔은 무섭게 떨렸다.

얼마 뒤에 재영이는 개의 입힘이 조금 줄어진 것을 어렴풋이 감각하였다. 그러나 이때는 재영이의 손아귀의 힘도 꼭 개의 입힘과 같은 비례로 줄어진 때였었다. 개의 입힘은 줄어졌지만 그것을 대항할 자기의 힘이 역시 부족한 것이 재영이에게는 안타깝기가 한이 없었다. 재영이의 팔다리는 와들와들 떨렸다. 그러나 개의 다리도 몹시 떨리기 시작하였다.

을! 을! 개는 힘없는 신음 소리를 연하여 내었다. 그것은 마치 이러한 무서운 동물에게 철없이 달려든 자기의 행동을 후회하는 듯하였다.

그 힘없는 개의 신음을 들으면서 재영이는 각각으로 줄어들어가는 자기의 힘을 지금 쓰지 못하는 것이 안타까워서 마음으로 발을 동동 굴렀다. 그러나 각일각 피곤의 구렁텅이에 빠져 들어가는 재영이는 한 푼의 힘도 더 쓸 수가 없었다. 개의 입힘을 대항하느라고 잔뜩 벌렸던 재영이의 두 팔굽은 어느덧 맞닿았다. 그리고도 역시 당하지를 못하여 두 주먹을 개의 입에 넣을 뿐 입을 벌리려는 노력은 하지를 못하였다. 재영이의 눈은 연하여 감겨졌다. 힘없이 감겨지는 눈을 억지로 뜨고 보면 아까는 시뻘겋게 빛나던 개의 두 눈알이 아무 힘 없이 절반만치 감은 채 자기를 바라보고 있었다.

하인들은 역시 멀리서 개를 성원할 뿐 가까이 오지를 못하였다. 무서운 토좌견을 한 마리는 한 발로 차 죽이고 또 한 마리와 그렇듯 오래 격서서[16] 싸우는 이 무서운 완력가에게 그들은 선뜻 달려들기를 꺼리는 모양이었다.

"구로!(개의 이름) 물어라. 물어라."

"으르르! 으르르!"

온갖 기성[17]을 연발하며 개를 후원만 하고 있었다.

그러나 극도로 피곤한 재영이의 귀에 그 소리가 똑똑히 들리지 않은 것과 마찬가지로 개의 귀에도 그 소리가 들리지를 않는 모양이었었다. 아무리 하인들이 기성으로써 후원을 하여도 개는 눈찌조차 움직이지를

---

16 격서다 : 간격을 벌리고 마주 서다.
17 기성(奇聲) : 기이한 소리.

않고 힘없이 재영이의 얼굴 네 치의 거리에서 재영이의 눈만 바라보고 있었다. 뿐만 아니라 개의 눈에는 어느덧 애원하는 듯한 빛조차 나타나 있었다.

마침내 개는 입을 한 번 덥석 하였다. 그런 뒤에 기다란 신음 소리를 내고 뒷다리를 털썩 주저앉혔다. 동시에 개의 몸은 기다랗게 땅 위에 쓰러졌다. 그러나 아직껏 개의 힘을 대항하기 위하여 버티고 서 있던 재영이는 개가 넘어지는 것을 아는 순간 자기의 힘을 그냥 더 부지할 수가 없었다. 개가 기다란 신음을 하며 넘어지는 다음 순간 재영이도 양 주먹을 개의 입에 넣은 채로 힘없이 개의 위에 넘어졌다.

"넘어졌다."

"잡아라."

둘러섰던 하인들이 이런 고함들을 치면서 모여들 때는 재영이는 벌써 무서운 피로 때문에 몸의 온갖 신경의 활동을 잃고 혼수상태에 빠진 때였었다.

11

재영이가 피곤함을 못 이겨서 쓰러진 뒤에 재영이에게 달려들어서 그를 결박한 하인들은 그때야 처음으로 그 인물이 '일월산인'임을 알았다. 그리고 곧 대감께 보고하였다.

그 뒤의 경계는 굉장하였다. 집안 하인들뿐으로는 부족하여 순라청과 포도청의 순라 포교들을 모두 불러들여서 그 집 사면을 경계하였다. 기절한 재영이는 굵은 홍바로 결박하여 돌절구에 매어놓았다. 다섯 사람씩이 매시간마다 교체를 하여 밤을 새우면서 재영이를 지키게 하였다.

재영이가 겨우 정신이 든 것은 이러한 경계가 끝이 난 지 얼마 지나지 않아서였다. 재영이는 정신 들면서 곧 등으로써 섬뜩한 돌절구를 감각하였다. 무서운 피로를 감각하였다. 팔다리의 저리고 아픔을 감각하였다.

참을 수 없는 갈증을 감각하였다. 동시에 그는 자기가 지금 당하고 있는 일의 의의를 알았다.

재영이는 눈을 떴다. 몇 사람의 장정이 그의 주위에 둘러 있었다. 그들의 새에는 일월산인의 이야기가 한창 꽃이 피어 있었다. 새와 같이 날아다니는 일월산인의 술법이며 일월산인의 주문만 외면 그의 마음에 먹은 곳에 가서 박히는 '일월도'며 무서운 토좌견을 입김으로 불어서 죽인 데 대하여 서로 이야기들을 하고 있었다. 그리고 그들은 천도산인과 일월산인을 혼동하였다. 그들은 이전 천도산인을 문초할 때에 그곳에 있었던 사람들이었으며 천도산인이 오차에 찢기는 곳에까지 있었지만 아무 주저 없이 일월산인과 천도산인을 혼동하였다.

"이번에야 죽었지."

"암."

그들은 재영이의 사형을 의심 없이 얘기하고 있었다.

눈을 가느다랗게 뜨고 그들의 이런 이야기를 듣고 있던 재영이는 갈증을 참을 수가 없어서 마침내 그들을 불렀다.

"여보."

이 소리에 그들은 깜짝 놀랐다. 아직껏 하던 이야기를 그쳐버리고, 놀란 눈으로 재영이를 바라보았다.

"냉수 좀 주우."

그들은 서로 얼굴을 바라보았다. 그러나 아무도 냉수를 갖다가 주려는 사람은 없었다.

마침내 그 가운데 그 중 험상스럽게 생긴 사람이 픽 하고 웃었다.

"건방진 자식! 냉수가 무슨 냉수."

그 말을 따라서 몇 사람이 제각기 들고 나섰다.

"이게 너의 집 같으냐?"

"너의 하인 좀 불러다 주랴?"

"황금수 한 모금 마셔보련?"

"야, 그럴 것 없이 이 일월대감마마를 아랫목으로 모셔다 누이고 너는 천리용마 타고 가서 금로수나 한 동이 떠 오너라."

이러한 비웃음과 욕설 아래 재영이의 가느다랗게 떴던 눈은 조금 더 커졌다. 그러나 그뿐 그는 어찌할 도리가 없었다. 조금 크게 뜨고 버르장머리 없는 하인들을 흘겨보던 재영이는 도로 눈을 힘없이 닫았다.

"대감 주무신다. 조용들 해라."

재영이가 눈을 감는 것을 보고 누가 이런 말을 하였다. 다른 하인이 그 말을 받았다.

"한데 수청들 기생이 없구나."

"야! 아까 대감께 붙안겨 죽은 구로(개 이름) 아씨 수청 드리자."

밤중에 소일이 없어서 심심하여 그러던 그들에게는 이 발의는 매우 재미나는 모양이었었다. 제각기 '그러자' '그러자' 하더니 한 자는 달려가서 조금 있다가 아까 재영이에게 붙안겨서 죽어버린 짐승을 목을 매어서 끌어왔다. 그리고 그 개의 송장을 재영이에게 안겨놓았다.

"대감, 재미 많이 보십시오."

"어떤 사람은 팔자가 좋아서."

그들의 입에서는 재영이를 비웃느라고 온갖 음담과 패설이 다 나왔다. 그러나 한 번 닫은 눈을 재영이는 다시 뜨지 않았다. 무지한 자들이 무슨 짓을 하든 재영이는 탓하려 하지 않았다.

12

재영이의 머리를 지배하는 세 가지의 커다란 문제가 있었다.

하나는 활민숙의 문제였었다. 하나는 인화의 문제였었다. 하나는 연연이의 문제였었다.

민씨의 일파에서는 활민숙의 수상함을 벌써 알았다. 그리고 거기 대한 대책은 벌써 강구 중이다. 수삼 일 내로 활민숙은 포교들이나 군대의 발아래 유린되지 않을 수 없었다.

그러나 그것을 아는 사람은 민씨 일파 이외에는 자기밖에는 없다. 한 시각이라도 바삐 그것을 알게 하지 않으면 늙은 스승과 20명의 동지는 왕비당의 손에 참혹한 처형을 받지 않을 수 없을 것이다. 어떤 일이 있든 알려야 할 일인데 또한 도저히 알릴 도리가 없는 일이었었다.

인화의 일도 그의 머리를 크게 지배하였다.

재영이는 이번은 도저히 자기가 다시 살아날 도리가 없음을 알았다. 명인호를 힘입으랴? 인호는 지금 대문 밖 출입조차 마음대로 할 수가 없도록 병후의 쇠약한 몸이다. 그럼 연연이? 그러나 연연이는 재영이를 보기 시작한 뒤부터는 기생이라는 직업을 그만두고 들어앉은 여인이다.

오늘날 이러한 괴변이 생겼을 줄은 알지도 못할지며 설혹 안다 할지라도 기생이 아닌 몸으로 재영이를 뽑아낼 수단은 도저히 없을 것이다.

왕비당은 이번에 잡은 이 '일월산인'은 어떻게든 놓치지 않으려고 최상의 수단을 다 쓴다. 그러면 이곳서 벗어날 길은 천우나 신조가 없는 뒤에는 도저히 없을 것이다.

그러면 인화는 어떻게 되나. 부모가 정하여주신 아내. 스승의 축복을 받은 약혼자. 천진스럽고도 쾌활하고 사랑스러운 인화—그 인화와 자기의 사이에 맺어진 인연은 어떻게 끝이 막아지려나. 만약 자기가 이곳에서 무참한 고혼이 된다 하면 인화는 '안재영'이란 사람이 누구였는지 알지도 못하고 그의 일생을 보낼 것이다. 얼토당토않은 명인호를 자기의 약혼자로 알고—더구나 살아 있는 명인호를 죽은 줄로만 알고 그의 꽃다운 청춘을 애통으로 보낼 것이다. 하늘이 정해주신 자기와의 연분은 알지도 못하고 그의 일생을 보낼 것이다. 자기는 인화를 자기의 아내라고 지극히 사랑하면서도 한 번도 다정히 불러도 못 보고 불리어도 못 보고 거의 알지도 못하는 새에 죽어버리지 않을 수 없다. 만약 인화와 자기의 사이에 있는 인연이 하늘이 지어주신 것이라면 오늘날 무참한 이 운명은 누가 지어준 것인가.

연연이의 문제도 그를 괴롭게 하였다.

연연이와의 인연이 맺어진 뒤부터 나날이 연연이에게 대한 애정이 늘어서 지금은 재영이로서는 도저히 연연이를 버릴 수가 없었다. 더구나 얌전하고 단아한 가운데도 어떤 기개를 가지고 있는 연연이는 재영이에게는 가장 적당한 배필이라 할 수도 있었다. 아까 명인호의 집으로 떠날 때도 연연이는 대문간까지 바래다주면서,

"왜 가시기를 싫어해요? 집안에 박혀 있는 게 남자의 능사가 아녜요. 사업을 위해서 목숨 바치세요. 집안 걱정은 여인이 할 게니깐……."

하며 가기 싫어하는 재영이를 밀어 보냈다.

부엌에 나서면 얌전한 며느리, 방 안에 들어오면 정숙한 아내, 남편의 사업에는 현명한 격려자—이러한 연연이는 비록 그 출신이 기생이라 하나 재영이에게는 그런 것은 문제도 안 되었다. 그러한 연연이와 따뜻한 작별조차 못하고 여기서 고혼이 될 자기의 운명은 생각할수록 무정하였다. 지금쯤은 연연이는 아직 안 돌아오는 자기를 기다리느라고 촛불을 밝히고 그 앞에 앉았겠지. 삼월이는 주인의 명령으로 골목 밖까지 나와서 기다리겠지. 그 연연이가 만약 자기가 지금 이런 곤욕의 자리에 있는 것을 알면 얼마나 놀랄까.

세 가지의 어지러운 문제 때문에 재영이의 머리는 산산이 흩어졌다. 수없는 그림자는 그의 눈앞에 어릿거렸다. 모아졌다 헤어졌다 순서 없이 어릿거렸다.

파수는 연하여 교체되었다. 그 교체되는 자마다 의논하였던 듯이 재영이에게 온갖 모욕을 가하였다. 그러나 재영이는 죽은 듯이 가만히 있었다.

13

낮에 그런 소낙비를 퍼부은 것이 거짓말이라는 듯이 밤하늘은 맑았다. 별이 총총히 반짝였다. 반원은 넘은 달이 머리 위에 걸려 있었다.

재영이의 무릎에서 죽은 개의 비린내가 코로 몰려 올라왔다. 그러나 재영이는 그 비린내를 피하려고 머리를 돌리지도 못하고 피곤한 얼굴을 개의 목덜미에 묻었다.

활민숙과 인화와 연연이─세 가지의 괴로운 문제는 가뜩이나 피곤한 그의 머리를 더욱 피곤케 하였다.

지금 이렇게 가만히 있을 때가 아니다. 차차 가까워오는 위험을 모르고 평안히 활민숙 안에 곤한 꿈을 꾸고 있는 20명의 동지의 운명은 전혀 내게 달렸다. 내가 알리지 않으면 자기네의 머리 위에 임한 위험을 그들은 알지도 못할 것이다. 구원해야겠다. 구원해야겠다. 더구나 그 가운데는 인화가 있지 않으냐. 영광의 장래를 예상하고 아직껏 나의 정체를 감추고 한낱 친구로서 사랑하던 나의 아내 인화가 있지 않으냐. 나를 지극히 사모하면서도 또한 나를 꺼리고 있던 그의 앞에 내가 당신의 남편 되는 명진섭이노라고 나타나면 어린 혼이 얼마나 기쁨으로 놀랄까. 어서 바삐! 어서 바삐! 내 어깨 위에 메어진 멍에는 내가 건사해야겠다.

속으로는 이렇게 부르짖으며 애타하나 이중삼중으로 결박된 그의 몸은 조금도 움직일 수가 없었다. 한 번은 피곤한 몸으로도 만신의 힘을 양팔과 어깨에 모아가지고 결박한 바를 끊어보려고 노력하였지만 굵은 홍바는 재영이의 힘으로는 어찌할 수가 없었다.

갈증은 더욱 심하여졌다. 일기는 그다지 춥지 않은 모양이되 재영이의 몸은 사시나무같이 떨렸다. 더구나 찬 돌절구를 등에 지고, 젖은 옷을 그냥 입고 있고, 죽은 개를 무릎에 안고 있는 그는 아무리 억누르려야 누를 수 없이 몸이 떨렸다.

몸의 떨림은 마음에도 감염된 듯이 그의 마음도 전전긍긍하였다.

그는 이 자리에서 죽음은 결코 무섭게 생각되지 않았다. 죽음보다도 더 강대한 몇 가지의 문제는 그로 하여금 바야흐로 자기의 위에 이를 죽음에 대하여는 아무런 공포도 느끼게 하지를 못하였다. 아직껏 태공의 감독 아래서 스승의 지도 아래서 싸워오던 사업—빛나는 장래를 만들기 위하여 하여 오던 그 사업—의 성취를 보지 못하는 것이 그에게 원통하였다. 그 사업을 위하여 스승과 자기가 그만치 힘을 들여서 훈도하여 오던 활민숙이 인제 바야흐로 반대파의 독수[18]에 꺼지려 하며 자기는 그것을 알면서도 방비할 수가 없는 처지가 안타깝고 억울하였다. 나날이 피어가는 인화를 눈앞에 보면서도 빛나는 장래를 더욱 즐겁게 하기 위하여 타오르는 자기의 정열을 죽여두었건만 그것도 모두 허사로 돌아간 것이 억울하였다. 한 개의 사랑을 가진다는 것은 가장 마음 든든한 일이다. 연연이라는 아름다운 보배를 독점으로 충분히 그 보배를 즐길 틈조차 없이 잃어버린다는 것이 원통하였다.

비린내조차 감각치를 못하고 개의 목덜미에 머리를 묻고 있던 재영이가 그 머리를 들 때는 그의 눈에서는 하염없이 눈물이 솟았다. 그것은 분함에서 나온 눈물이었다. 동시에 또한 다시 볼 수 없는 장래에 대한 미련에서 나온 눈물에 다름없었다.

"저 자식이 왜 저리 떨까."

재영이를 보고 어떤 파수가 이렇게 말하였다.

"자식 우네."

한 자는 이렇게 말하였다. 그러나 늙은 파수 하나는 재영이에게 가까이 왔다. 그리고

"추운가. 왜 이리 떠나. 에이구 춥기도 하겠군. 통 젖었네. 거적이라도 하나 덮어줄까."

---

18 독수 : 남을 해치려는 악독한 수단을 비유적으로 이르는 말.

이렇게 따뜻이 위로를 하였다. 그러나 재영이는 욕설에도 위로에도 아무 대답도 안 하였다. 세상의 온갖 일은 하나도 그에게 귀한 것이 없었다. 다만 그의 머리를 지배하는 세 가지의 문제-그 밖에는 세상이 그의 눈앞에서 꺼져 없어진다 하더라도 그에게는 아무 통양[19]도 없었다.

14

어떻게 하여서든 처치를 해야겠지만 또한 도저히 처치할 수가 없는 세 가지 문제 때문에 재영이는 밤새도록 고민하였다. 그러나 날이 밝은 뒤에는 그의 마음은 차차 냉정을 회복하였다. 할 수 없는 문제를 가지고 고민하면 무얼 하랴. 모든 일을 되는대로 내버려두자. 하늘이 있다 하면 설사 일이 거꾸로야 되랴. 이와 같은 단념이 그의 마음에 움돋았다.

그리고 그는 오늘 인제 당할 일에 대하여 선후책을 생각하였다. 물론 듣기만 하여도 몸이 떨릴 문초가 있을 것은 정한 일이다. 그들의 불구대천의 원수 되는 일월산인의 정체인 자기인지라 문초가 어떠할는지는 예상할 수가 있다. 일찍이 자기의 아버지 명 참판이 당한 문초를 들은 일이 있는 재영이에게는 오늘 있을 문초의 심함을 짐작할 수가 있었다. 그리고 그러한 혹형 아래서 자기가 취할 행동과 말에 대해서 미리 생각하여 두었다.

재영이의 문초는 오전부터 시작되었다. 대청에 요를 내다 펴고 거기 대감이 나와 앉고 그 좌우에는 가인[20]들이 둘러앉고 그 뜰에 재영이를 결박한 채로 갖다가 앉히어놓았다. 형장을 든 형리들이 재영이의 등 뒤에 명을 기다리고 있었다. 재영이는 뜰에 까치다리를 하고 앉아서 눈을 가느다랗게 뜨고 겸호를 바라보았다. 겸호도 마주 노려보았다. 한참 서

---

19 통양(痛癢) : 자신에게 직접 미치는 이해관계를 비유적으로 이르는 말.
20 가인(家人) : 집안사람.

로 눈으로 노려만 보고 있다가 대감이 먼저 입을 열었다.

"네 성명이 무엇인가."

"일월산인."

재영이는 똑똑한 어조로 대답하였다.

"네 본성명 말이다."

"일, 월, 산, 인."

재영이는 다시 같은 말을 토하는 듯이 반복하였다. 즉 등 뒤에서 재영이의 머리를 향하여 채찍이 내려왔다.

재영이는 등 뒤를 돌아보았다. 그리고 자기의 머리를 향하여 내려오는 두 번째의 채찍을 피하려고도 아니하고 아픔을 참고 빙그레 웃었다.

"그놈 제 본 성명을 아뢰기까지 곤장으로 때려라."

하는 명령에 예ㅡ의ㅡ하고 대답한 형리들은 재영이의 저고리를 벗기고 좌우편으로 갈라서서 사정없는 채찍을 재영이의 등 위에 내렸다. 획! 획! 짝! 짝! 날카로운 소리는 연하여 났다. 채찍을 내릴 때마다 힘을 주느라고 내는 형리의 신음 소리도 연하여 났다.

재영이는 눈을 감고 입을 악물었다. 한 마디의 신음이라도 그는 입 밖에 내기가 싫었다. 설혹 채찍은커녕 살에 구멍을 뚫는 혹형을 당할지언정 결코 그들 앞에 신음 소리는 내기가 싫었다. 등에 내리는 채찍은 오장육부까지 쑤시듯이 아팠다. 벌써 등에서는 껍질이 벗고 피가 흐르는 것을 알 수가 있었다. 껍질이 벗은 살 위에 내리는 채찍은 아프다기보다는 오히려 쑤시는 듯이 쓰렸다. 그러나 재영이는 이를 악물고 참았다. 때때로 등에 그런 혹형이 내리는 것은 알지도 못하는 듯이 눈을 가느다랗게 뜨고 겸호를 노려본 뒤에는 빙긋이 웃을 뿐이었었다.

한참 형장질을 한 형리는 피곤하여 다른 형리와 교체하였다. 그리고 새로운 힘으로 또 채찍질을 하기 시작하였다. 등에는 겉껍질은커녕 속껍질까지 벌써 해진 모양이었었다. 채찍이 내릴 때마다 아까와 같은 짝!

짝! 소리는 없어지고 둔하게 처럭처럭 하였다. 저편으로 내버린 형장에는 고깃덩이가 터덕터덕 붙었다.

재영이의 등은 어느덧 아픔도 감각치 못하게 되었다. 채찍이 내릴 때마다 소리가 나고 가슴에 울리어서 채찍이 내리는 줄을 알았지, 채찍 때문에 생기는 아픔은 조금도 감각치를 못하였다.

형리는 세 번째 교체되었다. 그러나 재영이는 이를 악물 뿐, 그의 입에서는 한마디의 말도 안 나왔다.

형리를 네 번까지 교체하여본 뒤에 그래도 재영이에게서 본 이름을 못 들은 대감은,

"지독한 놈이로군."

의 한 마디로써 그 문제는 집어치우고 둘째 질문으로 들어섰다.

15

"너 이활민의 제자지?"

그의 두 번째 물은 말은 이것이었었다. 그러나, 재영이는 여기도 대답치 않았다. 재영이의 대답을 오래 기다려보지 않고 대감은 소리를 가다듬어서 다시 호령하였다.

"이놈, 네가 활민의 제자라는 것은 증거가 분명해. 바로 아뢰지 않았다는 아까 형벌은 양념이다. 토사가 나오도록 할 테니 그리 알아라."

재영이는 굳게 감았던 눈을 조금 벌렸다. 고통을 참느라고 그의 목덜미는 와들와들 떨렸다. 그러나 그는 눈에 억지로 미소를 띠었다. 그리고 머리를 천천히 가로저었다.

"무얼? 아니야?"

재영이는 또 머리를 저었다.

"똑똑히 말을 해. 아니란 말이냐?"

"아니라면 아니지, 웬 군소리냐?"

재영이는 마침내 벽력같이 고함쳤다. 비록 심신이 극도록 피곤하였다 하지만 온 힘을 다하여 고함치는 재영이의 목소리는 우렁찼다.

이 버릇없는 대답에 대감은 노여움을 더 참을 수가 없는 모양이었었다. 그는 한순간, 몸을 일으키려 무릎을 세웠다. 그러나 그 무릎을 도로 눕히며,

"그놈 바늘투구를 갖다가 씌워라."

고 명령하였다.

명령은 즉시로 시행되었다. 안에는 무수한 바늘을 박은 투구가 재영이의 머리에 씌워졌다. 그리고 형리의 손으로 차차 힘 있게 눌리었다. 재영이의 잠시 떴던 눈은 다시 굳게 감겼다. 그러나 이 고통은 재영이로도 참기가 힘들었다. 형리의 압력(壓力)이 차차 더하여옴을 따라 각각으로 더하여 오는 고통은 글자 그대로 골치를 쪼개는 듯하였다. 무수한 바늘은 머리의 가죽을 뚫었다. 그리고 뼈도 뚫었다. 골의 중추를 향하여 무수한 바늘은 차차 깊이 들어왔다. 이 참을 수 없는 고통과 고통을 참노라는 노력 때문에 재영이의 머리는 차차 혼미하여졌다. 굳게 닫았던 눈은 어느덧 조금 벌려졌지만 재영이는 눈앞을 볼 수가 없었다. 곧 곁에서 지껄이는 형리들의 소리가 한 십 리 밖에서 나는 것 같이 희미하게 들렸다.

"으음."

마침내 재영이는 한 마디의 신음을 내었다. 그러나 그 신음을 스스로 듣는 동시에 그는 정신을 펄떡 차렸다. 참자. 참자. 정신을 잃었다는 안 되겠다. 무슨 일이든 참자. 재영이는 자기도 모르는 틈에 조금 벌려졌던 눈을 다시 힘 있게 닫았다.

"그놈 아직 기절을 안 했느냐?"

"독한 놈이올시다."

그들의 새에는 이런 문답이 있었다.

대감은 좌우를 돌아보았다.

"참 독한 놈이로군. 저놈을 보니깐 연전에 명한나(명참판의 호)가 생각나는군. 꼭 한 짐에 치울 독한 놈들이로군."

재영이의 흐리게 된 귀에도 제 아버지의 이름은 들렸다. 재영이의 눈에는 또다시 미소의 그림자가 스치고 지나갔다.

"그놈 마치[21]를 갖다가 투구를 땅땅 때려봐라. 너무 때렸다가는 기절할라. 가만 가만."

이러한 명령에 형리는 조그만 마치를 두 개 가져왔다. 그리고 둘에서 재영이에게 씌운 바늘투구를 가만가만 때리기 시작하였다.

마치가 바늘을 통하여 골에 울리는 고통은 아까 바늘이 골을 뚫는 고통에 비할 바가 아니었었다. 열 번을 맞지를 못하여 차차 혼미하여가려는 자기의 정신을 스스로 깨달았다. 두어 번 낸 신음도 스스로 들었다.

재영이는 마침내 마지막 결심을 하였다. 인제는 혀를 끊을 밖에는 도리가 없다. 혀를 안 끊었다는 신음도 둘째 두고 혹은 정신이 혼미되어 안 할 이야기까지 할지도 모르겠다. 혀를 끊자. 그리고 그는 혀를 어금니에 갖다 댄 뒤에 만신의 힘을 주어서 혀를 끊으려 하였다. 그러나 이것조차 마음대로 되지 않았다. 맥이 다 빠진 그의 입힘으로는 질기고 질긴 혀를 끊을 수가 없었다. 겨우 피를 조금 낼 뿐 끊어지지는 않았다.

16

혀를 끊으려는 노력이 실패에 돌아간 뒤에 재영이는 잠시 정신을 잃었다가 얼굴에 물을 뿌리는 바람에 다시 피어났다.

그 뒤에는 그들은 별별 질문을 다 하였다. 일월산인이 끌고 다니던 불한당의 부하에 대하여도 한참 심문이 있었다. 그것을 토사시키기 위하여 재영이의 주위에는 시뻘건 숯불이 피어졌다. 재영이의 머리털과 눈썹은

---

21 마치 : 못을 박거나 무엇을 두드리는 데 쓰는 연장.

그 불기운 때문에 절반이나 탔다. 가죽이 벗겨진 등의 살은 거멓게 익었다. 누린내가 뜰에 찼다. 그러나 재영이의 입은 마침내 열리지 않았었다.

그때에 사면에 있는 살인강도들은 모두 재영이의 행위로 돌리려고 별별 악형을 다하였다. 그들은 재영이를 한낱 부자의 집을 찾아다니는 강도로 몰지 않고 시국을 뒤집으려는 역적으로 몰려고 별 애를 다 썼다. 연루자의 이름을 알려고 별 악형을 다하였다. 그러나 재영이의 입은 한 번도 열려보지를 않았다.

마지막에 그들은 심문의 초점에 들어갔다. 그것은 일월산인과 태공과의 사이에 무슨 연락이 있는지 없는지―가령 없다 할지라도 있도록 만들고자 하여 꺼낸 심문이었었다. 그러나 거기도 재영이는 머리를 천천히 가로저을 뿐 입은 열지 않았다.

재영이의 입에서 꼭 태공과 연락이 있다는 대답을 듣고자 한 그들은 마지막 악형을 그에게 가하였다. 인제는 온몸이 껍질을 한 벌 통 벗은 재영이의 몸에 다른 데는 악형을 가할 데가 없었다. 그들은 재영이를 기다랗게 눕힌 뒤에 집게를 갖다가 재영이의 발가락을 집기 시작하였다. 그들은 재영이의 오른편 엄지발가락에서부터 악형을 시작하였다.

"토사해라."

"아뢰어라."

이런 호령과 함께 차차 힘을 가하면서 엄지발가락을 집었다. 마지막에는 버석 하며 뼈가 부서졌다. 그들은 둘째 발가락으로 옮겨 갔다.

이리하여 넷째 발가락까지 갔던 그들은 웬일인지 갑자기 그 형벌을 중지하였다. 동시에 재영이는 기다랗게 누운 자기의 얼굴 위에 무슨 그림자가 띠우는 것을 알았다. 재영이는 힘없이 눈을 가늘게 뜨고 위를 쳐다보았다. 거기는 겸호의 맏아들이요 재영이와는 어렸을 때의 친구인 민영환이가 어디서 돌아오는 길에 이 악형을 들여다보고 서 있었다.

재영이는 영환이를 알아보았다. 영환이도 재영이를 알아본 모양이었었다. 영환이의 눈은 한순간 길끗하였다. 그러나 그의 눈은 곧 재영이의 얼굴에서 떠나서 형리들에게로 갔다.

"이게 무슨 짓이냐."

영환이는 천천히 이렇게 말할 뿐 재영이의 참혹한 몸집과 형리들의 얼굴을 번갈아보다가,

"너희들도 사람이냐, 사람의 양심을 가졌느냐."

하고는 휙 돌아서서 자기의 방으로 향하여 갔다.

영환이는 그 말을 할 뿐 자기 방으로 가버렸지만 그 말의 영향만은 그냥 남아 있었다. 영환이의 말로써 조금의 양심을 회복한 형리들은 의견을 구하듯이 대감을 바라보았다. 대감도 아들의 그 말에 좀 열적어진 모양이었었다. 잠시 기다랗게 누운 재영이를 내려다보다가,

"독한 놈이로군. 명한나보다 더하면 더하지 지지는 않을 놈인데. 인젠 내일 또 문초하자. 오늘은 단단히 결박을 지어서 잘 가두어둬라. 그놈의 부하들이 괴수를 구원하러 올지도 모를 테니까 단단히 지켜야 한다."

한 뒤에는 일어서는 사랑으로 들어가버렸다.

찢어지고 벗겨진 재영이의 몸집은 다시 형리들에게 끌리어서 그 집 안에 있는 옥에 갇히었다. 그리고 밖에는 열 명씩 번갈아가면서 총을 메고 파수를 섰다. 더구나 일월산인은 술법을 할지도 모르겠다 하여 파수를 서는 자들은 특별히 뽑힌 장대한 장정들이었었다. 그들에게는 아까 그러한 형벌을 받고도 아직 죽지도 않고 한마디의 신음도 안 하였다 하는 것은 보통 사람으로는 도저히 못할 일로 생각된 것이었다.

낙엽(落葉)

1

"지지지지지지직."

"자자자자자자작."

벌레의 소리인지 혹은 환성인지 이런 소리가 끊임없이 재영이의 귀에 들렸다. 어지러운 그림자가 연하여 그의 눈에 어릿거렸다.

그것은 넓다란 방이었었다. 그 방 안에는 재영이의 아버지가 앉아 있었다.

'아버지가 돌아가신 지 10년이 가까운데.'

재영이는 이런 의아한 마음으로 아버지를 바라보았다. 즉 아버지는 재영이가 자기를 보는 것을 알았는지 눈을 재영이에게로 굴렸다. 그리고 한참 재영이를 바라보다가 천천히 일어서서 마치 재영이를 붙안으려는 듯이 팔을 벌리고 재영이에게로 가까이 왔다. 그러나 재영이의 있는 데까지 채 미치지 못하여 그만 서버렸다. 그리고 슬픈 듯이 머리를 기울이고 재영이를 보았다. 재영이는 그 눈찌를 보았다. 그 눈찌에 나타난 비애를 보았다.

"당신은 이 세상 사람이 아니외다. 그러나 저도 인제 곧 당신의 뒤를 따르겠습니다."

재영이도 또한 슬퍼졌다. 그는 자기의 비애를 아버지에게 보이지 않을 양으로 돌아섰다. 그때에, 포교들이 달려들었다. 아버지의 그림자는 사라졌다. 포교들은 집과 가장집물을 모두 부수었다. 그것은 기둥과 기와와 재목이 여기저기 널린 참담하고 황당한 폐허였었다. 누런 햇빛이 비치고 있었다. 잠자리가 서너 마리 그 폐허의 위를 날아다니고 있었다.

"지지지지지직."

"자자자자자작."

잠자리의 날개에서 이런 소리가 났다.

넘어진 기둥이 하나 움직거렸다. 그리고 그 아래서 사람의 머리가 하나 나왔다. 그것은 틀림없는 인화였었다. 숙생들의 송장이 그 폐허에 여기저기 널려 있었다.

"인화를 구해야겠다. 나의 아내 인화를 구원해내야겠다."

재영이는 맹연히 그리로 달려가려 하였다. 그러나 그는 등과 사지의 찢어지는 듯한 고통을 느끼면서 그 자리에 엎어지고 말았다. 동시에 현실의 나라로 뛰쳐 들어왔다.

재영이는 잠을 못 잤다. 자려고도 아니하였다. 몸이 아프고 쓰린 것은 그다지 느껴지지 않았다. 온몸이 얼얼할 뿐 어디라 특별히 아프다고 지적할 만한 곳은 없었다. 그러나 아프다고 지적할 적당한 곳은 없으면서도 그는 눈만 감으면 신음이 입에서 새어 나왔다. 신음 소리를 입 밖에 내기가 싫어서 눈을 딱 뜨고 정신을 차리려고 노력을 다하였지만 그 순간만 지나면 그의 눈은 어느덧 감기고 정신은 혼미하여지고 하였다.

무서운 갈증이었었다. 어제 낮에 물을 먹어본 뿐 그 뒤는 아직껏 아무 것도 입에 넣어본 일이 없는 재영이는 마치 목과 입에서 불이 붙는 듯하였다. 목은 연하여 꺽꺽 붙었다. 그리고 그럴 때마다 숨은 막혔다. 냉수가 연하여 그의 눈앞에 어릿거렸다. 샘물의 쫄쫄 흐르는 소리가 들렸다. 한 모금 얻어 마시고 싶은 냉수는 재영이의 손이 및지 않는 곳에는 사면에 널려 있었다. 그러나 재영이의 몸에서는 목을 축일 만한 땀조차 흐르지 않았다.

때때로 연연이도 보였다. 연연이는 역시 무슨 수를 놓고 있었다.

"지지지지지직."

"자자자자자작."

그것은 바늘이 비단을 꿰어 다니는 소리일까.

"사업에 목숨을 바치세요."

연연이는 고민하는 듯한 눈을 재영이에게 붓고 이렇게 애원하였다.

"그렇다. 나는 사업에 목숨을 바쳤다. 비록 나의 공적이 세상에 드러난 것은 없다 할지라도 돌아가신 아버지를 만날 때는 아무 부끄럼 없이 그를 볼 수가 있겠다. 아아. 그러나 한 모금의 냉수는 진정으로 먹고 싶구나."

재영이는 비교적 똑똑한 정신으로 이렇게 생각하였다. 밖에는 총을 멘 파수들이 왔다 갔다 하였다.

2

날이 밝은 뒤에는 그의 정신은 비교적 똑똑하여졌다.

"오늘도 또 문초가 있으려니."

그러나 그 문초도 그에게는 인제는 그다지 무섭지도 않았다. 죽음을 각오한 그에게는 무서운 것이 없었다.

조반 때에 된장국과 밥이 조금 들어왔다. 재영이는 된장국만 마시고 밥은 도로 돌려보냈다. 조금 들어간 된장국이나마 그의 기운을 얼마만치 돋우었다.

조반 후에 재영이는 밖에서 이야기하는 파수들의 말로써 자기의 운명이 결정된 것을 알았다. 지독히 입을 열지 않는 재영이는 인제는 더 문초할 것도 없이 오늘 처형하여버린다는 것이었다. 이즈음 이 댁에서 새로 사들인 법국 총의 위력을 시험해보기 위하여 이따가 재영이를 총살을 한다는 것이었다. 그러나 재영이에게는 이 말조차 무섭지를 않았다. 죽음은 이미 각오한 바였었다.

늦은 조반 때쯤 재영이는 끌리어 나갔다. 뜰에는 재영이를 태우기 위하여 부녀용 사인교가 준비되어 있었다. 재영이의 '부하'의 눈을 피하기 위하여 이런 수단을 쓴 것이었다.

재영이가 사인교에 오르려 할 때에 작은사랑에서 죄수를 잠깐 부른다는 전령이 왔다. 재영이는 다시 끌리어서 작은사랑으로 갔다.

그 안에는 겸호의 아들 영환이가 혼자서 재영이를 기다리고 있었다. 영환이는 재영이가 들어온 뒤에 하인들을 물리쳤다.

재영이는 결박을 당한 채로 윗목에 우두커니 서 있었다. 영환이는 하인들이 멀리 간 기수를 본 뒤에 재영이에게로 가까이 왔다.

"명 형, 오래간만이외다."

재영이는 힐끗 영환이를 보았다. 그리고 곧 영환이는[1] 손을 재영이의 어깨 위에 올려놓았다.

"뭐라 드릴 말씀이 없소. 오래간만에―10여 년 만에 만나는 게 이런 좌석이란……. 오늘 이런 자리에 있는 형을 구원해내지 못하는 내 심사가 나로도 얼마나 답답한지 형은 짐작 못 하시겠지요? 거짓말이라고 생각하실지도 모릅니다. 밉게까지 보실지도 몰라요. 형이 아무렇게 생각해도 내 진심뿐은 그렇지 않소. 더구나 나라를 위해서 목숨을 아끼지 않는 형을 구원해내지 못하는 내가 얼마나 안타깝고 울울한지 알 수 없어요. 그렇지만 사정이 그렇지 못한 것을 어떻게 하겠소? 가친께 아침껏 빌어서 겨우 형과 마지막 잠시 조용히 이야기할 틈을 얻었구려."

재영이는 또 힐끗 영환이를 보았다. 그리고 곧 그 눈을 다른 데로 굴리려 하였다. 그러나 눈은 그의 의사에 반하여 영환이의 얼굴 위에 멎

---

1 영환이는 : 연재 원본에는 없으나 문맥상 추가함.

었다.

그리고 뚫어지도록 영환이의 얼굴을 보았다. 재영이는 영환이의 얼굴에서 진정을 보았다. 그의 눈에 고인 눈물이 거짓이 아님을 보았다. 동시에 이전 언젠가 태공이 겸호의 아들 영환이는 제 아비의 뜻과 다르더라던 말이 생각났다. 재영이는 처음으로 입을 열었다.

"민 형, 갈증이 좀 심해서."

"아, 참. 내가 미련해서."

영환이는 황급히 자기가 뛰어나가서 냉수를 따라 왔다. 그 냉수를 재영이는 단 모금에 다 들여 마셨다.

"또 좀 떠 오리까?"

"아니, 인젠……."

"형! 오늘 형을 청한 것은 다른 일이 아니라, 마지막 길을 떠나는 이에게 남기고 가고 싶은 말씀이 왜 없겠소. 형을 구원해내지는 못할망정 형의 마지막 말씀이라도 있으면 전해드리고자……."

재영이는 눈을 감았다. 그리고 기다랗게 숨을 들이쉬었다. 그 숨을 도로 내어쉴 때는 그의 목덜미는 와들와들 떨렸다. 재영이는 쏟아지려는 눈물을 영환이에게 보이지 않기 위하여 머리를 돌이켰다.

영환이도 그 의미를 안 모양이었었다. 그도 재영이의 눈물을 못 본 듯이 머리를 숙였다.

두 사람은 잠시 동안 아무 말도 사괴지 않고 우두커니 서 있었다.

3

좀 뒤에 영환이가 다시 입을 열었다.

"자— 형이 만약 이 아우를 신용하겠거든 마지막 전할 말씀만 있거든 말씀해주시우. 다른 호의는 다하지 못하나마 이것뿐은 정성껏 해볼 테니……."

거기 응하여 재영이는 입을 움직였다. 그러나 말은 나오지 않았다. 재영이가 입을 다시 움직일 때야 말이 나왔다.

"호의는 감사하오. 그러나 인제 죽을 몸이 말이나 남기면 무얼 하오?"

"그거야 그렇겠지만 왜 남기고 싶은 말씀이 없겠소. 혹은."

영환이는 왼손까지 재영이의 어깨에 얹었다.

"동지에게 전하실 비밀의 말씀이라도 맹세코 전해드릴 테니 이 아우의 마지막 호의를 무시해주시지 마시오."

재영이는 한참 말없이 서 있었다. 그가 돌렸던 얼굴을 영환이에게 향할 때는 그의 눈에는 감사히 여기는 표정이 있었다.

"형의 호의를 감사하오. 그러면 마지막 두세 가지의 부탁을 하리까."

"자. 어떤 부탁이든······."

"첫째로는."

재영이는 다시 머리를 돌렸다. 죽음에 임하여 남기고 싶은 말이 뒤섞여서 그의 머리에 왕래하였다. 한참 뒤에야 그의 입은 열렸다.

"첫째로는 활민숙─ 형은 활민숙을 아시오?"

"네, 압니다."

"활민숙에 가서 위험이 가까웠으니 모두들 다른 곳으로 피해달라는 말을 전해주시오."

"알았습니다."

"둘째는."

재영이는 인화의 건을 부탁하려 하였다. 그러나 급기 입을 열려매 인화에게 자기가 인화의 약혼자라는 것을 알게 하면 공연히 인화로 하여금 심통하게 하는 부질없는 짓에 지나지 못할 것이다. 약혼자라는 것을 알리는 것밖에는 인화에게 대한 부탁은 없을 것이다. 인화의 일을 부탁하려던 재영이는 순간 뒤에 그 문제를 장사하여버렸다. 그리고 연연이에게 대한 부탁을 꺼내었다.

"형은 연연이를 아시오? 기생."

"압니다."

"연연이를 만날 기회가 있거든 명진섭이는 나라를 위해서 목숨을 바쳤다고 좀 전해주시오."

"알았습니다."

"셋째는."

재영이는 또 말을 끊었다. 잠시 재영이의 말을 기다리던 영환이가 채근하였다.

"셋째는."

"글쎄 뒤섞이고 뒤섞여서 부탁할 말이 태산같이 많을 것 같더니 급기 당하고 보니 더 부탁할 게 없구료."

"혹은 가정에 대해서는?"

재영이는 흠칫하였다. 눈물은 또다시 눈에서 솟으려 하였다.

"나는 가정이라는 게 없는 사람이외다. 어버이도 아내도 동생도 일가도 없소. 내 한 몸뿐―죽기는 아주 간단한 몸이외다."

눈물 아래서 재영이의 입가에 떠오른 웃음은 영환이의 눈에서도 눈물을 자아내었다.

"그래도 다른 부탁은 없으시오?"

"음, 또 한 가지―그러나 이것은 도저히 실행할 수도 없겠소이다."

"뭐예요?"

"아버님의 산소에 작년에도 못 가보고 금년에도 못 가봤는데 잡초가 얼마나 성했는지. 그러나 가보지는 못할 노릇, 할 수 없지요."

"그것도 아우가 형의 대신으로 가서 잡초가 성했으면 뽑아드리지요. 산소가 어디오니까?"

재영이는 산소의 있는 곳을 말하였다.

"형이 몸소 못 가시는 것이 원통이야 하겠지만 이 아우가 정성을 다해서 내가 살아 있는 때는 보아드릴 테니 이것으로 참아주시오."

영환이는 축 머리를 수그리면서 이렇게 말하였다.

4

"그리고 또 부탁할 게 없으시오?"

"또 한 가지 있소이다."

"말씀하시오."

"나는— 총살이라지요?"

"그런 듯합니다."

"내가 거꾸러지거든 그 시신이 굳어지기 전에 시신을 대궐 쪽으로 향해서 꿇어 앉히어 놓아주시오. 결코 땅에 묻지 않도록 부탁합니다."

영환이는 한순간 주저하였다. 그러나 곧 쾌히 대답하였다.

"네, 어떻게 해서든 형의 뜻을 저버리지 않도록 힘쓰오리다."

"그럼."

하고 돌아서려는 재영이를 영환이는 황망히 말렸다.

"또 생각해보세요. 이번을 놓치면 다시 뜻을 전할 기회도 없을 테니깐……."

재영이는 눈을 감았다. 그리고 한참 뒤에야 입을 열었다.

"민 형, 감사하오. 이만치 들어주신 것만 해도 감사한데 또 무슨 부탁을 하겠소. 하재도 생각이 안 나는구려. 죽으면 그뿐 그 뒤에는 아무것도 모를 몸이 무슨 부탁이 그리 많겠소. 그저 유감인 것은—형의 귀에는 어떻게 들릴지 모르지만 나라가 바로 서는 것을 보지 못하고 죽는 것—이게 제일 원통하외다."

"형의 마음을 짐작하겠소. 눈 있는 사람이고야 이 시국을 좋다 여길 사람이 어디 있겠소? 이런 말은 불효막심한 말이지만—가친이 별세만 하시면 그 뒤에는 좀 다른 정치가 펴지겠지요."

"그날을 못 보고― 좌우간 고맙소이다. 형의 그 마지막 말씀을 커다란 선물로 지부[2]에서라도 그날을 기다리고 있겠소이다. 그럼―부탁한 일―그 가운데도 활민숙의 일은 단단히 부탁해둡니다. 자, 안녕히 계시우."

재영이는 몸을 들이켰다. 재영이의 어깨에 올라가 있던 영환이의 양손은 힘없이 떨어졌다.

재영이는 지척지척 문으로 갔다. 그리고 전신에 결박을 지고 있는 그는 몸을 틀어서 팔굽으로 문을 열고 문밖으로 나왔다. 영환이는 그냥 그 자리에 팔을 늘인 채 머리를 수그린 채 재영이를 보내지도 않고 서 있었다.

재영이는 혼자서 뜰로 나왔다. 그리고 어디로 갈지 망설일 때에 하인 하나가 재영이를 발견하였다. 죄수가 결박을 진 채 혼자서 뜰에 방황한다는 것은 그에게는 놀라운 일이었던 모양이었다. 그는 고함을 쳐서 동무들을 불렀다. 그리고 모여든 여러 하인들이 합력을 하여 재영이를 붙들어다가 뜰에 준비한 사인교에 실었다.

사인교에 들어간 재영이를 고함을 치지 못하게 하기 위하여 입에 재갈을 물렸다. 계집종 셋이 사인교 뒤에 따랐다. 이리하여 안행차[3]와 같이 꾸며가지고 재영이의 사인교는 그 집을 나섰다.

재영이의 행차가 나간 지 한참 뒤에 총 멘 형리가 아닌 듯이 멀리서 행차를 따라갔다.

그 조금 뒤에 영환이의 명령을 받아가지고 영환이의 심복하인 한 사람이 재영이의 시신을 거두어 그의 유언대로 하기 위하여 또 뒤를 따라갔다.

계집종들은 행차가 문밖까지 나간 뒤에는 도로 집으로들 돌아왔다.

---

2 지부(地府) : 저승.
3 안행차 : 여자의 행차.

사인교는 어떤 솔밭에 가서 놓였다. 그리고 재영이는 사인교에서 끌리어 나왔다. 좀 뒤에 형리도 왔다. 형리는 오면서 곧 총을 재기 시작하였다.

장인 장모 재간이 좋아서.
××× ××× ××× ×××.
우리 마누라 배꼽 아래는
××× ××× ××× ×××.

인제 자기가 하려는 일이 어떤 두려운 일인지 알지를 못하는지, 혹은 앎으로 의식적으로 그 생각을 피하려 함인지 형리는 음탕한 노래를 흥얼거리면서 총을 재었다.

5

죽음은 재영이의 눈앞에 이르렀다. 그 죽음을 번히 바라보면서 재영이는 눈이 멀거니 서 있었다. 주림과 피곤으로 말미암아 온몸의 신경이 둔하여진 그에게는 죽음조차도 그다지 두렵지 않았다. 잔디밭에 주저앉아서 음탕한 노래를 부르며 총을 재약하는[4] 형리의 모양을 재영이는 가장 무관심한 듯이 바라보고 있었다.

준비는 끝이 났다.

준비가 끝이 난 뒤에 재영이를 어떤 나무에 비끄러매려는 것을 재영이는 가볍게 거절하였다. 눈을 감추려는 것도 거절하였다. 그리고 두어 걸음 뒷걸음질쳐서 그 솔밭에 있는 늙은 상수리나무에 가서 등을 기대고 눈을 감았다.

상수리 잎에 바람 부는 소리가 들렸다. 봄철인데 잎이 하나가 노랗게

---

4 재약하다 : 총이나 포 따위에, 화약을 재어 넣다.

된 것이 그 바람에 떨어졌다. 그 잎은 공중에서 꼬리를 저으며 내려왔다. 그리고 재영이의 코를 스치고 땅에 떨어졌다.

그 기수에 재영이는 눈을 떴다. 눈을 뜰 때에 재영이의 눈에 비친 것은 한 가지밖에 없었다. 그것은 자기를 향하여 있는 총부리였었다. 그 뒤에 서 있는 사람이며 소나무들이며 그 밖 세상의 온갖 존재는 없이, 총 한 자루뿐이 커다랗게 그의 눈에 비치었다. 그 총은 항아리만 한 입을 벌리고 마치 재영이를 삼키려는 듯이 재영이에게 향하여 있었다.

재영이는 얼른 다시 눈을 감았다. 보아서는 안 될 것을 본 듯이⋯⋯. 그리고 그 총부리 때문에 생겨난 공포가 그의 마음에서 구체화하려 할 때에 마침내 굉장한 총소리가 울렸다.

총소리는 났다. 그러나 재영이는 자기의 몸에 아무 곳도 아픈 곳을 발견할 수가 없었다. 재영이는 눈을 번쩍 떴다. 형리는 부리에서 연기가 풀석풀석 나는 총을 내리는 즈음이었다.

"맞았지?"

"암."

하인들의 새에는 이런 말이 사괴어졌다.

재영이는 여기서 처음으로 죽음에 대한 공포를 느꼈다. 그 공포는 폭발하듯이 그의 마음에 일어났다. 그는 맹연히 팔을 움직였다. 그러나 단단히 결박을 당한 그의 팔은 움직일 수가 없었다. 그는 자기의 눈앞에 보이는 '죽음'에서 피하고자 자기로는 무엇을 하는지 모르며, 그곳서 달아나려고 몸을 움직이려 하였다. 그리고 그때야 그는 뱃가죽이 찢어지는 듯이 뜨겁고 아픈 것을 처음으로 깨달았다.

'아! 맞았구나.'

이런 생각이 그의 머리에 떠오르는 때는 그는 그 배에서 나온 뜨거운 피가 넓적다리로 하여 아래로 흐르는 것을 알았다.

그다음 순간, 그의 눈앞에 어렴풋이 보이던 민씨 집 하인들은 그림자

같이 번쩍 바뀌며 늙은 상수리나무의 굵은 가지며 잎이며 구름으로 푸른 하늘이 보였다. 그는 어느덧 넘어진 것이다.

그것도 한순간뿐, 그다음 순간은 그의 눈은 고즈넉이 닫혔다.

바람이 살래살래 또 불었다. 또 낙엽이 서너 개 꼬리를 저으며 떨어졌다. 그 가운데 하나는 마치 재영이를 조상하듯이 재영이의 얼굴 위에 내려졌다.

하인들은 자기네의 임무를 끝낸 뒤에는 도로 발을 돌이켰다.

"자, 가는 길에 간난네 집에서 술이나 한 잔씩 하지. 내 한턱 함세."

그들은 한 개의 생명을 죽인 것을 아무것으로도 안 여기는 듯이 또한 음탕한 노래와 이야기를 지껄이면서 돌아갔다.

하인들이 돌아간 뒤에 영환이의 명으로 온 다른 하인이 왔다. 그 하인은 아직 굳어지지 않은 재영이의 몸을 일으켰다. 그리고 그 시신을 대궐 쪽으로 향하여 꿇어 앉히어놓았다. 재영이의 몸은 그 하인이 아무리 일으켜놓아도 도로 넘어지고 하였다. 하인은 그 근처에서 나뭇가지들을 꺾어다가 재영이의 몸을 이리저리 버티어서 겨우 목적을 달하였다.

또 바람이 살래살래 불었다. 낙엽이 또 몇 개 꼬리를 저으며 내려졌다.

비보(悲報)

1

재영이를 범의 굴로 보낸 날 밤 인호는 밤새도록 재영이를 기다렸다. 돌아올 때에는 먼저 인호에게 들르마 한 약속을 듣고 그는 자기의 병후의 쇠약한 몸을 자리에 눕히지도 않고 재영이의 돌아오기를 기다리고 있었다.

밤에 인호는 사람을 시켜서 대문간에 등을 달았다. 그리고 자기는 문턱에 베개를 갖다가 놓은 뒤에 거기 팔굽을 기대고 정신없이 대문만 바라보고 있었다. 인호에게도 이날은 유난히 마음이 놓이지 않았다. 재영이의 역량과 무술을 그만치 아는 인호로서도 이날뿐은 왜 그런지 마음이 놓이지 않았다. 초저녁이면 넉넉히 돌아오리라 믿었던 재영이는 밤이 깊어도 돌아오지를 않았다. 인호의 궁금증과 걱정은 차차 더하여졌다. 자정이 지나서 인호는 마침내 자기가 민씨 집까지 가서 보리라고 결심을 하였다. 옷을 입을 때에 그의 팔과 다리는 쇠약으로 인하여 와들와들 떨렸다.

인호는 대문간까지 나갔다. 그러나 기다시피 하여 겨우 대문간까지는 나갔지만 그의 극도로 쇠약한 다리는 그의 몸을 싣고 다닐 수는 도저히 없었다. 그는 숨을 헐떡이며 대문턱에 앉아서 한참 쉰 뒤에 도로 하릴없이 방 안으로 돌아왔다. 문턱에 놓은 베개에 팔굽을 기대고 눈이 멀거니 앉아 있는 동안 인호는 몇 번을 환영의 재영이를 보았다. 무서운 짐승과 격투를 하는 재영이, 잡혀서 욕을 보는 재영이, 죽어 넘어진 재영이—이런 불길한 재영이의 환영과 함께 혹은 금관을 쓴 재영이, 호호히 웃는 재영이—이런 환영은 꿈인지 생시인지 모르게 몇 번을 그의 눈에 어릿거렸다. 그리고 이 때문에 인호는 더욱 재영이의 신상이 걱정되었다.

이튿날 아침 인호는 사람을 연연이의 집으로 보내보았다. 혹은 어젯밤 늦어서 그만 연연이의 집으로 가버리지 않았나 하는 생각으로. 그러나 하인은 돌아와서 거기도 안 계시다는 회보[1]를 하였다. 인호는 다시 하인을 연연이의 집으로 보냈다. 첫 번에 하인에게 똑똑히 부탁치를 못해서 두 번째 심부름을 간 것이었었다. 이번은 '오늘 아침에 나가셨는지 어제 나가셨는지' 그것을 알려 함이었었다. 돌아와서 어제 비 오기 전에 삼청동 친구의 집으로 가서 아직 안 돌아오셨다는 대답을 회보하였다.

인호의 근심은 차차 더 무거워갔다. 인호는 마지막 수단으로 활민숙에 사람을 보내어보았다. 혹시 민씨 집에서 들은 의논 가운데 긴급한 일이 있어서 활민숙으로 곧 돌아가버리지나 않았나 하여. 그러나 그 회답조차 마찬가지로 사찰은 어제 아침 잠깐 숙에 들렀을 뿐 아직 안 들어왔다는 말이었었다.

인호의 걱정은 여기서 극도에 달하였다. 재영이가 연연이의 집에도 있지 않고 숙에도 안 돌아갔으면 지금 겸호의 집에서 욕을 보고 있는 것은 분명하였다.

인호는 몇 번을 시험으로 일어서보았다. 그러나 일어설 때마다 다리가 후들후들 떨리며 그는 맥없이 도로 주저앉고 하였다. 이 변소 출입조차 마음대로 못 하는 몸으로는 재영이를 구원하러 나갈 도리는 없었다.

그의 마음은 죽 끓듯 하였다. 그러나 몸이 말을 안 들었다. 잡히기만

---

1 회보(回報) : 돌아와서 보고함. 또는 그런 보고.

하면 일월산인인 안재영이의 목숨은 도저히 붙어나지 못할 것을 잘 알므로 인호의 마음은 더욱 괴로웠다.

이리저리 궁리하다 못해 인호는 다만 한 가지 남아 있는 방책을 쓰기로 하였다. 인호는 익명으로 활민숙에 편지를 썼다. 지금 사찰은 혹은 민씨 집에서 욕을 보고 있는지도 모르겠으니 알아보고 구원하여내란 말과 만약 사찰로서 민씨 집에 잡히기만 하면 죽은 목숨이라는 것─이런 뜻의 편지를 써서 인호는 하인을 시켜서 활민숙에 가서 아범을 주고 회답을 기다리지 말고 달아 오라고 하였다. 그리고 또 한 사람의 하인은 민씨 집으로 가서 자기는 아직 기거가 마음대로 못 돼서 못 나다닌다는 말을 전하는 겸 별다른 일이 안 생겼나 알아보라 하였다.

2

인호의 익명의 편지는 활민숙의 아범이 받아서 선생에게 직전하였다. 그 편지를 보고 선생이 어떤 숙생을 달려 내보낸 때는 편지 가지고 온 사람은 벌써 없어졌다. 선생은 조용히 송만년이를 불렀다. 그리고 이즈음 재영이가 어디를 즐겨서 다니는지 모르느냐고 물어서 만년에게서 기생 연연이의 집에 다니는 듯싶다는 대답을 얻은 선생은 만년이를 연연이의 집으로 보내서 재영이가 있는지 없는지를 알아보게 하였다. 만년이는 다녀와서 '어제 나가서는 아직 들어오지 않았다'는 회보를 하였다. 저녁 뒤에 선생은 또 한 번 사람을 연연이의 집에 보내서 그새 들어왔는지 안 들어왔는지를 알아보았다.

혈기에 날뛰는 젊은이들에게 재영이가 혹은 위험한 자리에 있는 듯하다는 것을 알리면 어떤 분탕이 생겨서 아직껏 비밀히 하는 활민숙의 정체가 드러날지도 모르겠으므로 선생은 그 편지의 내용을 일절 숙생들에게 알리지 않았다. 그러나 수상한 편지를 받은 뒤에 두 번이나 재영이의 있고 없는 것을 알아보러 사람을 보내며 선생은 입맛이 없어서 저녁상도 받지 않은 점 등으로 숙생들의 의심을 사지 않을 수가 없었다.

"사찰의 신상에 무슨 중대한 문제가 생겼다."

숙생들은 어렴풋이 이런 점을 느끼고 서로 수군거렸다.

인화는 그날 밤 유난히 마음이 뒤숭숭하였다. 일찍이 재영이에게 그만한 반감을 가지고 있었고 또 마땅히 가져야 할 그였었지만 자기의 마음에서 재영이라는 뿌리를 온전히 잘라버리지는 못하였다. 재영이의 신상에 무슨 불길한 일이 있음을 직각적으로 느낀 인화는 밤이 깊어서야 겨우 잠이 들었다. 한참을 잔 뒤에 이상한 무서운 꿈에 소스라쳐 깨니 뜰에는 웬 사람의 기척이 있었다. 몽롱한 잠에서 펄떡 정신을 차리며 인화는 머리를 베개에서 들고 귀를 기울였다. 뚜거덕 뚜거덕 뜰에서는 어떤 발소리가 들렸다. 그 발소리는 소리를 감추려는 소리도 아니었다. 동시에 부러 들으라고 내는 소리도 아니었다. 발소리는 몹시 무거웠다. 그러나 뚜거덕 뚜거덕 소리는 크나 아무 힘도 없는 소리였었다.

발소리는 차차 멀어졌다. 그러나 거의 안 들리게까지 갔다가 발소리는 도로 돌아서서 가까이 왔다. 가까이까지 왔던 발소리는 또 돌아섰다. 인화는 그 발소리의 주인을 알았다. 그것은 틀림없는 스승의 발소리였었다. 뜰을 이리로 저리로 거니는 그 발소리는 마음에 커다란 수심을 가진 스승의 발소리에 틀림없었다. 스승은 왔다가 다시 갔다. 갔다가 다시 왔다. 언제부터 뜰을 거닐기 시작하였는지 또 언제까지나 거닐려는지 스승은 쉼 없이 왔다 갔다 하였다. 때때로 무거운 기침 소리도 들렸다.

인화의 잠은 어느덧 달아나버렸다. 스승이 잠조차 못 이루고 뜰을 거닐고 있는 것은 재영이의 안부에 대한 근심의 탓일 것이다. 스승의 마음을 이만치까지 어지럽게 한 것을 보면 재영이의 신상에 불길한 일이 생긴 것은 분명하였다. 그러면 어떤? 어디서? 무슨? 어떻게? 어찌하여? 어떤 정도로? 졸음이 달아나는 순간 그의 머리에 들어앉는 이런 수없는 의

문 때문에 그의 몸은 반사적으로 자리에서 일어났다.

스승의 발소리는 또 가까워졌다. 가까이까지 왔다가 돌아설 때에 스승은 기다란 한숨을 쉬었다. 그 한숨 소리는 방 안에 들어앉아 있는 인화에게까지 넉넉히 들렸다. 스승은 이번은 저편까지 가지 않았다. 좀 가다가 스승이 마루에 털썩 걸터앉는 소리가 들렸다. 짐작으로 보아서 그것은 재영이의 방 앞 마루였었다.

3

일단 몸을 일으킨 인화는 다시 몸을 눕히지를 못하였다. 재영이의 신상에 대한 불길한 예감은 각각으로 그의 마음에 무겁게 자리 잡기 시작하였다. 이즈음 재영이가 연연이와 접근케 된 것을 안 뒤부터는 자기와는 아무 관계도 없는—말하자면 국외의 일이지만 그 때문에 마음이 켕기어 재영이를 사람이 아니라고 믿고 더럽게까지 보던 인화였었지만 그 미운 재영이의 신상에 생긴 듯한 불길한 사건은 인화로 하여금 눈조차 못 감게 하였다.

한참을 우두커니 앉아서 어지러운 생각을 하고 있던 인화는 옷고름을 다시 매고 자리에서 나와서 방싯이 문을 열고 그 틈으로 내다보았다. 벌써 서편으로 기울어진 달빛의 반사광으로 인화는 재영이의 방 앞에 걸터앉아 있는 스승을 보았다. 스승의 머리는 깊이 가슴에 묻히어 있었다. 그의 양손은 고민하듯이 목 뒤에서 서로 얽히어 있었다. 무거운 기침 소리는 연하여 났다.

한참을 마루에 걸터앉아 있던 스승은 다시 일어났다. 그리고 또 뜰을 거닐기 시작하였다. 인화도 일어섰다. 가볍게 문을 열고 나서서 스승에게 보이는 듯 마는 듯이 인화는 변소까지 갔다. 변소에서 잠시 쉬어서 방으로 돌아오는 길에 인화는 계획대로 스승과 정면으로 만났다.

"선생님, 안 주무세요?"

이런 인화의 인사에 머리를 가슴에 묻고 뜰을 거닐고 있던 스승은 깜짝 놀라며 머리를 들면서 섰다.

"인화냐?"

"왜 안 주무세요."

"으음. 달도 밝고 – 허기에……."

하면서 스승은 하늘을 쳐다보았다. 그러나 스승이 밝다 일컬은 달은 벌써 서편으로 기울어져서 그 빛은 동쪽 담벼락에서 조금 보일 뿐 뜰에는 없었다. 달은 보이지도 않았다. 선생은 하늘로 향하였던 머리를 내리기가 싫은 듯이 한참을 그냥 우러러보고 있다가 힘없이 다시 가슴에 묻었다. 그리고 또 뜰을 거닐기 시작하였다.

인화는 어두움 가운데 외로이 사라지는 스승의 뒷모양을 바라보며 우두커니 서 있었다. 스승의 희미한 그림자는 차차 멀어갔다. 거의 안 보이게까지 갔던 스승은 다시 돌아섰다. 인화의 앞까지 와서 아직도 그냥 서 있는 인화를 보고 스승은 입을 열었다.

"인화야."

"네?"

"자지 않느냐?"

"선생님, 왜 안 주무세요?"

스승은 거기 대답치 않고 다시 발을 뗴었다. 그러나 서너 걸음 더 가서 그는 돌아섰다.

"사찰은."

그리고 한참 주저하던 스승은,

"재영이는."

하고 또 한참 주저하다가

"아직 안 돌아왔느냐?"

하고 물었다. 인화는 대답치 못하였다. 아직껏 뜰을 거닐고 있던 스승이 모르는 것을 방 안에서 잠자던 자기가 어떻게 알까.

스승은 인화에게 가까이 왔다. 그리고 손을 들어서 인화의 어깨를 두드렸다.

"인화야, 너한테—들려줄—말이."

이뿐, 말을 끊은 뒤에 한참 뚫어지도록 인화의 얼굴만 들여다보고 있던 스승은 성가신 듯이 인화의 어깨에서 손을 내리었다. 그리고,

"들어가 자라."

내던지듯 이렇게 말한 뒤에 휙 돌아서서 저편으로 가버렸다.

인화는 스승이 다시 돌아오기를 기다렸다. 그러나 저편으로 가버린 스승은 다시 돌아오지 않았다. 한참을 그 자리에 우두커니 서서 스승이 다시 오기를 기다리던 인화는 스승이 오지 않는 것을 보고 인젠 들어가 주무시나 보다 생각하고 자기도 돌아서서 방으로 들어왔다.

방 안으로 들어는 왔지만 인화는 자리에는 들어가지 않았다. 마음이 산산이 헤어져서 자리에 들어갈 생각이 없었다.

4

이윽고 스승의 발소리는 또 뜰에서 났다. 이리저리 또 뜰을 거닐기 시작하였다. 한참 뜰을 거닐던 스승의 발소리는 인화의 방 앞에 와서 멈추었다. 그 뒤에는 귀를 기울이는 기척이 있었다.

"인화 자느냐."

좀 뒤에 스승은 작은 소리로 이렇게 불렀다. 인화는 펄떡 일어서서 문을 열었다.

"아직 안 자느냐."

"네."

"자라."

잠시 무슨 말을 할 듯이 인화를 돌려보고 있던 스승은 이렇게 말할 뿐,

또 그 자리에서 떠났다. 그러나 인화는 문을 닫을 생각도 안하고 번히 스승의 외로운 뒷모양만 바라보고 있었다. 그의 어지러운 머리 가운데 한 가지의 생각이 폭발한 듯이 튀어 올랐다.

'선생님은 내게 무슨 하시고 싶은 말씀이 계시다.'

동시에 그 '하고 싶은 말'은 재영이의 일신상에 관한 일이라는 것도 직각적으로 느꼈다.

"사찰은―재영이는 아직 안 돌아왔느냐?"

아까 주저주저하면서 인화에게 이런 질문을 던지던 것은 그것이 선생의 본뜻이 아니고, 사찰은―재영이는―한 뒤에 다른 말을 하려다가 뜻 아닌 질문을 한 것이라는 것도 직각적으로 느꼈다.

"인화야, 너한테―들려줄―말이."

한 뒤에 주저하다가 성가신 듯이 저편으로 돌아서버린 스승의 태도는, 더욱 인화의 생각이 옳음을 증명하였다. 그러면 그것은 어떠한 말인가. 인화의 신상에 얼마만치 관계되는 말인가. 그리고 경우로 따져 재영이의 신상에도 관련되는 말이겠으며 자기와 재영이에게는 어떤 관련이 얽히어 있나?

번쩍! 어떤 연상이 인화의 머리를 스치고 지나갔다. 그 생각은 극히 막연하여 잡기가 힘든 것이었었다. 그러나 또한 크고 중한 것에 다름없었다. 막연은 하나마 거대한 그 생각의 그림자는 순간 인화의 머리를 덮었다. 그리고 온 몸을 눌렀다.

"사찰은……"

인화는 더 주저하지 못하였다. 그는 문밖으로 뛰어나가서 신을 신고 선생이 간 방향으로 달려갔다. 저편까지 갔던 선생이 바야흐로 돌아서려는 데서 인화는 선생과 만났다.

"인화 너― 또 나오느냐?"

"선생님, 사찰은."

"사찰은―재영이는―아직 안 돌아왔지?"

"사찰은."

"―어제 나간 뿐……."

"사찰은……."

선생의 말에는 대답치 않고 인화는 열병 환자의 헛소리와 같이 같은 소리만 반복하였다.

스승은 머리를 또 가슴에 묻었다. 그리고 조금 뒤에 혼잣말 비슷이 중얼거렸다.

"어제―벌써 그저께로다. 겸호의 집에 무얼 알아보러 갔다는 소식이 들리누나. 그리고는 그 뒤에는 그 애를 본 사람이 없구나."

그리고 말을 끊었다가,

"온, 생명이나 부지했는지."

하면서 기다란 한숨을 쉬었다.

그러나 이런 말보다도 인화에게 듣고 싶은 한 가지의 말이 있었다. 그것은 자기와 사찰의 사이에 얽히어 있는 '관련'에 대한 스승의 해답이었었다. 막연은 하나마 번개와 같이 자기의 머리를 스치고 지나간, 아까의 그 생각 때문에, 다른 말은 인화의 귀에 들리지 않았다. 듣고 싶지도 않았다. 다른 모든 말은, 그에게는 무의미하였다. 한낱 헛소리에 지나지 못하였다.

스승은 마침내 머리를 조금 들었다.

"인화야, 졸음이 안 오거들랑 후원이라도 거닐어보지 않으련?"

한 뒤에는, 인화가 따라올 것을 예기한 듯이 그곳서 발을 떼었다. 인화는 스승의 뒤를 따라갔다.

후원으로 돌아간 스승은 어떤 괴석 위에 털썩 하고 걸터앉았다. 스승의 뒤를 따라가던 인화는, 떨리는 긴장된 마음으로 스승의 앞에 읍하고 섰다.

5

　스승의 입이 겨우 열린 것은 괴석 위에 걸터앉은 지 한참 뒤였었다. 풀이 없이 걸터앉아서 머리를 수그리고 생각에 잠겼던 스승은 고즈넉이 손을 들었다.

　"인화야. 거기 앉아라."

　인화는 선생의 지시대로 앉았다. 그의 마음은 놀랍게 방망이질하기 시작하였다. 자기의 마음을 어지럽게 하는 커다란 의혹에 대한 선생의 대답을 눈앞에 본 인화는 그 때문에 몸까지 떨었다. 스승은 다시 입을 열었다.

　"나는 너한테 사죄할 일이 있다."

　인화는 눈을 고즈넉이 닫았다. 장차 스승의 입에서 떨어질 뜻밖의 말 때문에 생겨날 감정의 격동을 미리부터 눌러두기 위해서였었다. 눈을 고즈넉이 닫은 인화는 머리도 푹 숙였다. 힘 있게 쥔 두 주먹은 그의 양 무릎 위에 올려놓아졌다. 그런 뒤에 작은 소리로 대답하였다.

　"네……."

　괴석에 걸터앉아 있던 스승은 그곳서 내렸다. 그리고 인화의 무릎 앞에 와 앉았다.

　"안재영이는 — 재영이는."

　그리고 잠시 주저하다가 내던지듯이 말하였다.

　"본 이름은 명진섭. 명한나의 유고로다."

　"네……."

　이 거탄 아래서도 인화는 역시 작은 온화한 소리로 대답한 뿐이었었다. 스승의 말은 이미 예기하였던 말, 지금의 인화에게는 조금도 의외의 말도 아니요 놀랄 말도 아니었었다.

　"명한나의 유고, 너와 정혼한 네 남편."

　"네……."

이 놀랄 만한 사실의 발표에도 조금의 움직임이 없는 인화의 태도가 스승에게는 뜻밖인 모양이었었다. 한 마디씩 한 마디씩 풀어오던 스승은 말을 멈추고 어두운 가운데 인화의 얼굴을 들여다보았다. 스승이 자기의 얼굴을 들여다보는 기수를 알았지만 인화는 역시 눈을 고즈넉이 닫고 양손을 무릎 위에 얹은 뒤에 죽은 듯이 있었다.

한참 인화의 얼굴만 들여다보고 있던 스승은 문득 일어섰다. 일어서면서 그는 인화의 손목을 힘 있게 잡았다.

"들어가자. 들어가자."

그는 순순히 일어서서 따라오는 인화를 마치 억지로 끄는 듯이 손에 힘을 주어서 인화를 잡고 끌고 자기의 방으로 들어왔다. 그리고 촛불을 돋운 뒤에 서랍을 뒤적여서 아까의 익명 편지를 얻어내어 인화의 앞으로 밀어놓았다.

"나는 너한테 재영이가 누구인지 알리고 싶지 않았다. 당분간 그냥 감추어두었다가─이 뒤에 언제든 영광스러운 날이 올 때에 처음으로 알게 할 양으로 그냥 비밀히 해두었다. 그랬더니─그랬더니─그게 모두 내 오계²로구나. 재─진섭이 그저께 나간 진섭이 왜 아직도 안 돌아오겠느냐. 그럴 줄만 알았다면."

선생은 헛기침을 두어 번 하였다.

"그 편지를 봐라. 필시 민가의 집에서 고초를 겪느니라. 온, 생명이나 부지했는지."

그러나 인화는 편지를 집을 생각도 안하고 그냥 얼빠진 사람같이 눈을 감고 우두커니 앉아 있었다. 선생의 입에서 나온 바의 뜻밖의 몇 가지의 사건은 마치 폭포수와 같이 그의 머리를 내려쳤다. 열병 환자와 같이 얼얼하게 된 그의 머리로는 아무것도 판단할 수가 없었다. 감각할 수

2 오계(誤計) : 실책.

조차 없었다. 기쁨도 반가움도─비애도 절통도 그의 마음을 지배하지를 못하였다. 당장에 눈앞에서 꺼져 없어지더라도 조금도 아까운 것이 없었다. 재영이? 그것은 생각하기도 시끄러운 군잡스런 문제다. 선생? 다 늙어빠진 늙은이에 지나지 못한다. 국사? 국사가 다 무어냐. 활민숙? 어버이? 약혼자? 동지? 천도산인? 모두가 귀찮고 귀찮은 잡세의 너절한 문제에 지나지 못한다. 다만 한 가지 인화 자기로도 무엇인지 분별할 수 없는 중대하고도 긴한 문제뿐이 존재할 가치가 있지 그 밖 온갖 것은 당장에 꺼져 없어질지라도 아무 관계도 없었다.

6

어느덧 동창에는 아침 푸른 볕이 비치기 시작하였다. 깃에서 나오는 참새의 소리들이 추녀 끝에서 났다. 그때까지도 인화는 몸의 사소의 변동도 없이 그냥 그대로 앉아 있었다. 스승은 연하여 무슨 이야기를 하였다. 그러나 한마디도 인화는 들은 것이 없었다. 둥둥둥둥 자기의 곁에서 혹은 귓가에서 끊임없이 무슨 이야기가 들렸지만 인화는 한 번도 눈도 떠보지를 않았다.

몽롱하게 된 인화도 날이 밝는 것은 어렴풋이 의식하였다. 그는 그냥 스승이 무슨 이야기를 하고 있는 것을 그대로 내버려두고 그 자리에서 일어섰다. 그리고 마치 몽유병자와 같이 스승의 방에서 헤매어 나왔다.

스승의 방에서 나온 인화는 신을 끌면서 본능적으로 세수를 하러 후원으로 돌아갔다. 후원으로 돌아간 그는 차차 연못가로 내려가서 쪼그리고 앉았다. 다음 순간 찬 못물을 열기로 들뜬 인화의 얼굴에 끼얹어졌다.

찬물이 그의 얼굴에 닿았다. 동시에 인화는 펄떡 정신을 차렸다. 아직껏 그의 마음을 멀리서 감싸고돌던 공포, 비애, 절통, 분노, 근심들은 한꺼번에 그의 마음에 구체적으로 뛰어올랐다. 얼굴을 씻으려던 인화는 아연히 일어섰다. 더구나 그가 지금 서 있던 자리는 그 어느 봄날 재영이와 같이 앉아서 연못에 비친 두 얼굴을 들여다보던 그 자리였었다.

아직껏 그만치 죽여버리려 하며 혹은 스스로 부인하면서도 재영이에게 대한 애모의 염을 끊을 수가 없는 인화인지라, 지금 재영이는 자기가 마땅히 애모의 염을 바쳐야 할 약혼자인 것을 아는 순간 불길같이 일어나는 재영이의 생각에 다른 온갖 문제는 돌아볼 여유를 잃었다. 더구나 그 재영이가 지금 받을 고초에 생각이 미칠 때는 인화의 마음은 미칠 듯이 헤적였다. 아연히 일어선 인화는 곁눈으로 한 번 옛날에 그이가 앉았던 자리를 힐끗 본 뒤에 반사적으로 돌아서서 뛰어서 스승의 방으로 왔다.

스승의 방으로 달려 들어온 인화는 그 자리에 엎어졌다. 인제는 더 참을 수도 없었다.

"선생님. 그이는—그이는."

인제는 '사찰'이라 부르기도 싫었다. 재영이는 인화에게는 '그이'—지결코 '사찰'이 아니었었다. 그이는—그이는—어떠한 말도 없이 같은 소리를 반복하면서 울었다.

한 반 각이나 운 뒤에 기운이 진하여서야 인화는 울음을 그쳤다. 동시에 이 정열의 처녀의 마음에 일어난 것은 강렬한 복수의 마음이었다. 약혼자의 원수 남편의 원수—만약 다행히 그이가 아직 생명이 부지해 있으면 그를 구원해내려니와 그의 생명에 여차한 일이 있다 하면은 그 원수를 갚지 않고 둘 것인가. 섶에서 잠자며 열을 맛보며 선들 그 원수야 그냥 둘 것인가.

"선생님, 저는 인제 민적(閔賊)의 집에 가보겠습니다."

울음을 거두고 이렇게 말하는 인화의 얼굴에는 인제는 어떠한 힘으로도 그 결심은 꺾지 못할 의지의 굳음이 역연히 나타나 있었다.

스승은 여러 가지로 타일러보았다. 아직 좀 더 자세한 정보가 이르도록 기다려보자고도 하였다. 재영이는 녹록히 잡혀서 욕을 볼 사나이가 아니라고 안심도 시켜보았다. 민씨 집의 경계의 엄중함도 말하여보았다. 더구나 '복돌이'로서 그들에게 알려 있는 인화가 그 집에 가는 것이 얼마나 위험한 일인지 알 수 없으니 다른 숙생을 보내서 알아보자고도 하였다. 마지막에는 할 수 없는 스승은 대낮은 더욱 위험하니 밤에나 가보라고까지 하여보았다. 그러나 인화는 스승의 모든 권고를 거절하였다. 약혼자의 생사 때문에 미친 듯한 이 정열의 처녀의 마음을 누를 수는 도저히 없었다.

스승은 하릴없이 인화를 또다시 범의 굴로 보냈다. 덤비지 말고 일을 천천히 할 것이며 재영이의 운명을 알 것 같으면 생사 간 일단 숙에 돌아와서 다시 의논을 하고 그 뒷일을 하라고 단단히 타이르고 육혈포를 두 자루 주어서 인화를 떠나보냈다.

7

그것은 늦은 조반 때쯤이었었다. 스승의 강권에 못 이겨서 인화는 도로 잡혀서 조반까지 두어 술 떠 먹고 겸호의 집으로 향하였다. 그는 하인의 차림으로 옷을 바꾸어 입었다.

겸호의 집 대문에서 인화는 어떤 안행차가 방금 나오는 것을 보았다. 복돌이라는 이름으로 겸호의 집 하인에게 알리어 있는 인화는 얼굴을 돌이키고 그 행차가 다 지나가기를 기다렸다. 행차가 지나간 뒤에 도로 몸을 바로 하고 그 집 앞을 지나가보려던 인화는 안에서 나오는 또 다른 사람의 기척에 얼른 허리를 굽히고 신등을 다시 매는 체하였다. 대문에서는 총을 멘 장정이 하나 나와서 행차가 간 쪽으로 갔다. 그 조금 뒤에는 또 다른 하인 하나가 나와서 역시 같은 쪽으로 갔다. 그 몇 사람의 눈을 속이느라고 저절로 저편까지 갔던 인화는 길모퉁이까지 가서 다시 돌아섰다. 그리고 겸호의 집 대문으로 향하였다. 그때 다행히 인화의 조금 앞에서 인화와 같은 방향으로 가는 사람이 있었다. 인화는 그 사람의 뒤에 숨다시피 하여 방황한 곳으로 갔다. 그러나 인화의 앞에 섰던 사람은 겸호의 집까지 와서는 겸호의 대문으로 쑥 들어가버렸다. 인화는 또 아닌 듯이 그냥 더 앞으로 갔다.

인화는 겸호의 집 대문 앞을 몇 번을 왔다 갔다 하였다. 그러나 세도가의 대문에는 사람이 연락부절하였다. 몇 번을 그 앞을 왔다 갔다 하여보았지만 들어갈 기회는 얻을 수가 없었다.

한참 대문 앞을 왕래하던 인화는 대문으로는 도저히 들어갈 수 없음을 알았다. 그는 담장을 끼고 뒤로 돌아갔다. 낮에 남의 집을 월장³을 하여 들어간다 하는 것도 힘든 일이었었다. 길에도 사람이 있었다. 담장 안에는 무엇이 있을지 그것은 예측도 못할 노릇이다. 역시 헛되이 뒷담 밖에서 방황하던 인화는 한참 뒤에야 겨우 기회를 얻어가지고 훌쩍 담장을 넘어섰다.

그 집안의 지리는 인화의 이미 아는 바였었다. 담장 안에 들어서서 잠시 사람의 기척을 살핀 인화는 몸을 숨겨가지고 그 집 옥(獄) 있는 데로 향하였다. 그러나 옥이 보이는 곳까지 이른 인화는 옥까지 채 가보지 않았다. 옥 밖에는 파수도 없을뿐더러 문이 훵하니 열린 옥 안에 죄수가 있을 리가 없었다.

문이 훵하니 열려 있는 옥을 잠시 의외의 마음으로 바라보던 인화는 아직껏 숨겼던 몸을 그곳에 나타내었다. 만약 죄수로서 그 옥에 없을진대 어디다 가두었을지는 인화로도 짐작할 수가 없었다. 인제는 광이라는 광, 창고라는 창고, 청간이라는 청간은 모두 돌아가면서 뒤져보지 않으면 알 도리가 없을 것이다. 그리고 이 집안을 그렇게 편답(遍踏)⁴차면 몸을 숨겨서 다니는 것이 오히려 불리할 것이다. 몸을 나타내어서 집 하인같이 돌아다

---

3 월장 : 담장을 넘음.
4 편답 : 이곳저곳을 널리 돌아다님.

니며 사람을 만날 때마다 얼굴만 돌려서 누구인지 알지 못하게 하는 것이 득책이지 대낮에 몸을 숨겨서 다니는 것이 득책이 아닌 것을 알았다.

몸을 나타낸 인화는 저편으로 가서 비를 하나 얻어 들고 그 집을 구석구석 편답하기 시작하였다. 뜰에서 사람을 만나면 그는 비로 뜰을 쓰는 체하였다. 광에서 만나면 거미줄을 치는 체하였다. 이리하여 구석이란 구석 광이란 광은 다 찾아 돌아다녔지만 재영이의 그림자는 마침내 얻어 보지를 못하였다.

한 번 다 돌고 또다시 다 돌고 세 번째 다 돌아서 목적을 달하지 못하고 마지막 광에서 비를 내던지고 나올 때는 인화의 이마에는 식은땀이 구슬같이 맺혔다. 통곡하고 싶은 고민을 참느라고 그는 생리적으로까지 가슴의 아픔을 느꼈다.

인제는 원수를 갚는 길 하나밖에는 남은 것이 없다. 고민과 고통과 분노로 말미암아 극도로 긴장된 인화가 마지막 광에서 나올 때에 그의 왼편 쪽에서 이리로 향하여 오는 가벼운 발소리가 들렸다. 인화는 얼른 머리를 오른편으로 돌렸다. 그러나 그 발소리의 주인은 어느덧 인화를 본 모양이었었다.

"복―돌이."

작은 부르짖음이 그의 입에서 새었다.

8

여자로서의 온갖 특징을 다 갖추어 가지고 있는 인화는 이런 위급한 경우에 임하여 오히려 사내보다 침착할 수가 있었다. 인화는 가슴에 묻었던 머리를 들었다. 그리고 몸을 천천히 틀어서 돌아설 때는 마음의 준비와 몸의 준비가 다 되었다. 오른손은 벌써 옷자락 안으로 들어가서 육혈포의 자루를 잡았다.

돌아서서 보니 인화의 정체를 알아본 사람은 그 집 계집종 춘삼이였었다.

인화와 정면으로 마주 선 춘삼이는 놀란 눈을 동그랗게 뜨고 인화를
바라보고 있었다. 춘삼이의 얼굴은 발갛게 상기가 되었다. 떡가루를 담
은 듯한 함박을 들고 오던 춘삼이는 맥없이 두 팔을(함박을 떨어뜨릴 듯이)
늘인 채 번번이 인화를 바라보고 있었다.

인화는 그것이 춘삼인 줄 알아보는 순간 도로 육혈포의 자루를 놓았
다. 이전에 복돌이라는 가명 아래 인화가 이 집에 들어온 그날부터 벌써
이상한 눈치로써 인화를 바라보며 일없이 인화의 방을 찾아다니며 때때
로 맛있는 음식을 몰래 주던 춘삼이는 인화에게는 결코 위험한 인물이
아니었었다. 인화를 보는 순간 정신을 절반이나 잃고 얼굴이 발갛게 되
어 인화를 바라보고 있는 춘삼이는 한낱 복돌이를 사랑하는 여자—지 결
코 민씨 집 하인이 아니었었다. 춘삼이의 얼굴로써 춘삼이의 마음을 알
아본 인화는 순간 자기의 취할 방향을 작정하였다. 그리고 쓰리고 아픈
마음을 감추고 억지로 미소를 하였다.

"춘삼이로구나."

"복—돌이."

인화는 춘삼이에게 가까이 갔다.

"날 좀 숨겨다오."

"······."

너를 보고 싶어서 예까지 오기는 왔지만 남의 눈에 들기기만 하면 큰
변이니 몸을 좀 숨겨달라는 부탁을 받은 춘삼이는 조금도 주저치 않고
그것을 승낙하였다. 그리고 인화는 춘삼이의 비호하에 춘삼이의 방에 들
어가 숨었다. 춘삼이의 방에 들어가 숨은 뒤에 보던 일을 얼른 마치려고
나간 춘삼이를 인화는 초조한 마음으로 기다렸다.

춘삼이는 조금 뒤에 들어왔다. 춘삼이에게 향하여 어떤 실마리로써
사찰의 일을 물어볼지 아직 구체적 복안이 생기지 않았던 인화는 손쉽게

그 실마리를 잡을 수가 있었다.

"오늘도 또 한 사람 죽었다."

춘삼이는 들어서면서 혼잣말같이 이런 말을 하였다. 인화는 춘삼이의 이 말에 매달렸다. 이리하여 손쉽게 인화는 듣고자 하던 말을 춘삼이의 입에서 잡아내었다. 일월산인이라는 괴한을 잡던 경로며 잡힌 뒤의 악형이며 오늘 아침 안행차와 같이 꾸며가지고 수구문 밖으로 나가서 솔밭에서 총살을 하여버렸단 말까지 들었다.

춘삼이는 인화의 부탁으로 다시 나갔다. 그리고 총살한 위치를 분명히 알아가지고 도로 인화에게 보고하였다. 그것까지 들은 뒤에는 인화에게는 춘삼이라는 인물은 쓸데없는 인물이었었다. 총을 맞아 넘어진 그이를 생각할 때에 다른 것을 돌아볼 만한 마음의 여유가 없었다.

"내 얼른 어디 다녀올게."

의 한 마디를 남긴 뒤에 놀라서 일어서는 춘삼이를 밀어버리고 인화는 춘삼이의 방을 나섰다.

뜰에서도 그는 몸을 감추려지도 않았다. 그런 세밀한 용의는 할 수조차 없었다. 그는 달음박질하여 그 집을 나섰다.

그이를—시신이나마 그이를 한 번 그이로서 보아야겠다는 한 가지의 생각밖에는 없는 인화는 숨찬 줄도 모르고 단걸음으로 수구문 밖까지 뛰어갔다.

인화가 춘삼이에게 들은 바의 솔밭까지 달려간 때는 이미 정오도 지난 때였었다. 솔밭까지 이르러서야 처음으로 숨찬 것을 의식한 인화는 잠시 몸을 어떤 소나무에 기대고 쉬었다. 그리고 아직 숨참으로 말미암아 딱딱 막히는 가슴이 채 낫기도 전에 그 자리에서 또 발을 떼었다.

9

'솔밭 가운데 있는 늙은 상수리나무.'

이것이 인화가 찾는 목표였었다. 인화는 솔밭을 편답하면서 몇 그루의 상수리나무를 발견하였다. 상수리나무를 발견할 때마다 거의 심장의 고동까지 멎을 듯이 긴장되어 살폈지만 아래 시신이 놓여 있는 상수리나무는 발견할 수가 없었다. 인화는 몇 번을 솔밭을 편답하였다. 마지막에는 구획을 작정하여 한 구획씩 검분하였다. 그러나 재영이―진섭이의 시신은 발견할 수가 없었다. 세 번 네 번으로 하여 다섯 번 여섯 번을 너른 솔밭을 편답하던 인화는 흥분과 피곤으로 기운이 진하여 마지막에 어떤 상수리나무를 기대고 몸을 좀 쉬기로 하였다.

나무에 기대고 눈을 감고 있는 인화에게서는 눈물이 쏟아졌다. 아직껏 힘 있게 부인하면서도 재영이에게 가지고 있던 바의 강렬한 애련과 거기서 생겨나는 낙망 때문에 한 번 줄기를 내기 시작한 눈물은 멎을 줄을 몰랐다.

'그이는 없었다.'는 생각보다도 더욱 그의 마음을 힘 있게 찌른 것은, '사찰이 그이였었다.'는 생각이었었다. 눈물은 연하여 그의 뺨으로 하여 땅에 떨어졌다. 한참 나무에 기대고 선 채로 눈물을 흘리고 있던 인화는 그만 그 자리에 쓰러졌다. 눈물뿐으로는 도저히 자기의 마음의 고통을 당할 수가 없었다. 쓰러지는 순간 그에게서는 느낌의 소리가 나왔다. 느낌의 소리는 순식간에 통곡성으로 변하였다. 몸부림 발버둥이―마음의 애통의 반영인 이런 모든 자태를 거리낌 없는 솔밭에서 인화는 마음껏 하였다.

인화가 겨우 자기의 마음과 몸을 조금 수습한 것은 그로부터 한 각이나 뒤였었다. 비록 울음을 걷고 쓰러졌던 몸을 일으켜 앉았다 하나 정신까지 가다듬을 수는 없었다. 일어나 앉기는 하였지만 인화는 두 무릎을 가로 눕힌 채로 상수리나무에 기대고 눈이 멀거니 땅만 내려다보고 있었다. 눈을 흐릿이 뜨고 땅을 내려다보고 있는 인화의 눈에는 온갖 환영이 어릿거렸다. 활민숙 후원에서 칼을 날리는 재영이의 건장한 오른편 어깨며 그 어떤 날 명인호가 넘어간 담장 안에서 무서운 의혹의 눈으로 자기를 바라보던 재영이의 두 눈알이며 이런 것들이 땅에 나타났다가는 사라지고 나타났다가는 사라지고 하였다. 겸호의 집을 습격하던 날 밤 그 집 뜰에서 재영이의 손에서 받던 힘없는 촉감조차 그는 분명히 다시 손으로 감각하였다.

땅에는 개아미[5]들이 기어 다녔다. 무수한 개아미들은 무슨 먹을 물건의 더미를 찾은 듯이 인화의 눈이 향하여 있는 근처를 분주히 왔다 갔다 하였다. 거기는 무슨 비린내 나는 물건이라도 있는지 쉬파리도 몇 마리 날아다녔다.

한참 아무 뜻이 없이 그것을 바라보고 있던 인화는 손이 미치는 곳에 놓여 있는 나뭇가지를 집어다가 개아미들을 헤쳐놓으려고 집어 들었다. 그때에 인화의 집은 나뭇가지에서도 개아미들이 수십 마리가 떨어졌다.

땅에서 기어 다니는 개아미들을 헤쳐보기 위하여 나뭇가지를 집었던 인화는 나뭇가지에서도 수십 마리의 개아미가 떨어지는 것을 보고 무심코 그 개아미들이 붙어 있던 곳을 보았다. 그리고 인화가 거기서 발견한 것은 벌써 나뭇가지에 말라붙은 피였다.

그것이 피인 줄을 아는 순간 인화는 반사적으로 몸을 일으켰다. 그리고, 개아미와 쉬파리가 있는 곳을 들여다보았다. 거기는 분명히 피의 흐른 흔적이 있었다. 복판 가운데 피가 많이 고였던 데는 아직껏 채 마르지도 않았다. 거기 널려 있는 다른 나뭇가지들에도 피가 묻은 것이 있었다. 그리고 인화가 눈이 벌겋게 되어 찾아 본 결과 상수리나무에 박힌 총알까지 발견하였다.

---

5 개아미 : '개미'의 방언(경북).

그 자리는 재영이가 총살을 당한 자리가 분명하였다. 그러면 재영이의 시신은? 그 근처에 널려 있는 나뭇가지며 그 나뭇가지에 묻은 피는? 인화는 흥분으로 말미암아 털썩 주저앉고 말았다.

10

그이의 몸집은 어디로? 해석하자면 여러 가지로 해석할 수가 있었다. 총을 바른 곳에 맞지 않고 기절만 하였다가 정신이 들어서 다른 곳으로 몸을 피하였다 볼 수도 있었다. 스스로 몸을 피하지 못하도록 중상을 당하였다 할지라도 지나다니는 초부에게라도 구원 당하였다고도 볼 수가 있었다. 그러나 그 반면에는 시체를 짐승이 물어 갔다고는 볼 수가 없을까? 행인이 시체를 불쌍히 여겨서 끌어다가 어디다가 묻었다고는 볼 수가 없을까?

요행과 불행의 두 가지로 해석할 수가 있는 당면의 문제 앞에 인화는 정신 나간 사람같이 우두커니 앉아 있었다. 이 일을 불행한 방면으로 해석할까? 그러나 인화는 불행한 편으로는 해석하기가 싫었다. 그러면 다행한 편으로? 다행한 편으로 해석하자니 그렇게 해석할 만한 근거가 없었다. 뿐더러 전후의 일과 지금의 경우로 따져 다행한 편보다도 불행한 편에서 더 많은 가능성을 발견할 수밖에 없는 인화는 인제는 다시 울 수도 없었다.

인화는 눈을 가느다랗게 뜨고 아까의 피 흐른 자리를 보았다. 그리고 머리를 돌이켜서 나무에 박힌 총알을 보았다. 눈을 들어서 사람의 발자취라도 있는가 둘러보았다. 그러나 몇 번을 반복해서 한 이 행동도 시체의 거처에 대한 조그만 암시도 주지를 못하였다. 아까 이곳서 생긴 무서운 비극을 뜻하는 그 자리들은 인화의 마음을 더욱 어지럽게 하고 떨리게 하는 데 지나지 못하였다.

한참을 얼빠진 사람같이 앉아 있던 인화는 마침내 일어섰다.

'이래서는 안 되겠다. 어떻게 해서든 그 결말을 알아보아야겠다.'

이런 생각으로 벌떡 일어선 인화는 이제까지 정신없이 앉아 있던 인화는 아니었다. 너무나 거대한 사건 때문에 흥분되어 주저앉았던 인화가 다시 일어설 때는 이전의 인화도 아니었다. 그것은 남편의 생사를 알아보려는 미칠 듯이 흥분된 젊은 아내였었다. 그리고 또한 목숨으로서 위협을 받을지라도 결코 그 마음을 굽히지 않을 정열의 열녀에 다름이 없었다.

벌떡 일어서면서 그 근처에서 행여 발자취나 없나 살펴보아서 풀밭에 도저히 그것을 찾아볼 수가 없음을 안 뒤에 인화는 그곳을 떠났다. 그리고 아까 몇 번을 편답한 그 너른 솔밭을 인화는 다시 시시콜콜히 편답하였다. 아까는 늙은 상수리나무를 목표로 돌아다녔지만 지금 찾으려는 것은 어느 곳이라 지적할 수가 없는 곳에 넘어져 있는 사람의 작은 몸집이나 혹은 새로운 무덤 — 이것인지라, 아까와는 판이하게 찾기가 힘들었다. 그리고 사람을 만나기만 하면 그것이 행인이건 초부건을 막론하고 붙들고 "아까 중상한 사람이든 혹은 시체를 업은 사람이든을 보지 못하였느냐"고 물었다.

인화는 날이 어둡도록 그 근처를 편답하였다. 그리고 최상의 노력과 최선의 수단을 다하여 알아보았다. 그러나 결과는 역시 아무것도 없었다. 다만 한 가지 어떤 초부에게서 아까 아침결에 총소리를 들었다는 것을 알았으나 이것은 인화로도 이미 아는 것, 탐색의 실마리에 조금도 도움이 없었다.

날이 어두워서 인제는 더 찾을 수가 없이 된 뒤에 인화는 하릴없이 돌아섰다. 오늘은 그냥 들어가고 내일날 숙생 전부가 힘을 합해서 다시 찾아보자. 한 사람의 노력보다는 여러 사람의 노력은 좀 나은 점도 있겠지. 이렇게 마음먹고 그곳에서 발을 돌이킬 때는 인화의 눈에서는 또다시 하염없이 눈물이 솟았다.

"하느님."

아직껏 그의 입에서 나와본 적이 없는 이런 애원성까지 나왔다.

몸과 마음이 죽게 되도록 피곤한 인화는 저녁 뒤 숙생들이 벌써 잘 준비를 할 때야 겨우 숙으로 돌아왔다. 쓸쓸한 숙―재영이가 이미 없는 유난히도 쓸쓸한 숙에 들어서면서 뜻 안하고 눈을 재영이의 방으로 던지매 주인 잃은 방 마루에는 스승이 걸터앉아 있었다.

11

스승은 인화를 보고 일어서서 따라오라고 손짓을 한 뒤에 저편으로 돌아가서 자기의 방으로 들어갔다. 인화는 말없이 따라 들어갔다. 들어가던 그는 그 자리에 고꾸라졌다. 자기의 마음을 알아줄 이 세상의 다만 한 사람인 스승을 볼 때에 길에서 악물고 오던 설움과 원통이 한꺼번에 폭발하였다.

"어떻게 되었느냐."

스승은 근심스러히 이렇게 물었지만 인화는 대답도 못 하였다. 울음은 더욱 빨라가고 격렬하여갔다.

잠시 인화의 동정을 살피고 있던 스승의 얼굴에도 놀람의 빛이 떠올랐다.

"응? 응?"

그리고 무릎으로 두어 걸음 인화에게 가까이 와서 인화의 머리 위에 손을 얹고 얼굴을 들여다보았다.

"선생님, 그이는 총살―오늘 아침 수구문 밖에서 총살을 당했습니다."

이 간단한 한 마디의 말이 겨우 인화의 입에서 나오기는 스승에게서 십수번의 "어떻게 되었느냐"는 채근을 받은 뒤였었다. 인화의 절통하여하는 모양으로써 재영이의 신상에 생긴 불행을 이미 각오하였던 스승이었었지만 "수구문 밖에서 총살을 당했다"는 말이 인화의 입에서 나올 때는 몸까지 흠칫하며 놀랐다. 인화의 머리 위에 올라가 있던 스승의 손은 툭하니 맥없이 떨어졌다. 머리는 잔뜩 천장으로 향하여졌다. 벌써 주름이 꽤 많이 잡힌 눈을 힘 있게 닫고 마음의 울분과 격동을 눌러보려는 양은 오히려 비통하였다.

인화의 울음은 좀체 끊이지 않았다. 스승의 그 자세도 깎아놓은 듯이 변동이 없었다. 한 사람에게는 가장 사랑하고 신용하던 제자, 또 한 사람에게는 이 세상에 한 사람밖에 없는 남편—이러한 사람을 잃은 사제(師弟)는 서로 저편 쪽을 위로하려는 생각도 없이 그냥 그대로 있었다.

늙은 스승의 눈에서도 마침내 눈물이 배어나왔다. 그것은 설움이라기보다 오히려 절통에서 나온 눈물이었다. 그 눈물 가운데서,

"천도도 무심허군."

마디마디마다 끊어서 토하는 듯이 말하는 스승의 음성에는 무서운 원한과 분노가 섞여 있었다.

"울어라. 마음껏 울어라. 말리지 않을라. 울어서 마음이 조금이라도 풀릴 것 같으면 마음껏 실컷 울어라. 으음, 고약한……."

"선생님."

"이럴 줄 알았다면 어제 저녁에 가서도 구해낼 길이라도 있었을걸……."

인화는 울음 가운데서 눈을 들어서 스승을 쳐다보았다. 그럴 것 같으면 선생님은 왜 어제 저녁에 그 일을 저에게 알려주지 않았습니까. 한 사람의 힘으로 부족할 것 같으면 20명의 숙생이 힘을 합해가지고 갔다면 그이를 구원해낼 길도 있었을 것을, 왜 어젯밤 깊어서야 그 일을 알려주셨습니까. 인제는 벌써 저친 일—일이 이렇게 되기 전에 하다못해 저에게뿐이라도 왜 알려주지 않았습니까.

아직껏 머리를 천장으로 향하고 있던 스승도 머리를 바로하였다. 그

리고 인화를 내려다보았다. 눈물 머금은 두 쌍의 눈은 한참을 말없이 서로 바라보고 있었다. 마치 저편 쪽 눈에 나타나 있는 비애로써 자기의 비애를 얼마만치라도 덜려는 듯이……

"좌우간 인화야, 어떻게 된 일인지 사유나 좀 말해봐라. 무얼 하러 갔으며 어떻게 잡혀서 총살을 당하게까지 됐는지……"

"네."

"자. 어떻게 갔다더냐."

"네……"

스승에게 여러 번을 채근을 받은 뒤에야 인화는 울음소리로 아까 겸호의 집에 들어가던 일부터 춘삼이에게 들은 이야기로 하며 수구문 밖 솔밭에서 피 흐른 자리와 나무에 박힌 총알을 발견한 경로며 그 뒤에 좀 더 자세한 결과를 알려고 솔밭을 편답하던 이야기까지를 다 하였다.

12

시신을 눈으로 보기 전에는 아직 희망을 붙일 수가 있다―이것이 인화의 이야기를 들은 뒤에 말한 선생의 의견이었었다.

그러나 비록 말은 이렇게 하였으나 선생 자신부터가 희망을 붙이지를 못하는 모양이었었다.

"으음."

노여움을 뜻함인지 탄식을 뜻함인지 분함을 뜻함인지 혹은 애석을 뜻함인지 눈을 닫고 있던 선생의 입에서는 이런 신음이 나왔다.

"시신을 눈으로 보기 전까지는."

선생은 비록 이렇게 말하였으나 인화 역시 이 말에 위로를 받을 수가 없었다. 아까 춘삼이에게 들은 바에 의지하건대 일원산인은 혹형으로 말미암아 총살 전에 벌써 반송장은 되었다 한다. 그 반송장이 그 위에 총까지 맞고 그만치 많은 피를 흘리고 그냥 살아 있다고는 인화의 머리로서는 도저히 믿을 수가 없었다. 더구나 사람을 죽이러 나간 총수가 아직 죽지 않은 사람을 그냥 내버려두고 돌아오리라고는 상상할 수도 없는 일이라 이 두 가지로 보아서 비록 시신은 보이지 않는다 할지라도 재영이가 살아 있다고는 생각할 수 없다. 그러면 그 시신은? 그것은 짐승이 물어 갔거나 혹은 누가 땅에 묻었거나 이러한 해석의 길이 있었다. 이런 점으로 보아서 재영이는 아직 살았다고 보기보다 이미 죽었다고 보는 것이 가능성이 더 많았다.

한참을 선생도 아무 말도 안 하였다. 인화도 아무 말도 안 하였다. 아프고도 적적한 긴 침묵 뒤에 선생이 먼저 입을 열었다.

"골골이 잘 찾아는 보았겠지?"

"네⋯⋯."

"골짜기 나무 밑에 수풀 속에―혹은 기어가다가 기진해서 바위틈에 누워 있는지도⋯⋯."

"눈이 밎는 데까지는―사람이 다닐 수 있는 데까지는 죄 찾아보았습니다."

"그래도 보이지를 않아?"

"네, 그림자도 시신도."

문득 선생의 입에서는 이를 가는 소리가 들렸다. 인화가 눈물에 젖은 눈을 선생의 얼굴로 향하매 선생은 치가 떨리는 듯이 눈과 입을 힘 있게 닫고 있었다.

"응, 그러면 어서 운현궁으로 가보아라. 거기는 그 애가 없어진 것을 너보다 못하지 않게 슬퍼할 이가 한 분 계시다."

"네⋯⋯."

"대감― 대감께서 그 보고를 들으시면 얼마나 애통하실는지. 어서 가서 이 흉보를 전해드리고 위로해드려라."

"네⋯⋯."

인화는 스승에게서 물러 나와서 자기 방으로 돌아와서 옷을 갈아입었다. 그리고 죽게 피곤하고 아픈 몸을 다시 운현궁으로 옮겼다.

홍마목[6]으로 엄중히 호위되어 있는 운현궁은 이미 파수들과 익히 아는 재영이는 괜찮거니와 인화로서는 정문으로 더구나 밤중에 들어가기가 힘들었다. 인화는 정문 밖에서 잠시 비슬비슬 방황하다가 뒤로 돌아가서 담을 넘었다. 아직 깨어 계신지 주무시는지 알 수 없는 태공을 어떻게 뵈올까 하고 인화가 뜰에서 주저주저할 때에 마침 인화의 아는 시동과 뜰에서 만났다.

방금 태공이 자리에 들어가는 것을 보고 나온 시동은 인화를 안내하여가지고 다시 태공의 침실로 갔다. 그리고 인화를 문밖에 세워두고 혼자서 들어가서 태공께 활민숙에서 누가 왔다는 것을 아뢰었다.

태공이 자리 속에서 벌떡 일어나 앉는 소리가 들렸다.

"응? 활민숙에서? 진섭이더냐?"

"아니올시다."

"그럼 누구더냐?"

"이 ─ 공이라는 젊은 숙생이올시다."

한순간 태공의 응답이 없었다. 머리라도 기울이는지.

"밤중에 무슨 일일까. ─나가서 길보냐 흉보냐 물어서 흉보라거든 곧 들어오래라."

13

다시 나온 시동에게 흉보라는 것을 알게 하여 시동이 그것을 아뢰러 들어가는 동안 태공이 옷을 입는 소리가 들렸다.

---

6 홍마목(紅馬木) : 궁문 밖 좌우에 있던 네 발 달린 나무 받침틀. 가마 등을 올려놓을 때 썼다.

또 나온 시동의 인도로써 인화가 들어갈 때는 태공은 저고리만 입고 바지는 아직 허리띠며 대님도 매지 못하고 자리 위에 일어나 앉아 있는 때였었다.

태공은 어젯밤에 좋지 못한 꿈을 꾸었다. 그새 보지 못하던 재영이가 앞니가 모두 부러져가지고 태공께 뵈러 왔다. 재영이가 말을 할 때는 시뻘건 재영이의 입은 놀랍게도 미웠다.

"하얀 씨를 심었더니 시꺼먼 꽃이 피었습니다."

그때에 재영이가 한 많은 말 가운데 다른 말은 다 잊고 이 한마디뿐이 그냥 기억에 남아 있다. 재영이는 슬픈 듯이 돌아서서 어디론지 가버렸다.

이런 꿈 때문에 마음이 언짢은 태공에게 또 한 가지의 불길한 징조가 보였다. 늦은 조반 때쯤 태공이 혼자 앉아 있을 때에 방 안에 문득 재영이가 나타났다. 머리는 산산이 풀어 흩어지고 옷이 모두 찢어지고 온몸은 피투성이가 된 그 꼴에 머리에는 금관을 쓴 재영이가 비창한 얼굴로 태공의 맞은편에 나타났다. 가뜩이나 마음이 언짢은 태공이 이 꼴을 보고 놀라는 마음을 금치 못하여 마주 일어설 때에 재영이는 사라져 없어졌다. 그때 태공은 멍하니 재영이가 사라져 없어진 곳을 바라보고 있었다. 무슨 자취라도 없나 하여 방바닥까지 살펴보았다.

'분명히 무슨 불길한 일이 생겼다.'

이런 것을 직각적으로 느낀 태공은 하루 진일을 마음이 언짢게 지냈다. 문 밖에 발소리만 나도 재영이가 오지 않나 하였다. 사람이 올 때마다 활민숙에서 누가 오지 않나 하였다. 시동을 시켜서 몇 번을 길까지 나가 재영이가 안 오나 살피라 하였다.

밤에 자리에 들어간 태공은 문밖에서 시동이 누구를 데리고 오는 발소리를 듣고 직각적으로 활민숙에서 사람이 오는 줄을 알았다.

시동의 인도로 들어온 인화의 얼굴로써 태공은 벌써 사건의 중대함을 알았다. 태공은 인화가 활민숙의 숙생인 줄은 알았지만 누구인지는 몰랐다.

"이인화올시다."

인사를 드리며 앉는 인화의 얼굴에 나타나 있는 비통과 비애는 벌써 비보를 각오하고 있는 태공으로서도 경이의 눈으로 바라볼 만치 심각하고 컸다.

"그래, 무슨 일이냐."

"네……."

들어오는 길로 황급히 묻는 태공의 질문에 인화는 인사를 드리느라고 엎드린 채 간단히 이렇게 대답하였다. 눈물은 또다시 그의 눈에서 쏟아지기 시작하였다.

태공은 눈짓으로 시동을 물리쳤다.

"그래, 무슨 일이냐? 중대한 일이냐?"

"네……."

"어서 말을 해라. 중대한 일일 것 같으면 왜 진섭이가 오지 않고 네가 왔느냐."

"네……."

무슨 말이든 '네'의 한마디뿐 다른 대답은 없이 느끼기만 하는 인화에게 태공은 마침내 역정을 내었다.

"네뿐으로 알겠냐. 말을 해야지."

"네……. 사찰이……."

"그래, 진─재영이가…."

"사찰이 세상을 떠났습니다."

"무얼? 어째?"

"오늘 아침 세상을 떠났습니다."

마디마디마다 조급히 질문을 해오던 태공은 이 말에 대하여는 질문도 응답도 못 하였다. 그리고 눈이 멀진멀진 인화를 바라보고 있었다. 기이한 경치라도 바라보는 듯이. 혹은 뜻 안 한 말을 믿을 수가 없다는 듯이.

인화는 흐득흐득 느꼈다. 자리는 태공의 앞이라는 조심성도 잊고 등을 들먹거리면서 느꼈다.

14

"말해라! 말해라."

잠시 멍하니 있던 태공은 달려들듯이 하며 인화에게 채근하였다.

"어떻게 죽었는지. 병으로 죽었는지, 혹은."

"민적에게 총살을 당했습니다."

"무얼?"

"무슨 탐지를 하러 들어갔다가 붙들려서 오늘 아침 총살을 당했습니다."

태공은 한 무릎을 세웠다. 그리고 무슨 말을 하려고 입을 벌렸다. 그러나 과도한 울분 때문에 입은 벌렸으나 말은 나오지 않았다. 이런 경우에 태공의 심사를 나타낼 만한 말이 사람이 발명한 언어에는 없었다. 벌리려던 입을 도로 다물고 무릎을 눕힌 뒤에 억한 듯이 한참 치만 떨고 있던 태공에게서는 이런 말이 혼잣말같이 나왔다.

"작년에는 재선이, 금년에는 진섭이. 으음, 이 원수를……."

"그래, 너희는 20여 명이 재영이 하나를 구해내지는 못하고 죽게 했단 말이냐."

질책에 가까운 이 말에 인화는 한순간 태공을 쳐다보았다.

"저희는 오늘 저녁에야 겨우 알았습니다."

"장하다!"

"전하!"

인화의 느낌은 마침내 폭발하는 통곡으로 변하였다. 그 통곡 가운데서 인화는 한 마디씩 한 마디씩,

"책망해주세요. 모두 저희가 불민한[7] 탓이에요. 그렇지만 그이는 왜 그런 위험한 곳에 가시면은 가신다고 알리지를 않았을까요."
원망 비슷이 이런 말을 하였다.

노여움이 끝까지 올랐던 태공은 인화의 이 말에 눈을 크게 하였다. 활민숙생―활발한 사내―국사에 목숨을 아끼지 않을 쾌남아―이러하여야 할 마주 앉은 청년에게서 태공은 뜻밖에 여자의 음성과 넋두리를 발견하였다. 오른편 팔다리와 오른편 뺨에서 무섭게 일어나는 경련을 느끼면서 태공은 본능적으로 경계하는 듯이 몸을 조금 움쳤다.

"너 계집애로구나!"

"네……."

"누구냐!"

"네……."

"말을 해! 누구야."

"네……."

인화는 그냥 울기만 하고 대답을 못 하였다. 꺼질 듯이 울고 있는 인화를 바라본 태공은 경계를 조금 풀었다.

"누구야. 대체 말을 해야 알지."

"네, 저는 활민의 양딸."

"얼굴을 들어라."

인화는 얼굴을 들었다. 그리고 눈물에 젖은 눈으로 태공을 바라보았다.

태공도 인화를 보았다. 인화를 보는 동안 태공은 인화의 얼굴에서 몇

7 불민하다 : 어리석고 둔하여 재빠르지 못하다.

해 전 민씨의 손에 참혹한 죽음을 한 어떤 친구의 모습을 발견하였다.

"너 묵재의 딸이 아니냐?"

"네, 묵재의 딸이올시다."

"묵재의 딸…… 묵재의 딸……."

혼잣말같이 두어 번 왼 뒤에 태공은 기다랗게 한숨을 쉬었다. 갑자기 가슴에 뭉쳐 오르는 커다란 덩어리를 태공은 겨우 삼켰다.

"묵재의 딸이 아직 살았더냐. 절가(絕家)[8]가 된 줄 알았더니 그 딸이 활민의 품에서 자라고 있었구나. 그러면 너는 명한나의 며느리."

"네……."

"진섭이와 정혼한 처녀로구나."

"네……."

"그렇더냐. 자, 울어라. 울자. 아들을 잃은 내 설움이나 그 지아비를 잃은 네 설움이나 누가 무어라고 누가 못하다고 할 수 없다. 나를 운현대감 대원군으로 알지 말고 흉 없는 시아버지로 알고 마음껏 울어라. 그 지아비를 조상해라."

태공도 눈을 감았다. 늙은 그의 눈에서도 눈물이 뺨으로 흘렀다. 그것은 비통이라기보다 오히려 비분에 가까운 눈물이었었다.

15

한참 뒤에 좀 진정한 인화에게서 태공은 자세한 말을 다 들었다. 태공은 고즈넉이 들었다. 한 번도 인화의 말을 방해하지 않았다. 민씨의 집에서 재영이를 심문할 때에,

"석파(태공)와 연락이 있지? 분명히 석파와 연락이 있지?"

하면서 혹형을 가하였다는 대목에서도 태공은 눈을 고요히 닫고 한마디의

---

8 절가 : 자손이 끊어져 상속자가 없어짐. 또는 그런 집안.

말도 없이 들었다. 그러나 그의 마음은 세상에 다시없는 분노로 터질 듯하였다. 온 힘을 다하여 외모의 평온함을 보지했지만 속눈썹은 격분으로 말미어 끊임없이 떨렸다. 킹 킹 연하여 코를 울리는 소리가 나왔다.

인화는 이야기를 하다가는 울고 울다가는 다시 진정해서 하고 하였다. 자기의 마음의 아픔을 형용할 만한 한마디의 장식도 인화는 하지 않았다. 본 바와 들은 바를 솔직하게 태공에게 아뢰었다. 그러나 태공은 그 비분과 원통을 넉넉히 알아보았다.

인화가 이야기를 다 끝낸 뒤에도 태공은 그냥 눈을 감고 있었다. 인제는 자기의 감정을 넉넉히 지배할 만한 나이의 태공이었지만 과도히 억분한 이 사건 앞에는 망상에 가까운 복수의 계획이 여러 가지로 그의 머리에 왕래하였다.

때로는 그는 지금의 굴욕의 지위에 있는 자기가 아니요, 수년 전과 같은 왕의 왕의 지위에 있는 자기를 망상하였다. 자기의 정적(政敵)이요 또한 사사로운 원수인 왕비당은 모두 그때 자기에게 목숨을 애걸할 것이었었다. 그러나 그들을 용서해야 될 것인가. 재선이의 원수는 자기 손수─진섭이의 원수는 그의 아내로 하여금 그 밖 모든 원수들을 모두 그의 연고자들로 갚게 하지 않으면 안 될 것이었다. 이리하여 눈은 눈으로 귀는 귀로 갚지 않으면 안 될 것이었다.

때로는 이경하의 군대를 이용할 생각도 하여보았다. 때로는 활민숙의 숙생들을 이용할 생각도 하여보았다.

사랑하는 재영이의 참사 때문에 마치 어린애와 같이 이런 망상에 가까운 복수 계획에 잠겨 있던 태공은 한참 뒤에야 정신을 차렸다. 그리고 안타까운 듯이 주먹으로 무릎을 너덧 번 두드렸다.

오른편 뺨과 오른편 새끼손가락에서 심한 경련이 일어났다.

"아까운 놈 한 놈 죽었다."

얼굴에 억지로 미소를 띠고 농담 비슷이 이렇게 말하는 태공의 속은 오히려 억분으로 말미어 통곡하고 싶었다.

그 뒤에 태공은 인화를 여러 가지로 위로하였다. 당연히 남에게 위로를 받아야 할 자리에 있는 그였었지만 어린 인화가 신이 없이 땅만 내려다보고 앉아 있는 양은 차마 볼 수가 없었다. 태공은 달(月)이 이지러지면 차고 차면 이지러지는 것을 예를 들어서 지금 한참 세도하는 왕비당이 언제 가까운 장래에 기울어질 것을 말하고 그때에 그들이 받을 복수의 형벌을 이야기하였다. 나라를 위하여 죽는 것은 결코 헛죽음이 아니고 나라가 바로 선 뒤에는 그 이름은 죽백에 새겨져서 억만 대 뒤에까지라도 흠앙[9]의 푯대가 된다는 것으로도 위로하여보았다. 기회가 이르면 그 복수의 칼은 결코 다른 사람에게 맡기지 않고 인화에게 맡기겠다고도 하였다. 시체를 보기 전에는 아직 희망을 붙일 수 있다고 아까 인화가 스승에게서 들은 것과 같은 말로써 그냥 희망을 붙이기를 권하기도 하였다.

인화는 첫닭이 운 뒤에야 돌아갔다.

인화가 돌아간 뒤에 자리에 들어갔지만 태공은 아직껏 인화를 위로하느라고 또는 인화의 앞을 꺼리어서 마음껏 펴지 못하였던 억분 때문에 주먹으로 연하여 방바닥을 두드렸다. 자리가 편치 않다고 몇 번을 시동을 불러서 자리를 다시 폈다. 한 번은 자리를 어떻게 펼까 하고 주저하는 시동을 담뱃대로 때린 일까지 있었다.

"재선이─진섭이."

이미 죽은 사랑하던 두 아이의 이름을 헛소리와 같이 연하여 불렀다.

※ 2권에서 계속

---

9 흠앙(欽仰) : 공경하여 우러러 사모함.